HOCHRISIKO: AUF DER SPUR

HOCHRISIKO– SEARCH & RESCUE
BUCH 1

VIVIAN AREND

Hochrisiko– Search & Rescue 1: Hochrisiko: Auf der Spur
Originaltitel: High Risk: Pursuit © 2024 by Arend Publishing Inc.

Cover-Desig: © Croco Designs
Lektorat Original: Angie Ramey
Korrektorat Original: Linda Levy
Digitales ISBN: 978-1-998508-69-3
Taschenbuch ISBN: 978-1-998508-70-9
Deutsche Erstausgabe April 2026

PROLOG

September – Grand Teton, Wyoming

Dichter Nebel hüllte sie ein und ließ die leuchtend grünen Nadeln der nahen Fichte zu einem unbestimmten Grau verblassen. Becki passte ihren Griff am Kletterseil an und setzte ihre Füße neu auf. Sie bemühte sich, das flaue Gefühl in ihrem Magen zu beruhigen.

»Bist du bereit? Irgendwann heute wäre toll.« Danes neckender Tonfall nahm seinen Worten die Schärfe.

»Mistkerl«, murmelte Becki, während sie über ihre Schulter blickte, in einem weiteren vergeblichen Versuch, einen sicheren Pfad vom Berghang wegzufinden. Was sie brauchte, war, dass die dichte Wolkendecke verschwand, die, völlig unpassend zur Jahreszeit, wie aus dem Nichts aufgezogen war.

»Das habe ich gehört.«

Sie schnaubte trotz der Angst, die in ihren Adern tanzte. »Mistkerl mit dem Gehör von Superman. Freut mich für dich.« Sie blinzelte und riss die Augen dann so weit wie möglich auf. Es hatte keinen Zweck. »Dane, ich kann verdammt noch mal gar nichts sehen. Soweit ich weiß, könnte ich auf der Route sein oder über einem tausend Fuß tiefen freien Fall hängen.«

»Soll ich vorgehen?«

Jetzt bot er es an. »Hättest du das nicht vor fünfzehn Minuten sagen können? Vollidiot.«

Er lachte. Das vertraute Geräusch wärmte sie trotz der Spannungen, die das ganze Wochenende über zwischen ihnen herrschten. Sie und Dane waren schon lange genug Kletterpartner und Liebhaber, um ein paar angespannte Gespräche zu verzeihen.

»Ja, aber ich bin *dein* Vollidiot, oder?«

Becki seufzte. Trotz seiner kindischen Momente und der seltsamen Art, wie er sich in den letzten Wochen verhalten hatte, lag er ihr so sehr am Herzen wie kaum ein anderer. »Ja, Dane, du bist mein Vollidiot.«

»Bec? Ich liebe dich.«

Sie lehnte sich zurück und starrte den Hang hinauf. Vielleicht würde ein Blick in sein Gesicht das ungewöhnliche Zittern in seiner Stimme erklären. »Dane?«

Dann brach die Hölle los.

Die Felswand zu ihrer Linken gab nach; eine ganze Platte aus Granit brach in einem Stück weg. Ein roter Fleck blitzte vorbei, als Dane aufschrie. Beckis Herz hämmerte, das Echo ihres eigenen Schreis dröhnte in ihren Ohren. Dann ruckte ihr Klettergurt, riss sie nach oben und schmetterte sie gegen den Berghang, als sie den Halt unter den Füßen verlor.

Während Dane fiel, riss die Seilverbindung zwischen ihnen sie in die entgegengesetzte Richtung auf ihren Sicherungspunkt zu. Sie wand sich, zog die Beine an und versuchte, mit Ellbogen und Oberarmen ihre Bewegung zu sichern. Ihre Handflächen rissen an kleinen Steinen auf, während sie verzweifelt nach einem festen Griff suchte.

So schnell, wie es begonnen hatte, kam Becki mit einem Ruck zum Stehen.

Mit schmerzenden Knöcheln und stoßweisem Atem griff sie blind dorthin, wo das Seil an ihrem Klettergurt befestigt war. Sie ließ ihre schmerzenden Hände nach oben gleiten, folgte der dicken Kordel und entdeckte die grobe Rinde eines Baumstumpfs und die verdrehten Seilfasern, die sich um den zerklüfteten Vorsprung verfangen hatten.

Sie hievte sich mithilfe kleiner Tritte höher und klammerte sich an den Berg, bis sie zusätzliche Schlaufen legen konnte, um den unfreiwilligen Standplatz sicherer zu machen.

Sie schrie in den nebligen Abgrund hinein. »Dane!«

Keine Antwort.

Becki blickte abwechselnd nach unten, um ein Zeichen ihres Partners zu finden, und nach oben, wobei sie versuchte, abzuschätzen, wie weit sie vom Gipfel entfernt war.

Die unheimliche Stille von unten ließ ihre Hände zittern. Ihre Gliedmaßen zuckten, während sie kletterte, Seile anpasste, sich selbst sicherte und Danes Sicherungsseil unter Kontrolle hielt.

Eine sanfte Brise drückte die Wolken gegen sie und durchnässte sie bis auf die Haut, doch sie steigerte auch ihre Hoffnung. Wenn der Wind zunahm und den Nebel wegblies, würde sie Dane leichter sehen können.

»*Dane.*«

Immer noch keine Antwort, während sie sich abmühte, weitere Sicherungspunkte zu setzen.

Ein weiterer Moment verging, bis es ihr gelang, sich über die Kante zu ziehen, nun weiter rechts, als sie gewesen war, als sie den Rand zum ersten Mal erreicht hatten, um sich abseilen zu können. Der Anblick der kahlen, neuen Fläche, an der der Berg nachgegeben hatte, ließ Galle in ihr aufsteigen. Sie schob die Angst beiseite – sie würde Zeit für einen Zusammenbruch haben, wenn ihr Partner in Sicherheit war.

»Dane. Antworte mir, verdammt noch mal. Pfeif!«

Das Seil war schwer von seinem Gewicht, also musste sie

davon ausgehen, dass er bewusstlos war. Becki beruhigte ihren Atem und sammelte sich, während sie methodisch die Ausrüstung nahm, die sie brauchte, um ihn zu sichern.

Der Wind nahm zu, während sie arbeitete, und flatterte an den Rändern ihrer Kapuze, als würden Geisterfinger mit ihr spielen. Die Sicht verbesserte sich, während sie sich in Position brachte; jede Bewegung war vorsichtig und doch so schnell wie möglich.

»Ich hab dich, Dane. Halte durch, okay? Alles wird gut.«

Sie schlang ihre Finger um das Seil, um ihn in Sicherheit zu hieven.

Der Berg geriet erneut in Bewegung.

Das Ersatzseil, das sie an einem stabilen Baum verankert hatte, straffte sich ruckartig, bevor sie mehr als ein paar Meter gefallen war. Das Rücksicherungssystem hielt sie in ihrer Position fest, während das Hauptseil, das zu Dane führte, unkontrolliert ruckte. Becki rutschte auf den sich bewegenden Steinen aus und versuchte verzweifelt, einen festen Stand zu finden. Sie drehte sich und stellte ihre Füße weit auf, um nicht mehr herumzuwirbeln. Das gelang ihr gut genug, sodass sie der Wand zugewandt war, während ein Schauer aus Steinen von oben herabkam und auf ihre Schultern prallte. Instinktiv vergewisserte sie sich, dass die Sicherungssperre an Danes Sicherungsseil eingerastet war. Ihre Finger bewegten sich rasend schnell, selbst als etwas Schweres ihren Helm traf und die Welt schwarz wurde.

1

»Am liebsten würde ich sie alle feuern. Jeden einzelnen von ihnen.« Marcus starrte aus seinem Bürofenster auf die Wolken, die am Mount Rundle vorbeizogen. Die friedliche Gelassenheit des Panoramas von Banff passte so gar nicht zu seinem inneren Aufruhr.

»Du würdest es bereuen, wenn du einen Einsatz reinbekommst und eine volle Crew brauchst, um eine Pfadfindertruppe aus der Klemme zu ziehen.« David bedeutete ihm mit einer Geste, sich zu setzen. »Hör auf, auf und ab zu laufen. Dein Team hat einen Fehler gemacht. Sie haben es vermasselt. Sieh es positiv. Es war eine Trainingsübung, und niemand ist gestorben.«

Wären sie noch Teenager gewesen, hätte Marcus eine Faust in Davids Richtung fliegen lassen. »Positiv sehen? Seit wann bist du denn zur personifizierten guten Laune mutiert? Letzten Monat hast du einem deiner Erstsemester noch den Kopf gewaschen, weil er Mist gebaut hat. Ich stelle an mein Team höhere Erwartungen als an einen Haufen Möchtegern-Retter.«

»Meinen Studenten? Ach, komm schon. Das ist was anderes.« David presste die Lippen zusammen, vermutlich verärgert darüber, dass sein seltener Ausbruch durch den Buschfunk die Runde gemacht hatte.

Marcus ließ sich in seinen Schreibtischstuhl fallen, erfreut über den schuldigen Gesichtsausdruck seines Bruders. Nur weil er stinksauer war, hieß das nicht, dass er es nicht genießen konnte, den einen oder anderen Seitenhieb zu verteilen. Er war allerdings froh, dass sie nicht zusammenarbeiteten. Vor Jahren hatte David seine Fähigkeiten im Hinterland in eine andere Richtung gelenkt und sich entschieden, sein Fachwissen an die nächste Generation weiterzugeben. Er hatte eines der renommiertesten Ausbildungszentren in Nordamerika aufgebaut. Absolventen von Davids Institut waren heute in den gesamten USA und in Kanada im Einsatz und retteten Menschen in den Bergen und Flüssen von Nationalparks und anderen Wildnisgebieten aus Lebensgefahr.

Unterrichten hatte Marcus nie im Hinterkopf. Stattdessen war er damit beschäftigt gewesen, die verdammte Welt zu retten. Er hatte seine Fähigkeiten in Krisengebieten eingesetzt, in denen es beim Erwischtwerden weniger um Entschuldigungen und Wiedergutmachung ging, sondern eher darum, so viele Teile wie möglich zusammenzusuchen, sie in einen Sack zu stopfen und mit nach Hause zu nehmen.

Jetzt, Jahre später, war Banff zu einem sicheren Ort geworden, an dem es jemanden gab, dem er bedingungslos am Herzen lag, wenn es mal hart auf hart kam. Denn Marcus gab als Erster zu, dass es Zeiten gab, in denen man nur schwer mit ihm auskam.

David schnappte sich eine Zeitschrift vom Nachttisch und fuchtelte damit vor Marcus' Nase herum. »In diesem Gespräch geht es weder um meine Schule noch um meine Studenten. Wenn dein Team es vermasselt hat, dann regle das. Sie brauchen ein bisschen Trainingslager. Sie sind verwöhnt. Dass sie als ›die Besten der Besten‹ bezeichnet werden, ist ihnen zu Kopf gestiegen. Außerdem verbringen sie mehr Zeit in der Bar und genießen es, angehimmelt zu werden, als dass sie am Training teilnehmen. Das summiert sich, Bruder. Fehler waren vorprogrammiert.«

Ausreden waren nicht akzeptabel. Marcus schüttelte den Kopf. »Nicht unter meiner Aufsicht. Das ist nicht der Grund, warum man ausgewählt wird, für Lifeline zu arbeiten. Ich erwarte von ihnen, dass sie ständig voll bei der Sache sind, David.«

»Ich weiß, ich weiß. Als du dein Team zusammengestellt hast, hast du gesagt, du willst es klein und zu etwas Besonderem machen. Drei Jahre – Gott, ich kann kaum glauben, dass es erst so kurze Zeit her ist. Du hast Tolles mit ihnen erreicht, aber vielleicht müsst ihr euch neu formieren.«

Marcus fuhr sich mit der Hand durchs Haar und stieß bewusst den Atem aus. Genau das tat er gerade: sich neu zu formieren, aber die Versuchung war groß, sich ein großes Glas von etwas Starkem einzuschenken und alles für eine Weile zu vergessen.

Drei Jahre fühlten sich nicht lang genug an, um seine gesamte Lebensrichtung zu ändern. Er war um die Welt gereist und hatte verdeckt gearbeitet – er hatte nicht erwartet, dass die geheimen Bergungsoperationen, an denen er beteiligt gewesen war, ewig dauern würden, aber er hätte nie gedacht, dass seine Karriere durch eine einzige falsche Entscheidung enden würde.

Durch die Entscheidung eines anderen.

Unwillkürlich blickte er auf den Stumpf seines linken Arms. Auf einem Nachttisch, gerade noch in seinem Sichtfeld, lag seine modifizierte Prothese, die er nur trug, wenn es unbedingt nötig war. Körperlich war er geheilt und hatte das Ganze hinter sich gelassen. Seelisch gab es immer noch Tage, an denen Fluchen nicht ausreichte.

Dennoch war die Rückkehr nach Banff nach seiner Entlassung aus dem Krankenhaus keine Frage gewesen. Die Gründung eines privaten Rettungsunternehmens war schon immer der Plan B für den Fall gewesen, dass er nicht mehr für andere arbeiten wollte. Er hatte die Besten rekrutiert, sie hart trainiert, und nun waren sie das Team, das für Hochrisiko- und unmögliche Rettungseinsätze gerufen wurde.

Der Anblick, wie einer aus diesem Eliteteam während einer routinemäßigen Trainingseinheit ein Z-clipping verursachte und damit potenziell mehr als nur den Rettungsversuch gefährdete, schoss ihm wieder durch den Kopf, und er knurrte frustriert. »Wenn Berühmtheit dazu führt, dann halte ich mein Team ab jetzt im Verborgenen. Ich hätte diesem Reporter sagen sollen, er soll sich seine verdammte Kamera sonst wohin schieben.«

»Gib nicht Nathan die Schuld für den Artikel. Gib sie *Sports Illustrated* dafür, dass es ihn veröffentlicht hat und das gesamte Magazin unter das Thema ›Ehrerbietung für eure todesmutigen Götter und Göttinnen der Wildnis‹ gestellt hat.«

»Spar dir das. Wir haben festgestellt, was das Problem war. Mein Team ist fett und träge geworden und hat sich auf seinen Lorbeeren ausgeruht.«

»Dann verstärke sein reguläres Training. Wir befinden uns zwischen der Ski- und der Wandersaison. Da die Schule bis zum ersten Juni Semesterferien hat, steht es dir frei, auf die gesamte Ausrüstung zuzugreifen. Die perfekte Zeit für ein paar intensive Workouts, damit sie sich wieder zusammenreißen.« David grinste spöttisch. »Vielleicht solltest du in Erwägung ziehen, dich ihnen anzuschließen, anstatt nur vom Seitenrand aus zu lehren.«

Bastard. David war der Einzige, der mutig genug war, ihn zu verspotten. »Willst du damit andeuten, ich sei aus der Form?«

»Wenn der Schuh passt –«

Marcus warf einen Stift quer durch den Raum, aber sein

Bruder wehrte ihn mühelos ab. »Ich habe koordiniert, keine Rettungseinsätze geflogen. Dazu kommt noch die Büroarbeit. Ich bin immer noch in Form – ich bin nicht zu schwach, um dir den Hintern zu versohlen.«

»Schön, du bist in ordentlicher körperlicher Verfassung, aber du bist bei Weitem nicht mehr so technisch qualifiziert wie früher.« David hob herausfordernd das Kinn. »Und komm mir nicht mit der Ausrede, dass du nur einen Arm hast, denn du hast mir vom ersten Tag an gesagt, dass du dich davon nie bremsen lassen würdest.«

»Verdammt noch mal, du bist manchmal ein echter Hundesohn, was?«

Sein Bruder grinste. »Ich weiß ganz genau, dass du die Inspiration für viele dieser Kids warst, die bei Lifeline anheuern wollten. Wenn die Legende sich gehen lässt... denk mal drüber nach.«

Das hatte er bereits. Marcus zog eine Akte heraus und warf sie über seinen Schreibtisch. »Schön. Du hast gewonnen. Das Team kehrt so schnell wie möglich zum Basistraining zurück.«

Es dauerte nur ein paar Minuten, bis David die Seiten durchgeblättert hatte, wobei er leise fluchte. Er ließ die Akte auf den Boden fallen, wobei er ein Blatt in der Hand behielt. »Du hinterhältiger Bastard. Du hattest schon einen Plan fertig, während du mich hier vollgejammert hast. Wann hast du das vorbereitet?«

Seinen Bruder auszutricksen, fühlte sich verdammt gut an. »Deine Schulsekretärin war fantastisch. Ich überlege, sie dir abzuwerben.«

»Die kannst du dir gar nicht leisten.« David wedelte mit dem Blatt, das er aus der Akte gezogen hatte, in Marcus' Richtung. »Du hast niemanden für das Seiltraining aufgeführt.«

Marcus schüttelte den Kopf. »Dein leitender Ausbilder sagte, er habe für die Semesterferien andere Pläne. Hast du eine andere Idee?«

Ein Grinsen huschte so schnell über Davids Gesicht, dass es fast beängstigend war. »Lustig, dass du fragst. Ich habe gerade eine Expertin hergeholt, um einige Spezialkurse zu planen. Sie wird ab dem nächsten Semester als allgemeine Ausbilderin und Aufsichtsperson an der Schule anfangen.«

»Sie?«

»Rebecca James.«

Sein Bruder sprach ihren Namen so beiläufig aus. Als wäre sie nicht die eine Frau, die jeder in der Berggemeinde kannte. David musste es wohl kaum erwarten können, von seinem Glück zu erzählen, sie für den Job gewonnen zu haben.

Ein Adrenalinschub durchfuhr Marcus' Körper, ganz im Gegensatz zu dem, was David wahrscheinlich erwartete. *Heilige Scheiße.* Heilige verdammte Scheiße.

Becki James.

Er bemühte sich, Davids Gelassenheit nachzuahmen. »Sie geht unter die Lehrer?«

David nickte langsam. »Ihr Vertrag mit dem US Parks Department im Yellowstone war ohnehin ausgelaufen, und sie sagte, sie wolle sich eine kleine Auszeit nehmen, also habe ich sie eingeladen.«

Für einen kurzen Moment stieg Panik in Marcus auf und er fragte sich, ob das Ganze eine Falle war, ob sein Bruder das arrangiert hatte, um ihn aus seiner Trübsinnigkeit zu reißen. Das Gefühl verflog so schnell, wie es gekommen war. Soweit er wusste, war das sexuelle Abenteuer zwischen ihm und Becki vor langer Zeit immer noch ein absolutes Geheimnis. Die Chancen, dass David sich daran erinnerte, dass Marcus die Schule besucht hatte, während sie dort Schülerin war, waren gering. Wenn er wollte, dass das so blieb, durfte er sich seine Reaktion nicht anmerken lassen.

»Du hast eine komische Vorstellung von Auszeit, wenn du sie gebeten hast, hier zu unterrichten. Warst du es nicht, der mir vorgeschlagen hat, für meinen nächsten Urlaub auf eine einsame Insel zu verschwinden, damit ich nicht das Bedürfnis verspüre, ständig Leute zu retten?«

»Sieh es ein, Bruder, du bist einfach ein großer alter Bernhardiner.«

Genau. »Erzähl das dem Team, das gestern seinen Vorstieg vermasselt hat. Ich bezweifle, dass sie mich gestern Abend Bernhardiner genannt haben. Pitbull, Arschloch, gruseliger Mistkerl – das waren wohl eher die Namen, die ihnen über die Lippen kamen.«

David grinste. »Mensch, ich frage mich bloß, warum.«

Marcus hielt einen Moment inne und dachte nach. Er mochte zwar einen Hintergedanken bei der Frage haben, aber sie war berechtigt. »Taugt Rebecca als Lehrerin was? Ich meine, wir haben letzten September die Medienberichte mitbekommen, und das war's. Sie mag an einer spektakulären Rettung beteiligt gewesen sein, aber Außendienst ist nicht dasselbe wie Unterrichten. Das weißt du.«

»Sie ist eine der Besten. Sie wurde hier ausgebildet, weißt du.«

»Wirklich? Warum hast du das nicht früher erwähnt?« Dieses Gespräch führte zu nichts. David schien sichtlich zufrieden damit, eine so hochkarätige Ausbilderin an Land gezogen zu haben. Marcus schaltete gedanklich um. Würde es ein Problem sein, sie um sich zu haben? Was machte es schon, dass er und Becki eine kleine sexuelle Vergangenheit hatten? Wobei die Bezeichnung *kleine* wohl der größte Schwachsinn des Tages war. »Sie ist eine BSR-Absolventin und sie ist in der Stadt?«

David nickte. »Sie wohnt in den Wohnheimen der Schule. Ich habe ihr ein Hotelzimmer angeboten, bis die Renovierungsarbeiten an den Lehrerwohnungen abgeschlossen sind, aber sie meinte, sie nutze gerne ein Studentenzimmer, solange die Kids die nächsten drei Wochen in den Ferien sind. Warum besuchst du sie nicht mal? Lad sie zum Essen ein.«

Ein leiser Verdacht beschlich Marcus. »Warum?«

David blinzelte. »Was meinst du? Damit du sie fragen kannst, ob sie dein Team trainiert.«

»Vielleicht sollten wir sie erst mal ankommen lassen. Den Urlaub genießen lassen, bevor das Semester beginnt.«

»Hör zu, wenn du nicht das Beste für dein Team willst, ist das okay. Ich sage ja nicht, dass du sie flachlegen sollst. Sei einfach nett zu ihr. Sorg dafür, dass sie sich willkommen fühlt.«

Marcus verschluckte sich fast, als er *flachlegen* hörte.

David musste wohl geglaubt haben, seine Reaktion bedeute etwas anderes. Er starrte ihn wütend von der anderen Seite des Raumes an. »Verdammt noch mal, Marcus. Wenn *Sports Illustrated* vor Lifeline von ihr gehört hätte, hätten sie dich komplett vergessen.«

»Schon gut. In welchem Zimmer ist sie?«

David zeigte ihm den Mittelfinger. »Schön, dass du bereit bist, dieses Opfer zu bringen. Zimmer 305. Ich weiß, dass sie heute Morgen angekommen ist, aber ich kann nicht garantieren, dass sie da ist. Sie meinte, sie kaufe sich einen neuen Tarif für ihr Handy, anstatt ihren US-Vertrag zu nutzen, also habe ich nicht mal eine Nummer, unter der du sie anrufen kannst.«

Marcus winkte ab. »Details. Ich werde sie schon aufspüren.«

»Hey.« David warf ihm einen finsteren Blick zu, und plötzlich fühlte es sich an wie zwanzig Jahre zuvor, als Marcus von seinem vorsichtigeren Bruder gewarnt wurde. »Sei kein Arsch. Ich will, dass sie bleibt, und ich kann es nicht gebrauchen, dass du hier irgendwelche Spielchen treibst.«

Jesus. Irgendwelche Spielchen hatten aus so vielen Gründen absolut keinen Platz auf seiner Agenda. »Wann bin ich denn bitte ein Arsch?«

»In letzter Zeit? Meistens.« David ordnete die Akte wieder und legte sie zurück auf den Schreibtisch. »Du bist der Beste in dem, was du tust. Das meine ich ernst, Marcus. Aber du bist im letzten Jahr auch kalt geworden. Versuch mal, das Ganze lockerer zu sehen, okay? Ich weiß, wir sind in einem harten Geschäft, und es gibt Momente, in denen wir ernst sein müssen, aber du bist nicht mehr derselbe Kerl wie früher. Ich vermisse ihn irgendwie.«

Marcus klopfte seinem Bruder auf den Rücken und begleitete ihn zur Tür. »Hoffentlich ist er noch irgendwo da. Vielleicht finde ich ihn ja wieder, während ich meine technischen Fähigkeiten aufpoliere.«

Und vielleicht lernten Schweine ja das Fliegen.

Er musste nicht der Strahlemann sein, um in seinem Job gut zu sein, aber es gab keinen Grund, diesen Punkt jetzt zu diskutieren. Und nach sieben Jahren wieder in Beckis Leben zu spazieren, war ein verdammt gewagter Weg, um zu versuchen, alles lockerer zu sehen.

BECKI SCHLOSS DEN SCHRANK, wobei sie ein Gefühl von Déjà-vu überkam, als ihre Kleidung hinter den vertrauten Holztüren verschwand. Obwohl die Stoffe auf der anderen Seite der Tür viel teurer waren als bei ihrem ersten Mal an der Schule, waren die Kleidungsstücke im Grunde die gleichen. Bequem, unkompliziert. Abgesehen von dem einen schicken Kleid, das sie aus einer Laune heraus mitgebracht hatte, war Mountain Equipment Co-op immer noch ihr bevorzugter Designer.

Sie schlenderte zum Fenster, um sich wieder mit der Umgebung vertraut zu machen. Die Wohnheime lagen am Hang und boten den spektakulärsten Blick auf den Mount Rundle, dessen markanter, gezackter Gipfel eine schräge Linie gegen den pastellblauen Himmel von Alberta zeichnete. Kleine, blassgrüne Knospen zitterten in der leichten Brise. Die Bäume trieben hier langsamer aus als im nahe gelegenen Calgary; die größere Höhe und die kühleren Nächte in den Bergen hielten den Frühling noch zurück.

Das Fenster stand bereits offen. Frische Luft strömte in den Raum und wirbelte über das Queen-Size-Bett. Abgesehen von der Größe der Schlafgelegenheit hatte sich nicht viel verändert, seit sie Schülerin gewesen war. Ein Schreibtisch. Eine Pinnwand an der Wand mit einem einzigen motivierenden Zitat, das über den oberen Rand gemalt war: *Ich bin der Kapitän meiner Seele.*

Es war wie eine Zeitreise und ein Schauer lief ihr über den Rücken.

Sie hatte schnell zugestimmt, als David Youth sie bat, eine Lehrerstelle anzunehmen, und dann während der gesamten Fahrt von Jackson, Wyoming, nach Banff in aller Ruhe über das Warum ihrer schnellen Entscheidung nachgedacht. Sie war keine dreiundzwanzig mehr. Sie war nicht mehr die eigensinnige, dynamische Anführerin, die von ihren Klassenkameraden abwechselnd bewundert und gehasst wurde.

Nur war sie sich nicht wirklich sicher, wer sie anstelle dieses Mädchens eigentlich war. Irgendwo auf dem Weg hatte sie den Faden verloren.

Und wenn man sich verirrte, kehrte man an den Anfang zurück und fing von vorne an.

Einem Impuls folgend, schob Becki die Schreibtischschublade auf. Sie holte den Satz farbiger Marker heraus, von dem sie geahnt hatte, dass sie ihn dort finden würde. Ein Blatt Papier gesellte sich zu den Markern auf der Tischplatte, und ohne weiteres Überlegen schrieb sie in Druckbuchstaben:

ALLES BEGINNT MIT EINEM EINZIGEN SCHRITT

Sie heftete die mutige Aussage in die Mitte der Pinnwand, bevor sie einen Schritt zurücktrat, um sie zu begutachten. Als Motivation war das alles, was sie brauchte. Sie musste nicht sofort alle Probleme lösen, wer sie jetzt war oder wer sie in Zukunft sein würde. Schritt für Schritt würde sie es herausfinden.

Der Sonnenschein lockte – also tauschte sie ihre Reisekleidung gegen eine Laufhose und legte sich eine Halterung für die Wasserflasche um. Sie überlegte gerade, ob sie Handschuhe mitnehmen sollte oder nicht – die Temperaturen waren immer noch bissig –, als es an der Tür klopfte.

Sie spähte durch den Türspion und wäre fast gestorben.

Marcus.

Sein Gesicht war reifer geworden. Sie hatte ihn schon damals, vor all den Jahren, für gutaussehend gehalten, aber mit dreißig war er noch jung gewesen. Nicht *kindlich* – dieses Wort wäre niemandem in den Sinn gekommen, um Marcus zu beschreiben –, sondern eher wie *ungeahntes Potenzial*. Und jetzt? Seine Wangen und sein Kiefer waren markanter, seine blauen Augen genauso wachsam. Kleine Lachfältchen zogen sich von den Augenwinkeln aus, und sie verspürte den Drang, sie zu berühren, die Zornesfalte zwischen seinen Brauen glattzustreichen.

Seine Schultern waren so breit, wie sie sie in Erinnerung hatte, und seine offene Jacke spannte sich über einer festen Brust. Ihr Mund wurde trocken, als sie sich daran erinnerte, wie fest sein Körper gewesen war. Und ist.

Er klopfte erneut, und sie schreckte auf, während die Erinnerungen in ihrem Kopf Purzelbäume schlugen.

ALS DIE TÜR AUFGING, kramte Marcus seine besten Manieren hervor. *Siehst du, David, ich kann auch was Besseres als ein Arschloch sein, wenn ich will.*

Er setzte sein festestes Lächeln auf, während er die Frau

ansprach, die langsam ins Blickfeld rückte. »Rebecca James? Ich weiß nicht, ob du dich noch an mich erinnerst ...«

Ein Steinschlag hätte ihn nicht heftiger treffen können. Selbst das Wissen, dass sie hier sein würde, minderte den Schock nicht. Das Gesicht vor ihm war nicht nur hübsch – es war vertraut. Sehr vertraut. Er hatte es jahrelang nicht im echten Leben gesehen, aber in seinen Gedanken umso öfter. Sie war im Grunde *diejenige, die ihm entwischt war.*

Ihre Augen leuchteten für einen Sekundenbruchteil auf, bevor ihr Lächeln verblasste. Als wüsste sie nicht, was sie als Nächstes tun sollte.

Er wusste es auch verdammt noch mal nicht.

»Hallo, Marcus. Natürlich erinnere ich mich an dich. Schön, dich wiederzusehen.« Sie richtete sich auf und umklammerte fest die Vorderseite ihrer Wasserflaschenhalterung. »Besuchst du David?«

»Ich wohne hier.«

»In Banff? Seit wann?«

»Seit vier Jahren.« Er deutete vage in den Raum, immer noch benommen von dem Schock. »Und du bist also wieder in deine Studentenzeit zurückgekehrt.«

Plötzlich war das das Schlimmste, was er hätte sagen können, denn alles, was er vor sich sah, war sie nackt – auf dem Bett oder in der riesigen Wanne im Banff Springs Hotel. Gegen die Wand gepresst, die Haut feucht von Schweiß, während er sie fixierte und seinen Schwanz immer und immer wieder in ihren bereiten Körper stieß.

Ein sündiges Wochenende. Sie hatte ihn mit ihrer Sinnlichkeit völlig aus der Fassung gebracht.

Er starrte sie an – er wusste es. Aber ihre Lippen waren immer noch fest, und da war dieser Hauch von Schalk, während sie lächelte. Obwohl ihr dunkelbraunes Haar zu einem ordentlichen Pferdeschwanz zurückgebunden war, zeigten seine geistigen Bilder es zerzaust um ihren Kopf herum, während er über ihr war, intim mit ihr verbunden. Die Kurven ihres Körpers waren unter ihrem engen Laufoutfit deutlich sichtbar, und er verspürte den Drang, sie auszuziehen und zu sehen, wie gut seine Erinnerungen mit der neuen Realität übereinstimmten.

Die Tür bewegte sich ein Stück, und Marcus riss seinen Blick von ihren Hüften los, an denen er für einen Moment hängen geblieben war.

Ihr Lächeln war breiter geworden. »Scheint so, als hättest du dich nicht viel verändert.«

Ihr neckender Tonfall rettete ihm den Hintern. Sie war nicht sauer. Das war gut. Er lehnte sich gegen den Türrahmen, und diesmal war sie an der Reihe, ihn mit ihrem Blick zu berühren, ihn zu mustern und abzuwägen.

Er sah es in ihrem Gesicht in dem Moment, als sie seinen Arm entdeckte. Oder genauer gesagt, dort, wo sein Arm nicht war. Der leere untere Ärmel auf seiner linken Seite war festgesteckt, damit er nicht herumflatterte. Es war eine einfache Lösung, die die Touristen in der Stadt auf den ersten Blick völlig übersahen.

»Oh, Mist. Marcus? Wann? Das tut mir so leid.«

Das sexuelle Prickeln erlosch schlagartig, als er sich darauf vorbereitete, sie zu beruhigen und den ganzen verständnisvollen Kram abzuspulen. Das übliche Theater, das er durchmachte, wenn er mit jemandem zu tun hatte, der wegen seines fehlenden Gliedmaßes gleich auszuflippen drohte.

Er erwartete, dass sie angewidert in ihr Zimmer flüchten oder wie erstarrt dastehen würde – die zwei häufigsten Reaktionen auf seine Amputation. Es überraschte ihn zutiefst, als sie stattdessen vortrat und ihre Hand auf seine Schulter legte. Er war derjenige, dem es die Sprache verschlug, als sie ihn leicht drückte und ihre Hand immer weiter nach unten wanderte, bis sie den Stumpf kurz hinter seinem Ellbogen fand.

Sie nickte kurz, einen Moment, bevor tiefe Röte in ihr

Gesicht stieg. »Ach, verdammt. Das war unglaublich unhöflich. Es tut mir so leid.«

Amüsement wallte in ihm auf, als er sie mit der rechten Hand festhielt, bevor sie zurücktreten konnte. »Nicht doch. Das war eigentlich eine erfrischende Reaktion. Es ist schön, dass du nicht entsetzt nach Luft geschnappt hast.«

Ihr klappte die Kinnlade herunter. »Das darf ja wohl nicht wahr sein. Du willst mir sagen, dass – nein, später. Erst mal: Wie lange ist es her?«

»Vier Jahre.«

Verständnis blitzte in ihren Augen auf. »Was für eine Art, zu Hause begrüßt zu werden. Es tut mir leid. Macht es dir was aus, darüber zu reden?«

Er lockerte seinen Griff um ihren Oberarm und ließ seine Finger wie eine Liebkosung über den weichen Stoff ihres Laufshirts gleiten. Diese Frau war jetzt mehr als nur der ungestüme Rockstar an der Kletterwand, der sie früher war. Ihr zu helfen, sein Team auszubilden, war nicht mehr der einzige Punkt auf seiner Agenda.

»Ich habe nichts dagegen, die Geschichte zu erzählen, aber ich unterbreche dich bei deinem Lauf. Soll ich später wiederkommen? Kann ich dich zum Mittagessen ausführen? Ich würde mich gerne über ein paar Dinge mit dir unterhalten.«

Über mehr als nur ein paar Dinge.

Sie zögerte nicht. »Willst du mit mir laufen? Ich kann warten, bis du dich umgezogen hast.«

Gott. Er hatte David nicht belogen, als er sagte, dass er sich so gut es ging in Form hielt, aber wenn Becki heute auch nur annähernd so war wie vor Jahren, dann erwartete er von einem Lauf mit ihr keinen gemütlichen Spaziergang durch den Park. Bei Becki hatte sich schon immer alles um Herausforderungen gedreht.

Was soll's. Er war noch nie vor einer Herausforderung

zurückgewichen. »Ich habe Sportsachen im Personalraum. Treffen wir uns bei den Türen der Kletterhalle?«

Becki nickte, während sie ihre gründliche Musterung von ihm wieder aufnahm. Marcus bemerkte die unverminderte Bewunderung in ihren Augen mit großem Interesse.

Schließlich war sie fertig, und das verführerische Lächeln, das seine Aufmerksamkeit vor so langer Zeit zum ersten Mal gefesselt hatte, war wieder fest an seinem Platz. »Dann mache ich mich vollends fertig und sehe dich dort.«

Er starrte sie immer noch an, als sie die Tür vor ihm schloss.

2

———

Sie stellte einen Fuß auf das Geländer und dehnte sich, während sie wartete, und fragte sich erneut, ob ihr instinktiver Drang, das Erste, was ihr in den Sinn kam, laut auszusprechen, jemals nachlassen würde.

Marcus zu fragen, ob er mitkommen wolle? Schön – sie hatten Jahre nachzuholen. Vor seinem Verschwinden hatten sie keine nennenswerte Beziehung gehabt, und selbst flüchtige Bekannte konnten ein spontanes Workout genießen. Ein Ausflug zum *besseren Kennenlernen*.

Aber ihn zu einem *Lauf* einzuladen?

Sie musste verhindern, dass die Bilder nach dem Training sie ablenkten. Jene, in denen er sich beim Dehnen das Shirt auszog und der Schweißfilm auf seiner Haut seine Muskeln betonte. Er war gut gealtert. Sie wollte wissen, ob seine Bauchmuskeln noch immer steinhart waren und ob er sie, wenn er seinen Körper fest gegen ihren drückte, mit nur einer Hand gefangen halten könnte –

Und das war genau der Punkt, an den das hier nicht führen sollte.

Sie seufzte. Während sie ihre rasenden Gedanken unter

Kontrolle brachte, lehnte sie sich gegen die Hauswand und starrte in den Wald, wobei sie die in der Ferne sichtbaren Teile der Stadt mit ihrem Blick streifte. Es war, als hätte jemand vor Jahren einen Schnappschuss von ihr gemacht und sie wäre nun in der Zeit zurückgereist. Es war vertraut, und doch war sie nicht mehr dieselbe Person. Es ging nicht darum, nach Hause zurückzukehren, nicht wirklich. Es war ein Neuanfang.

Die Tür neben ihr öffnete sich und Marcus trat heraus, wobei sein Kopf ruckartig in ihre Richtung schwenkte und ein sexy Lächeln, das ihre Knie weich werden ließ, sein Gesicht erhellte.

Neu anfangen? Sie hatten nur ein gemeinsames Wochenende gehabt. Wer sagte denn, dass sie nicht einfach irgendwann ein weiteres haben konnten?

Er hielt ihr Wasser entgegen – Kondenswasser glitzerte auf der Kunststoffoberfläche. »Ich habe dir eine kalte Flasche aus dem Kühlschrank der Belegschaft geholt.«

Becki nahm sie dankbar an und goss das eisige Wasser in die Flasche, die in ihre Gürtelhalterung passte. Marcus warf die leere Flasche zurück in die Kletterhalle und zog die Tür hinter sich zu.

»Wie lange und wie hart?« fragte sie. Die Frage entwich ihr, bevor sie die Zweideutigkeit bedenken konnte. Ihr Gesicht erhitzte sich.

Sein Grinsen wurde breiter. »Eine Stunde, und ich bin bereit für Hügelsprints, wenn du es bist.«

Die alten Trainingsrouten rund um die Schule waren noch immer in ihrem Gedächtnis eingebrannt. »Heartbreak Hill?«

Er nickte und sie liefen im Gleichschritt zu dem relativ ebenen Warm-up-Pfad. Der breite Weg wand sich durch das Waldgebiet, mit kleinen Anstiegen und Senken – nichts allzu Einschüchterndes.

Die vorübergehende Stille zwischen ihnen fühlte sich angenehm an, aber ihre Neugier musste gestillt werden. »Du bist vor vier Jahren zurückgekommen? Das bedeutet also, dass du ein Jahr nach meinem Weggang wieder da warst.«

Marcus wich einem herabhängenden Ast aus. »Ich brauchte einen Stützpunkt. David war hier in Banff immer noch glücklich, und ich dachte mir: Warum nicht?«

»Unterrichtest du also?«

»Nein, ich habe ein privates Unternehmen für den Such- und Rettungsdienst aufgebaut. Die Regierung kann mit der Nachfrage, Leute aus der Klemme zu ziehen, nicht Schritt halten, also bin ich eingesprungen. Es ist nicht gewinnorientiert, aber ich habe genug Spender mit tiefen Taschen gefunden, um die Besten anzuheuern und sie bereitstehen zu haben, wenn sie gebraucht werden.«

Becki nickte. Das war genau die Art von Arbeit, von der sie erwartet hatte, dass er darin involviert sein würde. »Ich verstehe. Ich habe in den letzten paar Jahren etwas Ähnliches im Yellowstone gemacht.«

Sie verstummten, als die Steigung zunahm. Marcus genoss das Pulsieren des Blutes in seinen Gliedern, das Gefühl von Energie, das er immer bekam, wenn er seinen Körper forderte. Becki lief mit einem mühelosen Gang, und ihre Muskeln waren fest, während sie sich in rhythmischen Bewegungen anspannten und dehnten.

»Fünf Wiederholungen?« fragte sie.

Marcus fluchte leise. »Bist du ein Fan von Qualen?«

Becki joggte auf der Stelle, während sie den steilen Hang des Hügels vor ihnen ins Visier nahm. »Prävention. Es ist Jahre her, dass ich das letzte Mal im Süßwarenladen in Banff war, und ich bezahle lieber für meine Maßlosigkeit, bevor ich den Fudge verschlinge, als danach.«

»Schön. Satz Nummer eins.«

Er sprintete sofort los, in der Absicht, ihr zuvorzukommen, aber sie hatte sich bereits umgedreht, als er sprach, und nun starrte er direkt auf Augenhöhe auf ihren Hintern. Die Kurve, wo ihre langen Beine in ihre sanft gerundeten Pobacken übergingen, spannte sich direkt vor ihm an.

Verdammt noch mal.

Glücklicherweise war die Steigung, die sie hinaufliefen, so steil, dass der Schmerz, der in seinen Muskeln einsetzte, für Ablenkung sorgte. Es war ein fast senkrechter Sprint, wie ein Wettrennen auf einer Treppe in der Feuerwache, nur ohne den Schlauch über der Schulter. Gemeinsam wichen sie dem unebenen Boden aus, während die massiven, freiliegenden Felsen ein Labyrinth bildeten, durch das sie sich schlängeln mussten. Sie erreichten den Gipfel des Hügels und wurden langsamer. Schwer atmend, mit sich hebenden und senkenden Brustkörben, rangen sie nach Sauerstoff und joggten die Schneise zurück zum Fuß des Hügels für Runde zwei.

»Du bist gut in Form«, brachte er hervor, ohne zu sehr wie ein Kettenraucher zu klingen.

Becki schenkte ihm ein Grinsen. »Eine der Regeln, die du mir beigebracht hast. Gib immer hundert Prozent.«

»Ha, du erinnerst dich an diese Lektionen?« Was sagte er da? Er erinnerte sich mit erschreckender Genauigkeit an alles, was sie *ihm* an jenem Wochenende beigebracht hatte.

Sie waren am Fuß des Hügels angekommen, und Becki drehte sich zu ihm um. Ihr Kinn senkte sich leicht, und sie sah ihn unter ihren Wimpern hervor an. »Die Lektionen waren sehr einprägsam.«

Verdammt noch mal, ja. Er war sich nicht sicher, ob er zurücklächeln oder wie ein verschrecktes Kind weglaufen sollte.

Wollte er eine Wiederholung ihres wilden Abenteuers? Verdammt ja, aber er war sich über das große Ganze momentan nicht sicher, und wenn sie schon von Regeln sprach, dann würde er zu der ersten zurückkehren, auf deren Vermittlung er vor so langer Zeit bestanden hatte.

Sei geduldig.

Sie waren jetzt hier und erwachsen – sie hatten mehr zu erkunden als nur die berauschende körperliche Anziehungskraft, die sie geteilt hatten. Wenn alles klappte, würde der Sex später kommen. Er wollte mehr darüber wissen, wo sie gewesen war und was sie jetzt tat. Da David sie überredet hatte, an die Schule zu kommen, würde sie mindestens ein Jahr lang hier sein. Genug Zeit, um die Laken wieder zum Glühen zu bringen.

Also wählte er den einfachen Ausweg.

»Runde zwei?«

Sie war wortlos verschwunden, und wieder einmal sah er sich der Qual ausgesetzt, während des gesamten Sprints den Hang hinauf auf ihren Hintern zu starren.

DIE KLETTERHALLE WAR RENOVIERT WORDEN, seit sie das letzte Mal dort gewesen war. Die Matten waren funkelnagelneu und superweich, und eine unglaubliche Auswahl an Selbstsicherungsautomaten säumte die Südwand. Die gesamte Fläche der Ostwand war zudem vom Boden bis zur Decke mit Klettergriffen übersät, einschließlich eines schönen Überhangbereichs, bei dem es ihr in den Fingern juckte, ihn zu testen.

Sie beendete die Bewunderung der Renovierungen aus einer entspannten Position flach auf dem Rücken. Mit einem zur Decke gestreckten Bein kreiste sie ihren Knöchel, zog das Glied näher heran und stöhnte darüber auf, wie gut es sich anfühlte, die festen Muskeln zu dehnen.

Eiseskälte schlug ihr von links entgegen.

»Habe ich dich geschafft?« fragte sie und verbarg ihre Belustigung. Marcus war in der zweiten Hälfte ihres Laufs weniger gesprächig gewesen, und sie glaubte nicht, dass es an Erschöpfung lag.

Die Matten quietschten, als er sich weiter von ihr wegrollte und sich aufrichtete, um beim Dehnen seiner Oberschenkelrückseiten der Wand zugewandt zu sein. »Ein bisschen.«

Lügner. Jede Bewegung, die er machte, schrie förmlich danach, dass er sie wahnsinnig machte. Sie war schon früher das Zentrum konzentrierter Aufmerksamkeit gewesen, seiner und der anderer Männer. Sie wusste, wenn jemand sie abcheckte, und das Kribbeln in ihrem Inneren war nicht weniger inspirierend als vor Jahren.

»Ich bin beeindruckt von dem, was David aus dem Laden gemacht hat. Kommst du eigentlich noch oft vorbei und hilfst bei den Kursen aus?«

Diesmal drehte er sich zu ihr um, und die Hitze in seinen Augen reichte aus, um eine Feuerwelle durch ihr Innerstes zu schicken. Sie würde direkt hier auf der Weichbodenmatte dahinschmelzen.

Er räusperte sich und blickte weg. »Ich bin meistens zu beschäftigt, um mich um die Studenten zu kümmern. Ich habe mein Team zusammen – ich brauche momentan niemanden Neuen.«

Die Spannung, die sich zwischen ihnen aufbaute, war fast greifbar. Berührbar, kurz vor dem Siedepunkt, was sie zugleich sehnsüchtig und verlangend machte. Die Müdigkeit in ihren Gliedern war einem ganz anderen Gefühl gewichen, und wenn sie nicht vorsichtig war, würde sie hier und jetzt über ihn herfallen.

Sie schwang sich in eine sitzende Position und zog sich lässig ihre Jacke an, wobei sie eine weniger provokative Haltung einnahm, während sie sich weiter dehnte. »Erzähl mir von deinem Team. Du sagst, du hast sechs Leute im Team?«

Marcus nickte. »Pilot, Windenführer, Sanitäter und der Rest an den Seilen oder was auch immer nötig ist, um zur Unfallstelle zu gelangen. Ich leite die Einsatzzentrale oder es gibt einen ausgebildeten Rettungsassistenten, der assistiert. Ein paar von ihnen sind Wasserexperten mit Taucherfahrung und so, aber wir bekommen nicht viele solcher Einsätze – es sind hauptsächlich Lawinen im Winter oder Felsunglücke außerhalb dessen, was die örtlichen freiwilligen Bergrettungsteams oder die Forstverwaltung und die RCMP leisten können.«

Sie hätte alles dafür gegeben, nach der Ausbildung in ein solches Team zu kommen. »Unglaublich. Wo warst du, als ich damals auf Jobsuche war?«

Er zögerte. »Wahrscheinlich habe ich mich in Übersee in Schwierigkeiten gebracht.«

Ein Gefühl von Mitgefühl und Bestürzung überkam sie. Wie dumm von ihr, das nicht bedacht zu haben. »Oh, Marcus, es tut mir leid. Das wollte ich nicht –«

Er schenkte ihr ein schiefes Grinsen. »Vergiss es. Es war ein Witz, aber offensichtlich ein schlechter. Das erste Team, das ich zusammengestellt habe, hätte dir gefallen – du wärst die einzige Frau gewesen.«

Sie folgte seinem Beispiel und ignorierte ihren Fehler, auch weil sie über sein Geständnis schockiert war. »Du stellst keine Frauen ein?«

Er zuckte mit den Schultern. »Ich stelle die Besten ein. In jenem Jahr war unter den erfolgreichen Kandidaten keine Frau. Es gab ein wenig Fluktuation, und jetzt habe ich zwei Damen im Team. Meine leitende Seilspezialistin wird dir gefallen – sie ist an der Wand genauso vorlaut wie du es warst.«

Ihre Blicke trafen sich erneut – und Erinnerungen daran, wie ihre forsche Art sie für dieses kurze Abenteuer zusammengeführt hatte, stiegen auf.

Sein dunkler Kopf zwischen ihren Beinen, seine Zunge, die unbeschreiblich wundervolle Dinge tat. Sie vergrub ihre Finger in seinem Haar und zog daran, bis er in der perfekten Position war. Spannung baute sich auf, ihre Glieder zitterten –

Becki riss den Blick weg und überlegte kurz, ob sie sich den Inhalt ihrer Wasserflasche über den Kopf schütten sollte. Gütiger Himmel, es war in der Kletterhalle heißer, als sie es in Erinnerung hatte. Sie suchte hastig nach Worten. Irgendetwas, in dem verzweifelten Versuch, ihre Gedanken auf sicherere Themen zu lenken. Worüber hatten sie gesprochen?

Das Team. Sein Team. *Richtig.*

»Dein Team ist hier in Banff stationiert? Moment mal, ich *habe* von euch gehört.« Da war ein Zeitungsartikel gewesen, den sie in den letzten Monaten gelesen hatte. »Habt ihr nicht kürzlich irgendeine Auszeichnung gewonnen?«

Ein langer, müder Seufzer entwich ihm.

Nicht die Reaktion, die sie erwartet hatte. Sie hob eine Braue.

Er nickte. »So ähnlich. Die Aufmerksamkeit der Medien war eine echte Qual.«

Becki schnaubte. »Davon weiß ich ein wenig. Viel Aufmerksamkeit dafür zu bekommen, dass man nur seinen Job macht? Nein danke. Pressemeuten auszuweichen, wurde sehr schnell sehr alt.«

Den Reportern aus dem Weg zu gehen, die sie unaufhörlich wegen Informationen über ihre Rettung der Mädchen verfolgt hatten, war schon schlimm genug gewesen. Schlimmer waren die schrecklichen, unbeantwortbaren Forderungen nach mehr Details darüber gewesen, was mit Dane geschehen war. Ein Schauer lief über ihre Haut, und plötzlich fühlte sie sich ein wenig schmutzig, weil sie mit Marcus flirtete. Es war kaum acht Monate her, seit ihr Geliebter gestorben war. Warum benahm sie sich so?

Weil nicht du diejenige bist, die gestorben ist, höhnte ihre innere Stimme.

Sie sprang auf und überspielte ihr Unbehagen mit einem langen Schluck aus ihrer Wasserflasche. Als sie sie absetzte, stellte sie fest, dass Marcus sie fixierte.

»Und das bringt mich zurück zu dir. David sagte, dass du sein Lehrer-Team verstärkst – ab dem Sommersemester.«

»Am vierten Juni ist meine erste Stunde.«

Er starrte sie immer noch an, aber jetzt lag ein berechnender Zug in seinem Ausdruck. »Ich jage meine Crew in den nächsten drei Wochen durch ein Ausbildungslager. Ich brauche jemanden für das Seiltraining. David sagt, du bist die Beste. Hast du Interesse an einem befristeten Job?«

Jetzt schon? Zu unterrichten war das, wofür sie hierhergekommen war, aber sie hatte gedacht, sie hätte ein paar Wochen Zeit, um ihre Verteidigungswälle zu verstärken, bevor sie anfing. »David glaubt, ich sei die Beste – das ist schön zu hören. Was ist deine Meinung?«

»Ich habe dich schon lange nicht mehr klettern sehen, aber du hattest immer das Potenzial dazu.«

»Soll ich einen Test machen? Ein Trainingsprogramm einreichen? Irgendetwas in der Art, bevor du mir eine Stelle anbietest?«

Marcus grinste. »Nö. Regel drei.«

Das war das Letzte, womit sie gerechnet hatte. »Vertraue deinem Team? Wie passt das in diese Situation?«

»Mein Bruder sagt, du bist die Beste. Er hat dich dazu gebracht, bei ihm einzusteigen, und wenn dieser pingelige Kerl dich will, dann will ich dich auch.«

Sie sammelte ihre Sachen zusammen, während sie darüber nachdachte. »Das volle Team?«

»Ja. Die Pilotin nur für eine grundlegende Auffrischung – sie braucht kein komplettes Seiltraining, aber sie muss sich daran erinnern, dass die Leute am anderen Ende verdammt hart schuften, wenn sie in der Luft ist und hin- und herpendelt.«

Okay, das war beeindruckend. »Sie? Deine Pilotin ist eine Frau?«

Er stieß die Tür der Kletterhalle auf und hielt sie für sie

offen, wobei sein Grinsen wieder fest auf seinem Gesicht saß. »Erin ist die Beste.«

Sie blinzelte, als sie in den Sonnenschein trat. Tiefe Atemzüge füllten ihre Lungen mit mehr als nur der klaren Bergluft. Sie erfüllten ihre Seele mit einem vertrauten Frieden, den sie seit dem Unfall vermisst hatte.

»Becki?«

Sein Tonfall war eine Nuance tiefer geworden, und sie drehte sich zu ihm um.

»Ich wollte dich nicht überrumpeln. Ich weiß, dass es etwas ist, über das du wahrscheinlich erst nachdenken musst, aber das Angebot steht.«

»Ich hatte nicht erwartet, sofort zu arbeiten, aber ich werde es ernsthaft in Erwägung ziehen.«

Er nickte. »Großartig.«

Sie waren bereits auf halbem Weg zurück zu den Wohnheimen; ihre Schritte folgten dem vertrauten Pfad von vor so langer Zeit. »Du wohnst also direkt in der Stadt?«

»Ja, ich habe ein tolles Haus gefunden. Ein großer Garten, der schön privat ist. Eine weitläufige Terrasse mit einem Whirlpool ...«

Seine Stimme erstarb, und plötzlich war ihr klebriges, verschwitztes Ich wieder auf der Schiene des *Schwitzens aus einem anderen Grund*. Gedanken an Whirlpools und Marcus standen momentan nicht auf der Tagesordnung.

Er räusperte sich erneut. »Ich habe eine Idee. Komm heute Abend vorbei und lerne das Team kennen. Ganz ohne Druck wegen des Trainings, aber da du zurück nach Banff gezogen bist, sind sie eine tolle Truppe, mit der man gerne Zeit verbringt.«

Sie griff gierig nach dem Themenwechsel. »Das klingt nach Spaß. Irgendwo im Besonderen?«

»Du kennst unser übliches Revier.« Er lachte leise. »Ich glaube, du warst diejenige, die die Tradition begründet hat.«

Echt jetzt? »Rose and Crown? Das Pub gibt es immer noch?«

»Ja, und sie werfen immer noch regelmäßig Davids Studenten raus, aber wenn du versprichst, dich zu benehmen, kommst du diesmal vielleicht ohne Verhaftung davon.«

Mensch, es schien, als wären ihre Sünden aus der Studienzeit viel zu bekannt. Es hatte jedoch keinen Sinn, in Zweifeln zu schwelgen. »Sehr gerne – nur warne ich dich: Ich bin nicht mehr so scharf auf Jalapeño-Wettessen wie damals.«

»Oh Gott, nein. Wir bleiben bei Wings und Chips.«

Sie stöhnte auf, und ihr lief sofort das Wasser im Mund zusammen, wie bei einem pawlowschen Hund. »Wir hätten zehn Hügelsprints machen sollen, wenn wir diesen Fraß essen wollen.«

Er trat einen Schritt zurück, ein breites Grinsen im Gesicht. »Treffen wir uns um sechs?«

»Perfekt.«

Marcus war verschwunden, bevor sie die Wohnheimtüren erreicht hatte. Ihr Körper schrie nach einer Dusche und einer Ruhepause, und ihr Geist war erfüllt von einem Wust an Fragen und verstreuten Bildern aus der Zeit, die sie früher an der Schule verbracht hatte.

Einschließlich schockierend detaillierter Erinnerungen an die intensivste sexuelle Erfahrung, die sie je in ihrem Leben gehabt hatte.

Die Rückkehr nach Banff entpuppte sich als weitaus komplizierter – und weitaus interessanter –, als sie je erwartet hätte.

Sie nahm gerade ihre Flaschenhalterung ab, als ihr klar wurde, dass sie außer bei seinem Versuch, einen Witz darüber zu machen, kein einziges Mal an Marcus' fehlendes Gliedmaß gedacht hatte.

3

Die Lautstärke der Musik war perfekt, als sie die Türen zum Rose and Crown aufstieß – laut genug, dass der berauschende Rhythmus in ihren Venen pulsierte, und leise genug, dass Stimmen klar verständlich waren, ohne schreien zu müssen. Becki nahm die lange Treppe zwei Stufen auf einmal und hielt auf dem Absatz im ersten Stock kurz inne, um sich umzusehen, erfreut darüber, das vertraute Dekor wiederzuerkennen. Die Dartscheibe hing noch immer am selben Platz; es gab gemütliche Sessel, die in Gruppen zusammengestellt waren; und der Duft von rauchigem Barbecue und dunklem Ale erfüllte die Luft.

Das Gefühl, nach Hause zu kommen, wurde stärker.

Auf der anderen Seite des Raumes erhob sich Marcus und winkte, und ein weiterer Schub hochprozentiger Lust durchfuhr sie. Das verwaschene blaue Baumwollhemd, das sich über seine breite Brust spannte, wirkte weich. Dunkles Haar, das länger war als in ihrer Erinnerung, rahmte seine markanten Züge ein, während die leichte Welle sie immer noch dazu brachte, ihre Finger in das dichte Haar zu graben und ihre Lippen aufeinanderpressen zu wollen.

Verdammt.

Sie zügelte ihre Libido und wandte ihre Aufmerksamkeit der Gruppe zu, die sich in den Polstersesseln flätzte. Sie schätzte ihr Alter auf irgendwo zwischen fünfundzwanzig und vierzig Jahren. Zwei Frauen und drei Männer, Marcus nicht mitgezählt. Sie wirkten so vollkommen vertraut miteinander, dass sie wusste, dass sie zu seinem Team gehören mussten.

Der junge blonde Mann, der ein ganzes kleines Sofa für sich allein beanspruchte, sprang auf, eilte nach vorn und streckte ihr die Hand entgegen. Ein Brillenabdruck von der Skibrille zeichnete sich deutlich auf seiner hellen Haut ab, was ihm ein wenig das Aussehen eines Waschbären verlieh. »Ich habe Marcus nicht geglaubt, als er sagte, dass *die* Rebecca James in der Stadt ist. Ich freue mich so verdammt darauf, dich kennenzulernen –«

»Gütiger Himmel, Devon. Kannst du nicht mal zehn Sekunden verbringen, ohne in ein Fettnäpfchen zu treten?« Die zierliche Frau, die neben Marcus saß, rollte mit den Augen. »Hi, Rebecca. Ich bin Alisha. Entschuldige den Welpen; er ist noch nicht stubenrein.«

Becki grinste die hübsche Blonde an. »Hi, Alisha.« Sie umschloss Devons Finger und erwiderte seinen festen Händedruck. »Devon, freut mich auch, dich kennenzulernen, aber bitte, nenn mich Becki.«

Er zwinkerte ihr frech zu und zog sie dann zum Sofa, um ihr Platz zu machen. »Das ist der geläufigere Name. Der, den wir überall auf den Rekordtafeln in der Schule gesehen haben. Zumindest bis sie die abhängen mussten, um meine aufzuhängen.«

Auf der anderen Seite des Tisches stöhnte Alisha laut auf. »Das hast du jetzt nicht wirklich gesagt. Sag mir bitte jemand, dass er das nicht gesagt hat.«

Devon zuckte mit den Schultern. »Es ist die Wahrheit. Na

ja, nur die Schwimmrekorde. Dein Name steht bei ein paar Dingen immer noch ganz oben.«

Er drehte sich zu Becki um und grinste sie mit hundertprozentiger Arroganz und Selbstgefälligkeit an und sie musste kämpfen, um nicht laut loszulachen.

Sie konnte ihr jüngeres Ich so deutlich in dem jungen Mann wiedererkennen, dass es fast unheimlich war.

»Du bist so ein Idiot, Devon.« Alisha lehnte sich in ihrem Sessel zurück und verschränkte die Arme.

Er warf ihr einen frechen Kommentar an den Kopf. Becki ignorierte ihre fortwährende Neckerei, um auf die Berührung an ihrem Arm auf der anderen Seite zu reagieren.

Ein muskulöser, dunkelhaariger Mann mit leicht gebräunter Haut reichte ihr die Hand. »Willkommen im Irrenhaus. Ich bin Tripp.«

»Einer vom Lifeline-Team?«

»Seit dem ersten Tag. Seile und Lawinen sind meine Spezialgebiete. Wenn du eine Weile in der Stadt bleibst, würde ich liebend gerne mal eine Tour mit dir klettern.« Er zeigte über den Tisch. »In der Zwischenzeit stelle ich dir den Rest der bunten Crew vor. Erin Tate fliegt den Heli. Anders dort neben Marcus ist unser Windenoperator.«

Anders winkte. Erin hob ihr Glas in die Luft und verkündete: »Lass uns wissen, was du trinken willst. Wir haben schon Wings bestellt, die müssten jeden Moment kommen.«

Becki war erneut beeindruckt. Die dunkelhäutige Frau, die sie begrüßt hatte, wirkte viel zu jung, um die Pilotin zu sein. Die Frau musste ein echter Profi sein.

Ein kurzes Durchzählen ergab, dass die Zahlen nicht aufgingen. »Fehlt jemand vom Team?«, fragte Becki.

»Xavier. Ich bin sicher, du wirst ihn früh genug kennenlernen. Er ist leicht zu erkennen – stell dir Spider-Man auf Red Bull vor. Übrigens, lass dich von Devon nicht stören«, vertraute Tripp ihr mit gesenkter Stimme an. »Er vibriert vor Aufregung, seit er gehört hat, dass du heute Abend auftauchen würdest. Das Prahlen ist nur seine Nervosität.«

Diesmal konnte Becki nicht anders, als zu lachen. »Ich bin nicht beleidigt. Ich bin eher überrascht, dass meine Rekorde nach all der Zeit überhaupt noch Bestand haben.«

Tripp zeigte auf die junge Frau gegenüber, die immer noch in eine hitzige Debatte mit Devon verstrickt war. »Alisha übernimmt den Vorstieg am Seil für Lifeline – sie hat es geschafft, deine Zeit beim Freiklettern in ihrem Abschlussjahr an der Schule zu schlagen. Sie und Devon sind die Einzigen, die hier in Banff ihr Training absolviert haben. Der Rest von uns hat im ganzen Land gearbeitet, bevor Marcus uns eingestellt hat.«

In den nächsten drei Stunden verzehrte sie mehr Teriyaki- und Buffalo-Wings als unbedingt nötig, während Gelächter und Gespräche um sie herum flossen. Die Leute wechselten die Plätze, um mit anderen zu plaudern, aber erst gegen neun Uhr saß sie schließlich neben Marcus.

Es war nicht so, dass sie ihn gemieden hätte – nicht wirklich –, aber es war einfacher gewesen, heimliche Blicke auf ihn zu werfen, wenn er ihr direkt gegenübersaß.

Er bot ihr eine weitere Portion Wings an. »Amüsierst du dich?«

»Ja, aber oh Gott, nimm den Teller weg. Ich platze, wenn ich noch mehr esse.«

Er schmunzelte, als er die Platte zurück auf den Tisch stellte, wo Tripp und Devon sofort den verbliebenen Inhalt für sich beanspruchten. »Nur damit du es weißt: Wir machen das nicht jeden Tag. Meistens suchen wir uns etwas halbwegs Gesundes oder machen ein Mitbring-Essen bei jemandem zu Hause.«

»Ein wenig Maßlosigkeit ab und zu ist völlig in Ordnung.«

»Ganz meine Meinung.« Er lehnte sich zurück, was seinen Körper so nah brachte, dass seine Wärme sie umschmeichelte. »Was denkst du? Könntest du es verkraften, ein paar Wochen damit zu verbringen, sie ein wenig zu schleifen? Besonders Devon?«

Sie lachte. »Ich mag ihn. Ich mag sie alle. Du hast da eine gute Truppe, Marcus. Du kannst stolz sein.«

Er drehte sich zu ihr und rückte näher, bis sein Mund direkt an ihrem Ohr war. Er dämpfte seine Stimme und hielt das Gespräch privat. »Das bin ich, aber ich weiß auch, dass sie gerade einen Tritt in den Hintern brauchen. Jemand wie du, die sie auf Trab bringt, wird ihnen helfen, mit der richtigen Einstellung in die Frühlings- und Sommersaison zu starten. Wachsam – bereit für alles, was auf sie zukommt.«

Was er sagte, klang logisch, aber sie hatte größte Mühe, sich auf etwas anderes zu konzentrieren als auf den warmen Hauch, der über seine Lippen entwich und ihren Nacken kitzelte. Ein Schauer durchlief sie, und es kostete sie alles, aufrecht zu bleiben. Dem Drang zu widerstehen, sich gegen seinen Oberkörper zu drücken und zuzulassen, dass aus ihrer unschuldigen Vertrautheit etwas alles andere als Keusches wurde.

»Becki?« Marcus legte seine Hand auf ihren Oberschenkel und drückte ihn sanft. »Alles okay bei dir?«

Sie hob das Kinn, um seinen Blick zu erwidern, und schüttelte den Rausch des Begehrens ab, der ihren Verstand vernebelte. »Tut mir leid. Ich bin kurz abgeschweift. Es war ein langer Tag, und obwohl ich zugeben muss, dass ich extrem interessiert bin, brauche ich etwas Zeit zum Überlegen.«

»Kein Problem.« Er nickte. Hielt inne. »Kann ich dich zurück zu deinem Zimmer fahren?«

Oh Gott. Da war dieses Dunkle in seinem Blick – nichts Beängstigendes, außer in der Art, wie sehr es sie sehnsüchtig machte. Wie sehr es sie verlangen ließ. Ob er es gerade beabsichtigte oder nicht, denn er schien nicht zu versuchen, sie zu verführen.

Er war einfach ein riesiger Haufen Katzenminze, und sie war eine sehr faszinierte Katze.

Becki zwang sich dazu, das Richtige zu tun. »Danke, eine Mitfahrgelegenheit ist nicht nötig. Mein Wagen steht direkt draußen. Kannst du mir deine Kontaktdaten geben? Ich rufe dich morgen Vormittag an.«

Sie standen auf und sie verabschiedete sich von der Gruppe. Alisha erhob sich ebenfalls und zog ihre Jacke an. »Wenn du den Berg hochfährst, kannst du mich mitnehmen?«

»Natürlich.« Becki wandte sich Marcus zu, nahm seine Visitenkarte entgegen und ignorierte die Wärme seiner Finger, als sie einander berührten. »Ich melde mich.«

Die kühle Nachtluft war der nötige Balsam, der über ihr Gesicht strich und ihre erhitzten Wangen kühlte. Sie lächelte die jüngere Frau an und neigte den Kopf nach rechts. »Mein Auto steht die Straße runter und um die Ecke, einen Block weiter.«

Alisha nickte. »Danke dafür. Ich wohne nicht weit von den Wohnheimen entfernt. Ich habe zwar ein Auto, bin aber zum Pub gelaufen.«

»Hast du eine eigene Wohnung?« Becki erinnerte sich daran, wie schwierig es sein konnte, in Banff eine Unterkunft zu finden.

»Ja – eine Dachgeschosswohnung. Sie ist zwar ein wenig klein, aber der Vorteil ist, dass niemand über mir Lärm macht und mich weckt. Und meine Vermieter sind ruhig. Denen macht es auch nichts aus, wenn ich zu jeder Tages- und Nachtzeit losmuss, wenn ich einen Einsatz kriege.«

Sie stiegen in Beckis Auto und sie musste sich ein paar Minuten lang auf den Verkehr konzentrieren. »Ich kann mich nicht erinnern, dass früher so viele Leute auf den Straßen unterwegs waren. Der Freitagsrausch?«

»So was in der Art. Es wird noch voller, wenn die Sommertouristen kommen, aber das kennst du ja von deiner Arbeit im

Yellowstone. Ich schätze mal, dort ist es genauso.« Alisha blickte aus dem Fenster und deutete zur Seite. »Zweite rechts, und mein Haus ist das letzte im Block.«

Becki fuhr einen Moment lang schweigend. Yellowstone schien so weit weg zu sein, und doch war es das nicht. Der Nationalpark war viele Jahre lang ein Teil ihres Lebens gewesen, und schon der Gedanke an den Ort löste Sehnsucht in ihr aus. »Sommeransturm, Skisaison – es gibt immer irgendetwas, das die Leute in Schwierigkeiten bringt.«

»Vermisst du es?«, fragte Alisha.

Die nackte Wahrheit sprudelte aus ihr heraus, bevor sie darüber nachdenken konnte. »Ja. Yellowstone war mein Zuhause. Ich liebe die Berge hier auch, aber irgendetwas dort ruft nach mir.«

»Planst du, zurückzugehen?«

Becki wunderte sich, wie diese scheinbar harmlosen Fragen es schafften, so rohe und zerbrechliche Nerven zu treffen. »Noch nicht. Vielleicht eines Tages.«

Sie hielt vor der beschriebenen Einfahrt und wartete, während die Frau ausstieg.

»Wirst du eine Weile hierbleiben?«, fragte Alisha und steckte den Kopf noch einmal ins Auto, während sie sich an den offenen Türrahmen lehnte. »Denn, na ja, es ist vielleicht etwas vorlaut von mir, aber ich würde mich freuen, wenn du mal mit mir klettern gehst. Mir ein paar Dinge beibringst.«

Becki lächelte sie über den Beifahrersitz hinweg an. Alishas Begeisterung war ansteckend. Zeit mit dem Lifeline-Team zu verbringen, wäre keine Last. »Nach dem, was ich gehört habe, bist du selbst eine ziemlich unglaubliche Kletterin. Vielleicht kannst du mir ein paar neue Tricks beibringen.«

Alisha grinste breit. »Das heißt, du bleibst?«

»Du wirst mich vielleicht schneller satt haben, als du denkst«, warnte Becki.

»Das bezweifle ich. Bist du morgen in der Schule? Kann ich dich dort treffen?«, fragte Alisha hoffnungsvoll.

»Ist das dein Ernst? Samstag und du willst in die Kletterhalle?« Alisha warf ihr einen Blick zu, und Becki lachte. »Okay, ja, ich hatte ohnehin vor, morgen zu trainieren. Ich wollte mir die neue Kletterwand ansehen. Wollen wir uns gegen zehn treffen?«

Sofortiger Jubel breitete sich im Gesicht der anderen Frau aus. »Das wäre fantastisch. Ich bringe Mittagessen für danach mit.«

Es dauerte nur fünf Minuten, bis Becki zu ihrem Parkplatz gefahren war und sich auf den Weg zu ihrem Zimmer im Wohnheim gemacht hatte. Der Ort war zwischen den Semestern verlassen, und die Ruhe und der Frieden waren genau das, was sie jetzt brauchte.

Becki hielt vor den Türen inne und kletterte dann auf einen riesigen Felsblock, der inmitten einer Gartenanlage platziert war. Zwischen den Wolkenfetzen am Himmel zeigten sich erste Sterne, und sie suchte sich eine bequemere Position, um eine Weile dazusitzen und sie zu bewundern.

Es gab keinen Grund, warum sie das Training, um das Marcus sie gebeten hatte, nicht übernehmen sollte. Sie hatte den Abend sehr genossen. Leute von der Bergrettung waren ein ziemlich besessener Schlag. Von einer Gruppe umgeben zu sein, die denselben Fokus und dieselben Ziele wie sie hatte – das war erfrischend und motivierend zugleich.

Ihre überwältigende Anziehung zu Marcus war ein separates Problem, mit dem sie sich befassen musste, aber momentan musste sie entscheiden, ob sie die Herausforderung der Ausbildung annehmen wollte. Sie wollte es. Das war die Wahrheit.

Nur gab es keine Möglichkeit, die Stelle anzunehmen, ohne Marcus ein paar wichtige Details mitzuteilen. Informationen, die sie vor den Medien hatte geheim halten können. Ihn entscheiden lassen, ob er sie immer noch in seinem Team haben wollte, wenn er die ganze Geschichte kannte.

In die Sterne zu schauen und den vorbeiziehenden Wolken zuzusehen, war viel einfacher, als herauszufinden, wie sie erklären sollte, dass sie sich zwar an jede Sekunde ihrer gemeinsamen Zeit mit Marcus vor Jahren bis ins kleinste Detail erinnerte, aber keinerlei Erinnerungen an den Unfall vor acht Monaten hatte, bei dem ihr Partner ums Leben gekommen war.

MARCUS WARF seinen Mantel an den Haken neben der Tür, kickte seine Schuhe von den Füßen und steuerte direkt das Badezimmer an. Er legte seine Kleidung auf die Ablage, drehte das Wasser voll auf und stieg unter die Dusche, noch bevor es warm werden konnte.

Der eiskalte Strahl tat nichts, um die schmerzhafte Härte seines Schwanzes zu lindern.

Verdammt noch mal, der ganze Tag war eine einzige Übung in Folter gewesen. Von dem Moment an, als er Becki erblickt hatte, hatten ihn die lebhaften Bilder unaufhaltsam verfolgt. Erinnerungen an sie, wie sie nackt und gespreizt dalag, ihre Finger in ihre feuchte Fotze gleiten ließ und sie in Kreisen bewegte, bis ein Orgasmus ihren ganzen Körper erschütterte.

Oder eine Becki, die grinste, als er sie aufs Bett warf und ihr nachkrabbelte, sie mit seinem Körper fixierte und sie nach Strich und Faden küsste.

Das Wasser wurde wärmer, glitt über seine Haut und vertrieb die kühle Luft im Raum, verstärkte aber nur sein Verlangen. Er griff nach der Seife und schrubbte sich hart ab, in einem vergeblichen Versuch, sich abzulenken. Das hier ging nicht nur um Sex. Um seine Anziehung zu ihr. Ja, sie hatten eine gemeinsame Vergangenheit – aber sie war so kurz gewesen. Flüchtig. Ganz egal, wie beeindruckend die Details des

Wochenendes waren, das sie geteilt hatten, er wollte sie für mehr als nur ein kurzes Abenteuer in seiner Nähe haben.

Aber verdammt, wie sehr er sie einfach *wollte*.

Eine weitere Erinnerung suchte ihn heim – Becki auf den Knien, wie sie es genoss, seinen Schwanz mit der Zunge zu liebkosen, bis er ihren Kopf hielt und sie fixierte. Sie hatte ihn fest angesehen und den Mund weit geöffnet, um ihn tief in sich aufzunehmen.

Es war einfach zwecklos. Marcus gab auf und umschloss sein Glied fest mit den Fingern.

Ihr Mund war weicher gewesen als sein Griff. Feuchter – glitschig von ihrem Speichel …

~

Er legte seinen Schwanz auf ihre Unterlippe und glitt langsam hinein, genoss die Hitze und die Art, wie sie mit ihrer Zunge über die empfindliche Eichel fuhr.

»Saug fest«, befahl er, und sie spitzte die Lippen und umschloss ihn eng, während er ihn fast ganz herauszog. Sein Schwanz glänzte im schwachen Mondlicht, das durch das Fenster schien, überzogen von ihrer Feuchtigkeit. »Oh ja. Genau so. So süß. So gut.«

Er drückte ihn wieder hinein, kontrollierte ihre Position und behielt einen gleichmäßigen Rhythmus bei. Er ließ sie nur einen Teil seiner Länge spüren, während er sich an dem berauschenden Druck ergötzte.

Becki führte ihre Hände zwischen ihre Beine, und ihre Finger bewegten sich stetig, und kleine Seufzer entwichen ihr, während sie mit ihrer Klitoris spielte.

»Willst du kommen?«, fragte er.

Ihre grünen Augen weiteten sich und antworteten ohne Worte. Aber sie legte auch den Kopf leicht schräg und entspannte ihren Nacken, was es ihm ermöglichte, sich nach vorn zu drücken und seinen Schwanz so tief zu versenken, dass er an ihren Rachen stieß.

»*Verdammt, ja. Genau so. Nimm ihn ganz. Ich werde kommen, und du wirst alles schlucken. Jeden Tropfen, verstanden?*«

Becki nickte, so gut sie konnte, ihr Blick war halb verschleiert auf ihn gerichtet, ihr Gesicht vor Leidenschaft gerötet. Ihre Nasenflügel bebten, während sie langsam atmete und seine immer heftiger werdenden Stöße empfing.

Ihr Körper bebte.

»*So kurz davor. Gott, ich liebe es, dir beim Kommen zuzusehen. Du bist so wunderschön. So verdammt schön.*«

Becki kniff die Augen zusammen und schauderte heftig, die Hand zwischen ihren Beinen wurde langsamer, während die andere sich mit schmerzhaftem Druck in seine Hüfte krallte, weil sie schwankte und um ihr Gleichgewicht kämpfte.

Während ihres gesamten Orgasmus stützte er sie. Beobachtete sie. Behielt die Kontrolle durch pure Willenskraft, bis sie fertig war.

Dann wurde er wild.

Er stieß nach vorn. Immer wieder. Immer wieder. Seine Eier waren gespannt; der Druck baute sich auf, bis er seinen Schwanz so tief wie möglich versenkte und sein Höhepunkt aus ihm hervorbrach. Stoß um Stoß füllte ihre Kehle, und als er ihn zurückzog, zuckte sein Glied immer noch, während sein Samen über ihre Lippen spritzte.

SEINE EIER WAREN LEER, sein Schwanz erschlafft. Marcus lehnte seine Stirn gegen die Wand der Duschkabine und versuchte, seinen Atem zu beruhigen. Heilige *Scheiße* – er hatte keinen so heftigen Orgasmus mehr gehabt, seit ...

Ja. Im Grunde seit dem letzten Mal, als er sich vorgestellt hatte, dass Becki ihm einen blies. Oder unter ihm lag, während er sie hart fickte. Oder sich sonstwie seinen sexuellen Befehlen devot unterordnete.

Er drehte sich um und lehnte die Schultern gegen die Wand, während er in den Dampf starrte. Er war alt genug, um

Berufliches und Privates bei Bedarf zu trennen, aber verdammt noch mal, diesmal wollte er das gar nicht. Wenn Becki zustimmte, das Team zu trainieren, großartig. Aber so oder so würde er nicht aufhören, sie zu erobern.

Er wollte sie. Er war sich verdammt sicher, dass sie ihn auch wollte. Und wenn es eines gab, was er nicht verlernt hatte, dann war es die Fähigkeit, ein Ziel zu verfolgen. Becki James hatte seine Vergangenheit kurz, aber gewaltig geprägt.

Rebecca James? Sie würde ein sehr vergnüglicher Teil seiner Zukunft sein, und er würde verdammt noch mal dafür sorgen, dass es auch für sie mehr als nur vergnüglich wurde.

4

Sie war viel zu früh wach. Um acht Uhr morgens hatte Becki sich bereits gedehnt, geduscht und ein paar Notizen zu Trainingsideen für Lifeline zusammengestellt.

In Anbetracht dessen, dass sie für David bereits einen Lehrplan für das kommende Semester vorbereitet hatte, war die Vorstellung, kurzfristig mit einer Elitetruppe zusammenzuarbeiten, eine großartige Gelegenheit. Sie würden ihre Lektionen übernehmen und während der Nachbesprechung Feedback geben können.

Ihre Finger verkrampften sich um den Bleistift, und sie schüttelte sie aus. Wahnsinn, wenn sie bedachte, wie viel Kraft sie verloren hatte. Seit dem Unfall war sie zwar gelaufen und geschwommen, aber sie war nicht mehr beim Klettern gewesen.

Etwas hielt sie zurück. Der Psychologe, der mit ihr gearbeitet hatte, hatte ihr gesagt, sie solle auf sich selbst hören. Nichts erzwingen. Dass ihr Körper und ihr Geist wissen würden, wann die Zeit reif sei.

Ihre Gedanken kehrten zur Kletterwand in der Kletterhalle zurück, und ihre Vorfreude stieg. Ja, es wurde Zeit.

Solange sie noch einen Job hatte, wenn das alles vorbei war.

Sie griff nach ihrem Telefon. Das Freizeichen ertönte bereits, bevor ihr klar wurde, dass es für einen Anruf bei Marcus vielleicht noch zu früh war. Auflegen oder abwarten – was war besser?

Er nahm beim zweiten Klingeln ab und nahm ihr die Entscheidung ab. »Guten Morgen, Becki.«

»Ähm, Morgen.« Sie war sofort nervös und angespannt. Ganz zu schweigen von dem Schauer, der beim Klang seiner Stimme augenblicklich ihre Wirbelsäule hinunterlief. »Tut mir leid, dass ich so früh anrufe.«

Er lachte leise, und die Härchen auf ihren Unterarmen stellten sich auf. »Glaub mir, du hast mich nicht geweckt. Was beschäftigt dich?«

»Könnten wir uns zum Frühstück treffen? Ich würde gerne mit dir reden.« *Ich muss ihm etwas gestehen, bevor ich mir zu große Hoffnungen mache.*

»Wie sieht es mit dem Mittagessen aus?«, fragte er.

Mist. »Ich habe versprochen, mich um zehn mit Alisha in der Kletterhalle zu treffen. Wir wollten klettern und danach zusammen zu Mittag essen. Ich weiß nicht, wie ich sie erreichen soll, um das zu ändern.«

»Keine Sorge. Dann eben Frühstück. Ich hole dich ab.«

Sie starrte auf das Display, als ob es spukte, nachdem er aufgelegt hatte; das Echo seiner Stimme verhallte in einer unheimlichen Stille. Es war verrückt, wie das reine Zuhören einen so intensiven Gefühlsschwall in ihr auslöste. Körperliches Verlangen gepaart mit Bewunderung und Respekt.

Das musste aufhören, wenn sie mit dem Mann zusammenarbeiten wollte. Also würde sie einfach die Lektionen hervorholen und sie dazu zwingen, diesmal für sie zu funktionieren, in dieser Situation.

Lektion Nummer zwei – *entschlossen handeln*. In diesem Fall würde sie alles rein auf die Arbeit beziehen. So würde sie reden, so würde sie handeln. Und ganz sicher würde sie so denken.

Sie konnte sich beherrschen. Sie hatte jahrelanges Training hinter sich.

Der Weg zum Parkplatz, um ihn zu treffen, gab ihr jedoch genug Zeit, zu bedauern, dass sie ihre Gedanken auf Eis legen musste, denn *verdammt*, die Träume der letzten Nacht waren herrlich gewesen.

Ein leuchtend roter Truck wartete bereits am Bordstein. Vorsichtig spähte sie durch das Fenster der Beifahrerseite. Marcus winkte ihr zu und sie hüpfte hinein; das glatte Leder der Sitze fühlte sich warm unter ihren Fingern an.

»Das ging ja schnell.«

»Ich war in der Nähe.« Er lächelte, und die dunklen Stoppeln an seinem Kiefer taten ihr Bestes, um ihren mentalen Entschluss zu brechen, ihn nicht mehr als Objekt der Begierde zu betrachten. Sein Haar war wilder als gestern Abend, und sie beschäftigte sich damit, den Sicherheitsgurt einzurasten, bevor sie etwas Dummes tat, wie etwa die Hand auszustrecken, um die widerspenstigen Strähnen glattzustreichen.

Entschlossen, weißt du noch? Energisch gab sie ihrer Fantasie einen Tritt. »Ein einfaches Café reicht mir völlig. Wenn ich in etwas mehr als einer Stunde klettere, brauche ich nichts Großes.«

»Bagels okay?«

Auf ihre Bestätigung hin setzte er den Blinker und fuhr den Hügel hinunter zurück in Richtung Stadtzentrum. Becki beobachtete ihn beim Fahren; seine rechte Hand hielt das Lenkrad fest umschlossen, während sein verkürzter Arm auf der linken Seite kurz gegen einen verlängerten Stab am Blinkerhebel drückte. Marcus trug eine langärmelige Jacke, und hätte sie nicht gewusst, dass seine linke Hand fehlte, hätte sie es nie geahnt.

»Autofahren ist einfach«, sagte Marcus.

Sie blinzelte und versuchte zu begreifen, woher dieser Kommentar kam. »Wie bitte?«

»Du prüfst, wie ich mit einer Hand fahre. Fahren ist leicht – probier es mal aus. Ich wette, du hast auch meistens nur eine Hand am Steuer. Wenn man einen Automatikwagen fährt, nehmen sich die meisten Leute alle möglichen Freiheiten heraus, sobald sie sich sicher fühlen. Wenn mein Arm komplett weg wäre, wäre es vielleicht anders, aber mit so viel Unterarm, wie ich noch habe, ändert sich an meiner Technik nicht viel.«

Er hielt vor einem Laden, parkte, stellte den Motor ab und wandte sich ihr zu.

Oh Gott. »Es tut mir leid. Das war unhöflich.«

Marcus schüttelte den Kopf. »Nein, ich denke, wir haben bereits geklärt, dass das, was du tust, nicht unhöflich ist. Du bist neugierig. Das verstehe ich.«

Becki fuhr sich mit den Fingern durch das Haar und strich sich die Strähnen aus dem Gesicht. »Aber ich bin keine Fünfjährige, die nicht weiß, dass Neugier irgendwann unangebracht sein kann.«

Er zog eine Braue hoch; der glatte Bogen in Kombination mit seinem ironischen Grinsen ließ sein Gesicht wie ein faszinierendes Kunstwerk wirken. »Ehrlich gesagt ist es mir viel lieber, wenn du Fragen stellst, als wenn du mich heimlich anstarrst. Das wird verdammt schnell anstrengend.«

Sie nickte und folgte seinem Beispiel, als er aus dem Truck stieg. Er hielt ihr die Ladentür offen, und ein Schwall warmer Luft schlug ihr entgegen; der Duft von frischen Backwaren umhüllte sie beide mit Süße.

»Du bist böse, Marcus Youth.«

Er deutete auf einen freien Tisch in der Ecke. »Böse?«

Becki schlüpfte auf das Polster der Sitznische und nahm einen weiteren tiefen Atemzug. »Ich schwöre, ich werde allein dadurch zunehmen, dass ich in Banff lebe. Ich mag zwar wieder an der Uni sein, aber ich kann auf Studienanfänger-

Kilos dankend verzichten. Zimtschnecken?« Sie stöhnte in gespielter Ekstase auf.

Er lachte. »Sag mir, was du möchtest, und ich gebe unsere Bestellung auf.«

»Ich nehme an, wenn ich sagen würde, alles, was ich will, ist ein Kaffee und ein einfacher Bagel, wüsstest du, dass ich lüge.«

Marcus zuckte mit den Schultern. »Gelogen, aber verständlich. Vielleicht können wir uns später eine Zimtschnecke teilen, wenn wir brav sind.«

Er schritt zum Tresen und sprach mit der Bedienung. Becki starrte sein Profil an; sein dunkles Haar war lang genug, dass es sich im Nacken lockte. Seine Mundwinkel hoben sich zu einem Lächeln, als er fertig war, und das Mädchen gegenüber wurde rotwangig, während sie sich beeilte, seine Bestellung auszuführen. Becki legte ihren Mantel ab und verbarg ihr eigenes Grinsen. Marcus verstand es, zu charmieren.

Sie blickte vom Aufhängen ihres Mantels auf und sah ihn bereits auf dem Stuhl gegenüber sitzen. Er hatte seine Jacke geöffnet und lehnte sich bequem zurück, während er sie mit scharfem Blick musterte. Seinen linken Arm hielt er eng an die Seite gepresst, locker und doch so, dass er seine fehlende Hand gewissermaßen verbarg.

Sie war sich ziemlich sicher, dass er das eher den anderen zuliebe tat als für sich selbst.

Ganz der Marcus, wie er leibt und lebt. Die Liste der Eigenschaften, die sie von Anfang an angezogen hatten, war lang gewesen, auch wenn die Lust am stärksten gewesen war. Das gemeinsame Wochenende beiseitelassend, konzentrierte sie sich auf die anderen Dinge, die sie an ihm in Erinnerung hatte. Sein Selbstvertrauen, seine Weisheit.

Sie lehnte sich vor und nahm all ihren Mut zusammen. Wenn sie schon die Karten auf den Tisch legen musste, dann war er der Mann, dem sie sich anvertrauen wollte.

»Ich habe über dein Angebot nachgedacht.«

Er senkte leicht das Kinn, während er abwartete.

»Gestern Abend war wundervoll. Du hast ein fantastisches Team, und es wäre mir eine Ehre, Zeit mit ihnen zu verbringen. Mit dir zu arbeiten.«

Marcus' Blick senkte sich auf ihre Finger. Bewusst lockerte sie ihren Griff dort, wo sie sich an der Tischkante festgehalten hatte.

»Warum höre ich in deinen Worten ein unausgesprochenes *Aber*?« fragte er.

Becki holte tief Luft. »Weil du, bevor du mich anstellst, von dem Unfall im letzten Jahr wissen musst, bei dem Dane starb.« Sie schluckte schwer und zwang sich weiterzusprechen. »Ich weiß noch, wie wir zum Klettern aufbrachen. Ich erinnere mich daran, wie wir in dieser Nacht zelteten, und die nächste Erinnerung ist, wie ich die letzten Etappen des Weges mit der Tochter des Gouverneurs und ihrer Freundin im Schlepptau zurücklegte. Sonst nichts.«

Seine ganze lockere Entspannung verflog. Marcus lehnte sich vor, die Ellbogen auf dem Tisch aufgestützt, während er sie besorgt ansah. »Gar nichts?«

Sie seufzte. »Ich schätze, da ist eine Lücke von etwa zwölf Stunden, vielleicht vierzehn. Wir haben auf einem Felsvorsprung biwakiert, als das Wetter umschlug. Ich weiß noch, wie wir das Lager aufschlugen und ich in meinen Schlafsack kroch. Ich kann mich nicht daran erinnern, morgens gepackt zu haben, obwohl wir das getan haben müssen. Ich trug noch den Großteil meiner Ausrüstung, als ich am Stützpunkt des Berges auf die Rettungstrupps traf.«

»Warum hat niemand – ach verdammt, okay. Dane.« Er nickte langsam. »Du kannst dich nicht an den Unfall erinnern.«

»Nein. Und es ist...« Mist, sie weigerte sich, wieder zusammenzubrechen. Becki atmete kurz ein; die klebrige Süße in der Luft war nun bitter geworden, weil sie das hier teilen musste.

Sie kämpfte um Fassung. »Ich wurde vom Vorwurf der Fahrlässigkeit freigesprochen. Die Protokolle der Mädchen bestätigten, dass ich zwar kompetent genug war, um sie aus dem Schlamassel herauszuführen, aber ich habe nicht normal mit ihnen gesprochen. Ich habe sie gerettet, als liefe ich auf Autopilot. Das war ihr Ausdruck dafür.«

Marcus lehnte sich zurück und machte Platz für die Teller, die vor ihnen abgestellt wurden. Kaffee, Bagels. Er rührte Zucker in Beckis Tasse und schob sie über den Tisch. Sie griff danach; die Hitze des Bechers wärmte ihre kalten Finger. Sie hatte bereits einen Schluck genommen, bevor ihr klar wurde, dass er sich gemerkt hatte, wie sie ihren Kaffee trank.

»Warum muss ich das wissen, bevor ich dich einstelle? Weiß David es?«

Becki hielt inne. »David weiß es noch nicht. Ich hatte vor, es ihm zu sagen, aber um ehrlich zu sein? Die Stelle, für die er mich eingestellt hat, erfordert keinen direkten Kontakt mit den Studenten. Ich würde über die Ausbilder arbeiten. Falls meine Fähigkeiten in Frage gestellt würden, wäre das –«

»Guter Gott, glaubst du wirklich, jemand würde deine Kompetenz in Frage stellen?«, herrschte Marcus sie an. »Wenn überhaupt, beweist das, dass deine Fähigkeiten tadellos sind. Selbst wenn du halb von Sinnen warst, hast du die Mädchen trotzdem gerettet.«

Sie schnaubte. »Dass ich halb von Sinnen war, ist ja gerade das Problem, Marcus. Ich weiß nicht, was passiert ist, und es ist mehr als nur frustrierend. Ich meine es ernst. Vielleicht bin ich in dem, was ich tue, stark genug, um im Notfall auf Automatik umzuschalten. Aber nur weil es einmal passiert ist, wage ich nicht darauf zu vertrauen, dass es automatisch wieder passiert. Du musst das wissen.«

»Weil du direkt mit dem Team zu tun haben wirst?«

»Ja.« Sie hob ihre Tasse und trank einen großen Schluck, wobei sie sich hinter dem zerbrechlichen Porzellan versteckte.

Komisch, wie sehr sie diesen Job plötzlich wollte. Mit der Crew arbeiten wollte. »Was passiert, wenn ich am Ende eines Seils Alisha sichere und etwas schiefgeht?«

»Aber du hattest doch vor, heute mit ihr zu klettern?«

Damit deutete er an, dass sie bereits eine Fehlentscheidung getroffen hatte. Becki suchte in Marcus' Gesicht nach einer Regung, aber er glich einer Steinmauer. Es war unmöglich zu sagen, was er dachte.

»Ja. Weil die Halle voll mit Selbstsicherungsautomaten ist. Ich dachte, ich könnte es leicht umgehen, mich mit ihr anseilen zu müssen.«

Er nahm einen weiteren Bissen von seinem Bagel und deutete auf ihr Frühstück. »Iss.«

Verdammter Kerl. Sie strich Marmelade darauf und ignorierte ihn für eine Minute. Vielleicht brauchte er Zeit, um zu verarbeiten, was sie ihm anvertraut hatte. Der Himmel wusste, dass sie an seiner Stelle auch erst einmal nachdenken müsste.

Sie aßen schnell auf; der Rest ihres Kaffees war bereits kalt, als sie die letzten Krümel hinunterspülte. Sie wartete immer noch darauf, dass er etwas sagte.

Sie hatte nicht damit gerechnet, dass er über den Tisch greifen und ihre Hand ergreifen würde.

»Ich habe kein Problem damit, dass du mit dem Team arbeitest. Es sind dein Fachwissen und deine Erfahrung, zu denen sie aufschauen. Und deine Situation kann, wenn du bereit bist, sie zu teilen, sowohl eine Warnung als auch eine Inspiration sein.«

Er hatte recht – sie musste es dem Team sagen, damit auch sie die Risiken kannten. »Ich habe es aus den Medien herausgehalten. Es war ein hartes Stück Arbeit, diese Geheimhaltung zu wahren, aber wenn du glaubst, dass ich deinem Team vertrauen kann, bin ich bereit dazu.«

Schon beim Aussprechen dieser Worte zog sich ihr Magen zusammen. Die Kletter-Community war wie eine Familie. Das bedeutete, dass für jede Person, die sie unterstützen und für sie da sein würde, eine andere vortreten und sie bereitwillig durch den Kakao ziehen würde. Sie würden sie verabscheuen, weil die Vermutung nahe lag, dass sie ihren Partner getötet hatte.

Niemand verstand es so gut, Schmerz zuzufügen, wie die eigene Familie.

Er hielt noch immer ihre Hand, seine Finger schlossen sich beschützend um ihre. »Du kannst ihnen vertrauen. Du kannst mir vertrauen.«

Becki nickte.

Er drückte noch einmal fest zu, bevor er sie losließ und sich in seinem Sitz zurücklehnte. Der unergründliche Ausdruck war verschwunden und machte Platz für etwas, das beinahe wie Verlegenheit wirkte. »Ich habe eine Bitte.«

Diesmal wartete sie ab.

Er schenkte ihr ein schiefes Grinsen. »Ich möchte auch mit dir trainieren.«

Ach wirklich. »Mit dem Team?«

MARCUS HUSTETE in seine Faust und starrte einen Moment lang an die Decke. *Gott*, das war wahnsinnig unangenehm. »Nein. Ja, vielleicht später.« Er schüttelte den Kopf und lachte, ein ironisches, selbstironisches Lachen. »Ich bin nach dem Unfall noch geklettert. Habe mir ein paar Aufsätze für die Prothese anpassen lassen, aber ich bin aus der Übung gekommen.«

Ihre Augen weiteten sich kurz, bevor sie nickte. »Okay. Wir können etwas Zeit zusammen verbringen. Wenn du sicher bist, dass du –«

»Hör schon auf mit der Warnung. Ich bin nicht taub, und du bist nicht gefährlich.«

»Die Möglichkeit zu leugnen ist unverantwortlich«, fuhr sie ihn an. »Aber das war nicht das, was ich sagen wollte.«

Ihre Empörung ließ ihr Gesicht vor Hitze erstrahlen. Es gefiel ihm, wie sie aussah, wenn sie so aufgebracht war. »Entschuldige. Fahr fort.«

Becki griff nach ihrem Mantel hinter sich, während sie aufstand. »Ich wollte dich nur warnen, dass ich dich nicht schonen werde. Bist du sicher, dass du damit klarkommst?«

Hübsch. Die Bilder, die er im Kopf hatte, wenn es darum ging, mit *Becki klarzukommen*, waren wahrscheinlich nicht die, an die sie dachte, aber sie würden schon noch dahin kommen. Sein Ziel, sie wieder in sein Bett zu bekommen, musste ja irgendwo anfangen, und wenn dabei Seile im Spiel waren?

Damit war er absolut einverstanden.

Sie standen an der Tür des Ladens, wobei sie es geschafft hatte, die Tür vor ihm zu erwischen, sie aufzuziehen und darauf zu warten, dass er hindurchging. Er hielt inne, als er neben sie trat, nah genug, dass er nicht laut sprechen musste, um zu antworten.

»Ich freue mich darauf, mit allem klarzukommen, was du mir entgegenwirfst.«

Ihre Wangen röteten sich bereits, bevor er sich umdrehte und zum Truck ging.

Sie sagte nichts, als sie zu ihm stieg, sondern tat so, als begutachte sie die Läden entlang der Banff Avenue, bevor er den Hügel hinauffuhr, um zur Schule zu gelangen. Sie verbarg ihr Gesicht vor ihm.

Marcus biss sich ein Grinsen herbei und pfiff die gesamte Fahrt zurück zur Kletterhalle.

Als der Truck in Parkstellung stand, drehte sie sich um, um ihre Tasche vom Rücksitz zu greifen. »Danke für das Frühstück. Wann willst du dich zusammensetzen, um die Dinge genauer zu besprechen?«

»Heute Abend?«

Becki biss sich kurz auf die Unterlippe. »Wie wäre es mit heute Nachmittag?«

Er zuckte mit den Schultern, stieg aus und ging um das Fahrzeug herum zu ihrer Seite. »Beides ist okay.«

Sie runzelte die Stirn, als er stehen blieb und auf sie wartete. »Was machst du da?«

»Du triffst dich mit Alisha, richtig? Um zehn?«

Sie nickte.

»Dann habe ich noch Zeit. Komm schon.« Er hielt die Tür offen und hielt inne, um sie zuerst eintreten zu lassen.

Ihr Zögern, die Kletterhalle zu betreten, ließ ihn fragen, was genau sie wohl glaubte, was er vorhatte.

»Heiliger Strohsack.« Sie machte zwei Schritte in den Raum und starrte dann schockiert umher.

Marcus zog die Tür hinter sich zu und nahm die Tasche, die er mitgebracht hatte, unter dem Arm hervor. »Okay, Leute, ihr könnt aufhören.«

5

———————

Sechs verschwitzte Gesichter wandten sich ihnen zu. Becki ließ den Blick durch den Raum schweifen und identifizierte schnell das gesamte Lifeline-Team.

Erin saß auf einer Bank, zwei Hanteln auf ihren Oberschenkeln. Anders erhob sich von der Sit-up-Bank neben ihr. Tripp lehnte an einer Wand, seine Brust hob und senkte sich schwer beim Atmen. Devon rollte sich zur Seite und drückte sich in die Vertikale, seine nackte Brust glänzte von einem Schweißfilm. »Wie gütig von dir, zurückzukehren, o mächtiger Gebieter.«

Ein lauter Summer ertönte, und Alisha stapfte über den Boden, um einen Schalter an der Wand zu betätigen. Sie ließ sich mit gekreuzten Beinen auf den Boden sinken. »Ich weiß nicht, Devon, das war doch gar nicht so schlimm.«

Die Art, wie sie dann doch rücklings in einem ungeordneten Haufen zusammenbrach, enttarnte ihre Worte als offensichtliche Lüge.

»Ihr werdet es überleben. Ich habe Zimtschnecken mitgebracht. Wer will eine?«

Marcus hielt eine übergroße Tüte hoch, die Becki zuvor nicht bemerkt hatte, da sie zu sehr damit beschäftigt gewesen war, die Worte zu verdrängen, die er ihr an der Ladentür zugeworfen hatte, damit sie ihren Kopf nicht mit sexuellen Fantasien füllten.

Verdammt soll der Kerl sein.

»Wann ist dein Team hier angekommen?«, fragte sie.

»Ja, Marcus, um wie viel Uhr hast du uns aus dem Bett geholt? Wetten, du wirst niemals gestehen, was für ein wahrhaft böser, kreativer Mensch du bist?« Ein weiterer Mann, dünner, aber drahtig und muskulös, trat vor und streckte ihr die Hand entgegen. »Hoppla. Moment.« Er wischte seine Finger an seinem Handtuch ab, bevor er einen neuen Versuch startete. »Xavier. Willkommen in der Hölle.«

Sie schüttelte seine Hand und versuchte immer noch zu begreifen, was hier vorging. »Ihr habt trainiert, während wir gefrühstückt haben?«

Lautes Stöhnen schallte ihr entgegen.

Marcus kratzte sich am Nacken. »Musstest du das laut erwähnen?«

Tripp hatte die Papiertüte in Besitz genommen. »Oh, wir dachten uns schon, dass du irgendwo faulenzt. Ein Anruf, und wir drehen endlose Runden in der Kletterhalle, während du es dir gemütlich machst und Kaffee schlürfst. Schön. Ungefähr das, was wir erwartet haben.«

»Ihr seht aus wie Zombies«, stellte Marcus fest. Er schritt zu der Stelle, an der Alisha noch immer auf dem Boden lag. Er beugte sich über sie, den Kopf leicht neigend, während er sie musterte. »Soll ich dich begraben?«

»Bitte. Irgendwo, wo es kühl ist.«

Er lachte, reichte ihr die Hand, zog sie auf die Beine und klopfte ihr auf den Rücken, wobei er sie in die Richtung schickte, in der sich die anderen versammelten.

Der Geruch in der Luft war nun eine Mischung aus Schweiß und Zimt. Becki grinste, als die Gruppe die Tüte übernahm und den Inhalt in kürzester Zeit vernichtete. Sie setzte sich neben Alisha und sah zu, wie die junge Frau sich die Finger sauber leckte.

»Ich werde mich nicht einmal dafür entschuldigen, dass ich das wie ein Tier verschlungen habe«, sagte Alisha.

»Hey, keine Entschuldigung nötig. Ich weiß, wie das ist. Ich habe hier auch trainiert, und obwohl es so aussieht, als wäre Marcus ein wenig *kreativer* als einige meiner Ausbilder, weiß ich, wie ausgehungert man nach einer Trainingseinheit ist.«

»Kreativ?«, keuchte Erin. »Das ist zu mild ausgedrückt. Versuch es mit verdammt besessen.«

Becki musterte die Pilotin, überrascht über die Leidenschaft hinter den Worten, aber nicht gewillt, eine Szene zu machen.

Marcus legte eine Hand auf Erins Schulter. »Du musstest ein wenig aus dem Konzept gebracht werden. Glaubst du, es hat funktioniert?«

»Bastard.«

Er lachte. »Schon gut, schon gut, du kannst nach Hause gehen und schlafen. Sobald du die Aufgaben erledigt hast, die ich dir hinterlassen habe.«

Erins Flüche drangen leise von ihren Lippen, während sie über den Boden zu einem kleinen Schreibtisch stapfte, der dort wartete.

Marcus wandte sich an Becki. »Kraftstoffberechnungen für ein Dutzend verschiedene Szenarien. Schätzung der Flugzeit und der Luftkapazitäten.«

Vernünftige Logik. Die Pilotin die Herausforderung nach einem harten Training bewältigen zu lassen, bewies ihnen beiden, dass sie dasselbe unter schwierigen Verhältnissen schaffen konnte. Becki hieß das gut, auch wenn es eine harte Trainingsmethode war.

Sie wandte sich Alisha zu. »Wann bist du hier angekommen?«

Alisha hatte die Augen geschlossen, während sie sich über

ihre ausgestreckten Beine lehnte. »Hier in der Kletterhalle angekommen, oder um wie viel Uhr hat uns Mr. Diabolisch aus dem Bett geholt? Denn das Telefon klingelte um nulldreihundert.«

Oh Gott. »Wirklich?« Becki blickte mit viel mehr Verständnis in die Runde. »Ihr seid seit drei Uhr morgens auf?«

Devon schenkte ihr ein müdes Grinsen. »Ich war gar nicht im Bett. Tripp und ich waren noch in der Bar.«

Becki fing Marcus' Gesichtsausdruck auf, bevor er ihn unter Kontrolle bringen konnte. Sie trat an seine Seite und sprach leise. »Du *bist* böse, nicht wahr?«

Er zuckte mit den Schultern. »Sie werden dafür bezahlt, einsatzbereit zu bleiben. Manchmal schmerzt es eben, wenn man den Stahl ans Eisen legt, um es zu schärfen.«

Er klatschte in die Hände, wobei seine rechte Hand ein paar Mal mit einem scharfen *Knall* gegen die nackte Haut seines Unterarms schlug. »Okay, die Pause ist vorbei. Eine letzte Aufgabe für jeden von euch, dann habt ihr frei bis morgen.«

»Welche Uhrzeit?«, fragte Xavier. »Nicht, dass ich jetzt misstrauisch wäre oder so.«

»Sieben Uhr morgens für dich, Tripp, Devon und Alisha. Anders und Erin werden den ganzen Tag auf dem Feld arbeiten.«

Xavier nickte erschöpft. »Was ist unsere letzte Portion Gift?«

»Ab in den Pool«, befahl Marcus. »Sechzehnhundert Meter Freistil, dann achthundert Meter von dem, was ihr am meisten hasst – Beinschlag oder Pull. Und danach dehnen.«

Devon klopfte Xavier auf die Schulter und zusammen mit Tripp machten sie sich auf den Weg zur Männerumkleide, wobei sie gutmütig untereinander herumnörgelten.

Alisha stand vor ihnen und hielt das Handtuch fest, das um ihren Nacken geschlungen war. »Marcus – Erlaubnis, stattdessen Wandwiederholungen zu machen? Ich möchte das Oberkörpertraining so spezifisch wie möglich gestalten.«

Marcus überlegte einen Moment. »Schön. Benutze den Auto-Belayer. Klettere sowohl ab als auch auf, verstanden?«

Sie nickte und verzog das Gesicht zu einer Grimasse. »Ähm, Becki? Macht es dir was aus, wenn wir das gemeinsame Klettern auf ein anderes Mal verschieben? Ich habe das Gefühl, ich werde weiche Arme bekommen, bevor das hier vorbei ist.«

»Kein Problem. Es gibt noch genug Zeit.«

Marcus trat näher, während Alisha ihren Klettergurt anschnallte. »Becki wird euch in den nächsten Wochen ein Training geben. Was sagst du dazu?«

Das Gesicht der jungen Frau hellte sich auf. »Echt? Das ist ja großartig. Das entschädigt dafür, dass ich heute Morgen hinten auf der Ladefläche eines offenen Pickups mitfahren musste.«

Becki konnte einen Lachanfall nicht unterdrücken. »Was?«

Alisha trat an die Wand. »Hat er es dir nicht erzählt? Einsatz um drei, holt uns zehn Minuten später ab, um uns zum Packen der Ausrüstung zu bringen. Nur hat er uns nicht direkt dorthin gebracht, sondern ist eine Stunde lang den Trans-Canada Highway entlanggefahren, bevor er in den Hangar einbog und uns im Dunkeln alles vorbereiten ließ.«

Becki starrte Marcus an, nicht sicher, ob sie für seine Methoden bereit war.

»Guck mich nicht so an. Es kann hinten im Heli beim Flug zu einer Absetzzone kalt sein. Sie müssen bereit sein.«

Sie konnte nicht widersprechen. »Du bist inspiriert, das muss man dir lassen.«

Alisha zog den Verschlusskarabiner am Seil fest. »Er sollte besser keinen von uns in den nächsten Tagen Kaffee für ihn kaufen lassen, denn er ist nicht der Einzige hier, der inspiriert ist.«

Marcus schnaubte.

Sie legte ihre Hände an die Wand. »Bereit, Boss.«

»Ab geht's.«

Becki straffte den Rücken, als seine ganze Aufmerksamkeit auf sie gerichtet war. Sie musste sich auf die Arbeit konzentrieren, was bedeutete, ihren Blick von Marcus loszureißen und ihn wieder auf die Frau zu richten, die geschmeidig die Wand nach oben glitt. Becki analysierte Alishas Wahl der Griffe und suchte nach Verbesserungsmöglichkeiten.

Alisha war verdammt gut. Da es noch eine Trainingseinheit war, wählte sie nicht den einfachsten Pfad, doch sie zögerte auch nicht bei ihren Entscheidungen. Beständig. Sicher. Greifen, Gewichtsverlagerung. Greifen, Streckung. Nach fünf Minuten war klar, dass es einen Grund gab, warum diese Frau Marcus' Vorstiegsleiterin war.

»Es wird mir schwerfallen, ihre Fähigkeiten noch zu verbessern.« Becki sprach leise, aber sie wusste, dass Marcus sie hörte. Er war direkt neben ihr und analysierte mit ihr. Die Wärme seines Körpers streifte ihren.

»Ich habe dir gesagt, ich stelle nur die Besten ein.« Er legte seine Hand auf ihre Schulter. Das Gewicht davon ließ etwas in ihrem Inneren erzittern.

Sie schluckte schwer und hob ihre Arme, um sie vor der Brust zu verschränken. Verteidigung gegen ihre Triebe, eine Art, zu verbergen, wie schnell ihr Körper auf den kleinsten Hauch einer Erinnerung reagierte.

»Warum gurtst du dich nicht an? Ich werde dich sichern«, bot Marcus an.

Becki räusperte sich und hielt den Blick fest auf Alishas vorsichtigem Abstieg. »Wenn du willst, kann ich dich sichern.«

»Habe nicht den richtigen Aufsatz mitgebracht.« Marcus trat zur Seite, seine Hand strich wie beiläufig über ihren Arm und verursachte weitere reflexartige Reaktionen in ihrem Inneren. »Ich habe die Klaue, damit kann ich sichern.«

Alles, um ihr Blut aus einem anderen Grund in Wallung zu bringen als durch die Nähe zu ihm. Sie nickte und griff nach ihrer Sporttasche. Als sie fertig angegurtet war, war Marcus zurückgekehrt, seine Prothese festgeschnallt.

Eingedenk seiner Worte von vorhin – dass es besser sei, einfach hinzusehen, statt heimlich zu spähen – ging sie direkt auf ihn zu und blieb vor ihm stehen.

»Willst du mir zeigen, wie das funktioniert?«

»Wie ein Arm.«

Mann. Na gut, wenn er so sein wollte. »Ja, genau, weil ich an den Enden beider Gliedmaßen Metallzangen habe. Komm schon, Marcus.«

Er lachte und hob seinen Ellbogen vor ihr hoch, den Unterarm parallel zu ihrem Gesicht. Sie griff seinen Bizeps und folgte mit den Fingern dem Gurtzeug, das über seine Schulter verlief. »Hochfestes Gurtband?«

»Genauso stark wie das in deinem Klettergurt. Doppelschlaufensystem, wenn also eine versagt, bleibt Zeit zum Aussteigen, bevor die zweite nachgibt. Abgesehen von einem bizarren Unfall, bei dem beide Gurte gleichzeitig durchtrennt werden, ist das System bombenfest.«

Sie hatte ihre Erkundung bereits fortgesetzt, glitt über seinen Ellbogen und untersuchte die eigentliche Prothese. »Tut es weh? Wenn du die – wie hast du es genannt? Klaue benutzt?«

»Manchmal ist da ein dumpfer Druck. Phantomschmerzen erwischen mich öfter oder einfach normaler Wundschmerz vom Stumpf im Schaft. Ich bin einmal gestürzt und habe ihn mir heftig geprellt, aber nicht schlimmer als bei jedem Sturz, den ich früher hatte. Wie wenn man sich das Handgelenk verstaucht oder den Handballen prellt – tut höllisch weh.« Marcus zog seinen Arm leicht zurück, bevor er die doppelten Metallfinger am Ende um ihr Handgelenk schloss. »Es hat Zeit gekostet, die Kontrolle zu lernen, aber ich kann mit dem Seil umgehen. Wenn du willst, können wir dich mit zwei Seilen sichern, dich an ein Backup hängen –«

»Sei nicht albern.« Nun war sie an der Reihe, empört zu

sein. »Du hast gesagt, ich wäre verrückt zu glauben, ich hätte meine Fähigkeiten verloren. Wenn du sagst, du bist kompetent, vertraue ich dir.«

Sie schnappte sich ein Toprope, warf ihm ein Ende zu und konzentrierte sich darauf, ihren Achterknoten fertigzustellen.

Alisha kam am Boden an, drei Meter neben ihnen an der Wand. Ihr Pferdeschwanz hatte sich gelockert, Haarsträhnen hingen ihr vor den Augen. »Fertig.«

»Noch fünf Mal«, befahl Marcus.

»Oh Gott, echt jetzt?«

»Du hättest die Pool-Option nehmen sollen, wenn du diskutieren willst.«

Alisha zeigte ihm den Mittelfinger, fing aber wieder an. Ihre Unterarme zitterten, während sie sich langsamer als zuvor bewegte.

Becki wartete, bis Alisha außer Hörweite war. »Das Team würde alles für dich tun.«

»Und ich werde alles tun, um sie in Bestform zu halten. Es stehen Menschenleben auf dem Spiel, Becki. Das weißt du.«

Seine leisen Worte schienen in so starkem Kontrast zu der herrischen Persönlichkeit zu stehen, die er den anderen gezeigt hatte, dass sie sich umdrehen musste, um zu sehen, was diesen Wandel verursacht hatte.

Er zog eine Braue hoch. »Was?«

Ahnungslos. Gut, sie würde ihn jetzt nicht damit behelligen, aber wenn er mit ihr trainieren wollte? Vielleicht gab es dann mehr Lektionen, als er erwartete.

Becki ließ ihre Knöchel knacken, schüttelte ihre Finger aus und legte die Hände an die Wand. »Sicherung steht?«

»Sicherung steht!«

Sie setzte eine Zehenspitze auf einen winzigen Sloper und machte den ersten Schritt. Die Finger fest um einen Griff geschlossen, der Oberkörper gestreckt, während sie nach oben griff. Hinter ihr führte Marcus die Seile geschmeidig, und kein

Druck zerrte an ihrem Hüftgurt, während sie sich die Wand hinaufarbeitete. Mit einem kompetenten Partner zu klettern, war immer so viel angenehmer.

Alles lief gut. Auf halber Höhe passierte sie die absteigende Alisha. Die junge Frau atmete schwer, schenkte ihr aber dennoch ein gequältes Lächeln.

Becki wartete, bis Alisha unter ihr war, und legte dann den Kopf in den Nacken, um die Route zu prüfen...

Der Wind peitschte um sie herum, schlug ihr die Kapuze gegen den Kopf, hämmerte den leichten Regen und die Wolkendecke gegen sie, bis sie klatschnass war. Sie hing da, schwang leicht hin und her, etwas Eiskaltes drückte gegen ihren Rücken. Becki blinzelte und kniff die Augen zusammen, um scharf zu sehen, aber nichts half. Die Sicht blieb bei Null. Sie drehte sich zur Wand und stemmte die Füße dagegen, während ein Gefühl der Machtlosigkeit über sie hinwegrollte und beinahe sowohl Wut als auch Angst wegwischte.*

»Bist du bereit? Irgendwann heute wäre toll.«

Danes Timing war miserabel. Ganz zu schweigen davon, dass sein Sinn für Humor eine Generalüberholung brauchte. »Bastard«, murmelte sie.

»Das habe ich gehört.«

Natürlich hatte er das. »Bastard mit Supermann-Gehör. Schön für dich.« Ihre Frustration wuchs. Das war der Grund, warum sie für ihren Abstieg nicht in diese Richtung hatte gehen wollen, nur hatte er darauf bestanden. Jetzt saß sie zwischen einer schlechten Situation und einer noch schlechteren fest. »Dane, ich kann verdammt noch mal gar nichts sehen. Soweit ich weiß, könnte ich genau auf der Route sein oder über tausend Fuß freiem Fall hängen.«

Dane zögerte, fragte dann aber widerwillig: »Soll ich zuerst gehen?«

Ja, in der Tat. Und das habe ich dir so gut wie gesagt, bevor ich über die Kante getreten bin. *Der Gedanke hämmerte wie ein Schrei in ihrem Kopf.* »Das hättest du nicht schon vor fünfzehn Minuten sagen können? Trottel.«

»Ja, aber ich bin dein Trottel, richtig?«

Er lachte. Das Geräusch hallte von den Felsen wider, und sie verstärkte instinktiv ihren Griff am Seil. Seine Belustigung auf ihre Kosten war gerade nicht willkommen, nicht nach dem Wochenende, das sie zusammen verbracht hatten. Dem Wochenende, das so perfekt zu der schmerzhaft egoistischen Art passte, die er in den letzten Wochen an den Tag gelegt hatte.

Etwas hatte sich verändert, und sie war sich nicht sicher, ob es ihr gefiel, wohin ihre Beziehung zu steuern schien. Dennoch riss sie sich zusammen und antwortete so sachlich wie möglich. »Ja, Dane, du bist mein Trottel.«

Denn in diesem Moment etwas anderes zu sagen, wäre monumental dumm gewesen.

»Bec? Ich liebe dich.«

Sie lehnte sich zurück und starrte den Hang hinauf. Was war da los? Dieses Geständnis war das Letzte, was sie zu hören erwartet hatte. »Dane?«

Dann brach das nackte Chaos los.

6

»**B**ecki.«

Sie war bereits mehr als die Hälfte der Wand hoch und kam gut voran, als sie plötzlich erstarrte. Beide Hände in Position, die Füße fest aufgesetzt. Marcus wartete auf die nächste Bewegung.

Sie kam nicht. Sie blieb einfach … stehen.

»Becki.« Er holte das überschüssige Schlappseil ein und zog sie leicht nach oben, während das Seil, das er fixiert hatte, über den Standplatz an der Dachkante verlief und zu ihrem Hüftgurt hinunterführte. Wenn er gewollt hätte, hätte er sie loseisen können, indem er sie nach oben zerrte, aber das war ein Rettungsmanöver für den absoluten Notfall.

Falls er sie dazu bringen konnte, sich selbst zu bewegen, konnte er vermeiden, sie ruckartig loszureißen und zu riskieren, dass sie gegen die Wand prallte.

Er rief erneut, und als keine Reaktion kam, ging er zu Plan B über.

»Alisha. Abspringen.«

»Spring ab.« Sie hatte die Wand bereits losgelassen, und das Selbstsicherungsgerät trat in Aktion wie ein modifizierter

Sicherheitsgurt. Die Verbindung an ihrem Gurt ließ sie langsam zum Boden hinunter. Sie begab sich in Position, das zweite Sicherungsseil locker, den Verschluss in den Fingern zur Wand gerichtet. Sobald der Haken in Reichweite war, rammte sie die Metallschnalle des Karabiners durch den Nocken, griff nach dem vertikalen Seil und gab sich selbst genug Schlappseil, um den Clip von ihrem Klettergurt zu entfernen.

Das Seil schnellte straff gegen die Wand, als sie es losließ, um an seine Seite zu eilen. »Was brauchst du?«

Keine Fragen. Kein Zögern. Becki hatte recht gehabt; sein Team war gut. »Becki braucht Hilfe. Übernimm das Sichern; ich gehe rauf, um sie zu sichern.«

Alisha nickte. »Halte die Seile straff.« Sie wartete, bis er bewies, dass er einen festen Griff hatte. Sie ergriff den Karabiner an seinem Geschirr, drehte die Sperre auf und hängte den Haken in ihren eigenen Gurt um. Mit einem weiteren Handgriff schnappte sie sich das Seil oberhalb der Stelle, an der er es im Würgegriff hielt. »Sicherung steht. Du kletterst.«

Er ließ zu, dass sie das Gewicht aus seinem Griff zog, vertraute aber erst darauf, als sie es ihm tatsächlich abgenommen hatte.

Alisha drehte einen Fuß in das lose Seil auf dem Boden und machte ihren Körper so zu einem Ersatzanker. Er hatte keine Zeit, sich selbst anzuseilen. Er hatte für nichts Zeit, außer an die Wand zu treten und zu klettern.

Gott, er hätte das im letzten Jahr öfter machen sollen. Nicht nur sein Mangel an Training frustrierte ihn beim Klettern, auch das weitgehend nutzlose Klauenwerkzeug behinderte ihn. Nur der Teil direkt an der Basis fungierte als kleiner Haken. Egal. Er würde tun, was nötig war.

»Rechts von dir und etwa acht Zentimeter weiter oben. Ein schöner großer Henkel für deinen Fuß. Gut. Jetzt das blaue Band links, da ist genug Vorsprung für deinen Unterarm.« Alisha leitete ihn weiter durch den Aufstieg, während er sich fast einhändig die Wand hinaufarbeitete. Er kletterte über Becki, schützte sie mit seinem Körper, setzte seine Füße fest auf und lehnte seinen Oberkörper gegen sie, während er mit der rechten Hand nach dem Sicherungsseil griff.

Erst dann schlang er seinen linken Arm um ihre Taille und zog sie an sich. »Ich hab dich, Becki. Alles ist gut.«

Alisha rief von unten. »Habe euch beide. Bereit zum Ablassen?«

»Sekunde.« Er drückte Becki an sich. »Komm schon, bist du bei mir?«

Ein langsames, stockendes Nach-Luftschnappen entfuhr ihr.

Gut, da war noch jemand wach. »Becki, ich brauche, dass du die Wand loslässt. Ich bin direkt hier und ich hab dich, aber wir wollen, dass Alisha uns ablässt. Bist du bereit dafür?«

Sie rührte sich nicht. Ihre Finger krallten sich noch immer krampfhaft in die Griffe. *Verdammt.*

Er legte sein Gesicht direkt neben ihres und stieß ihre Wange mit seiner an.

Ihr Körper wurde schlaff, ihr Gewicht nahm zu.

»Alisha, halt gut fest.« Beckis Kollaps brachte zwei volle Körpergewichte auf das Seil, und seine Sichernde war völlig erschöpft. Das könnte eine schnelle Fahrt nach unten werden.

Er hätte Alisha klettern lassen sollen, aber Logik war kein Teil seines Denkprozesses gewesen. Becki war in Schwierigkeiten, verdammt noch mal. Er holte tief Luft und stemmte sich dagegen.

»Ich werde sie von der Wand lösen. Sie ist weggetreten. Bist du bereit?«

Er spürte es, die leichte Druckveränderung, als Alisha es schaffte, ihr Gewicht um ein paar Zentimeter anzuheben. »Kein Problem. Zieh sie weg. Ich hab euch sicher.«

»Komm schon, Becki, ich hab dich. Vertrau mir, okay?« Die Worte waren unnötig, zumindest ihretwegen, aber er musste es sagen. Musste sich selbst beruhigen, als er sich zurücklehnte und sie mit sich nahm. Er bettete sie in seinen Schoß, sein Arm um sie wie ein Eisenriegel, der sie an Ort und Stelle hielt. Falls Alisha die Kontrolle über die Seile verlor, würden sie auf den Crashpads landen, nicht auf dem Boden. Er würde Becki mit seinem Körper davor schützen, zu hart auf dem Boden aufzuprallen.

Ein Absturz war trotzdem nicht das, was er unter einer guten Zeit verstand.

In dem Moment, als Becki frei von der Wand war, bellte er seinen Befehl heraus. »Abseilen.«

»Seile ab. Beweg dich nach Möglichkeit ein Stück nach links.«

Alisha gab das Seil gleichmäßig frei, und Marcus atmete erleichtert auf, als sie die Fünf-Meter-Marke passierten. Die Drei-Meter-Marke. Als sie den Boden erreichten und sein Hintern auf einer sanften Landung aufsetzte, blickte er zur Seite, um herauszufinden, warum Alisha ihre seltsame Warnung ausgesprochen hatte, sich nach links zu bewegen. Sie lag flach auf dem Rücken, den Po zur Wand und die Beine zur Decke gestreckt. Sie hatte ihre Füße gegen ein paar größere Griffe gestemmt und das Seil unter ihren Körper gleiten lassen, um genug Hebelwirkung zu erzielen, um dem doppelten Gewicht entgegenzuwirken.

Er würde ihren Einfallsreichtum später loben. Jetzt galt seine Aufmerksamkeit der Frau in seinen Armen.

»Becki, wir sind unten. Komm schon.«

Er wollte sie gerade hinlegen und untersuchen, als sie sich aufrichtete und verwirrt blinzelte. »Marcus?«

»Ja.«

Sie runzelte die Stirn, eine Falte erschien zwischen ihren Brauen, während sie sich umsah, den Seilsalat und ihre Position auf der Matte. Sie blickte zur Wand und dann zurück zu ihm.

»Warum bist du–« Ihre Augen weiteten sich vor Panik. »Oh, nein.«

Ihre Versuche aufzustehen wurden durch die Seile behindert, die sie noch immer verbanden. »Es ist okay. Alles ist gut. Niemand wurde verletzt.«

Ihre Lippen pressten sich zu einer schmalen Linie zusammen, während sie an dem Knoten nestelte, der das Seil an ihrem Hüftgurt sicherte.

Alisha trat herüber und half, das Durcheinander zu entwirren. »Brauchst du Hilfe mit dem Knoten, Marcus?«

»Nein, aber danke.« Er tippte ihr auf die Schulter. »Gönn dir eine Massage in den heißen Quellen, wenn du willst. Geht auf meine Rechnung.«

Ihre Augen leuchteten auf. »Abgemacht.« Sie warf der anderen Frau einen Blick zu, und ihre Besorgnis war deutlich zu spüren. »Becki, brauchst du irgendwas?«

»Es geht ihr gleich wieder gut«, fiel Marcus ihr ins Wort. »Schnapp dir deine Sachen, und du kannst gehen.«

Alisha wandte den Blick von Becki ab und nickte. »Wir sehen uns morgen um sieben. Becki, ich rufe an.«

Die junge Frau flüchtete fast schon aus der Kletterhalle, genau wie Marcus es gehofft hatte. Den nächsten Teil erledigte man besser ohne Zeugen. Er legte seine Hand über Beckis Finger und unterband ihren Versuch, das Seil zu lösen. »Ganz ruhig. Wir müssen reden.«

»Nein, ich muss hier verdammt noch mal verschwinden.«

»Weil du eine Panikattacke hattest?« Marcus umschloss ihre Handgelenke mit seinen Fingern und hielt sie fest. »Es ist nichts passiert. Es ist alles gut gegangen.«

»Nichts passiert?« schrie sie. Becki riss ihre Hände zurück, aber er weigerte sich, sie loszulassen. Sie presste die Kiefer zusammen und funkelte ihn an. »Ich *weiß* nicht, was passiert ist, Marcus. Das ist das Problem. Mein Gott, ich habe es wieder getan. Ich hatte einen Blackout. Was–«

Sie schloss die Augen und versteifte sich. Marcus lockerte seinen Griff, trat stattdessen näher heran, um ihren Nacken zu fassen und sie fest an seinen Körper zu ziehen. Sie stand steif da, den Kopf unter sein Kinn gebettet, die Arme starr an den Seiten, bis er sie einige Minuten lang so hielt, langsam atmete und darauf wartete, dass sie sich entspannte. Dass sie es hinter sich ließ.

Als sie ihre Arme um ihn schlang und ihn fest drückte, war er es, der endlich wieder richtig durchatmen konnte.

Becki legte ihre Hände auf seine Brust und drückte sie auseinander. »Es tut mir leid. Panik hilft nicht weiter. Schreien auch nicht. Danke. Ich nehme an, du musstest mir mal wieder den Arsch retten.«

Er nickte. »Alisha hat geholfen. Du solltest ihr auch danken.«

»Großartig, dahin ist mein Heldenstatus.« Becki schüttelte den Kopf. »Na ja, ich war sowieso nicht so scharf darauf, die Klettergöttin zu sein.«

Sie zog das Seilende aus dem Achterknoten und befreite sich in kürzester Zeit, jetzt, wo sie nicht mehr zitterte.

»Du hast dem Team immer noch viel zu bieten. Das hier ändert gar nichts.«

Becki sah ihn an, als ob ihm ein zweiter Kopf gewachsen wäre. »Es ändert alles. Das kann nicht dein Ernst sein. Du denkst doch nicht immer noch daran, mir dein Team anzuvertrauen?«

»Denkst du daran, aufzugeben? Alles hinzuschmeißen und dir einen neuen Job zu suchen?«

Ihr Kopf sank nach unten, aber nur für eine Sekunde. Dann starrte sie ihn intensiv an. »Niemals. Ich werde das überwinden. Ich weiß nur nicht, wann-«

»Und wenn ich anbiete, dich zu trainieren, so wie du es mir angeboten hast, glaubst du, du findest jemanden oder einen Ort, der dir besser dabei helfen kann, diese Schritte zu gehen?

Oder einen besseren Zeitpunkt als genau jetzt, um damit anzufangen?«

Becki löste die Verbindungen ihres Hüftgurts und ließ das schwere Geschirr mit einem plötzlichen Knall auf den Boden fallen. »Nein, nein und nein. Verdammt, Marcus, du machst daraus schon wieder eine Trainingseinheit, dabei sollte ich doch dieses Mal die Erwachsene sein und das Unterrichten übernehmen.«

»Kann ich was dafür, wenn du ein paar der Lektionen vergessen hast, die ich dir beigebracht habe? Ich biete dir einen Auffrischungskurs an.«

Er hätte nicht so weit gehen sollen. Nicht jetzt, wo sie noch immer völlig verängstigt war. Aber verdammt, er würde sie nicht wegrennen lassen – nicht einmal weggehen lassen. Das hier war zu wichtig.

Dass er gesehen hatte, wie sie erstarrte, hatte alles verändert. Es war nicht mehr nur sexuelles Interesse, das er verspürte, das anhaltende Verlangen nach Körperlichkeit. Ihre Panik hatte eine Emotion ausgelöst, die er seit einer Ewigkeit nicht mehr gespürt hatte.

Das Bedürfnis, sich emotional einzulassen – etwas zu bewirken. Diesmal auf einer persönlichen Ebene, nicht etwas Sinnvolles, aber Abstraktes wie die Ablenkung durch seinen Rettungstrupp.

Es war, als wäre unter ihm Glut geschürt worden, die den eisigen Kern in seinem Inneren zum Schmelzen brachte. Der Wunsch, sich auf etwas anderes zu konzentrieren als auf das Elend, das er mit so viel Energie vor dem Team verbarg. Seine persönlichen Geister verfolgten ihn schon viel zu lange, und inzwischen erwartete er gar nicht mehr, dass sie jemals verschwinden würden. Er hatte seine gelegentlichen Albträume als unvermeidlich akzeptiert, aber zuzusehen, wie sie litt, war inakzeptabel, wenn es irgendeinen Weg gab, zu helfen.

Dafür zu sorgen, dass Becki sich nicht die nächsten vier Jahre ihres Lebens mit unbeantworteten Fragen herumschlagen muss – das war ein gutes Ziel, auf das er seine volle Aufmerksamkeit richten konnte. Wenn er sie mit dem einzigen gemeinsamen Nenner locken musste, den sie all die Jahre zuvor gehabt hatten – Sex –, dann würde er das verdammt noch mal ausnutzen.

Ihr Ausdruck wandelte sich von Empörung zu Leidenschaft, bevor sie sich mühsam wieder unter Kontrolle brachte.

Marcus ließ nicht locker. »Gemeinsam werden wir das Team trainieren. Abgesehen von dieser Zeit wirst du mich trainieren und mir helfen, herauszufinden, wie ich diesen Arm wieder so gut benutzen kann wie früher. Im Gegenzug werde ich dich trainieren, und wir werden dem auf den Grund gehen, was zum Teufel auch immer mit dir passiert ist.«

»Was, wenn es nie kommt? Was, wenn alles ein Rätsel bleibt?«, verlangte sie zu wissen.

»Dann konzentrieren wir uns darauf, dich wieder zum Klettern zu bringen.« Er brach den Augenkontakt ab und konzentrierte sich stattdessen darauf, sein eigenes Seil zu befreien. »Der Geist ist eine seltsame Sache, Becki. Vielleicht wirst du nie genau wissen, was während des Unfalls passiert ist. Das bedeutet nicht, dass du nicht lernen kannst, zu klettern, und dir keine Sorgen mehr ums Erstarren machen musst.«

Sie stieß einen langen, unsicheren Atemzug aus. »Das ist es also, was passiert ist?«

»Ja.« Er war endlich los, ordnete das Seil und ließ es glatt gegen die Wand in Position fallen. »Warte. Da ist noch etwas auf der Liste.«

»Es gibt eine Liste?«

Er blickte auf, erfreut darüber, dass sie wieder ein wenig lächelte. »Bei mir gibt es immer eine Liste.«

Oh ja. Ihr Blick wurde heißer. »Was habe ich diesmal verpasst?«

»Du wirst dich nicht entschuldigen, falls – und das ist ein *falls*, kein wann – du wieder gerettet werden musst.«

Becki starrte an die Wand. »Verdammter Sadist.«

»Ganz und gar nicht. Ich werde keine Minute davon genießen, wenn du es nicht willst.«

Sie schnaubte und kramte dann ihre Sachen zusammen. »Warum habe ich das Gefühl, dass ich mich für etwas angemeldet habe, das viel schlimmer ist als das, was du deinem Team zumutest? Und übrigens, auch wenn du kein Sadist bist, bist du ein fieser Mistkerl. Du hast sie aus dem Bett geklingelt, nachdem du gestern Abend mit ihnen zum Hähnchenessen und auf ein paar Drinks warst?«

»Ich habe sie auch Wiederholungen machen lassen, während wir gefrühstückt haben. Vergiss diesen Teil nicht.«

Eine Aura von Traurigkeit und Angst umgab sie noch immer, aber sie schien weit eher bereit zu sein, mit ihm weiter voranzugehen als noch vor ein paar Minuten. Becki hob die Riemen ihrer Sporttasche über die Schulter und legte die Tasche an ihrer Hüfte zurecht. Sie blickte sich in der Kletterhalle um und schüttelte den Kopf. »Ich hätte nie gedacht, dass dieser Ort mich am Ende brechen würde.«

»Wird er nicht. Du wirst am Ende oben stehen.«

Sie zog eine Braue hoch und nickte kurz angebunden. »Werde ich. Das werde ich.«

Die entschlossene Linie ihres Kiefers sagte es deutlicher als ihre Worte.

7

Sie war aus der Tür und auf dem Weg zu den Wohnheimen, wobei ihre frustrierte Energie ihre Schritte schnell und weit ausfallen ließ. Ihr Kopf war zum Bersten voll und doch leer – alles war so sehr ineinander verstrickt wie die Seile. Unbrauchbar. Unmöglich.

Die ersten Griffe waren perfekt gewesen. Das Gefühl, dass ihr Körper ihren Befehlen gehorchte, war wie immer ein Nervenkitzel. Sie hatte vorgehabt, ihre Grenzen auszutesten, um zu sehen, was sie sich erst wieder erarbeiten musste.

Anscheinend verdammt viel. Alles, was sie definiert hatte, lag nun in Trümmern, ihre Identität war zerzaust und zerfetzt.

Sie hatte nicht geahnt, wie sehr es wehtun würde, wenn ihre Fähigkeiten schon wieder in Frage gestellt wurden, und dabei spielte es keine Rolle, dass Marcus sagte, er zweifle nicht an ihr. Sie zweifelte an sich selbst, und das bedeutete, dass sie wieder ganz am Anfang stand.

Ein Stein wurde neben ihr aufgewirbelt, und sie schreckte auf, als sie bemerkte, dass Marcus neben ihr herging. »Mist. Bist du die ganze Zeit schon da?«

»Wir müssen reden.« Er rückte die Tasche zurecht, die er trug.

»Wegen des Zeitplans für das Team. Stimmt. Heute Nachmittag.«

»Nun, da ist auch noch die Sache mit unserem Training – Details dazu können wir beim offiziellen Treffen besprechen. In der Zwischenzeit brauche ich ein Workout. Willst du mitkommen?«

Ein Workout war genau das, was sie brauchte. Eine schweißtreibende, stumpfsinnige, körperlich fordernde Aktivität, um das Bedürfnis wegzufegen, jede Sekunde dessen, was heute Morgen schiefgelaufen war, zu analysieren und nochmals zu analysieren. »Noch mal laufen?«

Er schüttelte den Kopf. »Schwimmen.«

Sie waren an den Türen zu den Wohnheimen angekommen. »Abgemacht. Wo?«

»Zurück in die Schule?« Marcus blieb stehen und wartete; sein kräftiger Körper wirkte entspannt wie eine Raubkatze auf der Jagd, die auf den perfekten Moment zum Zuspringen wartete. »Oder das Banff Centre oder das Freizeitzentrum. Deine Wahl.«

Sie würde nicht freiwillig zurück in die Schule gehen, nicht heute. Ganz gleich, was sie darüber gesagt hatte, dass sie sich von dem Ort nicht unterkriegen lassen wollte – sie brauchte eine Pause. »Freizeitzentrum. Wir können auch ein bisschen an die Gewichte gehen.«

»Abgemacht. Wir treffen uns in zwanzig Minuten dort.«

Er ging den leichten Hügel hinauf zu der Stelle, an der sein Truck geparkt war, und sie konnte den Blick nicht abwenden. Seine breiten Schultern, das Spiel der Muskeln an seinem Hintern unter der Hose. Sie hatte einen Monat damit verbracht, ihn heimlich zu studieren, als sie sich zum ersten Mal getroffen hatten, und dieselbe Anziehungskraft, die sie damals in ihren Bann gezogen hatte, war immer noch da. Sie ließ sie immer noch hinstarren, lange nachdem sie eigentlich ihre Schwimmsachen hätte holen sollen.

Was hatte Marcus nur an sich? Was brachte sie dazu, jeglichen gesunden Menschenverstand zu verlieren und zu flirten und herumalbern zu wollen wie ein verknallter Teenager? Selbst wenn sie nach dem Erlebnis an der Wand noch völlig aufgewühlt war, erregte er ihre Aufmerksamkeit und ließ alles andere, worauf sie sich eigentlich konzentrieren sollte, entschwinden.

Sie musste sich beeilen, um rechtzeitig da zu sein.

Als sie vor den Außentüren des Freizeitzentrums stand, huschte ihr unwillkürlich ein Lächeln über die Lippen. Durch das Mauerwerk und das Glas schmiegte sich das riesige Gebäude so in die Bäume, als wäre es dort gewachsen. Der rustikale Baustil war vielen Geschäften und Häusern in der Gegend von Banff eigen. Wie der Berg, der um sie herum aufragte, wurde das von Menschenhand geschaffene Bauwerk zu einem passenden Teil des Ganzen. Die Blockhauselemente brachten den Hauch von Natur auch ins Innere. Becki atmete tief und zufrieden ein, als sie am Schalter anhielt, um zu bezahlen.

Ein Gefühl der Vertrautheit, der ... Richtigkeit. Das war genau das, was sie brauchte, um ihrer chaotischen Seele etwas entgegenzusetzen.

Das Mädchen hinter dem Tresen lächelte sie an. »Becki James?«

Becki zögerte und versuchte, das Gesicht einzuordnen. »Ja?«

»Für Sie ist schon bezahlt worden. Sie können jederzeit vorbeikommen und Ihr Foto für den Pass machen lassen. Erst mal lege ich Ihnen das hier um.« Das Mädchen hielt ihr ein buntes Armband hin.

Offensichtlich war Marcus vor ihr im Zentrum gewesen. »Gibt es heute irgendwelche Einschränkungen beim Pool? Oder im Kraftraum?«

Das Mädchen schüttelte den Kopf. »Im Kraftraum ist erst nach dem Abendessen etwas gebucht. Im Pool gibt es in etwa dreißig Minuten einen Aquafitness-Kurs, aber das Tiefbecken wird frei sein und es wird immer mindestens eine Bahn für Bahnschwimmer freigehalten.«

»Danke.«

Becki zog sich um, bevor sie an den bodentiefen Fenstern kurz stehen blieb, um das Schwimmzentrum in Augenschein zu nehmen. Der Sonnenschein war einem Grau gewichen, als Wolken aufzogen, aber im Poolbereich blieb eine Oase aus Licht und Wärme.

»Zuerst die Gewichte?«

Sie wirbelte herum und stellte fest, dass Marcus direkt hinter ihr stand. Er hatte sich ebenfalls umgezogen und trug lässige Laufshorts und ein abgetragenes T-Shirt mit dem Logo eines der örtlichen Restaurants auf der Vorderseite. Eine Neoprenhülle bedeckte seinen Stumpf und umschloss seinen Ellbogen – wahrscheinlich sowohl zum Schutz als auch um einen besseren Halt zu bieten. »Dafür, dass du so ein großer Kerl bist, bewegst du dich sehr leise.«

»Das hilft mir dabei, mich an die ganzen unschuldigen Hirsche auf dem Parkplatz heranzupirschen. Komm.«

Er hielt ihr die Tür zum Kraftraum offen und sie trat hinein. Die Kühle der Klimaanlage strich wie eine Liebkosung über die nackte Haut ihrer Arme und Beine. Ein paar andere Leute waren im Raum und machten Bizeps-Curls oder nutzten die Maschinen. Rockmusik vom lokalen Sender spielte leise im Hintergrund, ein passender Kontrast zum tiefen Summen der Laufbänder.

»Allgemein Arme/Beine? Was meinst du?«, fragte sie.

»Ganz wie du willst. Ich wäre hier drin für mehr Unterkör-perarbeit – das Schwimmen später wird genug Oberkörpertrai-ning sein, um uns den Rest zu geben.«

Perfekt. Sie zeigte auf ein paar Stepper, die zu den Außenfenstern gerichtet waren, und bald waren sie beide in Bewegung. Draußen war der graue Himmel fast weiß geworden, und das braune Gras ließ alles einfarbig erscheinen. Die Berggipfel waren mit frischem Schnee bepudert – der Regen von Anfang der Woche war in den höheren Lagen gefroren. Frühling in Alberta – es war noch ein weiter Weg bis zu dem satten Grün, das im Sommer alles übernehmen würde.

Die Unterhaltung beim Aufwärmen blieb allgemein. Angenehm. Fünfzehn Minuten vergingen wie im Flug, während Marcus das Gespräch über Belangloses führte. Becki war dankbar dafür, auch wenn sie sich selbst verfluchte, weil sie mehr Zeit damit verbrachte, sein Spiegelbild in dem glasähnlichen Spiegel zu betrachten, als durch das Glas auf die prachtvollen Berge um sie herum zu starren.

Sie wechselten zu den Gewichten und sie übernahm das Kommando. »Kniebeugen. Wir nehmen das Power-Rack, wenn es dir nichts ausmacht.«

»Ganz und gar nicht. Pack dein Startgewicht drauf – ich mache es dir nach. Ich muss doch nicht versuchen, dich zu beeindrucken, oder? Das dreifache Gewicht draufzupacken scheint mir ein sinnloses Unterfangen.«

Sie schnaubte. »Glaub mir, im Fitnessstudio beeindruckend zu sein, bedeutet nicht viel. Ich habe zu viel Zeit mit Leuten verbracht, die locker mehr drückten als ich und diese Kraft dann doch nicht umsetzen konnten, als es darauf ankam.«

Becki trat unter die Stange und ließ sie so bequem wie möglich auf ihren Schultern ruhen, was bedeutete: nicht sehr. Sie drückte sich die letzten fünf Zentimeter hoch, die nötig waren, um die Sicherheitsverschlüsse zu lösen, und drehte die Metallstange, um die Sicherheitshaken aus dem Weg zu klappen.

Sie konzentrierte sich auf ihr Spiegelbild. Die Beine schulterbreit auseinander, die Zehen nach vorne gerichtet, beugte sie die Knie und senkte das Gewicht, bis sie sich in einer sitzenden Position befand. Als sie die Richtung umkehrte, spannte sich die gesamte Muskulatur an der Vorderseite ihrer Oberschenkel an und die kräftigen Muskelstränge in ihrem Gesäß mussten arbeiten, um sie zurück in die Vertikale zu bringen.

»Eins. Schöne Form. Wenn du so weitermachst, werde ich mich wie ein Schwächling fühlen, wenn ich an der Reihe bin«, neckte Marcus sie.

»Du wirst eine genauso gute Form haben oder eine bessere – denk dran, du hast mich gebeten, dich zu trainieren. Ich lasse meine Partner nicht herumschlampen.« Becki machte weiter, während sie sprach, und das Blut, das in ihre Beine schoss, wärmte sie auf. Ihr Puls stabilisierte sich, und sie konzentrierte sich darauf, ihren Atem gleichmäßig zu halten.

All die verschiedenen Komponenten des Trainings waren ein Balanceakt, den sie liebte. Ein Teil davon, ihren Körper als Werkzeug zu benutzen, ihn fit zu machen, ihn stark zu halten. Jetzt Forderungen stellen, damit sie im Einsatz auf Autopilot schaltete und tat, was getan werden musste.

Marcus zählte weiter mit und trat hinter sie, um seine Hand auf die Metallstange zu legen, genau zwischen der Stelle, an der sie auf ihrer Schulter ruhte, und der Handfläche ihrer rechten Hand.

»Ich hoffe, du erwartest nicht, dass ich jetzt schon schlapp-mache«, sagte Becki. »Das wird ein verdammt kurzes Training, wenn du mich jetzt schon sicherst.«

Er lachte leise. »Sei nicht beleidigt. Ich bin sicher, du kannst diesen Satz locker beenden.«

Sie absolvierte zwei weitere Kniebeugen, nur dass sie sich jetzt nicht mehr auf ihre Körpermitte konzentrierte. Oder darauf, ihre Beine zu beobachten, um sicherzugehen, dass sie die Kraft aus den Oberschenkeln holte.

Nein, viel mehr Aufmerksamkeit beanspruchte die geringe Distanz, in der er hinter ihr stand. Wie die Hitze von seinem

Oberkörper die schmale Lücke zwischen ihnen überbrückte, und wie er, als sie den Satz beendete und die Stange drehte, um die Sicherheitshaken einzurasten, mit der Hand an ihre Schulter glitt und mit den Fingern ihren Rücken hinunterstrich.

»Guter Anfang.« Marcus tauschte mit ihr die Position. Er musste sich tiefer bücken, um unter die Stange zu kommen, und sie nahm viel zu intensiv wahr, wie seine Gesäßmuskeln an ihrem Oberschenkel vorbeistreiften.

Becki trat einen ordentlichen Schritt zurück.

Sein Blick im Spiegel, als er seinen Satz begann, verspottete sie. Er wusste genau, warum sie weggerückt war.

Oh Gott.

Becki nahm einen Schluck aus ihrer Wasserflasche und überdachte ihren gesamten Plan. Das Workout mit Marcus sollte eigentlich keine lange, ausgedehnte Vorspiel-Sitzung sein.

»Willst du für mich zählen? Das war drei.« Sein Augenzwinkern machte sie seiner noch bewusster. Seiner dunklen Erscheinung, die sich im Spiegel reflektierte. Die Art, wie sich seine Schultermuskeln gegen den Stoff seines Shirts wölbten, als er die Arme erhoben hatte, um die Stange zu stützen.

»Vier.« Sie musste an andere Dinge denken. »Korrigiere deinen rechten Fuß. Deine Hüfte ist am tiefsten Punkt der Kniebeuge nicht in einer Linie.« Er folgte ihren Anweisungen, aber bei der nächsten Wiederholung stimmte es immer noch nicht. »Mehr.«

»Mehr was?« Marcus klinkte die Stange ein und trat unter ihr hervor. »Zeig es mir, wenn ich das Gewicht nicht halte.«

Becki nickte. »Schau in den Spiegel.«

Er drehte sich um und ging in die Hocke. Sie trat hinter ihn und beugte sich vor. »Hier, du drückst deine Hüfte am Dreiviertelpunkt nach hinten.«

»So?«

Marcus korrigierte die Haltung, aber es reichte nicht. Sie legte ihre Hand an die Außenseite seines Knies, aber er war immer noch nicht in einer Linie. Sie presste auch ihre Hüfte gegen seinen Hintern, um ihn dazu zu bringen, sich so zu bewegen, wie sie es wollte. »Da. Spürst du das?«

Seine Stimme wurde tiefer, als er sprach. »Ich spüre es.«

Becki riss den Kopf hoch und stellte fest, dass sein Gesicht nur Zentimeter von ihrem entfernt war. Sie war fest gegen seinen Oberkörper gepresst, ihre linke Brust gegen seinen Arm, während sie ihre rechte Hand nach vorne streckte. Im Grunde hatte sie sich um ihn herumgeschlungen.

Sie huschte zurück in Sicherheit. »Du bist ein schrecklicher Mensch, Marcus Youth.«

»Ich glaube, das haben wir schon vor langer Zeit festgestellt.«

Er ging wieder unter das Gewicht und machte fünf weitere Kniebeugen, alle mit tadelloser Haltung. Sein erhitzter Gesichtsausdruck verhöhnte sie, weil sie die Fähigkeit verloren hatte, ihm zu sagen, er solle aufhören.

Die ganze verdammte Trainingseinheit verwandelte sich in eine perfide Form sexueller Qual.

Marcus stand neben ihr, um sie zu sichern. Immer auf eine Art, die logisch war, aber ein bisschen zu nah. Er nahm ihr die Gewichte nicht ab, wenn sie die Position tauschten; er legte seine Hand auf sie und berührte sie leicht. Ihren Unterarm. Ihre Taille. Den Schwung ihres unteren Rückens direkt über dem Hintern. Währenddessen beobachtete er sie mit seinen dunklen Augen, ein angedeutetes Lächeln auf den Lippen.

Sie hätte Nein sagen können. Hätte Nein sagen sollen, aber nach dem Stress des Vormittags...

Nein, es gab keine andere Ausrede, als dass sie es wollte. Sie akzeptierte es. Sie wollte sich in der Tatsache sonnen, dass dieser Mann ihr das Gefühl gab, voll und ganz am Leben zu sein.

Er ergriff ihr Handtuch, als sie aufstand, nachdem sie das letzte Gerät beendet hatte. Seine Finger schlossen sich langsam um den Stoff und zogen sie näher. Sie hatten beide hart genug gearbeitet, sodass sie verschwitzt war und ein Feuchtigkeitsfilm ihre nackten Arme bedeckte.

Der Wunsch, sich an ihm zu reiben, als würde sie ihr Revier markieren, war nicht gut, aber sie hatte schon vor dreißig Minuten aufgehört, sich das einzureden.

Er sah sie an, sein Blick auf ihre Lippen geheftet. Instinktiv leckte sie sich darüber.

Seine Augen schlossen sich kurz, sein Mund presste sich unter einem Stöhnen fest zusammen. Als er sprach, tat er es leise – nur für ihre Ohren bestimmt. »Ich weiß nicht, ob ich dir ein Kompliment für deine Trainingsmoral machen oder davon ausgehen soll, dass ich nicht der Einzige bin, der hier die Hitze spürt.«

Sie zögerte. Lügen war zwecklos, aber der Drang, an ihm ein paar ihrer eigenen Frustrationen auszulassen, machte sie leichtsinnig. »Wir haben gesagt, wir trainieren zusammen, nicht, dass wir uns gegenseitig den Verstand wegvögeln.«

Das antwortende Blitzen in seinen Augen verriet ihr, dass es ein Fehler gewesen sein mochte, das Biest zu reizen.

Als er also einfach einen Schritt zurücktrat, war sie ein wenig enttäuscht, und wie verdreht war das denn bitteschön?

Er nickte langsam und ließ ihren Handtuchzipfel los.

»Stimmt. Gutes Argument.« Er strich mit den Fingern über das Stück Stoff, wo es zwischen ihren Brüsten herabhing, und seine Knöchel streiften die Seite einer Wölbung. Ihr stockte der Atem. Die Art, wie sein Lächeln dunkler wurde, machte deutlich, dass er ihre Reaktion bemerkt hatte.

Tu so, als ob nichts wäre. Das war ihre letzte Verteidigung. »Wir sehen uns im Pool?«

Er nickte und bewegte sich von der Stelle weg, an der er sie mit seinem Körper eingesperrt hatte. Sie glitt an ihm vorbei und ignorierte die Berührung ihrer Oberkörper so gut es ging.

Kurz bevor sie es ganz in die Freiheit geschafft hatte, sprach er sie an.

»Becki?«

Sie drehte sich zu ihm um. »Ja?«

Er grinste übers ganze Gesicht, und ihre Knie zitterten. »Wegen des gemeinsamen Trainings? Sag mir einfach Bescheid, wenn du die Liste um ein paar Punkte ergänzen willst.«

Becki flüchtete und hoffte, dass es einen Stromausfall geben würde und das Wasser im Pool eiskalt wäre.

Sie steckte in so gewaltigen Schwierigkeiten.

8

Marcus schob den Stapel Papierkram über den Tisch zu David. »Danke, dass du das alles vorbeigebracht hast.«

»Kein Problem. Es hat keinen Sinn, wenn wir uns beide mit dem Weg zum Buchhalter abmühen.« David ließ die Akten zurück in seine Aktentasche gleiten und warf sie beiseite, bevor er aus dem Fenster starrte. »Ein schleppendes Frühjahr. Der Wetterbericht sagt für Ende der Woche noch mehr Schnee voraus.«

»Die Wege werden noch lange Zeit eine Katastrophe sein.« Marcus musterte seinen Bruder amüsiert. »Und jetzt, wo du mir einen Gefallen getan und den obligatorischen Smalltalk hinter dich gebracht hast: Was willst du?«

»Was? Darf ich nicht mal auf einen Besuch vorbeikommen? Ich bin am Boden zerstört.«

»Schon klar. Wenn du auf einen Besuch vorbeikommst, steuerst du direkt auf den Kühlschrank zu und trinkst mein Bier.« Marcus lehnte sich gegen das Glas der Flügeltüren, die auf die Terrasse führten. »Spuck's aus.«

Davids Mund verzog sich zu einem schiefen Grinsen. »Schon gut. Die Spendenveranstaltung für die Schule.«

»Was ist damit?« Marcus musterte den Kalender an der Wand. »Es ist in zwei Wochen. Hast du Probleme mit der Buchung?«

»Natürlich nicht. Alles ist seit letztem Jahr organisiert. Der Festsaal im Banff Springs, Cocktails, Tanz. Ein oder zwei kleine Motivationsreden von lokalen Berühmtheiten...« Davids Stimme verrauchte. »Weißt du, jemanden mit diesem Gesichtsausdruck anzustarren, fördert die Kommunikation nicht gerade.«

»Ich finde, mein Gesichtsausdruck sollte zu dem passen, was ich gerade denke. Erklär mir, warum du mich angesehen hast, als du *lokale Berühmtheiten* gesagt hast.«

Sein Bruder zuckte mit den Schultern. »Ich stehe wie üblich als Moderator auf der Liste. Aber wenn du und das Lifeline-Team auftauchen –«

»Oh, nein. Das Team zu fragen, ist eine Sache – die meisten von ihnen lieben es, diese Zirkusnummer für dich abzuziehen. Aber du hast versprochen, dass du mir nie wieder vorschlagen würdest, einen Pinguin-Anzug anzuziehen und vor Leuten herumzustolzieren, damit sie mich mit Erdnüssen bewerfen. Ich mache das nicht, David. Das ist es nicht wert.«

»Ja, nun, letztes Jahr hatte Lifeline noch kein großes öffentliches Ansehen erlangt, und dass das Team in seinen Pinguin-Anzügen da war, hat trotzdem genug eingebracht, um ein paar Kindern ein Stipendium zu ermöglichen und den Kraftraum auszustatten.«

Marcus seufzte. »Du musstest diesen verdammten Artikel ja wieder erwähnen.«

»Sie werden die ganze Woche bis zur Veranstaltung Ausschnitte daraus bringen.« David hob abwehrend die Hände, als Marcus einen Schritt auf ihn zumachte. »Nicht meine Idee, übrigens. Die Zeitung hat mir gesagt, was sie geplant hat. Sieh den Tatsachen ins Auge – du bist eine große Nummer.«

»Weil sonst nichts passiert. Das ist der einzige Grund, warum es immer noch in den Nachrichten ist.« Er hatte gute Gründe für seine Abneigung gegenüber Gala-Veranstaltungen, aber David hatte recht. Die Spendenveranstaltung brachte das Geld ein und bot Einheimischen wie Touristen einen tollen Abend. »Ich werde es dem Team gegenüber erwähnen. Du wirst wahrscheinlich mindestens die Hälfte von ihnen abkriegen. Alisha und Devon auf jeden Fall. Sie wären großartige Vertreter als Ehemalige und dieser ganze Kram.«

»Das ist es, was der Vorstand will – sie wollen damit auftrumpfen, das Team als Zugpferd für die Veranstaltung dabei zu haben.«

»Nur um das klarzustellen, ich werde nicht sprechen«, knurrte Marcus. »Ich krieche hinter kein Mikrofon und schwafle poetisch darüber, wie das Retten von Leben mein Leben gerettet hat.«

»Verstanden. Ich weiß das. Ich würde im Traum nicht darauf kommen, dich zu etwas zu drängen, bei dem du dich nicht wohlfühlst.«

Alle Bullshit-Detektoren von Marcus schlugen gleichzeitig an. Er blickte zu David hinüber, der unter seinem prüfenden Blick unruhig hin- und herrutschte. »Wer soll denn wirklich sprechen? Denn ich sehe an der Art, wie du zappelst, dass du glaubst, dass es mir nicht gefallen wird.«

David räusperte sich. »Der Vorstand möchte, dass ich Becki frage.«

»Gottverdammt, nein.« Marcus schüttelte den Kopf.

»Sie wäre großartig«, beharrte David. »Wenn sie auch nur annähernd so eine gute Rednerin ist wie zu ihrer Schulzeit, wird es ein Riesenerfolg. Mann, damals konnte sie sich aus allem herausreden – sie wird ihnen den Charme und das Geld aus den Taschen leiern.«

»Du würdest sie jetzt ernsthaft in diese Lage bringen? Ich habe dir gesagt, was passiert ist, als sie klettern war. Gib ihr Zeit, du Idiot.«

David rollte mit den Augen. »Ich erwarte ja nicht von ihr, dass sie die Fassade des Hotels erklimmt und sich zum Rednerpult abseilt, Marcus. Sie soll ein paar Worte über die Schule sagen und wie toll es ist, wieder da zu sein. Das ist alles.«

Für eine Sekunde ließ die Bemerkung über Beckis Klettern am Hotel Marcus blinzeln. Nein, es gab keine Möglichkeit, dass David wusste... »Wenn das alles ist, warum blickst du mich dann um Erlaubnis bittend an, bevor du überhaupt schaust, ob sie Interesse hat?«

David lächelte verlegen. »Wenn du sie fragst, wird sie es tun.«

»Was?«

»Glaubst du, ich habe noch nicht gemerkt, dass du dein Revier bei ihr markiert hast? Du hast gestern, als du über sie gesprochen hast, so gut wie an die Ecke des Wohnheims gepinkelt.«

Marcus schüttelte den Kopf und ging zum Kühlschrank. »Du bist verdammt noch mal verrückt.«

Sein Bruder lehnte sich in seinem Stuhl zurück und verschränkte die Arme. »Versuch erst gar nicht, auf unschuldig zu machen. Ich kenne dich zu gut, und für dich ist sie schon als ›deins‹ abgestempelt. Oder willst du sagen, ich kann sie fragen, ob sie nächste Woche mit mir zum Food-and-Wine-Festival kommt? Ich habe keine Begleitung, und es würde ihr gut tun, mal rauszukommen. Mal ein paar andere Leute als nur das Team zu treffen. Oder ich könnte mit ihr tanzen gehen.«

»Sie wird für dich arbeiten. Man geht nicht mit Angestellten aus.« Marcus hielt seinen Gesichtsausdruck so neutral wie möglich.

David summte nachdenklich. »Nun, das hier ist eine andere Situation, findest du nicht? Sie ist eher meinesgleichen als eine direkte Angestellte. Ich bezweifle, dass das ein Problem ist. Und da sie jetzt ständig hier ist?« Er stand auf und überlegte kurz. »Weißt du, ich wollte dich eigentlich nur aufziehen, aber wenn du es ernst meinst und kein Interesse hast, dann verdammt, vielleicht werde ich ihr tatsächlich etwas mehr Aufmerksamkeit schenken.«

Marcus lockerte bewusst seine Finger und legte sie lässig auf die Kücheninsel. »Wie du willst. Ich finde nur nicht, dass du sie jetzt schon fragen solltest, ob sie die Rede hält.«

»Du hast recht. Ich werde den Vortrag wie geplant selbst halten, wenn es sein muss. Das ist kein Problem.« David starrte an die Decke. »Ich wette, sie sieht in einem Kleid fantastisch aus. In Kletterausrüstung ist sie ja schon der Wahnsinn. Deine Leute arbeiten heute Nachmittag mit ihr, oder? Vielleicht komme ich mal vorbei und schaue eine Weile zu.«

»Vielleicht solltest du dir lieber eine andere Beschäftigung suchen.«

»Nein, ich denke, ich muss das jetzt durchziehen. Ich schaue mal vorbei, um sicherzugehen, dass sie sich gut einlebt.« David trat vor und schlug Marcus auf die Schulter. »Weißt du, das ist klasse. Ich war schon lange nicht mehr so an jemandem interessiert. Natürlich liegt es zum Teil an der Art, wie sie sich bewegt, kombiniert mit dem Wissen, wie stark sie ist. Verdammt, kannst du dir vorstellen, wie sie ihren Klettergriff an deinem Schwanz benutzt? Oder ihre Oberschenkel – ich wette, sie könnte an einem Kerl hochkrabbeln und –«

Glühender Zorn rollte durch ihn hindurch, und Marcus stellte überrascht fest, dass er seinen Bruder vorne am Hemd gepackt hatte.

David zuckte nicht einmal mit der Wimper. Er blieb einfach stehen und grinste spöttisch.

»Fick. Dich«, knurrte Marcus, ließ ihn los und trat angewidert einen Schritt zurück. Er hatte die Selbstbeherrschung eines Zweijährigen, wenn es um Becki ging.

»Mich anzulügen hat noch nie funktioniert. Das solltest du inzwischen wissen«, säuselte David. »Außerdem, was soll das Ganze? Es ist doch nichts dabei, wenn du auf sie stehst.«

Gar nichts und gleichzeitig alles. »Halt dich da raus, David.«

»Verstanden. Bis auf eins –« David klopfte auf die Arbeitsplatte. »Wenn du sie nicht fragen willst, ob sie die Hauptrede halten möchte, dann werde ich es tun. Sie verdient es, in dieser Angelegenheit ihre eigene Entscheidung zu treffen, findest du nicht auch? Oder bedeutet es, wenn sie sich auf dich einlässt, dass sie ab jetzt immer drei Schritte hinter dir gehen muss?«

Sich auf ihn einzulassen bedeutete, dass er das Sagen haben würde, aber nur im Bett. »Ich bin nicht so ein Arschloch.«

David schnaubte. »Wir haben also festgestellt, dass du *irgendeine* Art von Arschloch bist. Hervorragend. Ich war mir nicht ganz sicher.«

Es gab keine Chance, dass er seinem Bruder lange böse sein konnte. Marcus stieß ihn gegen die Schulter und sie kabbelten sich einen Moment lang wie Kinder.

»Na gut, frag sie meinetwegen.« Marcus gab nach, aber nur teilweise. »Aber wenn du beim Training auftauchst, lasse ich dich klettern, und dann wird jeder sehen, was für ein Weichei du geworden bist.«

»Uuh, ich zittere schon.«

»Das solltest du auch. Devon hat ein neues Drop of Doom an der Decke befestigt und das Seil so eingestellt, dass es weniger als dreißig Zentimeter vor dem Boden blockiert. Du würdest schreien wie ein kleines Mädchen. Mal wieder.«

David schauderte. »Mistkerl. Hör auf, mich daran zu erinnern.«

Marcus stichelte weiter. »Wenn ich meinen kleinen Bruder nicht aufziehen darf, wen dann? Und jetzt verschwinde. Ich habe zu tun.«

Nur hatte er das eigentlich nicht wirklich. Zuzusehen, wie

David davonfuhr, bedeutete, dass Marcus jede Menge Zeit hatte, weitere Pläne für das Team durchzugehen. Weitere Pläne, wie er seinen Tag füllen konnte, bis es nicht mehr lächerlich wäre, zu den Wohnheimen zurückzukehren und zu sehen, ob Becki Zeit hatte.

Mehr Zeit, um herauszufinden, wie er sie davon überzeugen sollte, dass sie ihn genauso sehr wollte wie er sie.

9

»Also, danke. Dass du geholfen hast, mich zu retten, und dass du so verständnisvoll bist.« Becki lächelte über die kurze Distanz zwischen ihnen auf der Klettermatte.

Alisha nickte. »Ist kein Thema. Wirklich.«

Sie sah so aufrichtig aus, dass Becki sich am liebsten gleich noch einmal entschuldigt hätte. Die Idole anderer Leute vom Sockel zu stoßen, war hart, aber sie konnten nicht weitermachen, bevor sie die Situation besprochen hatten.

»Ist es für dich okay, mit mir zu arbeiten?«, fragte Becki leise.

Alishas Kopf schnellte hoch. »Willst du das denn nicht? Ich meine, wenn du dich nicht wohlfühlst, will ich dich zu nichts drängen, aber wenn du dir Sorgen machst, dass ich mir Sorgen mache ...« Sie lachte. »Und jetzt plappere ich einfach nur noch drauf los.«

»Davon scheint es heute Nachmittag ein bisschen mehr zu geben«, sagte Becki. »Ich würde wahnsinnig gerne weiter mit dir arbeiten. Ich bin mir nur nicht sicher, welche Überraschungen uns sonst noch so erwarten.«

»Für mich ändert das gar nichts«, beharrte Alisha. »Du bist immer noch du.«

Becki zwang sich zu einem Lächeln. »Das bin ich.« Mit all den verwirrten, gedächtnislosen und sexuell frustrierten Anteilen in ihr.

Die Tür hinter ihnen öffnete sich, und die anderen Teammitglieder schlenderten herein, begleitet von Gesprächen und Gelächter. Becki hatte die Unterlagen durchgelesen, die Marcus ihr am Vortag gegeben hatte, und schon jetzt wirkte die Crew vertrauter, ihre individuellen Macken traten deutlicher hervor.

Anders hielt an, um Alisha mit den Fingern auf den Kopf zu tippen. »Hey, du. Du bist nach der heutigen Blood-and-Guts-Session am Morgen gar nicht am Pool aufgetaucht. Bist wohl der Liebling der Lehrerin, oder was?«

Alisha sprang auf, und Becki tat es ihr gleich.

»Ich habe das Seil überprüft und den Personalraum aufgeräumt. Du solltest mir danken, dass du dich nicht mehr mit Devons stinkender Ausrüstung herumschlagen musst.«

Tripp schnaubte, während er in seinen Klettergurt stieg und ihn um seine Hüften sicherte. »Du hast dich um Devons Zeug gekümmert? Nett. Warum wurde mir die Chance nicht angeboten?«

»Du wolltest sein Gehänge verarzten?« Alisha zog eine Braue hoch. »Na, Tripp, ich wusste ja gar nicht, dass du auf das andere Ufer gewechselt bist.«

Anders prustete. »Devon schwingt in jede Richtung, die er will, so wie ich das höre.«

»Fällt euch auf, dass ich noch gar nichts gesagt habe und trotzdem werde ich angegriffen?« Devon zupfte an Beckis Zopf. »Ich bin ein lieber, unschuldiger Junge. Wirklich.«

»Wie bin ich denn nur mitten in dieses Schlamassel geraten?«, fragte Becki.

»Unparteiische Zeugin?« Devons jungenhaftes Grinsen löste bei ihr gar nichts aus, nicht bei den Bildern von Marcus' reifem, gutem Aussehen in ihrem Kopf, aber sie verstand, warum der junge Mann als kleiner Herzensbrecher galt.

Sie tätschelte seine Wange. »Das Einzige, was ich bezeugen will, ist dein Können an der Wand. Es ist mir völlig egal, wie legendär du sonst irgendwo bist, Mr. Leblanc.«

Die Tür öffnete sich erneut und Marcus schritt herein. Plötzlich wirbelten all die körperlichen Reaktionen durch sie hindurch, die sie bei Devon nicht verspürt hatte. Sie nickte kurzangebunden und wandte sich dann dem Team zu, um vor Marcus zu verbergen, wie die Röte in ihr Gesicht stieg.

Ihr Gedächtnis mochte weg sein, ihr Kletterkönnen ruiniert, aber ihre Libido war völlig intakt, danke der Nachfrage.

»Danke für die Gelegenheit, euch zu trainieren.« Becki verschaffte sich Gehör und stoppte damit die Sprücheklopferei. »Ich hoffe, ihr nehmt etwas daraus mit. Ich werde euch hart rannehmen, aber das Ziel ist es, euch in den Bereichen zu schärfen, in denen ihr es am nötigsten habt. Irgendwelche Fragen?«

Viel Scharren mit den Füßen, keine Kommentare, nicht einmal vorlaute. Becki war beeindruckt – das Team zeigte sich von seiner besten Seite, zumindest bis jetzt. Sie freute sich darauf, zu sehen, wie ihnen das gefiel, was sie geplant hatte.

»Wir werden an der Dynamik arbeiten. Als ich euch gestern beim Klettern beobachtet habe, habe ich einige gute Ansätze gesehen, aber keine Konstanz. In den kommenden Wochen werden wir mehr Seilarbeit machen, aber um in Position zu kommen, braucht man Kletterfähigkeiten. Und manchmal gibt es nichts, an dem man hochklettern kann. Was macht ihr dann? Vorschläge?«

»Hoffen verdammt noch mal darauf, dass Erin uns abseilen kann«, bot Anders an.

Becki nickte.

»Von oben kommen. Zum Rettungseinsatz hin absteigen.«

Devon feuerte die Antwort heraus, jede Spur von Neckerei war verflogen, als er neben Alisha in Position ging.

Die junge Frau stupste ihn an. »Das ist doch der Punkt der Frage, du Idiot. Was ist, wenn du keinen vertikalen Einstieg machen kannst?«

»Man kann immer von oben kommen«, beharrte er. »Wenn man genug Seil hat.«

»Nicht immer«, entgegnete Alisha. »Du willst dich also vom Gipfel des Mount Rundle zu einer Rettung abseilen?«

»Kinder«, herrschte Becki sie an und trat zwischen die beiden. »Es reicht.«

»Alles beim Alten bei uns«, bemerkte Tripp. »Diesen beiden zuzuhören, hält uns bei langen Missionen wach.«

»Großartig. Dann weiß ich ja genau, wen ich als Partner zusammenstecke.«

»Echt jetzt?«, stöhnte Alisha. »Aber Anders und ich klettern doch immer zusammen.«

Becki schüttelte den Kopf und zeigte auf das andere Ende der Kletterhalle. »Heute nicht. Alisha und Tripp, geht in Position zum Sichern. Alle anderen gehen an die Wand zum Klettern. Marcus und ich haben die vierte Seillänge für euer Training vorbereitet.«

Devon schenkte Alisha ein Lächeln. Sie drehte sich auf dem Absatz um und ignorierte ihn.

Becki unterdrückte ein Schmunzeln. Die Lektion würde wohl härter einschlagen, als sie erwartet hatte.

»Ach du Scheiße, das soll eine Route sein?« Anders starrte nach oben. »Becki? Hat jemand ein paar der Griffe entfernt?«

Marcus trat neben sie. »Ich habe dir doch gesagt, dass sie sich freuen würden, deine Herausforderung anzunehmen.«

»Nein, du hast gesagt, sie würden ausflippen«, korrigierte Becki ihn. Sie wandte sich der Gruppe zu, die nun geschlossen in ihre Richtung starrte. »Dynamik. Explosive Bewegungen von einer Position zur nächsten. Ihr braucht einen guten Ausgangspunkt, ein gutes Ziel –«

»Und ein Paar Flügel«, unterbrach Anders sie. »Noch mal: *Ach du Scheiße*, das ist ja ein Riesensprung.«

»Gut, dass du einen Spotter hast. Okay, Leute, findet heraus, wie ihr die Route bewältigt, und ihr bekommt Ehrenflügel verliehen.«

Marcus neigte den Kopf. »Soll ich Xavier sichern? Dann kannst du das ganze Team beobachten.«

Sie nickte zum Dank und versuchte, sich mehr auf die anstehende Aufgabe zu konzentrieren und weniger darauf, *ihn* wahrzunehmen.

Anders und Tripp arbeiteten bereits gut zusammen und versuchten, das Rätsel zu lösen, das sie ihnen gestellt hatte. Marcus ging mit Xavier in Position. Becki ließ ihren Blick der Reihe entlang wandern und vergewisserte sich, dass alle Paare arbeiteten.

Devon und Alisha schienen in eine Art seltsamen Tanz verstrickt zu sein. Er bewegte sich vorwärts, Alisha wich zurück. Das Seil, mit dem beide verbunden waren, hinderte sie daran, sich zu weit zurückzuziehen.

»Alisha, gibt es Probleme?« rief Becki.

Die junge Frau schüttelte den Kopf und stupste Devon dann gegen die Brust, um ihn zur Wand zu schieben.

Plötzlich war Marcus da, beugte sich dicht zu ihr und flüsterte Becki ins Ohr: »Du musst ja ein Fan von Bestrafungen sein, wenn du die beiden zusammensteckst. Wie Öl und Wasser.«

»Sie sind ein Team. Es ist wichtig, miteinander auszukommen. Wenn sie einander nicht vertrauen, ist das ein potenzielles Risiko für eine Katastrophe. Es wundert mich, dass du ihnen ihr albernes Verhalten durchgehen lässt.«

»Oh, sie vertrauen den Fähigkeiten des anderen durchaus. Sie versuchen nur ständig, sich gegenseitig zu übertrumpfen.

Das hält das ganze Team auf Trab, wenn sie die Kämpfe beobachten.«

Becki nickte langsam. »Eine Herausforderung ist nicht immer etwas Schlechtes.«

»Genau das habe ich mir als Antwort von dir gedacht.« Er trat weg, um sich mit Xavier anzuseilen, wobei sein Körper beim Weggehen Becki streifte.

Sie sah ihm nach und dachte sich, dass seine Worte und Taten eine direkte Herausforderung an sie waren. Ob sie bereit war, diese anzunehmen, stand auf einem ganz anderen Blatt.

Stattdessen konzentrierte sie sich auf das Team. Devon sprang über die breite Lücke zwischen dem unteren Abschnitt und der Stelle, an der sie die nächsten Griffe platziert hatte.

Er erwischte beim ersten Versuch einen Griff und grinste vor Vergnügen, während er sich mit einer Hand festklammerte. »Das war gar nicht so übel.«

Becki verschränkte die Arme und stellte sich neben Alisha, die sein noch lockeres Sicherungsseil hielt. »Du bist noch nicht am Dach, Mr. Leblanc. Klick dich ein, bitte – ich will dich heute nicht öfter als nötig vom Boden aufkratzen.«

Er schwang zurück und klammerte sich mit den Fingerspitzen fest. Devon führte das Seil, das an seinem Gurt befestigt war, durch den an der Wand eingehängten Karabiner, was garantierte, dass er im Falle eines Abrutschens nur ein paar Meter tief fallen würde. Er legte den Kopf in den Nacken und hielt Ausschau nach einem weiteren Griff. »Alisha? Vorschläge?«

»Ähm, kannst du nach links schwingen und dir diesen blauen Zangengriff schnappen? Okay, ich verstehe, warum Anders geflucht hat. Becki, dieser eine Griff ist bombenfest, aber drumherum ist meilenweit gar nichts.«

»Viel Spaß, Kinder.« Becki warf einen Blick auf die anderen Teammitglieder. »Anders. Mehr Schwung aus den Beinen. Du erreichst den Griff nicht, wenn du nicht die volle Kraft einsetzt.«

»Hab's.«

Sie trat weiter nach rechts. Marcus hatte seinen Blick fest auf den Kletterer vor sich gerichtet. Sie war diejenige, die Schwierigkeiten hatte, ihren Blick auf die richtige Person zu lenken.

Mann, sie hatte es echt erwischt.

»Xavier. Gut gemacht«, lobte Becki, als er in derselben Position hing, die Devon erreicht hatte. »Und jetzt?«

»Benutze ich das Jetpack, das wir alle bekommen sollen?« Noch während sie lachten, führte Xavier beide Hände zusammen und riss seinen Oberkörper nach oben, um nach dem nächsten Griff zu schnappen. Marcus jubelte laut auf, als Xavier es schaffte, einen Teil davon zu erwischen.

Eine Sekunde bevor er fiel.

»Guter Versuch. Probier es noch mal.« Becki beobachtete sie noch weitere fünfzehn Minuten lang und gab ihnen reichlich Zeit, verschiedene Variationen auszuprobieren. Währenddessen verfluchte sie sich selbst dafür, dass sie viel zu interessiert daran war, die eine Person im Raum zu beobachten, auf die sie nicht fixiert sein sollte.

ALISHA HATTE ECHT ZU KÄMPFEN. Becki hatte einen Wechsel der Kletterer angeordnet, sehr zum Unmut von Devon, da es noch niemandem gelungen war, den herausfordernden Spielzug zu beenden.

Marcus schickte Xavier zur Arbeit mit dem anderen Paar, bevor er an Beckis Seite trat, um Alisha und Devon genauer zu beobachten.

»Mehr Kraft, Alisha. Du hast es fast —«

»Halt den Mund, Devon. Ich gebe schon so viel Power, wie ich kann«, fuhr Alisha ihn an.

Devon zog Marcus gegenüber die Brauen hoch, als wollte er sagen: *Was soll ich machen?*

Becki schüttelte den Kopf, als Alisha sich auf den Boden fallen ließ und ihre Arme ausschüttelte. »Ich verstehe, dass du frustriert bist, aber du kannst das.«

»Ich bin fünfzehn Zentimeter kleiner als Tripp und Devon, und noch viel kleiner als die anderen beiden Kerle. Meine gesamte Reichweite ist geringer, und selbst mit ihrem Größenvorteil haben sie es nicht geschafft, bevor du uns hast wechseln lassen.« Alisha fuhr sich mit der Hand durchs Haar und rückte ihr Haargummi zurecht, indem sie es festzog. »Ich will nicht widerspenstig sein, aber es scheint, als wäre der Sinn dieser Übung, zu beweisen, dass es einige Dinge gibt, die wir nicht erklettern können. Ist es das?«

Becki schüttelte den Kopf. »Erfolg erfordert zwei Dinge. Erstens musst du mehr Körperspannung aus der Mitte nutzen – du hältst dich zurück, anstatt die volle Streckung zu erreichen. Komm her – ich zeig es dir.« Sie trat hinter Alisha. »Darf ich dich berühren?«

»Na klar. Ich will das schaffen.« Der Frust der jungen Frau war deutlich spürbar.

Becki legte ihre Hände auf Alishas Bauch. »Zieh dich ein bisschen zusammen. Genauso. Wenn du dich jetzt abdrückst, benutzt du zwar deine Beine und die Arme sind ganz ausgestreckt, aber du dehnst deine Bauchmuskeln nicht weit genug.« Sie beugte sich über Alisha und hielt sie fest. »Zeitlupe, nach oben strecken, ja, genauso. Und jetzt bring die Dehnung zu Ende, genau hier.« Becki ließ ihre Hände auseinandergleiten und hielt kurz vor Alishas Brüsten und Schambereich inne.

Alisha endete in einer aufrechten Haltung, offensichtlich immer noch verwirrt. »Nee. Ich dachte eigentlich, das hätte ich gemacht.«

»Okay, versuch mal das hier.«

Becki zog sich das Shirt über den Kopf, und Marcus schluckte schwer bei dem plötzlichen Hormonrausch, der ihn durchschoss. Sie trug einen Sport-BH darunter, aber verdammt.

»Leg deine Hände auf meinen Bauch, damit du es spüren kannst.« Becki zog Alisha hinter sich und legte die Hände der anderen Frau auf ihren flachen Unterleib. Sie bückte sich, und Alisha drückte sich gegen ihren Rücken, um ihre Hände in Position zu halten, während Becki die Bewegung ein paar Mal mit ihr durchging.

Devon trat unruhig von einem Fuß auf den anderen, und Marcus warf ihm einen Blick zu.

»Ich krieg echt einen harten Ständer, wenn ich mir das ansehe«, gestand Devon leise.

Marcus auch, aber das würde er im Leben nicht zugeben.

»Okay, vielleicht habe ich da was anderes gespürt. Trotzdem werde ich an der Stelle hängen bleiben, an der die Jungs gescheitert sind.« Alisha löste sich von Becki, um die Ausdehnung der Wand hinaufzustarren. »Außer du hast eine Wunderpille für mich?«

»Ich habe etwas Besseres.« Becki schüttelte den Kopf und wandte sich um, wobei sie das Team nacheinander ins Auge fasste. »Ihr arbeitet alle schon eine ganze Weile unter Marcus, und ihr kommt immer noch nicht drauf, worauf ich mit dieser Übung hinauswill?«

Sie blinzelten sich gegenseitig betreten an.

»Oder muss ich Marcus die Schuld geben?« erkundigte sich Becki.

»Mir?« Marcus trat vor. »Wie bin ich denn in dieses Schlamassel geraten?«

»Ich überprüfe bloß was. Bist du heutzutage immer noch so vernarrt in Listen wie« – Becki hielt für einen winzigen Sekundenbruchteil inne, den wahrscheinlich nur er bemerkte – »wie früher? Bringst du diesen Leuten deine vier Regeln zum Überleben und Erfolg bei?«

»Natürlich hat er sie uns beigebracht. Sie hängen überall an den Wänden im Pausenraum«, sagte Xavier. »Sei geduldig, bewege dich entschlossen –«

»Oh Gott.« Alisha vergrub das Gesicht in den Händen. »Regel drei. Vertraue deinem Team? Ist das alles, worauf du hinauswolltest?«

»Alles?« Becki bellte das Wort förmlich heraus. »Hast du eine Ahnung, wie schnell ihr diese Aufgabe hättet erledigen können, wenn ihr *nur* als Team mit eurem Partner gearbeitet hättet? Und damit meine ich nicht, nach hübschen Griffen zu suchen, die er greifen kann. Ich meine Brainstorming und unkonventionelles Denken.«

Marcus' Bewunderung wuchs, als Becki vortrat und nacheinander auf die Einzelnen deutete.

»Gleich zu Beginn hat Xavier einen innovativen Zug versucht. Aber weil die Distanz für einen Einzelnen unmöglich zu schaffen war, hat er aufgegeben, anstatt die Idee mit dem Rest von euch zu teilen. Sein Einfall hätte bei den anderen etwas auslösen können.

»Tripp – du hast mehr reine Oberkörperkraft als jeder andere hier. Devon, deine Agilität hat dich schnell und einfach in eine Startposition gebracht. Alisha – du wirst diesen Griff erreichen können, und sobald du dort bist, hast du eine Flexibilität bei Bewegungen, von denen diese Jungs nur träumen können. Da du die Leichteste bist, hast du auch noch andere Vorteile.«

»Wir können diese Herausforderung also nicht alleine bewältigen?«, fragte Tripp.

Becki zuckte die Achseln. »Vielleicht könntet ihr es, aber als Team wird aus diesem *Vielleicht* ein klares *Ja*. Und wenn das den Unterschied ausmacht, ob man jemandes Leben rettet oder nicht, was ist dann wichtiger? Sich als Einzelner profilieren zu können oder den Erfolg gemeinsam im Team zu feiern?«

Sie drehte sich zu ihnen allen um, den Rücken zur Kletterwand gewandt. »Ich werde jetzt mal ein paar wilde Vermutungen anstellen, aber ich bezweifle, dass ich falsch liege. Als ihr gehört habt, dass Marcus mich gebeten hat, euch zu trainieren, wette ich, dass euch sofort Dinge eingefallen sind, wie Devon sie neulich im Pub erwähnt hat. Der Ruf von *Becki James* als Kletterlegende. Meine Solorekorde hier an der Schule, mein berühmter Alleingang beim Rettungseinsatz letztes Jahr. Liege ich falsch?«

Tripp schüttelte den Kopf. »Kann man uns das verübeln?«

»Nicht dafür, dass es das Erste war, woran ihr gedacht habt, aber verdammt noch mal, es hätte nicht das Letzte sein dürfen, worauf ihr euch konzentriert.« Becki stemmte die Fäuste in die Hüften. »Das hier ist kein Ausbildungslager der Schule. Ihr versucht nicht, eine Stelle zu ergattern; ihr habt bereits eine. Ihr seid nicht länger sechs Einzelpersonen, sondern ein Team. Jedes einzelne Training sollte mit diesem Hintergedanken durchgeführt werden, selbst wenn eure Ausbilder versäumen, diese Tatsache zu betonen.

»Versucht nicht, wie ich zu sein. Ich hatte Glück. Ihr seid diejenigen, die für ihre gemeinsamen Fähigkeiten, ihre Teamarbeit Aufmerksamkeit erregt haben. Ihr seid alle unglaubliche Individuen, aber als Lifeline seid ihr viel mehr. Vergesst das nicht. Ihr habt für diese Ehre gekämpft. Ihr verdient diese Ehre. Jetzt lasst nicht nach – lasst nicht zu, dass eure Teamkollegen den einfachen Weg wählen – kämpft darum, *das Team* immer stärker zu machen.«

Alisha hob das Kinn. Devon grinste. Jemand klatschte, und das gesamte Team stimmte mit ein; das stakkatoartige Geräusch hallte von den Wänden wider und dröhnte in seinen Ohren. Beckis Wangen röteten sich, aber sie lächelte.

Marcus wollte ihr mehr als nur stehende Ovationen geben.

»Geht schon.« Becki winkte sie ab. »Ihr seid fertig, zumindest mit mir. Checkt euren Plan für den Rest des Tages; wir sehen uns morgen.«

Marcus wartete, bis die Kletterhalle leer und die Ausrüstung verstaut war, während die Crew, einer nach dem anderen, ging. »Ich applaudiere immer noch. Das war verdammt beeindruckend.«

Becki stieß einen Seufzer der Erleichterung aus. »Das ist beruhigend. Ich bin gerade ein wenig verloren, taste mich erst vor und will das hier nicht vermasseln.«

»Mein Team zu trainieren?«

»Das, und den Lehrauftrag in einem Monat für David. Es ist in gewisser Weise der Anfang eines neuen Lebens.« Sie lachte, und es klang bitter. »Ein neues Leben, weil das alte immer noch so verdammt viele Löcher hat, dass ich nicht vorwärtsgehen kann, ohne unten durchzufallen.«

»Hey.« Marcus packte sie am Arm. »Hör gefälligst auf deinen eigenen Vortrag. Du musst das nicht alleine machen. Ich habe gesagt, ich helfe dir. Das Team wird dir helfen.«

Sie hielt inne. Nickte. »Du hast recht. Du hast recht, und ich habe gesagt, dass ich der Zukunft ins Auge blicken und weitermachen werde. Verdammte Gefühlsachterbahn.«

»Frauenkram. Da kann ich dir nicht helfen.«

Ein weiteres Lachen entwich ihr. »Sei kein Arsch.«

»Was?« Er klopfte ihr leicht auf die Schulter und führte sie in Richtung der Büros. »Im Interesse der Teamarbeit habe ich einen Vorschlag. Wir haben gestern über den Plan für das Training von Lifeline gesprochen. Wie wäre es, wenn wir dasselbe für unsere Trainingseinheiten machen, damit du das fest eingeplant hast?«

Becki sah ihn mit staunenden Augen an, als wäre sie überrascht, dass er nicht auch noch eine sexuelle Anspielung von sich gegeben hatte, wie er es bei jeder anderen Gelegenheit bis jetzt getan hatte.

»Wenn du das ernst meinst, wäre das wunderbar. Gelegentlich Dinge in letzter Minute zu machen, macht zwar Spaß, aber ich mag es, organisiert zu sein. Danke.«

Er ignorierte die sexuelle Komponente des Ganzen für einen Moment. Die Anziehung zwischen ihnen auszunutzen, erschien ihm als eine sehr egoistische Sache. Nach ihrer Predigt zu diesem Thema war es vielleicht das Richtige, sich auf die Teamarbeit zu konzentrieren, die sie brauchten.

Zumindest für den Moment. Er hatte immer noch vor, sie wieder ins Bett zu kriegen. All ihre wilde Energie und Begeisterung einzufangen und darin zu schwelgen. Aber nicht heute.

Pläne mussten nicht aufgegeben werden. Manchmal konnten sie einfach aufgeschoben werden.

10

Sein Telefon klingelte.

Marcus ignorierte es.

Eine SMS ging ein, dann noch eine, und er ließ sie alle unbeachtet.

Die Vorhänge waren zugezogen; das Zimmer war dunkel, und er wollte unter irgendetwas kriechen und sich verkriechen.

Die Tatsache, dass er das Telefon überhaupt gehört hatte, war wahrscheinlich ein gutes Zeichen. Nur wahrscheinlich, denn mit dem Bewusstsein für den Schmerz kam die Erkenntnis, dass es im Zimmer zwar dunkel war, aber Licht um die Ränder der Vorhänge herumschlich. Tageszeit – keine Innenbeleuchtung an – und das zusammen konnte nur eines bedeuten.

Seine Geister hatten das Kommando übernommen. Nun war die Frage: Wie lange war er diesmal weggetreten gewesen?

Das Telefon klingelte erneut. Er griff über die Kante der Couch zum Nachttisch, nahm das verdammte Ding in die Hand, drückte die Stummschalttaste und pfefferte das Telefon zurück auf den Tisch.

Das Hämmern in seinem Kopf war nichts Neues. Er erinnerte sich dunkel daran, dass ihn dieser stechende Schmerz in seiner linken Hand mitten in der Nacht geweckt hatte – und war das nicht einfach verdammt großartig? Dass etwas, das gar nicht mehr da war, immer noch so verdammt weh tun konnte.

Marcus holte sich ein Getränk aus dem Kühlschrank und ließ sich zurück auf die Couch fallen, starrte auf die Schatten an den Wänden und wartete darauf, dass die Dunkelheit in seinem Inneren verschwand.

Er war sich nicht sicher, wie lange er dort saß. Minuten? Stunden?

Die Haustür öffnete sich.

Er reagierte instinktiv. Das Klirren der Flasche, die gegen den Türrahmen prallte, ertönte im selben Moment, in dem sein Bruder fluchte.

»Scheiße, hör auf. Ich bin's. David. Was zum Teufel?«

Gott. Er wollte keine Erklärungen mehr abgeben. Wollte nicht reden. Marcus krallte sich in die Armlehne der Couch und hielt sich verzweifelt fest. »Raus hier.«

David bückte sich bereits, um das zerbrochene Glas vom Boden aufzuheben. »Geht nicht. Du warst drei volle Tage lang MIA. Laut unserer Vereinbarung darf ich dir an diesem Punkt kräftig in den Hintern treten.«

Scheiße. Drei Tage bedeutete Donnerstag. Trotzdem war er noch nicht bereit, sich zu bewegen. »Ich kann auch noch was anderes nach dir werfen, wenn du willst. Ich ändere die verdammten Regeln. Raus. Sofort.«

David lachte, und das Glas klirrte, als es gegen die Wände des Metalleimers schlug, was Schmerzwellen durch Marcus' Schläfen jagte. »Netter Versuch. Ich höre gar nicht zu.«

Er kam herüber und setzte sich auf den Couchtisch direkt vor Marcus.

Marcus' Kiefer schmerzte vom Zähneknirschen. Er funkelte David wütend an, in der Hoffnung, dass sein Blick allein genügen würde, seinen Bruder zum Gehen zu bewegen.

David zog eine Braue hoch. »Interessant. Kommt der Höhlenmensch-slash-Irre-Look bei Frauen gut an?«

»Fick. Dich.« Marcus fuhr sich mit der Hand durchs Haar, änderte dann aber seine Meinung und zeigte stattdessen auf die Tür. »Ich bin nicht bereit für eine Intervention. Morgen.«

Davids spöttisches Lächeln verblasste und machte Mitgefühl Platz. »Hör zu, normalerweise würde ich dich in Ruhe lassen. Ich verstehe, dass du ... Probleme hast. Aber diesmal ist es anders. Kein Aufschub. Finde dich damit ab.«

»Verdammt, David.«

»Sie droht damit, hierherzukommen.«

Marcus hielt inne. »Wer?«

»Becki. Als du vor ein paar Tagen nicht beim Training aufgetaucht bist, habe ich dich gedeckt. Ich hatte gehofft, dass du schneller als gewöhnlich aus deinem Tief rauskommst. Diesmal musst du dich selbst dazu entscheiden, in die reale Welt zurückzukehren, Bruder. Sobald ich ihr versichert hatte, dass du nicht sterbenskrank oder so was bist, wurde sie stinksauer. Sie ist bereit, mir in den Arsch zu treten und dir auch. Verdammt, sie hat deinem Team ordentlich in den Hintern getreten. Du solltest vielleicht in Erwägung ziehen, dich um ihretwillen zusammenzureißen.«

»Was zum Teufel hat sie mit meinem Team angestellt?« Er rutschte auf seinem Sitz nach vorn.

David zögerte, dann rückte er mit der Sprache raus. »Sie hat sie quasi übernommen. Du hattest das restliche Training organisiert, aber als du nicht aufgetaucht bist, ist sie eingesprungen und hat den Laden geschmissen. Sie denkt, du hast sie hängen lassen. Irgendwas über fehlende Trainingspläne und ignorante Arschlöcher. Da war noch mehr, aber ich habe versucht, genug Abstand zu halten, damit sie mich nicht schlagen kann, also habe ich vielleicht ein paar der erleseneren Flüche überhört.«

Marcus lachte, bevor ihm klar wurde, was er tat. Ihr

Verhalten war verrückt genug, um den Schmerz zu durchbrechen. Typisch Becki.

David nickte. »Ich dachte mir, dass das deine Aufmerksamkeit erregen würde. Komm schon. Ich verstehe, dass du Zeit brauchst, aber geh duschen. Ich mach dir was zu essen. Du musst dich bewegen, sonst gib mir nicht die Schuld, wenn Dschingis Khan hier aufkreuzt, um dich ins Trainingszentrum zu schleifen.«

Die Vorstellung, dass jemand die süße Becki mit schrecklichen Namen betitelte, war verdammt lustig. »Obwohl ich mich immer noch wie Scheiße fühle – gut. Ich komme.«

Sein Bruder stand auf, zog ihn von der Couch hoch und schob ihn Richtung Schlaftrakt. »Ab unter die Dusche. Du bist derzeit das, was einem nuklearen Super-GAU in Kanada am nächsten kommt.«

»Verpiss dich. Ich kann mir meinen Hintern alleine waschen.« Marcus hielt im Türrahmen zu seinem Schlafzimmer inne, um sicherzugehen, dass sein Bruder ihm nicht gefolgt war oder so einen Blödsinn. Glücklicherweise war David in die Küche gegangen und ignorierte ihn. »Du bist eine verdammte Plage, weißt du das?«

»Idiot!«, rief David zurück. »Gott, was ist in deinem Kühlschrank gestorben?«

Marcus zog sich unter die Dusche zurück. Sein Kopf pochte noch immer, aber seine Neugier war groß genug, um sich aus dem Haus zu schleppen, nachdem er alles in sich hineingeschaufelt hatte, was David ihm vorgesetzt hatte.

Er hatte nichts geschmeckt, zu sehr war er darauf fixiert, herauszufinden, welche Strafe ihn erwartete, weil er ohne Erklärung verschwunden war. Er hatte das Gefühl, dass Becki das ganz und gar nicht gefallen hatte.

In der Kletterhalle war keine Menschenseele zu sehen, obwohl er Autos auf dem Parkplatz erkannte. Marcus sah am

Pool nach, im Kraftraum, im Besprechungszimmer. Nirgends. Frustriert holte er sein Telefon raus und rief sie an.

»Marcus. Wie schön. Wo zum Teufel warst du?«

Die Kälte in ihrer Stimme hätte ihn eigentlich nicht erregen dürfen. »Urlaub gemacht. Die Palmen haben meinen Namen gerufen. Wo bist du und was ist das für ein Schwachsinn, dass du mein Team übernommen hast?«

»Tja, du warst nicht da. Jemand musste es ja tun. Und falls du vorhast, mich dumm von der Seite anzuquatschen, lass es gleich bleiben, denn ich lasse mir das nicht bieten. Du bist wortlos abgehauen. Ich habe meinen Job gemacht und du warst nicht da, was bedeutet, dass nicht ich hier das Miststück bin. Außerdem interessieren mich Ausreden nicht. Du bist drei Tage im Rückstand mit dem Training, das wir beide extra zusammen geplant haben. Und falls du glaubst, dass ich dich noch mal so mit meinem Kopf spielen lasse, während du was von Teamwork und so einer Scheiße laberst, träum weiter.«

Die heftige sexuelle Anziehungskraft, die er spürte, während sie ihn so zusammenfaltete, war nicht gesund. Sein Drang, sie aufzuspüren und sie über das nächste flache Objekt zu biegen, um es ihr ordentlich zu besorgen, war nicht normal.

Aber er war ehrlich genug, sich einzugestehen, dass er es wollte. »Abgesehen von dir und meinem Training – du hast meine Frage nicht beantwortet. Wo bist du?«

»Draußen.«

»Oh, das ist hilfreich. Wir befinden uns mitten in einem anderthalb Millionen Hektar großen Nationalpark. Draußen ist es verdammt groß, Becki. Wie wäre es mit einem etwas genaueren Hinweis?«

»Du bist doch das Such- und Rettungsdienst-Ass, also such.«

Die Leitung wurde unterbrochen, und er fluchte. Dann stapfte er aus den Türen der Kletterhalle, um mit einer gezielten Suche zu beginnen.

Er fand sie am hinteren Ende des Gebäudes. Oder genauer gesagt, er fand sie *auf* dem hinteren Ende des Gebäudes. Sie rannten über das Dach. Marcus biss sich den Schrei zurück, der ihm entweichen wollte, um ihnen allen zu befehlen, sofort runterzukommen.

Er konnte nicht einfach so dazwischenfunken, nicht nur, weil es unsicher war. Wenn er einen von ihnen erschreckte und der einen falschen Schritt machte, könnten sie in die Tiefe stürzen – keine Crashpads, keine Schutzausrüstung.

Er würde Becki finden und ihr gehörig die Meinung geigen, was für ein verdammtes Spiel sie da mit seinem Team trieb.

Er wurde entdeckt, bevor er mehr als zwei Schritte in ihr Sichtfeld gemacht hatte. Auf Tripps Ruf folgte kurzes Winken vom Team, bevor sie ihn ignorierten und weiter vorrückten; die gesamte Gruppe war eng zusammengedrängt und hielt sich aneinander fest.

Marcus beschleunigte seinen Schritt und versuchte, nicht wie ein beleidigter Teenager zu stapfen. Er erreichte den Rand des Parkplatzes rechtzeitig, um zu beobachten, wie sie eine Menschenkette bildeten und Tripp vom Dach des zweistöckigen Gebäudes auf das schmale Flachdach über den Eingangstüren der Kletterhalle hinunterließen. Während er als Standplatz fungierte, kletterte das Team nacheinander auf den Boden. Alisha wurde als Letzte hinuntergelassen und ließ sich von seinen Händen direkt in Devons ausgestreckte Arme fallen.

Sie lehnte sich für eine Sekunde gegen ihn, Gesicht an Gesicht, bevor sie wie zwei gleichpolige Magnete auseinanderflogen. Ruckartig drehten sie sich um und starrten konzentriert zurück zu Tripp, dem letzten Mann auf dem Gebäude.

Er setzte an, als wollte er springen, und Becki rief: »Vergiss es. Willst du von vorne anfangen? Sei nicht ungeduldig und vermassel es jetzt.«

Marcus hatte nicht gesehen, dass sie am glatten Holz einer Birke lehnte, Tripp im Auge behielt und auf ihre Stoppuhr blickte.

Xavier und Anders eilten vor und bildeten mit ihren Armen eine Art Sessel. Alisha stieg hinein und stellte sich auf, wurde sofort hoch genug gehoben, um Tripps Finger zu fassen, als der Mann sich aus seiner sitzenden Position hinunterbeugte.

Irgendwie zogen sie ihn vom Dach und fingen beide auf, wobei Tripp den Platz mit Alisha tauschte und Devon da war, um ihnen beiden auf den Boden zu helfen, wie bei einer komplizierten Cheerleading-Choreografie. Zu fünft stürmten sie vor, um den Baum zu berühren, an dem Becki lehnte.

Sie drückte die Stoppuhr und seufzte schwer, wobei sie Marcus völlig ignorierte, als er herbeistapfte, um sich ihrem Kreis anzuschließen.

»Nein. Bitte, nein — sag mir, dass wir diesmal schneller waren«, stöhnte Xavier.

Die anderen schlossen sich seinem Flehen an; Anders ließ sich wie ein nasser Sack neben Devon sinken. »Wenn wir es wieder vermasselt haben, schlage ich stattdessen etwas Einfaches vor. Zum Beispiel einen Acht-Kilometer-Lauf.«

Becki hielt ihnen die Stoppuhr hin, und alle beugten sich vor, um darauf zu starren.

Ihre Freudenschreie übertönten fast ihre Worte.

»Gute Arbeit. Ihr seid fertig. Duschen, dehnen und morgen lasse ich euch mit Seilen spielen.«

»Danke, Becki!«, rief Alisha, die bereits auf die Türen der Umkleide zusprintete. »Hi, Marcus. Wir haben dich vermisst.«

Sicher hatten sie das. Das Team zerstreute sich so schnell, dass er seinen Zorn unter Verschluss halten konnte, bis der Letzte weg war.

Becki griff nach der Tasche zu ihren Füßen und wandte sich wortlos dem Gebäude zu.

»Oh nein, du gehst nicht einfach weg, ohne mir zu sagen, was zum Teufel du mit meinem Team angestellt hast.«

»Ich habe sie trainiert«, rief Becki über die Schulter, während sie weiterging.

»Sie waren auf dem verdammten Dach, ohne Ausrüstung!«

Becki legte eine Hand auf den Türgriff und warf ihm einen giftigen Blick zu. »Sie durften sich bei jeder Bewegung nie mehr als sechzig Zentimeter von einem anderen Teammitglied entfernen. Sie waren gegenseitig ihre Schutzausrüstung. Sie haben als Team agiert, was das Ziel dieser Trainingseinheit war — hättest du von Anfang an hier gestanden, wüsstest du das.« Sie schlüpfte durch die Tür, bevor er sie aufhalten konnte.

Er würde noch den verdammten Verstand verlieren.

Marcus riss am Griff, nur um festzustellen, dass sie abgeschlossen hatte. Bis er in seiner Tasche gekramt und den passenden Schlüssel gefunden hatte, um das blöde Ding zu öffnen, war sie verschwunden. Die Kletterhalle war vollkommen leer.

Er marschierte zur Frauenumkleide und stürmte hinein.

Becki drehte sich von den Spinden um und stemmte die Fäuste in die Hüften. »Geht's noch? Raus hier. Alisha ist unter der Dusche.«

»Außenwände von Gebäuden hochzuklettern ist illegal und gefährlich. Ich dachte, solche unreifen Stunts hättest du vor Jahren hinter dir gelassen.«

Sie funkelte ihn an. »Nun, wenn dir meine Lehrmethoden nicht passen, kannst du ja übernehmen. Oder du tauchst pünktlich auf, damit wir die Dinge vorher besprechen können, dann sind wir alle viel glücklicher.«

Sie wirbelte herum und steuerte auf die Duschen zu.

»Wir sind noch nicht fertig«, herrschte Marcus sie an. »Ich soll dich trainieren. Dir helfen, wieder sicher an die Wand zu kommen.«

Sie wurde langsamer, bevor sie sich auf einem Absatz zu ihm umdrehte, die Arme vor der Brust verschränkt. »Mir ist gerade nicht nach Klettern, danke.«

»Es ist mir scheißegal, wonach dir ist. Leg die Ausrüstung an.« Sein Brüllen hallte von den Wänden wider, noch verstärkt durch die Tatsache, dass die Dusche gerade abgestellt worden war.

Alisha steckte vorsichtig den Kopf um die Ecke, das Wasser tropfte aus ihren Haaren. Sie blickte zwischen den beiden hin und her. »Ähm, alles okay?«

»Nur eine Diskussion über Trainingsmethoden.« Beckis Stimme klang vernünftig und ruhig. Lichtjahre entfernt von dem wahnsinnigen Arschloch, nach dem er sich angehört haben musste. »Marcus. Warte bitte in der Kletterhalle auf mich.«

Großartig. Er knallte die Tür zu und tigerte auf und ab, während er darum kämpfte, sein Temperament wieder unter Kontrolle zu bringen. Er verlangsamte seinen Atem und bemühte sich, sich umzusehen und zu überlegen, was für ein Training er wohl mit Becki machen könnte, das nicht darauf hinauslief, sie zu fesseln und ihr entweder ordentlich den Hintern zu versohlen oder sie völlig besinnungslos zu vögeln.

Das war nicht das, was er brauchte. Nicht heute, wo der Schmerz noch immer durch sein Gehirn pulsierte und sein Arm weh tat. Obwohl er, um ehrlich zu sein, normalerweise nach einem solchen Anfall oder wie auch immer er diese Episoden nennen wollte, tagelang erschöpft und geladen war.

Jetzt war er zwar geladen, aber seltsamerweise voller Energie. Er hatte genug Kraft in sich, um Becki übers Knie zu nehmen und –

»Tschüss, Marcus«, sagte Alisha, die mit einem Handtuch um den Kopf aus der Umkleide huschte und praktisch zum Ausgang rannte.

Jetzt hielt ihn sein Team auch noch für einen rasenden Irren. Fantastisch.

Marcus rieb sich die Schläfen und suchte nach irgendeinem Wunder, das ihm genug Kraft gab, die nächste Stunde zu überstehen, ohne Becki zu erwürgen. Er ging dorthin, wo er seine Sporttasche abgestellt hatte, holte seine Prothese heraus und legte sie an, wobei er die Zähne zusammenbiss, als der Schaft seinen Stumpf zusammendrückte. Das Schließen der Riemen lenkte ihn lange genug ab, um zu merken, dass sie sich verdammt viel Zeit beim Fertigmachen ließ.

Er stieß die Tür zur Umkleide auf. »Kommst du in diesem Jahrhundert noch raus?«

Keine Antwort.

Falls sie beschlossen hatte, ihn zu versetzen und in aller Seelenruhe zu duschen, hätte er nichts dagegen einzuwenden, seine Hand auf ihren nackten Hintern klatschen zu lassen. Er riss die Tür auf und trat ein, während er sich umsah, wo sie sich versteckt hatte. Nicht im Umkleidebereich. Nicht in den Duschen.

Er fühlte sich wie ein Idiot, als er sich in der Toilette bückte, um zu sehen, ob er ihre Füße in einer der Kabinen entdecken konnte. »Becki? Alles okay?«

Der winzige Funke Besorgnis, der angefangen hatte, sich unter seinen Zorn zu mischen, verpuffte, als ihm am offenen Umkleidefenster etwas auffiel, das im Wind flatterte.

Sie hatte ihm eine verdammte Notiz hinterlassen, die an die Wand geklebt war.

Das Training beginnt heute mit einer Laufeinheit.
Wenn du nicht zu verkatert, faul oder was auch immer
mit dir los ist, bist, lauf den Tunnel Mountain Trail.
Ansonsten ruf mich heute Abend an, falls du mein Team
immer noch trainieren willst.

Becki

Der Frust kochte immer noch. Der Schmerz lauerte im Hintergrund. Aber ...

Marcus schloss das Fenster und verriegelte es. Dann ging er und zog seine Laufschuhe an.

11

Laufen vertrieb die Wut. Es war schwierig, am Zorn festzuhalten, wenn jedes Quäntchen Konzentration darauf gerichtet war, nach Luft zu schnappen und einen Fuß vor den anderen zu setzen. Ihre Füße hart auf den Boden aufschlagen zu lassen, war unglaublich befriedigend, auch wenn sie wusste, dass sie es später bereuen würde; ihre überenthusiastischen Tritte verbrauchten Energie, nach der sie sich auf dem Rückweg sehnen würde.

Der Pfad verlief wieder im Zickzack, und sie bog um die Ecke, während Milchsäure in ihren Oberschenkeln brannte, als sie einen weiteren Sprint von einem Dutzend Schritten hinlegte.

Marcus hatte die Dreistigkeit, aufzutauchen, nachdem er drei Tage lang verschwunden war, und *ihr* dann Vorhaltungen wegen ihrer Trainingsmethoden zu machen?

Soll er doch zur Hölle gehen.

Na gut, vielleicht war sie ihren Frust noch nicht ganz losgeworden, aber nach drei Tagen hatte sich eine ordentliche Wut angestaut, und es würde ein Weilchen dauern, das sacken zu lassen.

Der Anstieg war steil genug, dass sie das Denken aus ihrem Kopf verdrängen konnte. Konzentration auf den Pfad. Auf das Blut, das durch ihre Adern pumpte. In ihren Ohren pulsierte ein Rhythmus – ihre Füße wie Trommelschläge, ihr Puls eine lebendige Begleitung. Jeder Atemzug darauf abgestimmt, sich zwischen den Schlägen einzupendeln.

Als sie den ersten Aussichtspunkt erreichte, verlangsamte sie zum Schritttempo, sog gierig Luft ein und ging langsam auf und ab, um ihre Atmung zu beruhigen. Sie fragte sich, ob Marcus ihr folgen würde.

Sie fragte sich, ob sie der Versuchung widerstehen könnte, ihn zu treten, falls er es tat.

Becki hielt sich am Geländer fest und dehnte sich, während sie über das Tal blickte. Die Kiefernwälder der Ausläufer bildeten einen grünen Teppich als Kontrast zum Grau und Schwarz der emporragenden Rockies, an deren Gipfeln noch immer der Schnee klebte. Die dünne Linie des Bow River durchschnitt die Ferne, ein Schimmer aus glänzendem Silber, der sich wie ein Band hin und her wand. Sie konnte weder die Wasserfälle noch die Hauptteile des Ortes sehen. Sie war weit genug oben und weit genug weg, um sich zu fühlen, als wäre sie allein im Busch.

Die Wildnis, die sie umschloss.

Ein Schauer der Angst flüsterte über ihre Haut, was sie weit mehr ärgerte als Marcus' Verschwinden der letzten Tage.

Sie würde sich nicht geschlagen geben. Und wenn man sich nicht darauf verlassen konnte, dass Marcus auftauchte und ihr beim Trainieren half, würde sie jemanden finden, der es konnte. Das Klettern war ein so wichtiger Teil ihres Lebens gewesen – ja, sie hatte Marcus gesagt, sie versuche neue Wege zu finden, um glücklich zu sein, aber das war zum Teil eine Lüge.

Sie wollte neue Dinge tun, aber sie wollte das Alte nicht aufgeben. Dass ihr alles, wofür sie berühmt war, aus den

Händen gerissen wurde, tat weh. Alles, was in ihrem Leben eine Bedeutung gehabt hatte – ihre Position, ihre Zukunft.

Dane.

Ein weiterer Schmerzschub traf sie, und sie zischte, drehte sich vom Geländer weg und bereitete sich darauf vor, den nächsten Abschnitt des Pfades zu laufen. Bereit zu rennen, um dem Schmerz zu entkommen.

Marcus erreichte den Kamm des Hügels und verlangsamte zum Schritttempo, während er sich vorsichtig näherte. Sein Blick war auf sie fixiert, sein Gesicht ausdruckslos.

Wenigstens sah er nicht mehr so aus, als wolle er einen Mord begehen, so wie er es in der Umkleide getan hatte.

Sie blieb stehen und wartete auf ihn. Er kam direkt vor ihr zum Stehen. Unwillkürlich verschränkte sie die Arme. Eine Barriere zwischen ihnen, weniger bedrohlich als ihre jüngste emotionale Konfrontation.

Marcus musterte sie, sein Brustkorb hob und senkte sich schwer, während er zu Atem kam. Er hatte die Prothese weggelassen, und sein langärmeliges Hemd war trotz der kühleren Temperaturen schweißnass. Sein Haar war vom Wind zerzaust, oder wahrscheinlicher davon, dass er sich mit der Hand hindurchgefahren war, wie sie es schon ein paar Mal bei ihm beobachtet hatte.

Er hatte dunkle Schatten unter den Augen, ein dichter Stoppelbart bedeckte sein Kinn und seine Oberlippe, und egal, wie verärgert sie war, sie konnte nicht umhin, sich zu fragen, was in den letzten Tagen wirklich passiert war. David hatte sich bedeckt gehalten, außer der Zusicherung, dass es Marcus gut gehe.

»Du bist aus dem Fenster geklettert«, bemerkte Marcus sachlich.

»Du hast dich wie ein Idiot aufgeführt«, entgegnete sie.

Er schnaubte. »Ja, nun, das ist nichts Neues. Ich weiß nicht, warum du überrascht warst.«

»Weil es *doch* neu war«, fauchte sie, während ihre Sorge aufflackerte und kurz davor war, wieder zu erlöschen. »Das ist nicht der Mann, mit dem ich Zeit verbringen wollte. Wenn sich also die Situation ändert, lass es mich wissen.«

Sie wollte sich gerade umdrehen, um den Pfad weiterzulaufen, als er sie am Arm packte. »Becki. Es tut mir leid.«

Becki schwankte. Ein Teil von ihr wollte nicht großzügig sein und zuhören. »Wenn ich jetzt *Schwachsinn* sage, bin ich wohl nicht sehr versöhnlich. Aber willst du mir vielleicht etwas genauer sagen, wofür es dir leidtut?«

»Ich hätte dich nicht anschreien dürfen«, gab er zu. »Ich bin immer noch wütend, und wir müssen reden, weil ich verstehe, dass du auch aufgebracht bist. Aber ich hätte nicht laut werden dürfen.«

Sie nickte langsam und kämpfte dagegen an, den inneren trockenen Kommentar zu äußern, dass das Schreien der am wenigsten beleidigende Teil der ganzen Situation gewesen war. Trotzdem – er war ein Mann. Dieses »Sorry« musste ihn Überwindung gekostet haben. Sie gab ein wenig nach – in dem einzigen Bereich, in dem sie bereit war zu akzeptieren, dass er ein winziges Recht zum Meckern hatte. »Ich war nicht unvorsichtig mit der Sicherheit deines Teams. Ich bin die Parameter, wie und wo sie sich bewegen dürfen, ganz genau durchgegangen. Und ein Gebäude hochzuklettern ist nur illegal, wenn man es ohne Erlaubnis tut.«

Seine Lippen zuckten. »Wie ein Weltkulturerbe.«

»Du wirst mir diesen Vorfall nie vergessen lassen, oder?«

Sein Blick wurde heiß – der gesetzte, kontrollierte Mann schmolz dahin, als ob ihm die Erinnerungen an ihre leidenschaftlichen Nächte genauso schnell in den Sinn kämen wie ihr.

Gütiger Himmel. Vielleicht sollte sie ihn zurück in ihr Wohnheim schleifen und die Sache zwischen ihnen klären. Der Drang, sich nackt auszuziehen, war so schlimm wie vor sieben Jahren, ein Haufen Anzündholz, bereit, in Flammen aufzugehen.

Dann drängten sich Gedanken an das Dazwischen, was sie verloren hatte, und die weit bittereren Erinnerungen an Angst und Terror löschten alle sexuelle Lust aus.

Dane war tot. Ihre Erinnerung war fort – bis auf die quälenden Träume, die in der Nacht begonnen hatten, nachdem sie an der Wand erstarrt war. Albträume, die sie dazu brachten, wieder losrennen zu wollen und nicht aufzuhören, bis sie erschöpft war.

»Warum schaust du so?«, fragte Marcus, wobei seine Finger sanft auf ihrer Schulter lagen. »Becki? Alles okay?«

Sie holte tief Luft und konzentrierte sich auf die Wolkenwand, die sich über die Bergkette schlich. Die Antwort auf diese Frage war ein viel zu großes Thema, um es am Rand eines Wanderpfades auszupacken. »Wir sollten unser Training beenden, bevor das Wetter umschlägt.«

Er zog seine Hand zurück und starrte sie schweigend an. Becki drehte sich unter dem Vorwand, sich zu dehnen, weg, um seinem allzu scharfsinnigen Blick nicht länger begegnen zu müssen.

Wenigstens waren sie nicht mehr kurz davor, sich gegenseitig zu erwürgen.

»Komm schon.« Becki deutete mit dem Kopf in Richtung des Pfades. »Lass uns den Rest vom Mist in unseren Köpfen verbrennen.«

Wortlos schloss Marcus sich ihr an.

Den harten körperlichen Schmerz eines fordernden Trainings zu teilen, war viel einfacher, als den emotionalen Aufruhr im Inneren.

Er wusste, dass er etwas sagen sollte. Erklären, wo er gewesen war, warum er das Training in den letzten drei Tagen hatte sausen lassen, aber am Ende des Laufs tat es so weh, dass er kaum noch denken konnte. Der gesamte zeitverzögerte Rückschlag seines Anfalls traf ihn auf einmal, und er stolperte hinter Becki her in die Kletterhalle, wobei seine ganze Konzentration darauf lag, einen Fuß vor den anderen zu setzen.

Sterne tanzten vor seinen Augen, als er auf die Matten zutorkelte, in der Hoffnung, sie zu erreichen, bevor er auf dem harten Holzboden zusammenbrach.

Ein kühles Tuch wurde gegen sein Gesicht gedrückt. Etwas Festes glitt in seine Handfläche.

»Marcus. Trink.« Beckis Stimme drängte ihn. Sie klang nicht mehr sauer. Das war gut. Er wollte nicht, dass sie sauer auf ihn war.

Das kühle Wasser rann ihm die Kehle hinunter und linderte den Schmerz. Es lockerte die Taubheit, bis er blinzeln und sich im Raum umsehen konnte.

Becki hockte neben ihm, und eine Hand ruhte auf seiner Schulter. »Bist du wieder da?«

Verdammt. »Wechseln wir uns jetzt mit dem Wegtreten ab?«

»Ich glaube nicht, dass du ganz weg warst, aber du warst ein bisschen benommen.« Sie drückte seine Schulter. »Jetzt bin ich diejenige, die sich entschuldigen muss. Ich bin wie eine Wahnsinnige explodiert und habe angenommen, dass du das Training ohne guten Grund geschwänzt hast. Das war falsch von mir.«

Er kämpfte darum, die Worte herauszubringen. Er hatte sie so lange zurückgehalten, dass es schwierig war, sie auszusprechen und es jemanden anderen als David wissen zu lassen. Und warum er ausgerechnet jetzt den drängenden Wunsch verspürte, Becki etwas zu sagen, wusste er nicht genau.

Aber er *musste* etwas sagen. »Ich habe hin und wieder diese ... Anfälle. Sicherlich PTBS-bedingt. Es gibt nie eine Warnung oder eine Ahnung, wie lange sie dauern werden. Sie werden aber seltener. Das ist immerhin gut.«

Ihre Augen weiteten sich. »Verdammt.«

Marcus zuckte mit den Schultern. Er nahm noch ein paar Schlucke, bevor er sich räusperte. »So viel zu meinen Superkräften.«

Sie setzte sich nach hinten und streckte die Beine vor sich aus. »Tja, nun. Sieht so aus, als wären wir beide nicht mehr ganz die, die wir mal waren.«

Er war es schon seit langer, langer Zeit nicht mehr.

Marcus sah zu ihr hinüber. Da waren Schatten unter ihren Augen und feine Fältchen in den Winkeln, aber die Zeichen ihres schieren Enthusiasmus waren ebenfalls unverkennbar. Ihre Hoffnung, in die Welt zurückzukehren, die ihr entrissen worden war. Er konnte diese Hoffnung nicht zerstören. Auch wenn er selbst herausgefunden hatte, dass es Dinge gab, von denen man sich nie wieder erholte, hieß das nicht, dass *sie* es nicht konnte. Und solange es Hoffnung gab, verdammt noch mal, würde er nicht zulassen, dass er zu einem Hindernis für ihre Träume wurde.

Er schob seine persönlichen Frustrationen bewusst beiseite und griff auf all sein schauspielerisches Können zurück. »Du wirst es schaffen. Wir werden dich trainieren. Dich wieder in den Rhythmus bringen. Du bist gut, Becki. Gut mit dem Team.«

Gut für mich. »Danke, dass du eingesprungen bist, als ich abgehauen bin.«

Sie nickte. »Sie waren – etwas Positives, auf das man sich konzentrieren konnte.«

»Waren es harte Tage? Nicht nur der Teil, in dem du mich vertreten hast.«

Sie starrte an die Decke und biss sich auf die Lippe. Als sie sich ihm zuwandte, waren ihre Mundwinkel nach unten gezogen. »Albträume. Seit ich an der Wand erstarrt bin, schlafe ich nicht mehr besonders gut.«

Ihm lief es eiskalt den Rücken hinunter, aber er behielt seine Reaktion für sich. »Der Unfall?«

Becki seufzte. »Ja, aber ich muss dich damit nicht belasten.«

Er packte sie am Handgelenk, als sie aufstand. »Es ist keine Belastung. Es klingt, als hättest du schon eine ganze Weile mit den Folgen des Unfalls zu kämpfen, und vielleicht sorgt die Sache mit der Wand endlich dafür, dass du darüber hinwegkommst.«

»Trotzdem muss ich das nicht an dir auslassen.«

»Willst du den Namen eines guten Seelenklempners hier in der Stadt haben?«

Sie schnitt eine Grimasse. »Ich würde es vorziehen, mich bei dir auszukotzen.«

Da lachte er, was er sofort bereute, als seine Schläfen pochten. »Ich verstehe dich, aber die können helfen.« Nicht immer, aber er behielt auch diese Meinung für sich. Seine Situation war nicht die ihre.

Sie standen nun beide. Marcus zwang seine Beine, stabil zu bleiben.

Becki schlang die Arme um ihren Körper. »Ich komme auf dein Angebot zurück, wenn die Albträume schlimmer werden. Vielleicht reicht es ja schon, sie laut ausgesprochen zu haben, damit sie verschwinden. Ich gehe jetzt duschen, und du siehst aus, als müsstest du dich auch dringend hinhauen. Wirst du klarkommen?«

»Mir geht's gut.«

Wenn er sich nicht wie ein nasses Seil gefühlt hätte, hätte er darauf bestanden, mehr für sie zu tun. Er war kurz vor dem Umkippen. Trotzdem – »Becki?«

»Ja?«

Ein Geistesblitz flammte auf, ausgelöst durch Davids Gespräch. »Hast du Lust, heute Abend mit mir essen zu gehen? Taste of Banff findet gerade in der Stadt statt. Wir können ein paar Häppchen probieren. Du kannst sehen, wie sich die

Restaurants verändert haben. Es gibt uns die Chance zu reden – worüber auch immer.«

Es war ein Friedensangebot, das Beste, was er mit dem Amboss auf seinem Hirn zustande brachte.

Sie lächelte. »Diesen Trick muss ich mir merken. Einen Typen anschreien und ein Abendessen-Date angeboten bekommen. Großartig.«

»Bist du dabei?«

»Nach einem Nickerchen.« Sie hielt sich die Hand vor den Mund, als sie gähnte, aber er bemerkte es trotzdem, und die beiden grinsten sich verlegen an, als sie fertig waren. »Wie ich schon sagte, wir sind im Moment ein passendes Paar von Zombies.«

»Genau das, was Banff braucht. Die Zombie-Apokalypse. Ein typischer Donnerstag.« Er schnappte sich seine Sachen. »Wenn du hier duschen willst, nur zu. Zieh die Tür zur Kletterhalle hinter dir zu, wenn du gehst.«

Becki nickte. »Wann soll ich dich treffen?«

»Kannst du um sechs fertig sein?«

»Kein Problem.«

Sie starrten sich eine Minute lang an, keiner von ihnen war bereit zu gehen. Aber auch keiner von ihnen war bereit, einen weiteren Schritt nach vorne zu machen.

Marcus zuckte. »Zombie trifft es. Wir sehen uns gleich.«

Es war schwer, von ihr wegzugehen, aber die Taubheit verlangte nach Beachtung, bevor er völlig auseinanderfiel. Hoffentlich würde er nach ein paar Stunden festem Schlaf herausfinden können, was der nächste Schritt war. Was er tun konnte, um ihr zu helfen, die Falle zu vermeiden, in die er getappt war.

Wenn er sie ans Licht drängen konnte, würde das seine Dunkelheit vielleicht ein wenig erträglicher machen.

12

———

Zuerst war ihr kalt gewesen, und jetzt, da der Wind aufgefrischt hatte, durchweichte die Feuchtigkeit in der Luft sie vollends. Der unangenehmste Teil des Kletterns wurde dadurch nur noch schlimmer, dass er sich wie ein Idiot aufführte. Genau wie er es schon seit über einem Monat getan hatte.

»Bist du bereit? Irgendwann heute noch ... wäre toll.«

Sein Zögern war deutlich spürbar. Wahrscheinlich dachte er, sie würde ausrasten und ihm wieder die Hölle heiß machen. »Bastard.«

Er seufzte schwer. »Das habe ich gehört.«

»Bastard mit Superman-Gehör. Schön für dich.« Es war ihr egal, wie unhöflich sie war. Vielleicht würde er aufhören, einer zu sein, wenn er es noch ein paar Mal hörte. »Dane, ich kann verdammt noch mal nichts sehen. Ich könnte genau auf der Route sein oder über einem tausend Fuß tiefen freien Fall hängen, soweit ich weiß.«

»Soll ich vorgehen?« Seine prompte Antwort war so welpenhaft eifrig, dass sie für eine Sekunde ein schlechtes Gewissen wegen ihrer Schnippigkeit hatte.

Aber nur für eine Sekunde. Sie herrschte ihn an: »Hättest du das nicht schon vor fünfzehn Minuten sagen können? Idiot.«

»Ja, aber ich bin dein Idiot, oder?« Er bettelte förmlich um Aner-

kennung. Er umschmeichelte sie, als sehnte er sich danach, dass sie ihm verziehe und weitermachte. Nach dem Wochenende, das sie zusammen verbracht hatten, hatte sie genug. Es verdeutlichte nur noch mehr, wie er sich in den vergangenen Wochen verhalten hatte.

Etwas hatte sich verändert, und sie hasste das, was aus ihrer Beziehung geworden war. Und sobald sie von diesem verdammten Berg runter waren, würde das auf keinen Fall so weitergehen. Dennoch war es im Moment die einzige logische Entscheidung, ihn gewähren zu lassen. »Ja, Dane, du bist mein Idiot.«

Denn die Person zu verspotten, die das Sicherungsseil hält? Monumental dumm.

»Bec? Ich liebe dich.«

Sie lehnte sich zurück und starrte den Hang hinauf. Was zum Teufel war bloß mit ihm los? »Dane?«

Dann brach das pure Chaos los.

SIE ROLLTE sich zu einer Kugel zusammen, während sie darauf wartete, dass ihr Herz aufhörte zu rasen. Schweiß bedeckte ihre Haut, und ihr gellender Schrei hallte noch in ihren Ohren nach. Es war ein Glück, dass die Wohnheime noch leer waren, sonst hätten Leute an ihre Tür gehämmert, um zu sehen, wer hier gerade ermordet wurde.

Ihre glänzende Idee eines Nickerchens war nach hinten losgegangen.

Als sie es schließlich geschafft hatte, sich aus ihrer Verkrampfung zu lösen, war Becki eher wütend als verängstigt. Die Albträume wurden schlimmer – dass sie es Marcus gegenüber erwähnt hatte, hatte überhaupt nicht geholfen. Wenn überhaupt, war es jetzt erschreckender als in der Nacht zuvor.

Wenn sie sich nur nicht ständig verändern würden. Manchmal war sie wütend, manchmal hatte sie Angst. Einen wiederkehrenden Albtraum könnte sie ertragen, aber einen, der sie jedes Mal hoffen ließ, dass etwas anderes passieren würde, nur damit es dann doch nicht geschah?

Früher war es ihr gelungen, ihre Träume umzulenken, aber diese hier würden sie noch in den Wahnsinn treiben.

Sie brauchte eine zweite Dusche, um den Gestank des Albtraums von ihrem Körper zu waschen. Sie rieb sich am ganzen Körper mit Creme ein und zog sich an.

Als sie merkte, dass sie nun ihren schönsten BH und Slip trug, war das ein weiterer Schlag in die Magengrube. Sie hatte nicht vor, sich von jemandem darin sehen zu lassen. Es gab keinen Grund, sich so viel Mühe mit Make-up und Haaren zu geben.

Keinen Grund, außer der Tatsache, dass die Konzentration auf Marcus und Sex weitaus angenehmer war als über die Geheimnisse in Panik zu geraten, die in ihrem Gehirn verborgen blieben.

Als er sie abholte, war sie noch sprachloser als sonst. Seine schwarze Jeans und der graue Pullover ließen seine Augen dunkler erscheinen, und der Stoppelbart an seinem Kinn betonte seinen markanten Kiefer. Er stand neben der Tür und half ihr beim Einsteigen, wobei seine Finger warm gegen ihre kalten Finger drückten.

»Behältst du den Bart?«, neckte sie ihn.

»Der Rasierer war nicht aufgeladen, und ich habe zu lange geschlafen, um mich einhändig mit einer Klinge abzumühen.« Er musterte sie prüfend, und Anerkennung trat in sein Gesicht. »Du siehst toll aus.«

Sie gehörte nicht zu den Frauen, die leicht erröteten. Nicht einmal, als sie jung gewesen war, aber in diesem Moment schoss ihr das Blut in die Wangen. »Danke.«

Er fand einen Parkplatz und begleitete sie zum Eingang. Gemeinsam schoben sie sich durch die Schlange der Leute, die Eintrittskarten gegen winzige Portionen verschiedener lokaler Spezialitäten eintauschten. Büffelsteak. Pazifischer Wildlachs.

Marcus balancierte seinen Teller auf seinem linken Ellbogen und dem Stumpf, während er mit der rechten Hand auf Dinge deutete, die sie probieren sollte. Er hatte ihr die Kontrolle über die Gutscheine überlassen, und am Ende trug er beide gefüllten Teller zum Tisch, während sie der Frau am Ende der Schlange die richtigen Abschnitte reichte.

Becki ließ sich in den Sessel ihm gegenüber sinken und war plötzlich froh, die Einladung nach Banff angenommen zu haben. Egal, wie weit sie noch gehen musste, hier zu sein fühlte sich richtig an.

Es folgten Geplänkel und Vergleiche der verschiedenen Speisen. Becki hob eine Gabel von ihrem Hirschfleisch an, damit Marcus probieren konnte, und er leckte das Besteck sauber, wobei sein Blick fest auf sie geheftet blieb. Das Essen war behaglich und doch irgendwie nicht.

Erwartung lag zwischen ihnen in der Luft.

Unbeantwortete Fragen.

Ihr Kaffee nach dem Essen war bereits eingegossen, bevor sie beschloss, kein Feigling mehr zu sein und über etwas Wichtigeres als Kletterschuhe oder Dichtungsauswahl zu sprechen.

»Ich hatte heute Nachmittag wieder einen Traum.« Sie nippte an ihrem Getränk und beobachtete ihn über den Rand der Tasse hinweg.

Seine Schultern spannten sich an, sein Fokus verengte sich. »Geht es dir gut? Warum hast du das nicht—«

»—schon früher erwähnt?«, fiel Becki ihm ins Wort. »Weil ich müde bin. Und das Müdesein wird allmählich anstrengend. Ich darf nicht zulassen, dass das die Oberhand gewinnt.«

»Nicht zu schlafen macht es nur noch schlimmer.«

Damit hatte er recht. »Ich denke ständig, ich stünde kurz davor, herauszufinden, was als Nächstes passiert. Aber dann klappt der Traum in sich zusammen und wiederholt sich. Wie eine verdrehte Version von *Und täglich grüßt das Murmeltier* in meinem Kopf. Ich sehe immer und immer wieder dieselbe Szene.«

»Den Unfall?«, fragte er. Sie nickte. »Frustrierend. Es wäre besser, wenn die Handlung voranschreiten würde.«

Sie schnaubte. »Ein Teil von mir denkt, es wäre besser, wenn die Träume ganz verschwinden würden, aber du hast recht. Vielleicht wüsste ich dann, was passiert ist. Aber sogar diese dämliche Schleife ist völlig verkorkst.«

Marcus stützte die Ellbogen auf den Tisch und beugte sich näher zu ihr vor. »Inwiefern verkorkst?«

»Sie verändert sich. Es ist immer noch dieselbe Szene, es sind immer Dane und ich, aber wir sind anders. Wir verhalten uns anders, zeigen andere Emotionen. Einmal war er so ein Arsch zu mir, dass ich aufgewacht bin und ihn am liebsten geschlagen hätte. Na ja, nachdem ich wieder normal atmen konnte. Und beim nächsten Mal, oh mein Gott, da hätte ich mich selbst von der Klippe stürzen können. Ich war so eine Zicke. Völlig außer Kontrolle und verantwortungslos.«

Sie holte tief Luft und schüttelte vor Frust den Kopf. »Ich weiß nicht, welche Version der Wahrheit entspricht. Vielleicht habe ich den Unfall verursacht. Vielleicht habe ich mich völlig danebenbenommen und etwas Schreckliches getan, das letztlich zu seinem Tod geführt hat.«

Er ergriff ihre Hand. »Glaub mir. Das Szenario, in dem du eine Zicke warst? Das ist nicht die Wahrheit.«

Ja, klar. »Nachdem ich dich heute Nachmittag ohne Grund angefahren habe? Ich glaube nicht, dass du alle Fakten berücksichtigst.«

»Tatsächlich ist unsere kleine Debatte von heute genau der Grund, warum ich nicht glaube, dass du da draußen irgendetwas Streitlustiges getan hast.« Er ließ ihre Finger los. »Sogar als du völlig zu Recht wütend auf mich warst, hast du dich professionell verhalten. Na ja, bis auf die Sache mit dem Klettern aus dem Fenster, aber das passt ebenfalls zu deinem Charakter.«

In ihren Wangen zuckte es vor dem Drang zu lächeln. »Ich schwöre, so was habe ich seit Jahren nicht mehr gemacht. Du bringst den Teufel in mir zum Vorschein.«

Seine Augen blitzten auf. Etwas Dunkles, voller Begierde, starrte sie an. Sie spürte, wie sich ihr Körper erhitzte. Sie reagierte auf ihn, wie sie es immer tat.

»Apropos: den Teufel in einer Person zum Vorschein bringen.« Marcus sprach leise. »Hast du all deine medizinischen Untersuchungen für die Schule erledigt?«

»Natürlich. Glaubst du, darin steht irgendetwas, das erklären könnte, warum ich mich nicht an Details erinnern kann?«

Er starrte auf ihre Lippen, bevor er seinen Blick langsam an ihrem Körper herabgleiten ließ. »Nein. Ich wollte nur sichergehen, dass deine Akte genauso sauber ist wie meine.«

Scheiße. Ein direkter Treffer von Verlangen in ihrem Innersten explodierte nach oben, als hätte er eine Bombe genau zwischen ihre Schenkel gezielt. Sie presste die Beine zusammen, um den Drang zu bekämpfen, ihre Hand in ihren Schoß gleiten zu lassen. »Versuchst du gerade, mich davon abzulenken, über Albträume zu reden?«

»Es ist deine Schuld. Ich werde von dem Duft deiner Haut abgelenkt. Plötzlich will ich zum Nachtisch nichts anderes mehr als dich. In jeder erdenklichen Weise.«

Ihr Mund wurde trocken. »Marcus—«

»Nimmst du die Pille zur Verhütung? Denn obwohl ich es ohne bevorzugen würde, können wir Kondome benutzen. Sie sind einhändig nur etwas schwieriger zu handhaben. Du wirst mir beim Überstreifen helfen müssen.«

»Was tust du da?« flüsterte Becki und blickte sich im Raum um, um sicherzugehen, dass sie nicht belauscht wurde. Ihre nächsten Tischnachbarn schienen nichts mitzubekommen, aber Becki war sich nicht sicher, ob sie ihm eine Ohrfeige geben oder ihn anspringen sollte.

Verdammter, dummer Körper, der diese Reaktionen so vermischte.

Dann lehnte er sich zurück und entspannte sich, und seine Körpersprache wechselte von der eines Raubtiers zu lockerer Freundschaft. »Siehst du, wenn du dazu neigen würdest, etwas Irrationales und Wildes zu tun, hättest du mich zumindest mit etwas beworfen, weil ich gerade so ein Arsch war, obwohl wir an einem öffentlichen Ort sind. Aber so bist du nicht, Becki. Du bist ein guter Mensch. Was auch immer in deinem Gehirn verborgen ist und dich triggert, es ist nicht die Tatsache, dass du eine wahnsinnige Verrückte warst, okay?«

Ihr Puls raste immer noch mit einer Million Schlägen pro Minute. Sie war hin- und hergerissen, ob sie lachen oder ihm in den Bauch schlagen sollte, aber wie verdreht seine Methode auch gewesen war – sie hatte funktioniert. Er hatte ein stichhaltiges Argument. Auch wenn sie impulsiv sein mochte, hatte sie nie etwas Grausames oder Boshaftes getan, nichts, was darauf hindeutete, dass diese Psychopathen-Träume real waren.

Die Art und Weise, wie er sein Argument vorgebracht hatte, war allerdings maßlos übertrieben und unverschämt gewesen. Sie lächelte. Das passte irgendwie auch zu seinem Charakter. Ein Glück, dass sie zwar angeknackst, aber nicht zerbrochen war.

Eine gute – *Tat* – verdient die nächste.

»Ja.« Sie holte tief Luft, füllte ihre Lunge und presste ihre Brüste gegen den Stoff ihres Oberteils. Sein Blick sank von ihrem Gesicht ab und folgte unwillkürlich dem Ausschnitt ihrer Bluse, während sie sich leicht bog, um ihre Kurven noch weiter nach oben zu schieben.

Sein Atem stockte. »Ja, was? Du stimmst mir zu, dass du keine verrückte Frau bist?«

»Definitiv nicht verrückt. Gutes Argument.« Sie zog einen

Finger durch die restliche Schokolade auf dem Teller vor ihnen, hob ihn zum Mund und schob die klebrige Sauce zwischen ihre Lippen. Sie saugte leicht daran und *summte* dabei, während sie ihn unter ihren Wimpern hervor anstarrte. »Außerdem, ja. Ich verhüte. Mir ist Haut auf Haut beim Sex weitaus lieber, aber ich bin wählerisch, wem ich das Privileg gewähre, ohne Schutz mit mir zusammen zu sein. Obwohl die Vorstellung, dir ein Kondom überzustreifen, wirklich... faszinierend klingt. Ich glaube, ich weiß noch, wie es geht. Wir hatten an jenem Wochenende ja einiges an Übung.«

»Fuck.« Marcus hauchte das Wort mit einem Stöhnen aus. Sein Blick hob sich, um ihrem zu begegnen, und Hitze und Verlangen weiteten seine Pupillen. Seine Nasenflügel bebten. Er rutschte unruhig auf seinem Stuhl hin und her.

Sie starrten einander an, während Becki darum kämpfte, ihr verführerisches Lächeln beizubehalten, ohne es in den echten *Nimm mich jetzt*-Ausdruck umschlagen zu lassen, der entweichen wollte. Dann gab er nach, und Belustigung erhellte seine dunkle Miene, als er begriff, was sie getan hatte. »Unruhestifterin.«

»Das hast du verdient«, beharrte sie und verbarg ihr wahres Verlangen.

»Vielleicht. Wahrscheinlich.«

»Ganz sicher sogar.« Becki lächelte. »Aber so unangemessen und unverschämt wir beide auch waren, hast du recht. Ich glaube nicht, dass ich im letzten September etwas falsch gemacht habe. Ich wünschte nur, ich wüsste es mit Sicherheit.«

»Hoffentlich eines Tages. Sind wir in der Zwischenzeit wieder für das Training morgen verabredet? Ich habe eine Idee, die ich ausprobieren möchte. Ich denke, es sollte funktionieren.«

Sie schauderte, richtete sich aber auf. »Ich werde da sein.«

Es war nicht der Gedanke, am nächsten Tag die Wand in Angriff zu nehmen, der sie den Rest des Abends verfolgte. Es war nicht die Angst davor, schlafen zu gehen und wieder eine grausame Nachstellung von Danes Sturz vom Berghang zu erleben.

Etwas anderes ließ ihr Blut während der gesamten Heimfahrt pulsieren, während Marcus ihr beim Ein- und Aussteigen aus dem Truck half, sie zur Tür der Wohnheime begleitete und einen imaginären Hut lupfte, bevor er pfeifend davonstolzierte.

Sexuelle Begierde pulsierte durch ihre Adern und erhitzte ihre Haut.

Sie war noch nie jemand gewesen, der sich selbst in der Schwebe ließ, und wenn sie nicht am Telefon hängen und ihn anflehen wollte, zu ihr ins Bett zu krabbeln, musste jetzt etwas getan werden. Becki streifte ihre Kleidung ab und schüttelte den Kopf über die Verschwendung ihrer hübschen Unterwäsche, die nun niemand bewundern konnte.

Andererseits: der Ausdruck in Marcus' Gesicht, als sie erwähnte, wie es wäre, Haut auf Haut zu spüren... Dieses Bild in ihrem Geist zu fixieren, reichte völlig aus, um ihre Glieder zittern zu lassen.

Sie nahm ihren Vibrator von der Kommode und schlüpfte ins Bett. Die Kühle der Laken auf ihrem Oberkörper, während sie sich in eine bequemere Position zurechtrückte, trug wenig dazu bei, ihre Temperatur zu senken. Sie lehnte sich gegen die Kissen und legte das Spielzeug für einen Moment beiseite, während sie sich Marcus ihr gegenüber vorstellte, sein Blick fest auf ihren Körper gerichtet.

Die Brüste schwer und bedürftig, ihr Geschlecht bereits feucht, war sie nicht an einem langen, in die Länge gezogenen Vorspiel interessiert. Nicht heute Abend, nicht wenn das Vorspiel bereits nach dem Abendessen begonnen hatte. Und obwohl Marcus ihr beigebracht hatte, wie wichtig Geduld war, lautete Regel Nummer zwei: *Entschlossen handeln.*

Sie hob den Vibrator und presste ihn gegen ihre Klitoris, wobei sie den Motor auf niedriger Stufe ließ, wohl wissend, dass alles andere sie viel zu schnell kommen lassen würde, um wirklich befriedigt zu sein.

Es war der Gedanke an seine Berührung – Zunge, Finger, Schwanz –, der sie über den Rand bringen sollte. Das waren nicht ihre eigenen Finger, die ihre empfindlichen Brustwarzen zwickten; es war Marcus, der seine Zähne benutzte, dessen Biss sie an die Grenze führte, wo Lust und Schmerz verschwammen. Seine Hand, die zwischen ihre Beine glitt, um ihre Klitoris vor Verlangen beben zu lassen. Sein Schwanz, der tief in sie hineinglitete und sie weitete, während er immer und immer wieder zustieß. Schneller, härter. Becki breitete die Knie weit zur Seite aus und spürte, wie er sich über sie schob, sie in dieser Position festhielt, während er die Wildheit entfesselte, die sie in seinen Augen gesehen hatte. Das Bedürfnis.

Nach ihr.

Ihr Orgasmus ergriff sie und schüttelte sie heftig, was sie nach Luft schnappen ließ, während ihr Innerstes um einen Schwanz pulsierte, der gar nicht da war. Sie atmete aus und ließ das Gefühl durch sich hindurchfluten, wobei sie sich nach mehr sehnte.

Sich nach mehr verzehrte.

Sie legte den Vibrator zur Seite und rollte sich zusammen, wobei sie versuchte, ihn sich an ihrem Rücken vorzustellen. Wie er sie umschloss, um die Albträume fernzuhalten.

13

____

Sie bewegte sich geschmeidig über den Boden, gehüllt in körperbetonte Trainingskleidung, an den Füßen Kletterschuhe mit dünnen Sohlen. Marcus fragte sich, ob sie an den vorangegangenen Aufstieg dachte und sich fragte, wie ihr Geist auf die heutige Herausforderung reagieren würde, doch ihre Beherrschung war unglaublich. Er hätte sie bitten können, mit ihm eine Tasse Tee zu trinken, so kontrolliert wirkte sie, während sie zu den Ausrüstungsfächern schritt, ihren Klettergurt herauszog und ihn wortlos anschnallte und festzog, bevor sie sich ihm zuwandte.

»Ja, Sir. Wo willst du mich haben?«

Nackt in meinem Bett hätte nicht der erste Gedanke in seinem Kopf sein dürfen. »Wandabschnitt drei. Ganz entspannt. Du wirst ausschließlich die rote Route benutzen. Wir werden sehen, ob der Fokus dich genug ablenkt, um den Aufstieg ohne Probleme zu beenden.«

Becki schnaubte. »Du hältst wohl nicht viel von meinem Können, wenn du glaubst, dass es reicht, mich an die roten Griffe zu halten, um mich abzulenken.«

Er blieb ruhig, während sie sich beide anseilten. Sie hob

das Kinn, um die Route zu prüfen, und da sah er es. Ein Zittern, als sie die Hand ausstreckte, um die Wand zu berühren.

Aber sie machte trotzdem weiter. Marcus bewunderte sie in diesem Moment verdammt noch mal sehr.

»Warte. Setz das hier auf.«

Er hielt ihr das Stück Stoff hin, das er mitgebracht hatte, und eine Falte erschien zwischen ihren Brauen. »Was ist das? Eine Flagge zum Schwenken, wenn ich genug habe?«

»Es ist eine Augenbinde. Setz sie auf. Jetzt.«

Sie schluckte. »Aber–«

»Ich werde deine Augen sein. Du musst mir vertrauen. Und du wirst dich konzentrieren müssen, denn wenn ich dir erst einmal gesagt habe, wo ein Griff ist, sage ich es nicht noch mal. Du musst dir die Position und Form merken, wenn du sie später für deine Füße brauchst.«

»Du erwartest von mir, blind zu klettern?« Sie wedelte mit dem Tuch. »Du bist wahnsinnig.«

»Du bist doch nur sauer, dass du nicht selbst zuerst darauf gekommen bist.«

Ein amüsiertes Schnauben entwich ihr. Sie sah ihn an, und zum ersten Mal zeigte sich echte Angst in ihren Augen. »Marcus, was ist, wenn ...?«

Er schüttelte den Kopf. »Nein. Hinterfrage nichts. Weder dich selbst noch mich. Tu es. Setz die Augenbinde auf, Becki, und begib dich in meine Hände.«

Ihre Zunge huschte für einen Moment hervor, und er bekämpfte den Drang, sie an sich zu ziehen und mit seiner eigenen Zunge über ihre Lippen zu gleiten. Sie zu schmecken. Zu nehmen. Die Kopfschmerzen, die ihn in den letzten Tagen geplagt hatten, waren verschwunden, ersetzt durch eine Lust, wie er sie schon lange nicht mehr erlebt hatte.

Er hatte noch nie ein Heilmittel wie sie um sich gehabt.

Becki hob die Hände und presste das dunkle Material auf

ihr Gesicht, wobei sie den Stoff hinter ihrem Kopf verknotete. »Ich werde nicht fragen, wo du die Augenbinde herhast.«

Er ignorierte die Versuchung, die anderen Spielzeuge aufzuzählen, die er eines Tages an ihr zu benutzen gedachte. »Dreh dich, rechte Schulter zurück.«

Sie richtete sich auf und holte tief Luft; ihr Brustkorb bewegte sich zu schnell. »Marcus, ich–«

»Meine Stimme. Hör nur auf sie. Sonst auf nichts. Ich bin dein Standplatz, und ich werde nicht zulassen, dass dir etwas passiert. Vertraust du mir?«

Ihr Kinn senkte sich kurz.

»Rechte Schulter zurück«, wiederholte er.

Sie gehorchte und bewegte sich langsam, wobei sie die Hände auf Schulterhöhe hob. »Wenn ich das hier unbeschadet überstehe, solltest du irgendeinen Preis gewinnen.«

Er hatte durchaus vor, belohnt zu werden. Er hatte nur noch nicht genau entschieden, wie viel er sich nehmen würde. »Stopp. Rechte Hand raus. Fingerloch auf zwei Uhr.«

Sie erwischte es und schob ihre Finger ganz in den soliden U-förmigen Griff. »Sicherung steht?«

Eine Mischung aus Stolz und Respekt durchströmte ihn. Sogar als er die Regeln änderte, schaltete sie ohne Zögern in den Klettermodus zurück. Er konnte fast glauben, dass sie einen Rettungseinsatz auf Autopilot durchgeführt hatte. »Sicherung steht! Linke Hand, elf Uhr. Geformt wie ein Tennisball.«

Seine Stimme hallte leicht in dem weiten Raum der Kletterhalle wider, während ihr Atem einen systematischen Puls unter seinen Worten bildete. Er führte sie die Wand weit langsamer hinauf, als sie wahrscheinlich seit Jahren geklettert war, aber sie schwankte nicht. Sie beschwerte sich auch nicht, Gott sei Dank. Er ließ sie bei jeder Position innehalten und ihr Gewicht verlagern.

Er ließ ihren Körper und ihr Gehirn arbeiten, während er inständig hoffte, dass sie nicht gleich wieder erstarren würde.

»Nicht hetzen. Rechtes Bein, streck es noch ein Stück, dann hast du den Griff. Genau so. Gewichtsverlagerung. Heb den anderen Oberschenkel an. Stell dir vor, wo du den Sloper verlassen hast – er hat eine schöne flache Oberfläche für deinen Fuß.«

Er beschrieb ihr noch ein Dutzend weitere Griffe, bevor sie ihn unterbrach. »Marcus. Kann ... kann ich einfach klettern?«

»Ohne die Augenbinde?« Er war sich da nicht sicher. Ein Erfolg bis auf fünf Meter Höhe war noch kein vollständiger Sieg.

»Nein, mit. Nur ohne vorgegebene Route. Sag mir Bescheid, wenn ich keinen Griff finde, aber ich mag, wie sich das anfühlt. Es juckt mich in den Fingern, schneller zu werden.«

Ein Adrenalinschub traf ihn. Stolz auf ihren Mut und das vertraute Verlangen in seinem Inneren. »Wer bin ich, dich aufzuhalten, wenn du bereit bist zu fliegen?«

Sie drehte sich zu ihm und lächelte, wobei Mund und Kinn die einzigen sichtbaren Teile unter der breiten Augenbinde waren. Dann wandte sie sich der Wand zu und bewegte sich.

Marcus bediente das Seil schweigend, bereit zu helfen, falls nötig. Bereit zu locken oder zu schimpfen, je nachdem, was sie brauchte.

Sie brauchte gar nichts. Becki griff nach oben und ließ ihre Hände blind gleiten. Sie strich mit den Fingern über jeden Griff, den sie fand, und prüfte die Oberflächen, bevor sie zum nächsten überging. Wenn sie einen wählte, der ihr gefiel, packte sie zu, passte ihren Griff an und stieg höher. Ihre Füße fanden neue Positionen, die Kanten ihrer Kletterschuhe drückten sich ohne Nachdenken gegen die kleinsten Vorsprünge.

Sie war schon zu drei Vierteln des Weges zur Decke, bevor er sprach. »Gut gemacht. Du hast eine großartige Technik.«

»Zu!«, befahl sie.

Er zog das Schlappseil ein und sicherte sie in ihrer Position. »Hab dich. Wie läuft's? Bereit zum Runterkommen?«

Becki hielt sich mit einer Hand an der Wand fest, während die andere locker um das Seil lag, als sie sich zurücklehnte und ihn ihr Gewicht halten ließ. »Ja. Ich denke schon.«

»Fühlt sich gut an?«

»Fühlt sich ... merkwürdig an.« Ihre Lippen zuckten. »Ich kann die Luft um mich herum spüren, aber der einzige Hinweis auf die Höhe ist deine Stimme. Und ehrlich gesagt, ich bin noch nicht bereit, die Augenbinde abzunehmen.«

»Dann lass sie auf. Du hast ein Ziel erreicht. Akzeptiere es, feiere es. Geh in Position und ich bringe dich zurück auf die Erde.«

Sie wandte sich der Wand zu, die Beine gespreizt, die Füße fest in Position. »Abseilen.«

Er ließ das Seil langsam und gleichmäßig durch die Sicherung gleiten, wobei er es zentimeterweise freigab. Becki tastete sich mit den Füßen bis zum Boden vor und legte sich auf der Matte nach hinten, die Arme schlaff an den Seiten. Die Augenbinde saß noch immer an ihrem Platz.

»Warum fühle ich mich, als hätte ich gerade eine 5.11 beendet?«

»Guter Vergleich. Bis du über diesen Berg bist, ist alles ein verdammter Sieg. Kapiert?« Marcus hatte das Seil in Rekordzeit von seinem Geschirr befreit und trat neben sie, und sein Herz klopfte vor Aufregung. »Gib mir deine Hand.«

Sie hob ihre Finger in die Luft, und er packte ihr Handgelenk und half ihr mühelos auf die Beine. Als sie die Augenbinde wegziehen wollte, sprach er.

»Stopp.«

Becki hielt inne, die Hände am Stoff. »Ähm, warum?«

Weil er mehr als bereit für die nächste Stufe war. »Wir

feiern deinen erfolgreichen Aufstieg. Du hast gesagt, wenn es klappt, bekomme ich eine Belohnung.«

Er legte seine Hand in ihren Nacken und führte ihren Mund zu seinem.

SIE HATTE GEWUSST, dass das kommen würde. Hatte es erwartet. Nicht in diesem Moment, aber bald. Das Fieber zwischen ihnen brannte zu heiß, um ignoriert zu werden. Nach dem gestrigen Tag und der Unzahl an Emotionen, die sie durchgemacht hatten – Wut, Frustration, Lust – wollte sie das. Brauchte sie das.

Etwas, um gegen den Terror anzukämpfen, den sie erlebt hatte, als er verschwunden gewesen war. Die Albträume und die Ängste, die hereingebrochen waren und sie zu überwältigen drohten. Sie schob für den Moment alles beiseite. Angestachelt durch ihren Erfolg, zumindest einen Geist überwunden zu haben, presste sie sich begierig gegen ihn.

Der Kuss begann sanft, nur eine Berührung der Lippen, doch wie Feuer, das am Rand eines Papiers entlangläuft, wuchsen Hitze und Verlangen. Breiteten sich aus. Er strich mit seiner Zunge über ihren Mund, drang sanft ein und testete ihre Bereitschaft.

Seine Brust gegen ihre war massiv und hart, eine Barriere, an der sie nicht vorbeikam und die sie auch gar nicht meiden wollte. Als sie ihre Lippen öffnete und ihn einließ, machte ein Adrenalinschub sie schwindelig. Mit der Augenbinde gab es nichts zu sehen, nur Empfindungen. Nichts zu hören außer ihrem eigenen keuchenden Atem. Der Geschmack seiner Lippen, das Gefühl von ihm unter ihr.

Sie ließ ihre Hände über seine Brust gleiten und genoss es, wie sich seine Muskeln anspannten, während sie ihn erkundete. Die Art, wie er stöhnte und sie mit seinem linken Arm um die Taille fasste. Sein fester Griff brachte ihre Oberkörper in Kontakt, und das Anschwellen seiner Erektion war deutlich zu spüren, ganz gleich, wie viele Lagen Gurtband zwischen ihnen lagen.

Er küsste sie härter. Verzehrte sie, drückte seinen Schritt gegen ihren und ließ sie seine Erregung in der Art spüren, wie er ihren Mund in Besitz nahm. Er ließ sie erzittern vor Verlangen.

Er riss seine Lippen nur los, um sie an ihre Kehle zu pressen, ihren Hals, und sich beißend und knabbernd seinen Weg an ihrem Körper entlangzubahnen. Seine rechte Hand glitt nach oben, bis er ihre Brust umschloss und sie intim hielt.

Sie wölbte sich ihm entgegen. Bedürftig. Verzehrend. Sie wollte mehr, wollte den Rausch der Endorphine von ihrem Aufstieg nehmen und alles dareinsetzen, ihn auszuziehen und ihn genau hier zu ficken, verdammt seien die Konsequenzen.

Er zerrte ihr Shirt nach oben, erhitzte Finger strichen über ihre Taille und kamen zurück, um ihren Sport-BH aus dem Weg zu schieben, damit er von ihrer nackten Brust Besitz ergreifen konnte.

Es war zu viel und nicht genug. Sie wand sich gegen ihn, rieb sich an ihm, bis sich das Gurtband ihres Klettergurts in seinem Gurt verfing und sie beide gefangen waren.

Seine Finger zwickten ihre Brustwarze, und sie stöhnte vor Vergnügen auf. Marcus fuhr mit den Zähnen ihren Hals hinauf und kehrte zurück, um ihren Mund erneut zu erobern. Becki atmete ihn ein. Atmete den Duft von Kreidestaub in der Luft ein, den Schweiß des Aufstiegs, ihre noch verbliebene Angst.

Gott, sie wollte ihn.

Als er langsamer wurde, wimmerte sie protestierend, und das Geräusch entwich ihr lauter als erwartet, als seine Lippen die ihren verließen. Er rückte ihren BH zurecht, strich ihr Shirt glatt, und eine Berührung glitt über ihre Taille.

Und er trat zurück, ließ sie keuchend und mit zittrigen Beinen stehen.

»Nimm die Augenbinde ab.« Der Befehl kam geflüstert, aber trotz der geringen Lautstärke war er gebieterisch.

Sie hob die Hände, um den Knoten zu lösen, wohl wissend, dass sie errötet war. Sie fragte sich, was sie in seinem Gesicht sehen würde.

Was sie vorfand, ließ ihren Atem zittern, während sie darum kämpfte, ihre Lungen zu füllen.

Stolz.

Bewunderung.

Verlangen.

Sie war immer noch ganz berauscht von seinem Kuss. Von der Euphorie des Aufstiegs. Von der Art und Weise, wie das Befolgen jedes seiner Befehle sie vor beinahe vergessener Befriedigung hatte kribbeln lassen.

Vor sieben Jahren, als er ihren Körper wie ein feines Instrument bespielt hatte, hatte er seine Philosophie bezüglich des Kletterns geteilt. Nein – mehr als das. Es war seine Einstellung zum *Leben* gewesen, und sie hatte diese Überzeugungen mit beiden Händen ergriffen und nicht mehr losgelassen.

Nicht, bis der Unfall ihr ihre Welt entrissen hatte.

Jede Erinnerung daran, wer sie *gewesen war*, half dabei, die Hoffnung am Leben zu erhalten, dass sie sich selbst zurückholen konnte.

Marcus zwang sie zur Erinnerung daran, dass das Leben mehr war als die Fähigkeit zu klettern. Dass ihre Leidenschaften tiefer reichten als der Job, den sie machte, und die Menschen, die sie rettete. Er ließ sie sich fragen, ob das Schicksal ihr diesen Mann vielleicht aus mehr als einem Grund erneut in den Weg gestellt hatte.

Jetzt brauchte sie den Mut, zu akzeptieren, und den nächsten Schritt zu wagen.

14

Becki blieb noch da, nachdem das Samstagmorgen-Training von Lifeline beendet war. Sie lehnte sich über das Geländer des Decks und beobachtete, wie Erin das Team über der Absetzzone in der Schwebe hielt, während sie sich zu den Zielmarkierungen abseilten, die Marcus am Boden platziert hatte.

Egal, wie sehr sie es genoss, dem Mann hinterherzustarren und ihn aus der Ferne zu bewundern, es machte ihre nächste Entscheidung kein bisschen leichter.

Sie hatten die Kletterhalle am Vortag verlassen, ohne über den Kuss zu sprechen. Ohne dass Marcus weitere Forderungen oder Bitten an sie gestellt hätte, was gut war, denn wenn er vorgeschlagen hätte, zu ihm nach Hause zu gehen und die Nacht aneinandergeklammert zu verbringen, hätte sie augenblicklich zugestimmt.

Und es am Morgen bereut.

»Tripp. Beweg deinen Hintern rauf und versuch's noch mal«, rief Marcus. Tripp winkte, bevor er nach dem schwingenden Seil griff und sich Hand über Hand zum Heli hochzog. Ein Sicherungsseil baumelte an seinem Klettergurt, aber er erledigte die Arbeit selbst und stieg bis zur offenen Seitentür auf, wo Hände nach ihm griffen, um ihn in den Laderaum zu ziehen.

Alisha trat heraus und seilte sich effizient ab. Sie stoppte anderthalb Meter über dem Boden und deutete in Richtung Feld. Anders war in der Öffnung zu sehen, wie er die Spannung nachjustierte, während Erin den gesamten Heli nach Süden versetzte.

Ganz ruhig und gelassen, als würde sie über den Bürgersteig der Banff Avenue spazieren, nutzte Alisha den Schwung des Seils, um sich für die letzte Distanz abzustoßen und direkt auf einem Ziel zu landen, beide Füße genau im Zentrum.

Marcus gab ihr ein High-Five. Das Gesicht der jungen Frau strahlte vor Freude, während er dem Luftfahrzeug mit einem erhobenen Daumen seine Zustimmung signalisierte.

Becki applaudierte, als Alisha sich ausklinkte und mit einem breiten Grinsen im Gesicht auf das Gebäude zuging.

Ja, Marcus wusste, wie man Dinge zeitlich abstimmte, sei es das gezielte Lob für Alisha oder der perfekte Moment und die Methode, die er am Vortag angewandt hatte, um sie zu einer Kletterpartie zu bewegen.

Um sie zum Klettern, zu einem Kuss und zum Grapschen zu bewegen – oh, der Mann hatte absolut keine Probleme mit dem Timing. Becki war sich immer noch nicht sicher, was sie davon halten sollte.

Leidenschaft war eine gute Sache. Spaß am Sex zu haben war völlig in Ordnung – sie würde es nicht einmal als bloße Ausschweifung betrachten. Aber sie war alt genug, um zu wollen, dass alles, was sie tat, mehr Gründe hatte, als dass es sich in dem Moment einfach nur gut anfühlte.

Sie brauchte die Zustimmung ihres Verstandes genauso wie die ihrer Hormone.

Eine Stunde später grübelte Becki immer noch über ihr aktuelles Dilemma nach, als die Übung beendet war und alle zum gemütlichen Teil übergegangen waren. Die Männer verschwanden wortlos und ließen Becki mit Erin und Alisha in der Personalunterkunft zurück.

»Mittagessen?«, fragte Becki.

»Die Jungs bringen Essen mit. Du kannst mir schon mal einen Saft einschenken«, bat Erin, während sie sich auf den Weg zum Sofa machte. Sie ließ sich darauf fallen und legte die Füße auf den Couchtisch. »Ich würde ja nach etwas mit Schuss fragen, aber ich habe dem Fusel abgeschworen, bis das Ausbildungslager abgeschlossen ist.«

»Für mich nichts«, rief Alisha. »Ich möchte dieses Kapitel noch zu Ende lesen, bevor das Essen kommt.«

Sie holte ein Buch aus ihrem Rucksack. Becki füllte ein Glas mit Orangensaft und brachte es dorthin, wo Erin sich fläzte. »Hältst du dich auf Trab?«

»Verdammt richtig. Außerdem traue ich Marcus inzwischen zu, mich anzurufen und aus dem Bett zu werfen, fünf Minuten nachdem ich nach einem Saufgelage zusammengebrochen bin.«

»Das würde er glatt tun.« Sie setzte sich Erin gegenüber und schüttelte den Kopf. »Harte Trainingseinheit?«

»Der Wind drehte ständig. Hier zwischen März und Mai zu fliegen, ist um einiges aufregender als der Rest des Jahres zusammen. Hast du gehört, dass es heute Nacht schneien soll? Die Berge und die wechselnden Temperaturen lassen mich doppelt froh sein, dass um diese Jahreszeit nicht viele Leute auf den Wanderwegen unterwegs sind.« Erin schloss die Augen, den Kopf gegen das Sofa gelehnt. »Trotzdem würde ich es gegen nichts eintauschen. Der Adrenalinrausch ist wie Crack.«

Wenn jemand den Nervenkitzel, den sie vermisste, und ihre anhaltende Verwirrung verstehen würde, dann wäre es ein anderes Mitglied der Bergrettung. Die zusätzliche Komponente war das, was die Komplexität dieser Situation noch steigerte. Becki ließ den Rest ihres Getränks gegen das Eis wirbeln und überlegte, ob es völlig daneben wäre, ihre Unsicherheit mit Erin zu besprechen.

Sie blieb bei einer sichereren Frage. »Arbeitest du gerne für Lifeline?«

Erin setzte sich langsam auf, als würde sie nachdenken, während sie ihr Haar ordnete, dessen dichte schwarze Masse kaum von ihrem Pferdeschwanz gebändigt wurde. »Lifeline ist der Hammer. Das Team ist großartig. Sie machen mich nicht ganz wahnsinnig, nur teilweise. Ich darf fliegen und habe meistens genug Freizeit, um meinen Lastern zu frönen. Was gibt's da nicht zu lieben?«

»Laster, ja?« Sie musterte Erin neugierig. Becki wettete, dass es interessant wäre, herauszufinden, was Erin, die so gefasst und selbstbewusst wirkte, als Ausschweifung betrachtete. Nachdem sie die Teamakten gelesen hatte, wusste Becki, dass sie fast im gleichen Alter waren, und jemanden zu haben, mit dem sie über mehr als nur die Arbeit reden konnte, stand auf der Liste der Dinge, die sie in ihrem Leben brauchte.

Sie merkte nicht, wie lange sie schweigend nachgedacht hatte, bis Erin lachte. »Du zappelst, als hättest du etwas auf dem Herzen. Frag oder lass es. Mir ist das egal. Aber wenn du reden willst: Ich habe schon mehr gesehen als nur das kleine blonde Mädchen in der Ecke.«

Becki lächelte und warf einen Blick dorthin, wo die besagte junge Frau auf einem der Sofas am anderen Ende des Raums zusammengekauert saß. Alisha war völlig in ihr Buch vertieft, und ihre Augen weiteten sich beim Lesen hin und wieder. »Sie ist süß, nicht wahr?«

»Wie Honig auf einer Eiswaffel. Macht alles um sie herum klebrig und chaotisch.« Erin schauderte. Becki lachte. »Na ja, es stimmt. Sie hat mich neulich überredet, mir irgendeinen Disney-Film anzusehen.«

»Hey, die sind nicht alle schlecht.«

Erin schnaubte. »Ich weiß, und ich werde nicht einmal

lügen – an einer Stelle musste ich die Taschentücher auspacken. Gott, ich hasse das.«

Alisha stand ruckartig auf, schob ihren Finger zwischen die Seiten, um die Stelle zu markieren, und verließ den Raum ohne einen Blick zurück.

»Und der Countdown, bis Devon in unser Blickfeld tritt, in drei, zwei, eins ... Pünktlich nach Plan.« Erin verbeugte sich spöttisch, als der blonde junge Mann in ihr Sichtfeld trat. Er starrte Alisha hinterher, als sie sich zurückzog, während er sich auf das Sofa fallen ließ; sein Gesichtsausdruck war eindeutig von Frustration gezeichnet. »Weißt du, ich kann es kaum erwarten, bis diese beiden dieses verdrehte Vorspiel hinter sich haben und es einfach hinter sich bringen. Es wird langsam anstrengend, ihren seltsamen Tanz mitanzusehen.«

»Tatsächlich?« Becki musterte Devon noch einmal, diesmal gewappnet mit Erins Vermutung, und ging alle Interaktionen durch, die sie zwischen Alisha und Devon beobachtet hatte. »Ich schätze, das ergibt auf eine seltsame Art Sinn.«

»Siehst du? Verdreht.«

Becki lächelte. »Nun, ich bin vielleicht fast genauso verdreht. Was hältst du von Marcus?«

»Meinst du meinen Marcus? Den Kerl, der mein Gehalt zahlt, damit er mich anschreien und lauter wahnsinnige Dinge von mir verlangen darf? Zum Beispiel mich im Dunkeln auf eine Plattform zu stellen und zu üben, aus welcher Richtung der Wind kommt?«

Becki konnte ihr Lachen nicht unterdrücken. »Woher nimmt er nur diese Ideen?«

»Du hast gerade noch gefehlt. Erin verzog das Gesicht. »Sind Spiele so eine Art Obsession für dich? Denn wenn du das nächste Mal einen Orientierungslauf ansetzt, melde ich mich krank.«

»Worüber beschwerst du dich? Du warst großartig.«

Erin schüttelte den Kopf. »Oh nein, du lenkst mich nicht

mehr ab. Was ist dir über die Leber gelaufen? Dass es um Marcus geht, haben wir ja schon geklärt – was, hallo, keine Überraschung ist, da du jetzt schon seit einer Woche mit ihm zusammenarbeitest. Manche Kerle haben einfach eine Art, einem unter die Haut zu gehen wie niemand sonst.«

»Ja. Becki überlegte sorgfältig und vergewisserte sich, dass Devon am anderen Ende des Raums noch immer außer Hörweite war. Ab welchem Punkt erzählte sie zu viel? »Wir hatten mal eine Affäre.«

»Oh, wirklich?« Erin hob ihr Glas zum Gruß. »Nicht schlecht. Nicht, dass ich Details wissen will, aber ich habe mir immer vorgestellt, dass er der Typ ist, der weiß, was er zwischen den Laken zu tun hat.«

Und an der Wand ... und auf dem Boden. Becki lächelte. »Entschlossen ist ... eine Untertreibung.«

Erin nickte. Wartete. Schnitt schließlich eine Grimasse und lachte. »Also, lass mich raten. Du überlegst, ob ihr noch eine Runde dreht?«

»Ich überlege, dann denke ich: *Nein.* Ich überlege, dann denke ich: *Ja.* Ich bin wie so ein seltsames sexuelles Jo-Jo, und es macht mich wahnsinnig.«

»Liegt es daran, dass ihr zusammenarbeitet?« Erin zuckte mit den Schultern. »Denn ich finde nicht, dass das, was bei euch läuft, eine große Sache ist. Es ist ja nicht so, als würdet ihr zusammen Rettungseinsätze laufen. Das ist der Moment, in dem Beziehungen problematisch werden.«

»Ich habe mit meinem Kletterpartner geschlafen«, gestand Becki.

Erin verzog den Mund. »Aber du hast bei der Bergrettung im Yellowstone gearbeitet, und er nicht, oder?«

»Nein, aber –« Ja, sie verstand den Punkt. »Ich denke trotzdem noch an Dane.«

Die andere Frau saß einen Moment lang still da. »Wie lange ist das jetzt her? Acht Monate oder so?«

Becki nickte.

»Oh, Süße, du ziehst die Verspannungen fester und schneller zusammen, als du sie lösen kannst. Vermisst du ihn?«

Schuldgefühle und Verwirrung waren miserable Analysewerkzeuge. »Vielleicht? Wir haben uns wohlgefühlt. Wir waren nicht verliebt.«

Erin lehnte sich zurück und nippte eine Minute lang an ihrem Getränk. »Ich hatte mal einen Typen. Wir standen uns nahe, so ziemlich das Gleiche. Gut zusammen im Bett, wir haben die Gesellschaft des anderen bis zu einem gewissen Punkt genossen. Es war nicht perfekt, aber es war ... da. Eine Konstante. Wie du sagtest, man fühlte sich wohl.«

Becki sah Erin neugierig an. »Was ist aus ihm geworden?«

»Es wurde unbequem. Ich bin mir nicht sicher, ob er sich oder ich mich verändert habe. Ich beschloss, dass ich weitermachen musste. Habe ich ihn eine Zeit lang vermisst? Verdammt, ja. Es geht nichts über einen Kerl, den man darauf trainiert hat, genau zu wissen, was man im Bett mag.«

Sie wollte über Erins unverblümte Kommentare lachen, aber Beckis Gedanken rasten. »Ich vermisse Dane wirklich. Ich vermisse die Gesellschaft. Ich fühle mich schuldig, als hätte ich noch etwas tun können, und ich spreche nicht von den Puzzleteilen, die zu dem, was an jenem Tag geschah, fehlen.«

»Als hättest du ihn mehr lieben sollen? Oh, Mädchen, tu dir das nicht an. Und was noch wichtiger ist: Denk nicht, dass das, was ihr *hattet*, bedeutet, dass du nie wieder etwas haben darfst.«

Becki hielt inne. »Was soll das bedeuten?«

Erin beugte sich vor, voll konzentriert. Sie hob einen Finger in Beckis Richtung. »Was wäre, wenn du in Dane verliebt gewesen wärst? Hals über Kopf, Ringe an den Fingern, alles Drum und Dran. Und er wäre gestorben. Denk nicht darüber nach wie, denk einfach nur – er ist weg. Würdest du wirklich den Rest deines Lebens in Sack und Asche verbringen?«

»Natürlich nicht.«

»Würdest du jemals darüber nachdenken, dich mit einer anderen Person einzulassen?«

»Du lässt das so einfach klingen.«

»Es *ist* einfach.« Erin schüttelte den Kopf. »Wenn du nicht bereit bist, rumzumachen, dann bist du nicht bereit. Besorg dir einen frischen Satz Batterien oder investiere in einen verstellbaren Duschkopf, was auch immer dich glücklich macht. Aber wenn du interessiert bist und einen Typen hast, der an deiner Tür scharrt, dann häng dem Trauerprozess keinen selbst auferlegten Zeitplan an. Man kann einen Kerl verdammt noch mal vermissen, während man es mit einem anderen verdammt noch mal treibt.«

Becki verlor die Beherrschung. Sie lachte so heftig, dass sie schließlich nach Luft schnappen musste.

Erin saß da und beobachtete sie schweigend, eine Braue hochgezogen, ein Grinsen auf dem Gesicht. »Gern geschehen.«

15

———

Etwas hatte sich verändert. Marcus beobachtete Becki genau, aber er konnte es einfach nicht genau benennen.

Sie hatte das Team an diesem Morgen durch die kreativste Übung gejagt; sie mussten die Gipfel neben den Hoodoos erklimmen und die »Leichen« abseilen, die sie dort gefunden hatten. Die leichte Schneeschicht, die vom nächtlichen Schneefall übrig geblieben war, hatte sich in puren Schlamm verwandelt, als die Sonne herausgekommen war, um sie ein paar Stunden lang zu rösten.

Trotzdem hatte das Team selbst im dreckigen Zustand erstaunlich gut zusammengearbeitet und der Schlamm und Schmutz schienen sie noch mehr zusammenzuschweißen als eine ordentliche, saubere Trainingseinheit in der Kletterhalle.

Becki klatschte laut in die Hände. »Gute Arbeit, Leute. Wahnsinn.«

Tripp verbeugte sich. »Nette Übung. Wo hast du die Leichen her?«

Devon trat näher, unter jedem Arm eine schlammbedeckte Puppe. »Und müssen wir sie zurückgeben?«

»Warum, suchst du nach einem Date?«, spottete Alisha. Ein gemeinsamer Chor aus *Ooooh*-Rufen erhob sich, während sie einen Knicks machte. »Danke, danke. Aber im Ernst, echt abgefahrene Übung, Becki. Danke, dass du uns heute Training gegeben hast.«

»Schleimerin«, flüsterte Devon.

Becki lachte. »Werft die Puppen auf die Ladefläche von Marcus' Truck, dann habt ihr Feierabend. Genießt euren freien Montag.«

»Aber denkt nicht mal daran, am Dienstag zu spät zu kommen. Ihr fangt um 05:00 Uhr mit Erste-Hilfe-Schnellübungen an.« Marcus nahm ihr Stöhnen mit einem Nicken entgegen. »Abgang. Ich mache 06:00 Uhr daraus, wenn ihr alle in unter fünf Minuten hier verschwunden seid.«

Ihre Freudenschreie waren ohrenbetäubend und die Leute stoben eilig davon.

Becki lehnte sich mit verschränkten Armen und einem Lächeln im Gesicht gegen die Seite der Ladefläche. »Weichei.«

»Was? Ich kann dich hier doch nicht die Einzige sein lassen, die beliebt ist.«

Sie lachte. »Klar, als ob du dir Sorgen um Konkurrenz mit mir machen würdest. Sie schauen total zu dir auf. Ich kann verstehen, warum Lifeline über die Jahre so erfolgreich war.«

Okay, da war es wieder. »Jetzt kommen die Komplimente. Ich würde ja denken, du willst was von mir, aber ich befehle dir ja nicht, beim ersten Hahnenschrei aus dem Bett zu steigen.«

»Ich sage es nur so, wie ich es sehe.«

Er beugte sich vor und rückte eine der Übungspuppen zurecht, die die Crew wahllos auf die Ladefläche seines Trucks geworfen hatte. »Was willst du mit den Mädels machen? Und das Team hatte recht; das war übrigens eine inspirierende Trainingseinheit.«

Becki sprang auf den Rand der Ladefläche und drehte sich so, dass sie neben der Stelle saß, wo er seine Ellbogen aufstützte. »Danke. Es macht immer mehr Spaß, einen echten Körper retten zu müssen, aber die atmenden Typen aus Fleisch und Blut neigen dazu, sich zu beschweren, wenn man sie zu lange im Schlamm vergräbt.«

Ihre Arme waren nackt und mit Schlammstreifen bedeckt, nicht ganz so schlimm wie die Kunstleichen neben ihr, aber immerhin. Er berührte vorsichtig ihren Arm und verschmierte einen Klumpen an ihrem Bizeps. »Du brauchst fast so dringend eine Dusche wie die hier.«

»Hmm.«

Marcus sah auf und die Hitze in ihren Augen ließ ihn unruhig werden. Er hatte davon geträumt, dass sie ihn so ansah, dass ihm ein *Ja* förmlich ins Gesicht sprang – er war sich nicht sicher, ob er es sich vielleicht nur einbildete. »Willst du mir helfen, sie sauber zu machen?«

»Ich nehme nicht an, dass wir sie festzurren und durch die Waschstraße fahren können?« Ihre Stimme war seidig geworden. Sie umschmeichelte ihn und legte jeden verdammten Schalter bei ihm von *An* direkt auf *Maximum* um.

»Jemand würde die RCMP rufen und behaupten, wir hätten einen Massenmord begangen. Wie wäre es mit dem Duschraum in der Schule?« *Wo wir beide uns nackt ausziehen können, nachdem die Rotoren sauber sind, und uns dann wieder so richtig schmutzig machen.*

Becki leckte sich langsam über die Lippen und ihr Blick glitt über ihn hinweg, als wäre sie nur eine Sekunde davon entfernt, etwas Köstliches zu verspeisen. »Ich finde, das ist eine fabelhafte Idee.«

Verdammt. Heiß.

Er trat zur Seite, zwischen ihre Beine und lehnte sich gegen sie.

Sie hob die Hände in die Luft. »Marcus, ich bin voller Schlamm.«

»Glaubst du, das ist mir wichtig?«

Er wollte nach ihr greifen, aber sie fing sein Handgelenk mitten in der Luft ab und blockte seinen linken Unterarm gegen ihren. »Ich sage nicht Nein. Ich sage nur, dass ich das Innere deines wertvollen Trucks nicht genauso mit Schlamm überziehen will wie das Äußere.«

»Der Schlamm ist mir scheißegal.« Er legte seine Stirn an ihre. »Aber da du nicht Nein sagst, werde ich geduldig sein und warten. Nur küss mich zuerst.«

»Nur ein Kuss?«

»Als Anzahlung. Vorspeise. Etwas, das mich davon abhält, dich direkt hier an der Seite meines Trucks zu vernaschen.«

Becki schluckte schwer. Interessante Reaktion. Marcus vermerkte diese Idee unter *zukünftige Orte, an denen ich Becki den Verstand rauben werde.*

Dann dachte er an gar nichts mehr, weil sie ihr Kinn hob und ihre Lippen auf seine legte. Die Münder offen, der Atem vermischt. Ihre Zunge tastete vor, um seine zu necken.

Er wollte sie bei lebendigem Leibe auffressen. Das würde er irgendwann auch tun. Aber jetzt? Er sog sie förmlich in sich auf und lernte sie ganz neu kennen. Die Weichheit, während ihre Lippen über seine glitten. Der scharfe Ruck entlang seiner Wirbelsäule, als sie ihre Zähne um seine Lippe schloss und zwickte. Die sanfte Liebkosung, als sie den Kontakt löste und ihre Wangen aneinanderschmiegte.

»Wie schnell schaffst du es zur Schule?«, flüsterten die Worte an seinem Ohr vorbei.

Er hob sie von der Ladefläche an seinem Körper herab und stöhnte unter dem Druck auf, als sie sich gegen seinen harten Schwanz rieb. Sie eilten in verschiedene Richtungen und ließen sich im Fahrerhaus nieder. Sie war noch dabei, sich anzuschnallen, als er den Gang einlegte und die Reifen durchdrehen ließ.

»Musst du die Mädels zurückgeben?«, fragte er erneut. Er hatte immer noch nicht herausgefunden, ob die Übungspuppen, mit denen sie das Team die Felsrettung hatte durchführen lassen, Leihgaben waren.

»Nein, sie gehören jetzt der Schule. Ist das wieder so ein Geduldsspiel-Ding? Über schlammige Plastikmodelle reden, anstatt mich zu vernaschen?«

»Ja.« Marcus presste die Zähne zusammen, um nicht noch mehr schmutzige Sprüche zu klopfen. Er war so kurz davor, bei dem Gedanken, mit Becki zusammen zu sein, zu explodieren, dass es fast schon lächerlich war.

Langsam vorzugehen, würde unmöglich sein.

Er hielt neben den Zugangstüren und war in Sekundenschnelle aus dem Wagen und auf dem Weg zu ihr.

Becki hatte bereits eine Übungspuppe von der Ladefläche gezerrt.

»Was machst du da?«, verlangte er zu wissen.

Sie warf ihm die kahlköpfige, lebensgroße Gestalt entgegen. »Die Mädels saubermachen. Das geht jetzt leichter, als wenn sie komplett getrocknet sind.«

Hatte er das völlig falsch verstanden? Er war sich sicher gewesen, dass der Plan war, sich so schnell wie möglich gegenseitig den Verstand rauszuvögeln. Frustration und Verwirrung kämpften in seinem Kopf. Becki hielt die Tür offen, trug zwei weitere hinein und folgte ihm in den Duschraum der Männer.

Sie legte die Puppen in einer Reihe auf den Boden, drehte drei Hähne auf und richtete die Duschköpfe im richtigen Winkel aus. »Ich hole den Rest, und du fängst an zu waschen.«

Marcus betrachtete die schlammverkrusteten Plastikkörper mit immer weniger Enthusiasmus. »Ich schlage einen Tausch vor. Du wäschst, ich trage.«

Becki lachte. »Was, hast du etwa Probleme damit, deine Hände überall an nackten Frauen zu haben?«

Er hielt inne und starrte ihr in die Augen. Er ließ seinen Blick ganz bewusst über ihren Körper gleiten, verharrte bei ihren Brüsten und dem V zwischen ihren Beinen. »Zieh dich aus, dann zeige ich dir, wie wenig Probleme ich habe.«

Becki trat näher. Ihre Finger erkundeten seine Taille, wanderten seinen Oberkörper hinauf. Verführerisch, süchtig machend. »Mich vor dir nackt auszuziehen, ist eine meiner schönsten Erinnerungen.«

Ihre Handflächen pressten sich flach gegen seine Brust. In seinem Kopf entstand das Bild davon, wie sie in dieser dekadenten Suite gegen die Wand gepresst war, wie er sie von hinten nahm, während das Wasser in der riesigen Duschkabine über sie hereinbrach – seine Beherrschung war kurz vor dem Ende und dabei hatte er sie noch nicht einmal richtig berührt.

»Fang an zu waschen, bevor ich den Plan ändere.« Seine Stimme klang gereizt, unsicher. Er war kurz davor, in Flammen aufzugehen.

»Geduld, weißt du noch?« Sie machte mehr daraus als nur eine Frage. Ihr ganzer Körper wurde weicher, die Einladung stand ihr in den Augen geschrieben. Alles an ihr schrie: *Komm und hol mich.*

Sein Körper vibrierte vor Verlangen. Er zog sich das Shirt über den Kopf und warf es in eine Ecke des Raumes.

Ihre Augen leuchteten auf, während sie einen gemächlichen Blick über seine Brust warf. »Ich schätze, ich sollte wohl die Mädels abschrubben. Sobald sie aus dem Weg sind, können wir uns anderen Dingen widmen.«

Ihre Körper waren nur Zentimeter voneinander entfernt, und die Hitze ihrer Haut legte sich wie ein Spinnennetz um ihn. »Vielleicht sollten wir die *anderen Dinge* zuerst in Erwägung ziehen.«

Etwas klickte. Als könne sie nicht länger widerstehen, drängte sich Becki gegen ihn und legte den Kopf in den Nacken. »Schön. Ich wusste, dass du dominant bist. Wenn du dich freiwillig meldest, mich zu waschen, dann nur zu. Ich fühle mich ein wenig ... schmutzig.«

Sie ließ ihre Hände über seine Hüften gleiten und zeichnete mit ihren Fingernägeln den Bund seiner Jogginghose nach. Das Einzige, was sie daran hinderte, seinen Schwanz zu packen, war die Enge, mit der ihre Körper aneinandergepresst waren.

Er knurrte und hielt sie an Ort und Stelle fest, während er ihren Mund mit seinem verschlang. Er hatte sie über die Jahre immer wieder vor seinem inneren Auge gesehen, die Bilder ihrer gemeinsamen Nächte blitzten durch sein Gehirn, während seine Hand eine Reaktion seines Glieds hervorrief.

Diese Erfahrungen waren schwarzweiß gewesen – blasse, verschwommene Bilder auf einer fernen Leinwand. Das hier war High Definition, höchste Auflösung. Echte Gerüche, echter Geschmack. Er nahm ihren Mund in Beschlag, und der Duft ihrer Haut stieg rau und leidenschaftlich um sie herum auf.

Becki bot sich ihm an und er nahm sie sich; ein fast schon gewaltsamer Kuss an der Grenze zur Beherrschung. Ihre Nasen stießen aneinander, ihre Zungen duellierten sich. Er glitt mit seinen Fingern um ihren Oberkörper und hinunter, um ihren Hintern zu umfassen. Sie war groß genug, dass er sie nicht weit anheben musste, um alles in perfekte Übereinstimmung zu bringen; die harte, bereite Linie seines Schwanzes hinter dem dünnen Stoff seiner Baumwollhose traf auf die weiche Wärme ihres Geschlechts. Der feingewebte Stoff ihrer Kletterausrüstung bot kaum eine Barriere zwischen ihnen, als er sich gegen sie rieb.

Sie schlang ihr rechtes Bein um seine Hüfte und drückte zu. Er schnappte in ihrem Mund nach Luft, gefolgt von einem tiefen Knurren, während er sie herumdrehte, um sie gegen die nächste Wand zu drücken; die feste Oberfläche gab ihm den nötigen Halt, um sie zu stützen, während er seinen Schwanz über ihre Klitoris bewegte. Die Glut, die seit dem Moment, in dem er sie gesehen hatte, geflackert hatte, loderte nun zu hellen Flammen auf, die ihn innerlich und äußerlich verzehrten.

»Oh Gott, Marcus.« Sie biss ihm in die Schulter und entlockte ihm einen Schrei.

Marcus kämpfte gegen den Drang an, sie wie ein wildes Tier zu besteigen, und wählte die einzige Lösung, die ihm einfiel. Er musste sie schnell zum Kommen bringen, bevor er sich selbst befriedigte, denn er war so verdammt geladen, dass er in drei Sekunden kommen würde.

Er zerrte an ihrem Shirt, und sie half ihm, schlüpfte blitzschnell aus T-Shirt und BH und drehte sich langsam weg, während sie ihre Khakihose herunterstreifte, um ihm ihren nackten Hintern zu präsentieren.

Sich einhändig aus Hose und Slip zu befreien, war noch nie so frustrierend gewesen. In seiner Eile, die nächste Stufe zu erreichen, hätte er fast etwas zerrissen.

Marcus drehte eine weitere Dusche auf, zog Becki an sich und zerrte sie unter den Wasserstrahl.

Er lehnte ihren Körper gegen seine Brust und umfasste eine Brust. Etwas Hartes streifte seinen Handteller, und er blickte über ihre Schulter. »Gütiger Himmel, du hast sie wirklich piercen lassen. Ich dachte, ich hätte einen Ring gespürt.«

»In den ersten Sommerferien. Ich habe dir doch gesagt, dass ich es tun würde.«

Das hatte sie, und die Frage, ob sie es jemals getan hatte, hatte in seinen Erinnerungen eine Rolle gespielt, während er im Niemandsland festgesessen hatte. Zumindest bis er beschlossen hatte, dass diese Art von Selbstfolter nicht gesund war.

Er liebkoste den Ring in ihrer Brustwarze, zog an dem winzigen Kreis, und Becki legte den Kopf zurück und stöhnte ihre Zustimmung. Er ließ seine Hand an ihrem Körper hinuntergleiten, über ihren Bauch, um ihre Locken zu teilen, und er fluchte erneut. »Ein Klitoris-Piercing? *Jesus*, Becki, ich werde verdammt noch mal explodieren.«

Er war eine Sekunde davon entfernt, über ihr Kreuz zu kommen, und sein Schwanz rieb sich an ihr, während sie sich unter seiner Berührung wand.

»Mehr, Marcus. Härter.«

Er schloss die Augen und kämpfte gegen den Druck in seinem Körper an. Eine kleine Korrektur, und anstatt seinen Schwanz in die Furche zwischen ihren Pobacken gleiten zu lassen, könnte er sie vögeln. Aber erst, wenn sie gekommen war.

Er bearbeitete sie, neckte sie, während der Dampf der Dusche sie wie eine Science-Fiction-Kulisse einhüllte. Becki keuchte, kleine Stöhner wurden lauter, während sie ihre Beine weit spreizte und ihr Geschlecht gegen seine Hand drückte. Er schob zwei Finger in ihr Innerstes und schnippte mit dem Daumen gegen das Klitoris-Piercing, und sie schmolz dahin, ihr Körper zuckte, während er sie stützte und das ganze Gewicht ihres Oberkörpers auffing.

Sein Arm hielt Becki immer noch an seinen Körper gepresst, als sie sich wieder in die Vertikale aufrichtete.

Marcus ließ ihr keine Zeit, irgendwohin zu gehen. Er ging leicht in die Hocke, zentrierte seinen Schwanz gegen ihre Hitze und stieß von hinten in sie hinein. Ihr willkommendes Keuchen hallte von den Wänden wider, aber es war das enge Umschließen ihres Körpers, das seine Sinne überwältigte.

Sie stolperten einen Schritt zur Seite, und Becki presste beide Handflächen gegen die Wand, streckte ihren Hintern zurück zu ihm und bot sich ihm an. Er starrte dorthin, wo sie verbunden waren, fasziniert davon, wie sein Schwanz in ihr verschwand.

»Willst du da den ganzen Tag so stehen bleiben?«, neckte sie ihn, die Worte ungleichmäßig und doch glücklich. Er riss seinen Blick nach oben und sah sie über ihre Schulter hinweg anlächeln. »Komm schon, vögel mich hart.«

Erlaubnis erteilt – zu viel mehr war er auch nicht mehr fähig. Langsam machen, sicher nicht. Das Einzige, was die Kontrolle hatte, war sein Schwanz, mit den Eiern als Rückendeckung, und beide verlangten, dass er in ihre Wärme vordrang. Sein Griff um ihre Hüfte verankerte ihn und gab ihm genug Halt, damit er tun konnte, was sie verlangt hatte. Ein Stoß nach dem anderen, hartes und schmutziges Vögeln. Doch ihre Lustlaute hielten an und steigerten sein Verlangen. Er war so nah dran, so nah an der Kante, dass eine weitere Bewegung ihn hinüberstoßen konnte. Er beugte sich über sie, schob seine rechte Hand zwischen ihre Beine und fand das Klitoris-Piercing.

Sie schrie auf und erzitterte. Das enge Zusammenziehen um seinen Schaft brachte ihn zum Brechen, riss ihn in Stücke, und sein Schwanz entleerte sich, während sein Verstand in die Wildnis floh.

Sie standen noch eine ganze Weile ineinander verschlungen da, während das heiße Wasser über ihre Haut strömte. Als sein Schwanz schließlich weich wurde und aus ihrem Körper glitt, zog er sie aufrecht und drehte sie um, damit sie sich an seine Brust lehnen konnte.

Es mochte nur Vögeln gewesen sein, aber es war verdammt gut.

Er fuhr mit seinen Fingern durch ihr Haar und strich die Strähnen aus ihrem Gesicht und über ihre Schultern. Er hatte recht gehabt. Einmal zu kosten reichte nicht aus. Ihr wilder Rausch hatte nichts weiter getan, als zu bestätigen, dass er sie wollte. Immer und immer wieder.

16

———

Sex im Duschraum hatte definitiv seine Vorzüge. Wärme floss über ihre Schultern, als Marcus ihre Haltung korrigierte, während ihre nackten Körper noch immer eng miteinander verschmolzen waren. An seinem Ohr beruhigte sich sein Herzschlag allmählich. Ihr Atem pendelte sich wieder auf ein fast normales Maß ein.

Becki strich mit den Fingern über seinen Rücken, während sie schweigend entspannten, und genoss das Gefühl der steinharten Muskeln unter der glatten Oberfläche seiner Haut. Sie ließ ihre Hände kreisen – höher, tiefer. Sie umfasste kurz seinen Hintern, bevor sie die Bewegung von vorn begann.

Nach einer langen Durststrecke war dieser harte, schnelle und verdammt dreckige Sex eine höchst spektakuläre sexuelle Heimkehr gewesen.

»Wenn du mich weiter so anfasst, fangen wir in genau drei Sekunden wieder von vorn an«, warnte Marcus.

»Du sagst das so, als wäre es etwas Schlechtes.«

Sein Lachen grollte in seiner Brust. »Ich bringe dich nach Hause, Becki. Ich füttere dich. Und dann können wir zur nächsten Runde übergehen.«

Hm, ihr früherer Gedanke darüber, wie dominant er sein konnte, kam ihr wieder in den Sinn. Nicht nur herrisch, sondern wie ein Gebieter. Ein Teil von ihr liebte es, wenn er ihr Befehle erteilte. Ein anderer Teil hatte nicht die Absicht, die Kontrolle so schnell abzugeben.

Becki legte den Kopf in den Nacken, um ihn anzusehen. Sie hatte sich entschieden, was sie wollte – getreu Erins exzellentem Rat – und so hatte sie es sich genommen. Er genoss ihre gemeinsame Zeit ebenfalls, wenn dieser zufriedene Gesichtsausdruck, den sie anstarrte, irgendetwas bedeutete; das Interesse in seinem Blick war noch immer hellwach.

Sie hatten einander nicht mehr versprochen als körperliches Vergnügen.

Sie schlüpfte aus seiner Umarmung und streckte sich träge, wobei sie bewusst den Rücken durchdrückte, um ihre Brüste zur Schau zu stellen. Sie spreizte die Beine weit und stieß ein zufriedenes Stöhnen aus, als ein Rinnsal Feuchtigkeit aus ihrem Inneren entwich.

Ein paar Bewegungen im Pornostil könnten genau das sein, was sie brauchte, um ihn aus dem Konzept zu bringen. »Tja. Ich weiß nicht. Was, wenn ich für heute schon andere Pläne hätte?«

»Hast du nicht – also lass uns keine Spielchen spielen. Wir beide respektieren die Wahrheit zu sehr dafür.« Marcus griff nach der Seife aus der Wandhalterung und deutete vor sich. »Komm wieder her, damit ich dich sauber machen kann.«

Definitiv dominant. »Ich kann mich selbst waschen.«

»Becki.«

Sie schauderte, als sein Tonfall wie ein Sirenenruf tief in ihr nachhallte. Sie hob den Blick zu ihm, und ein Stoß von Verlangen traf ihr Innerstes, ein Echo ihres vorangegangenen Orgasmus. Sein Gesichtsausdruck hatte etwas Besonderes an sich. Auch die Art, wie er seinen Oberkörper hielt, voller kaum bändigbarer Leidenschaft und mühsam bewahrter Kontrolle.

Etwas in ihr warnte sie, dass es sich sehr, sehr gut anfühlen würde, seinen Befehlen zu folgen. Etwas in ihr hatte Angst davor, das zu sehr zu wollen. Sie suchte hastig nach einer anderen Reaktion als der, die ihre Füße in wenigen Sekunden für sie treffen würden. Sie an seine Seite zu tragen und ihn lassen ...

Einfach alles.

Sie flüchtete vor den Trieben, die sie nicht wahrhaben wollte. »Die Übungspuppen müssen sauber gemacht werden, Marcus. Es bringt nichts, wenn wir uns zweimal waschen.«

Er verschränkte die Arme vor seiner festen Brust, und ihr lief das Wasser im Mund zusammen. Ein Prachtexemplar von einem nackten Mann, dessen Bizeps vor Wasser glänzte. Eine Spur aus dunklem Haar führte dorthin, wo sein halbreifer Schwanz und sein schwerer Sack zwischen den muskulösen Oberschenkeln hingen. Sie war verrückt, dem zu widerstehen.

»Dann fang du an zu waschen. Ich besorge uns Handtücher.« Er legte die Seife zurück in die Schale und spülte sich die Hand sauber.

Dass er ihrer Bitte so plötzlich nachgab, hätte sie nicht so verwirrt zurücklassen sollen. Seine Po-Muskeln verspotteten sie, als er wegging; jedes Anspannen betonte die straffen Rundungen und ließ ihre Finger vor Erinnerung an das Streicheln des ebenjenen Hinterns zucken.

Sie schnappte sich die erste der Puppen und schrubbte mit mehr Elan als nötig. Zur Strafe dafür, dass sie sich selbst ein weiteres Stück dieses phänomenalen Mannes versagt hatte, den sie gerade weggeschickt hatte.

Er kehrte wenig später zurück, trockene Handtücher unter den linken Arm geklemmt, die beiden letzten Übungspuppen unter dem rechten, scheinbar völlig unbeeindruckt davon, dass er sich in voller Pracht präsentierte, während sie die schlamm-bedeckten Rotoren beiseite schaffte.

Sie starrte ihn nicht an, aber oh, sie wollte es. Wollte ihn bitten, ihre Meinung ändern zu dürfen und sich von Kopf bis

Fuß einseifen zu lassen. Denn dann? Dann hätte sie dasselbe für ihn tun können. Ihn berühren und ihn wahnsinnig machen.

»Sobald sie sauber sind, lassen wir sie in der Ecke gestapelt stehen. Ich gebe David Bescheid, damit er entscheiden kann, in welchem Lagerraum er sie haben will«, schlug Marcus vor.

Becki blinzelte und ordnete ihre Gedanken. Der Wechsel von sündhaften Fantasien mit Marcus hin zum Gewöhnlichen und Alltäglichen fiel ihr schwer.

Deine eigene verdammte Schuld, spottete die trockene innere Stimme.

»Klar. Klingt super.«

Was wollte sie nach ihrem frenetischen Sex? Sie hatte beschlossen, sich zu nehmen, was sie wollte, das stimmte, aber sie war nicht so dumm gewesen zu glauben, dass einmal ausreichen würde, oder?

Plötzlich war die Situation bei Weitem nicht mehr so kompliziert wie sie sie gemacht hatte. Sie würde tun, was sie tun musste, und dabei auch noch Spaß haben. Und während sie ihr Leben weiterlebte, würde entweder der fehlende Teil ihrer Vergangenheit wieder auftauchen oder sie würde lernen, ohne ihn auszukommen.

»Ich brauche etwas Zeit, um das Training für nächste Woche zu planen. Aber ich würde liebend gerne das Abendessen mitbringen. Falls du Interesse hast.«

Marcus lachte, packte eine Puppe und brachte sie in die Position, die er vorgeschlagen hatte. »Ich habe schon gesagt, dass ich das habe. Ja, ich will, dass du zu mir nach Hause kommst, und ich werde nicht darüber streiten, ob es jetzt oder in drei Stunden ist, solange es noch heute ist. Wenn du Essen mitbringen willst, meinetwegen.«

Er war viel zu entgegenkommend. Der Ausdruck in seinem Gesicht, als Becki aufblickte, war jedoch keineswegs so entspannt wie sein Tonfall vermuten ließ. Er weigerte sich, sie entkommen zu lassen, und hielt sie mit seinem scharfen Blick fest. Hitze und Verlangen fluteten ihren Körper, während er sprach.

»Täusch dich nicht, Becki, ich will dich in meinem Bett. Aber es geht nicht nur darum, dir Vergnügen zu bereiten oder mehr Sex zu haben. Ich mag dich. Wir könnten gut füreinander sein.«

Ein Schwall von Emotionen überkam sie. Sexuelle Spannung tanzte durch sie hindurch, seltsam gedämpft. Freude packte sie bei seinen letzten Sätzen.

Er mag mich.

Sie lachte laut auf, da die Umgebung so unmöglich war. Sie hatten während des Gesprächs weitergearbeitet, die Duschen tropften stetig im Hintergrund, und Dampf füllte die Ecken. Sie waren immer noch splitterfasernackt, und er war wunderbar ehrlich.

»Ich würde dich ja damit aufziehen, dass du deine mädchenhafte und emotionale Seite zeigst, aber du hast ein paar Mal zu oft *Sex* gesagt.«

Er zuckte mit den Schultern. »Ich sage es noch ein paar Mal, wenn es dich dazu bringt, deinen Arsch schneller zu bewegen.«

»Was ist mit dem Training?« Sie neckte ihn jetzt, und beide wussten es. Sie wussten, wo das hier enden würde. In seinem Bett, wie er bereits angemerkt hatte.

Falls sie es so weit schafften.

Marcus schwang sich an ihr vorbei, während sie eine weitere Puppe unter die Dusche hielt, um sie ein letztes Mal abzuspülen. Seine Hand klatschte auf ihren Hintern, und sie keuchte auf, als es brannte.

»Training kann bis morgen warten. Das Team hat den ganzen Tag frei. Wir können dann in Sachen Klettern alles tun, was wir wollen.«

Hitzewellen strahlten von ihrer Pobacke aus. »Zwischen den Sex-Einheiten?«, fragte sie.

»Du sagst ganz schön oft *Sex*«, bemerkte er. »Was übrigens keine Beschwerde ist.«

»Ich habe es irgendwie vermisst, um ehrlich zu sein.«

»Ehrlich währt am längsten.« Marcus neigte den Kopf in Richtung einer leeren Dusche. »Los, mach dich sauber. Ich kümmere mich um den Rest der Mädels.«

Er wollte sie nicht mehr waschen?

Becki trat zurück und ließ ihren Blick an ihm herabgleiten. Es schien, als würde er sie ignorieren, während er den restlichen Schlamm beseitigte, aber sein Schwanz erzählte eine andere Geschichte. Die lange, harte Rute war wieder voll da und wippte bei jedem Schritt. Er reckte sich aus den dunklen Locken in seinem Schritt empor und schien förmlich zu schreien, dass er sie wieder wollte.

Sie drehte sich unter den stetigen Wasserstrahl und seifte sich ein. Zu fragen, warum er seine Meinung geändert hatte, war dumm, schließlich war sie es gewesen, die ihn weggeschickt hatte.

In Zukunft würde sie vorsichtiger mit dem sein, was sie sich wünschte, denn in Momenten wie diesem ...

Seinen Willen zu bekommen, war echt ätzend.

MARCUS LIESS SICH ZEIT DAMIT, den letzten Schlamm vom Boden aufzuwischen. Becki trocknete sich ab, zog sich an und verließ die Kletterhalle mit einem neckischen Lächeln, bevor er die Beherrschung verlor und sie erneut unter sich zog.

Sie war keine dreiundzwanzig mehr und suchte nach nichts weiter als drei Tagen Dauersex. Sie würden zusammenarbeiten und vögeln, und er musste sicherstellen, dass er es nicht verdammt noch mal übertrieb.

Obwohl er es gewollt hatte. Er hatte nichts mehr gewollt, als sie dazu zu bringen, mit dem Weglaufen aufzuhören und sich ihm zu Füßen zu legen. Er hätte jeden Zentimeter ihres köstlichen Körpers gewaschen, bevor er sie gekostet hätte.

Erinnerungen an ihre gemeinsame Vergangenheit vermischten sich mit dem, was er in den kommenden Tagen mit ihr vorhatte, und verdammt, er musste sich erst einmal einen runterholen, bevor er sich anziehen und nach Hause fahren konnte.

Die Kontrolle zu behalten, war seine Art. Diesmal sah es so aus, als müsste er seinen Drang kontrollieren, sie zu beherrschen. Das war nicht das, was er wollte. Nicht auf lange Sicht – aber für den Augenblick? Sie hatte ihren Geliebten verloren, ihr Gedächtnis verloren. Er wollte nicht der Idiot sein, als den David ihn bezeichnet hatte, und er würde die Frau ein paar der Entscheidungen treffen lassen. Egal, wie sehr es ihn wurmte.

Zu Hause räumte er auf. Er starrte auf die Wolken, die den Himmel grau gefärbt hatten und drohten, noch mehr Nässe über der Stadt abzuladen.

Er zog frische Laken auf das Bett.

Als das Telefon klingelte, hatte er gerade den Verschluss einer Bierflasche aufgeploppt, sich in den Ledersessel sinken lassen und die Fußstütze hochgeklappt. »Was gibt's?«

Davids spitzes Lachen ließ ihn lächeln. »Mistkerl.«

»Ja? Was willst du?«

»Kurze Info – die Zeitung schickt am Dienstag jemanden vorbei, um mit dem Team über das Event am nächsten Samstag zu sprechen.«

Großartig. Einige seiner absoluten Lieblingsmenschen waren blutsaugende Reporter. »Können die nicht stattdessen anrufen?«

»Ich richte es nur aus. Du musst nicht dabei sein. Alisha hat schon gesagt, dass sie bereit ist zu reden.«

»Was bedeutet, dass Devon auch da sein wird.« Becki hatte

recht. Die Konkurrenz zwischen den beiden wurde grenzwertig störend, aber wenigstens in solchen Momenten waren sie berechenbar. »Ich kümmere mich darum. Danke für den Hinweis.«

»Kein Problem. Willst du dich heute Abend treffen und einen Film schauen oder so?«

Oh, nein. »Ich habe schon was vor.«

Wie groß waren die Chancen, dass diese einfache Ankündigung reichen würde und David das Thema fallen ließe?

»Schwachsinn. Du hast nie was vor. Geht's dir gut nach dem Vorfall Anfang der Woche?«

»Mir geht's gut. Nur ...« Ja, seine Chancen standen offensichtlich bei null, seine und Beckis Sache länger als zwölf Stunden vor seinem Bruder geheim zu halten. »Ich habe Becki zum Essen eingeladen.«

»Hey, das ist eine super Idee. Ich besorge den Nachtisch. Wann kommt sie denn?«

Das würde *nicht* passieren. »Es *ist* eine gute Idee. Aber ich habe mit keinem Wort deinen Namen erwähnt.«

»Ich hatte gar nicht daran gedacht, aber es ist eine tolle Idee. Ich weiß, du hast dich mit ihr und dem Team auf einen Drink getroffen, aber ich hatte noch keine Gelegenheit–«

»David, du bist nicht eingeladen. Punkt. Verstanden? Falls du auftauchst, werfe ich dich achtkantig wieder raus.« Einen Moment lang herrschte Stille, bevor er das Lachen seines Bruders hörte. *Oh Mann.* »Du bist so ein Arsch.«

David gluckste zwischen den Worten. »Ja, und du verdienst hin und wieder einen kleinen Seitenhieb für das Arschloch, zu dem du dich so wunderbar verwandeln kannst, wenn ich es am wenigsten erwarte. Schön. Ich werde nicht mit Eistorte und Kurzen bei dir aufschlagen. Brauchst du sonst noch was?«

Für eine Sache konnte man dankbar sein. »Du wirst mich nicht belehren und fragen, was zur Hölle ich mit einer deiner Angestellten anfange?«

»Warum? Du arbeitest nicht für mich. Ihr seid beide

erwachsen. Außerdem bin ich mir verdammt sicher, dass sie dir ganz allein in den Hintern treten kann, wenn du dich danebenbenimmst.«

Marcus setzte sich auf, und die Fußstütze klappte mit einem Knall ein, als der Sessel in die Vertikale vorschnellte. »Du musst nicht so klingen, als wärst du von dieser Option absolut begeistert.«

»Du solltest nicht davon ausgehen, dass das keine reale Möglichkeit ist. Sie lässt sich nichts gefallen. Weder von dir noch von sonst wem. Aber gleichzeitig ...« David brach ab.

Marcus sah auf seine Uhr. »Sie ist gleich hier. Hast du noch was zu sagen?«

»Nur, dass ich zwar denke, dass ihr erwachsen seid und so, aber geh es nicht zu schnell an, okay?«

»Beziehungstipps von meinem jüngeren Bruder, der, oh, richtig, momentan niemanden datet. Als ob ich auf dich hören sollte, wenn es darum geht, wie man eine Frau behandelt?«

»Ich denke, du weißt genau, wie du sie behandeln musst. Um sie mache ich mir keine Sorgen. Ich mache mir Sorgen um dich.«

Verdreht. Und verwirrend. »Du machst es mir nicht gerade leicht, Bruder.«

David seufzte. »Du hast viel durchgemacht. Als ich neulich sagte, dass ich meinen Bruder zurückhaben will, meinte ich das so. Ich will nicht sehen, wie du noch tiefer abstürzt.«

Sein Bruder war wegen ihm besorgt, nicht wegen Becki? »Mir wird's gut gehen.«

Es klingelte an der Tür, und Marcus würgte David ab, froh darüber, weiterem emotionalem Geplänkel entgangen zu sein. Er grinste immer noch, als er die Tür öffnete, um Becki hereinzulassen.

Sie trug ein Kleid. Ihre langen Beine waren bis zur Mitte der Oberschenkel zu sehen, wo der blassblaue Stoff endete. Feste Waden, schlanke, aber kraftvolle Oberschenkelmuskeln.

Sie trug Absätze – niedrige zwar, aber immerhin – und ihm musste wohl die Kinnlade ein Stück nach unten gefallen sein.

Sie tänzelte ein wenig, während sie so dastand, den Mantel über dem Arm. »Ähm, stimmt was nicht?«

»Du bist wunderschön.«

Becki legte den Kopf in den Nacken und lachte; das Geräusch sprudelte nur so aus ihr heraus und ließ ihn erkennen, dass er sie angestarrt hatte, anstatt Platz zu machen.

Sie hielt den Mantel hoch. »Wenn du den hier nimmst, hole ich das Essen. Ich wollte nicht versuchen, alles auf einmal zu balancieren.«

»Ich kann es holen–«

»Kein Problem. Halt du einfach die Tür auf.«

Marcus sah gebannt zu, wie ihre Hüften schwangen, als sie von ihm wegging; der Saum des kurzen Rocks flatterte um ihre Oberschenkel und gewährte ihm Blicke auf die Haut darunter. Als sie die Autotür öffnete und sich vornüberbeugte, um etwas zu greifen, rutschte der Stoff noch weiter nach oben und enthüllte endlose Mengen glatter, weicher Haut, die fest auf seinem Speiseplan standen, egal, was in der Box war, die sie vom Rücksitz zog.

Er hatte vor, jeden Zentimeter von ihr zu kosten, bevor die Nacht vorbei war.

Marcus trat beiseite, als sie durch die Tür kam, wobei der Duft von etwas Fleischigem und Reichhaltigem an seiner Nase vorbeizog. Becki stellte die Box auf den Tisch und drehte sich zu ihm um.

»Hast du noch etwas im Auto, das du brauchst?«, fragte er.

Sie zögerte einen Moment. »Da ist noch eine Tasche, die ich später holen kann.«

Sie hatte Sachen mitgebracht, in der Absicht, über Nacht zu bleiben. Marcus imitierte ihre Gelassenheit, anstatt wie ein Irrer zu grinsen. »Ich hol sie jetzt gleich, damit du dir keine Sorgen darum machen musst. Deck du schon mal den Tisch.«

Becki warf ihm ihren Schlüssel zu, und er trat hinaus in die kühle Abendluft, während ihn eine Menge aufregender Gedanken wärmte. So unglaublich der Sex vorhin am Tag auch gewesen war – Becki James in seinem Haus zu haben und zu wissen, dass sie mehr von ihm wollte als nur eine wilde Nummer, änderte etwas.

Es machte ihn begierig darauf, zu sehen, welche neuen Lektionen sie gemeinsam entdecken konnten.

17

Das leichte Fieber, das in ihr brannte, wollte einfach nicht abklingen. Das Abendessen war verspeist, das Geschirr weggeräumt. Der Besuch war bis jetzt entspannt und ungezwungen verlaufen. Smalltalk und viel Gelächter.

Keine unverblümten Anspielungen oder sexuellen Zärtlichkeiten, aber er war die ganze Zeit in ihrer Nähe. Becki konnte sich nicht am Tisch bewegen, ohne mit der Hüfte gegen ihn zu stoßen oder mit den Ellbogen anzuecken. Sie war sich auch nicht sicher, ob es allein seine Schuld war, da sie sich dabei ertappte, wie sie immer einen Schritt zu nah stand, sodass ihm beim Umdrehen kein anderer Weg blieb, als an ihr vorbeizugehen. Sich berührende Oberkörper, flirtende Blicke.

Er grinste, während er seine Hand ausstreckte. »Komm mit.«

Becki legte ihre Finger in seine und ließ sich von ihm führen. »Wo gehen wir hin?«

»Wir machen einen Rundgang.«

An seiner Seite schlenderte sie durch das Haus und bewunderte die dunklen Möbel, die Beistelltische aus Massivholz und die Steinakzente um den Kamin. Die Hitze seines Daumens, mit dem er immer wieder über ihre Hand streichelte, jagte ihr feine Schauer über den Unterarm.

»Ich liebe die kräftigen Farben hier drin«, sagte Becki, hielt ihn am Sofa an und fuhr mit der Hand über das weiche Leder. »Das wirkt alles so erwachsen.«

Marcus lachte. »Nun, danke, schätze ich.«

Sie trat vor ihn und schlang ihren freien Arm um seine Taille. »Erwachsen ist etwas Gutes, Marcus. In meiner alten Wohnung hatte ich fast nur Secondhand-Möbel und Bücherregale aus Steinplatten. Ich war nie an dem Punkt angelangt, mich wirklich niederzulassen und mir ein richtiges Zuhause zu schaffen. Freut mich für dich.«

»Ich mag meine Annehmlichkeiten«, dehnte er die Worte.

Sie sahen sich einen Moment lang an, während die Stille die Erwartung in die Länge zog. Dann brach er den Bann und führte sie den Flur entlang, vorbei an einem Gästebad und einem kleinen Büro. Bis zum Hauptschlafzimmer. Hier gab es kein dunkles Holz, nur ein Bett, das groß genug für alle Arten von Akrobatik war, und eine ganze Front aus deckenhohen Fenstern, die zum Gebirge hinausgingen. Auf der Terrasse vor den Flügeltüren standen ein Whirlpool und robuste Schmiedeeisenmöbel.

Becki schluckte schwer, als Marcus hinter sie trat und sich vorbeugte, um ihren entblößten Nacken zu küssen.

»Dieser Raum ist auch sehr erwachsen, findest du nicht?«

»Sehr.« Keine Schnörkel wie Kerzen oder Seidenkissen, aber der Raum schrie förmlich nach Komfort. Verführung. Eine völlig andere Welt als das IKEA-Bett, in dem sie in den Wohnheimen geschlafen hatte. Seine Zunge neckte ihre Haut, kostete sie und ließ alle möglichen wundervollen Vergnügungen für nach dem Essen in ihren Kopf steigen.

Er ließ seine Finger ihren Arm hinaufgleiten, während er seinen linken Unterarm um ihre Taille schlang, um sie an sich zu ziehen. Es war nicht zu leugnen, dass er sie begehrte, als die harte Länge seines Schwanzes ihren Rücken berührte. »Whirlpool?«

»Gerne.« Becki drehte sich in seinen Armen. »Ich hoffe, es macht dir nichts aus, wenn ich zum Nacktbaden gehe. Ich habe meinen Badeanzug vergessen.«

Marcus beugte sich vor und ließ ihre Lippen aneinander- streifen, nur für eine Sekunde, bevor er zurückwich, um direkt gegen ihren Mund zu sprechen. »Warum überrascht mich das nicht?«

»Sag mir, dass du enttäuscht bist«, flüsterte sie.

»Das bin ich.« Sie musste wohl ein Gesicht gezogen haben, denn er grinste. »Schau nicht so überrascht. Ich hatte mich darauf gefreut, dir zu befehlen, ihn wegzulassen, und jetzt hast du mir die Show gestohlen.«

Ach wirklich? »Nun, vielleicht musst du dir dann etwas anderes suchen, was du mir befehlen kannst.«

Er ließ sie los und trat einen Schritt zurück, wobei sich sein Gesichtsausdruck anspannte, während er sie musterte. »Das ist mal eine Idee. Welche Art von Befehlen würden dir gefallen, Becki? Sollen wir dieses Spiel im Schlafzimmer genauso spielen wie an der Wand?«

Was tat er da? »An der Wand?«

Er trat zu der hohen Kommode zu seiner Rechten und hielt einen vertrauten dunklen Stofffetzen hoch. Die Augenbinde vom Klettern neulich.

Plötzlich waren all ihre Fantasien für diesen Abend wie weggeblasen. Sie hatte Erinnerungen an alle möglichen Spiele mit ihm, aber bei ihrem wilden Abenteuer vor langer Zeit hatten sie nie eine Augenbinde benutzt. »Marcus...«

Er zuckte mit den Schultern. »Deine Entscheidung.«

Aber er legte die Augenbinde nicht zurück.

Sie trat vor, ignorierte sein Angebot für einen Moment und presste sich eng an seinen Körper, während sie sein Gesicht umfasste und ihn hart küsste. Diesmal war sie die Aggressorin, und er ließ sie gewähren. Er ließ sie mit ihrer Zunge über seine Zähne streichen, erlaubte ihr, an seiner Unterlippe zu knabbern, während ihre Finger in sein Haar glitten und sie sich nahm, was sie wollte. Sie stahl sich ein paar Sekunden der Kontrolle, bevor sie ihre Berührung sanfter werden ließ und sich zurückzog, wobei sich ihre Lippen mit einem leisen Seufzer voneinander lösten.

Als sie zurücktrat und das Feuer in seinen Augen beobachtete, ließ sie ihre Finger an seinem Unterarm entlang zu seinem Handgelenk und zu seiner Handfläche gleiten. Sie zog den Stoff aus seinem Griff.

Sich die Augen zu verbinden bedeutete, dass all ihre anderen Sinne auf Hochtouren liefen. Sie lauschte auf jedes Anzeichen dafür, was als Nächstes kommen könnte. Sie wartete und verlagerte ihr Gewicht auf die Fußballen, während sie sich fragte, was genau er geplant hatte. Denn sie war bereit für alles, was er ihr vorsetzen würde.

Es war nicht so, dass sie ihn hörte, aber sie spürte ihn. Er stand direkt neben ihr, nur Sekunden, bevor er wieder ihren Arm streichelte. Handknöchel? Fingerspitzen? Sie war sich nicht sicher, nur dass er sie vom Handgelenk bis zur Schulter neckte und mit seinen Lippen abschloss.

»Sehr schön. Deine Brustwarzen sind hart geworden. Kannst du spüren, wie sie gegen dein Kleid drücken?«

Sie nickte, unfähig, an dem Kloß aus aufsteigender Lust vorbeizusprechen. Wenn sie etwas hätte sagen können, hätte sie ihm gesagt, dass sie auch feucht war und dass ein brennendes Verlangen zwischen ihren Oberschenkeln wuchs.

»So sehr ich diesen Nachmittag geliebt habe, dieses Mal will ich dich auf eine ganz andere Art und Weise. Ich merke, dass ich die Erwartung genießen will. Das Hinauszögern unserer Vereinigung, bis wir beide kurz vor dem Platzen sind.«

»Versuch's mal mit vor fünf Minuten«, schaffte Becki zu

sagen und stellte sich fester auf ihre Füße, in der Hoffnung, nicht zu einer Pfütze zu schmelzen.

Ihr Reißverschluss öffnete sich. Ein Zahn nach dem anderen, das Ratschen laut in ihren Ohren, während sich der Stoff zurückzog und einen Hauch kühlerer Luft über ihre erhitzte Haut strömen ließ. Seine Hand landete auf ihrer Schulter und schob einen Träger herunter, ließ ihn zur Seite fallen und entblößte die obere Wölbung ihrer rechten Brust.

Dieses Mal hörte sie, wie er tief Luft holte. Um sich zu beherrschen, vielleicht? Nicht, dass es sie gekümmert hätte, wenn er die Beherrschung verloren und sie in diesem Moment aufs Bett geworfen hätte. Sie war mehr als bereit für ihn.

Aber das langsame Vorgehen war ebenfalls sehr schön. Wenn *schön* auch nur annähernd das richtige Wort war.

»Kein BH.« Marcus ließ seine Hand ihre Taille hinunter und über ihren Hintern gleiten. »Auch kein Höschen, oder finde ich einen String, der erklärt, warum du keine Abdrücke hast?«

»String.« Ein inzwischen sehr feuchter, wenn sie richtig vermutete.

»Hmm.« Das Geräusch grollte von tief unten herauf, und sie war diejenige, die nach Luft schnappte, als er die Innenseite ihres Oberschenkels berührte, den Saum ihres Rocks leicht nach oben schob, darunter griff und den Stoff packte.

Ohne die Fähigkeit zu sehen, stellte sie fest, dass ihre Haut weitaus empfindlicher war. Das Reiben des Materials, während er es ihr die Beine hinunterzog, sandte ein Kribbeln aus, das zurückzuprallen und sie mitten in ihrem Innersten zu treffen schien. Sie nahm seinen Kopf in ihre Hände. Sie strich mit den Fingern durch sein Haar und stützte eine Hand auf seine Schulter, als er ihr signalisierte, den Fuß zu heben.

Eine Brust war entblößt, sonst trug sie nichts unter der dünnen Schicht ihres Sommerkleides. Becki bog ihren Rücken durch und wartete, sehnsüchtig darauf hoffend, dass er sie wieder berührte.

Als er seine Lippen um ihre Brustwarze schloss, keuchte sie vor Entzücken auf. Der andere Schulterträger rutschte herunter und das Kleid glitt hinab, blieb kurz an ihren Hüften hängen, bevor Marcus es auf den Boden streifte.

Er küsste die andere Brustwarze und neckte mit seiner Zunge die Spitze, um sie zu befeuchten, bevor er sie mit einem leisen Plopp-Geräusch losließ.

Sie schwankte auf den Beinen, als er zurückwich. Nackt, unfähig zu sehen, was er tat. Aber sie glaubte ziemlich genau zu wissen, dass er nicht enttäuscht war.

»Du grinst wie eine Katze, die an der Sahne genascht hat«, bemerkte Marcus.

»Schöner Vergleich. Mir gefällt diese Sache mit der Augenbinde. Was hast du als Nächstes vor?«

Was er vorhatte, beinhaltete anscheinend, wieder auf die Knie zu gehen und ihr Geschlecht mit seinem Mund zu bedecken. Ohne weitere Warnung, nur ein Griff mit der Beuge seines linken Ellbogens um ihren Hintern, um sie festzuhalten, und dann ein entschlossener Überfall, um sie um den Verstand zu bringen. Er leckte an ihren Schamlippen entlang und benutzte seine Finger, um sie zu öffnen. Seine Zungenspitze neckte die empfindliche Stelle am Scheitelpunkt ihres Schlitzes, bis ihre Beine zitterten.

Ein Finger glitt in ihr Innerstes und sie öffnete ihre Beine weiter, drückte ihre Hüften gegen ihn, um nach mehr zu verlangen. Das kleine Extra, das sie brauchte, um die in ihr wachsende Detonation auszulösen. Er nahm einen zweiten Finger dazu und pumpte träge, während seine Zunge und seine Zähne sie an den Abgrund trieben.

»Berühre deine Brüste«, befahl Marcus. »Pack diese Ringe und zieh daran, so wie du es magst.«

Becki zögerte nicht, hob ihre Hände und umschloss sich selbst, wobei Daumen und Zeigefinger die winzigen Ringe rollten, die sie vor dem Anziehen eingesetzt hatte. Der kleine Schmerzstich erschütterte sie heftig, und sie japste auf.

»Oh ja, genau so. Ich wusste es in dem Moment, als du gezogen hast – dein Körper hat sich so eng zusammengezogen. Ich will wieder in dir sein, Becki. Schling deine süße Fotze um meinen Schwanz und lass mich dich so ausquetschen, wenn du kommst.«

Sie wollte gerade vorschlagen, dass er aufhören sollte zu reden und seine Lippen lieber noch ein wenig mehr bei ihr einsetzen sollte, aber der tiefe Klang seiner Stimme liebkoste sie so intensiv wie seine Zunge.

»Tu es«, bettelte sie. »Ich will dich.«

»Oh nein, dieses Mal ist nur für dich.« Marcus schob seine Finger hinein und rieb über eine Stelle tief in ihrem Inneren, die ihren Kopf schwindlig werden ließ. »Du wirst für mich kommen. Im Stehen, deine Beine bereit nachzugeben, aber du wirst nicht fallen, denn ich hab dich.«

Das hatte er. Er hatte sie zu einem bebenden Haufen verstrickt, und als er sie mit seinem Mund berührte, war es zu viel. Finger, die stießen und sie antrieben, während er sich immer wieder bewegte. Seine Zunge hart auf ihrer Klitoris, und zufriedene Laute stiegen auf, während er gierig ihre Pussy aß. Sie kniff in ihre Brustwarzen, wie er es ihr befohlen hatte, und die Welle schlug über ihr zusammen. Scharf. Hart. Ihr Geschlecht krampfte sich zusammen, der Atem stockte ihr im Hals. Es war nicht genug – noch lange nicht genug.

»Marcus, oh Gott.«

Er wurde langsamer, die Finger glitten aus ihr heraus, bevor sie ein letztes Mal hineinschlüpften. Noch einmal. Jede Berührung löste eine weitere Welle aus, und er hielt sie mit seinem linken Unterarm und Bizeps aufrecht, während sich ihre Hände an seinem Kopf und seinen Schultern festklammerten.

Ein zärtlicher Kuss landete auf ihrem Bauch. Er stand auf und half ihr behutsam, ihr Gleichgewicht zu finden. Er küsste sie und sie schmeckte sich selbst auf seiner Zunge. Der Geschmack von Sex und Verlangen und der Sehnsucht nach mehr vermischte sich mit Befriedigung.

Ihre Neugier erwachte. »Darf ich die Augenbinde abnehmen?«

»Nein.« Er ergriff ihre Hand und führte sie zu seiner Brust. »Zieh mich aus.«

»Mit verbundenen Augen?«

Er antwortete nicht.

Becki begann mit seinen Knöpfen und bewegte sich, bis sich ihre Hüften berührten und er sie festhalten musste. Das Gewebe seines Hemdes war leicht rau, eine angeraute Baumwolle, die wie sinnliches Sandpapier über ihre Haut strich – unmöglich zu ignorieren, unheimlich erotisch.

Der erste Knopf flutschte durch das Loch, und sie hätte schwören können, gehört zu haben. Spürte das neckende Streifen der Härchen auf seiner Brust. Als sie ihm das Hemd auszog, nutzte sie jede Gelegenheit, ihn mit ihren Fingerspitzen zu studieren.

»Das ist schön«, sinnierte Becki.

»Schön?« Die Anspannung in seiner Stimme machte deutlich, dass ihre Berührung ihm ebenso zusetzte wie er ihr zuvor.

»Ich habe unseren Sex unter der Dusche geliebt, aber eine lange, langsame Verführung hat auch etwas für sich.«

Sie beugte sich vor, um einen Kuss auf seinen festen Bauch zu drücken, wobei weiche Locken ihre Nase kitzelten und sie dazu drängten, dem Venushügel-Pfad zu folgen, während er in seinen Hosen verschwand, und er keuchte auf.

»Nur, wer verführt hier wen?« fragte er.

»Spielt das eine Rolle?«

»Nicht wirklich. Nicht dieses Mal.«

Sie war zu beschäftigt, um darüber nachzudenken. Den Knopf aufspringen lassen, den Reißverschluss über seinen steifen Schwanz gleiten lassen – diese Dinge gingen ihr jetzt durch den Kopf. Sie war nicht bereit, sich von der wunderbaren Aufgabe ablenken zu lassen.

Marcus nackt auszuziehen.

Sie streifte die Jeans von seinen Hüften und tastete ungeduldig, um zu sehen, was er darunter trug. Ihre Finger stießen auf Boxershorts, wobei Feuchtigkeit die Stelle markierte, an der die Eichel seines Schwanzes gegen den Stoff drückte. »Hmm, da ist noch jemand bereit, bald zu kommen.«

Sie bewegte sich blind, aber mit ihren Händen als Bergführer beugte sie sich vor und fand seinen Schaft, wobei sie ihre Zähne leicht an der Länge entlanggleiten ließ und ihn noch feuchter machte.

»Becki. Zieh sie aus.«

Kehlig. Rau. Sie war überwältigt von der Macht in seinem Befehl und eilte zu gehorchen, zog das Material nach unten und half ihm, aus dem Stoff zu steigen, der sich um seine Knöchel bauschte. Dann war sie wieder oben und griff nach ihm, fand seinen harten Schaft und umschloss ihn fest mit ihren Fingern. Sie pumpte langsam, bestimmt. Lauschte auf ein Geräusch von seinen Lippen.

Ein Stöhnen, ein Fluch.

Ein Befehl.

Als er kam, erschauerte sie vor Vergnügen.

»Lutsch mich. Mach mich nass und bedecke mich mit deinem Mund.«

Sie gehorchte begierig, tastete mit ihrer Zunge vor, um einen ersten Geschmack von ihm zu erhaschen, wobei sich die salzige Essenz wie Ambrosia in ihrem Körper ausbreitete. Sein Geschmack berauschte sie, und sein langes, tiefes Stöhnen der Befriedigung ließ sie lächeln, als sie ihren Mund öffnete und über ihn glitt.

Seinen Schwanz mit ihrer Zunge und ihren Lippen zu bearbeiten, sollte sie eigentlich nicht so sehr erregen. Nichts berührte ihren Körper, kein sanftes Streicheln über ihre Haut, und doch fühlte sie sich, als würden Millionen Schmetterlinge über sie gleiten, sie necken und sie einem weiteren Orgasmus entgegentreiben, ganz ohne Berührung.

Marcus streichelte ihre Wange, und sie wurde langsamer. Sie öffnete sich so weit, wie sie konnte, um den dicken Schwanz aufzunehmen, der ihre Lippen dehnte.

»So wunderschön. Aber eines fehlt noch.« Marcus zog ihr die Augenbinde ab und ließ sie auf den Boden fallen. Er strich ihr das Haar aus dem Gesicht, seinen Schwanz auf ihrer Unterlippe balancierend. »Ich will deine Augen sehen.«

An seinem Körper hochblickend – er hatte gesagt, sie sei wunderschön, und vielleicht traf dieses Wort nicht auf Männer zu, aber *verdammt* –, sah sie die Ansätze seiner Bauchmuskeln, das stramme Sixpack seines Bauches, während er seine Hüften nach vorne schob, eine perfekt geformte Brust, muskulöse Schultern. Er hatte seine rechte Hand hinter sie gelegt, wobei seine Finger die langen Haarsträhnen zurückhielten, damit sie ihr nicht im Weg waren. Der Bonus war, dass sie ihn nun klar sah.

Seine Kiefer waren fest angespannt, aber er hatte dieses Lächeln, das fast nicht vorhanden war und dennoch schaffte, ihr Innerstes in Gelee zu verwandeln. Er blickte hinunter und beobachtete genau, wie langsame Bewegungen seiner Hüften seinen Schwanz fast ganz aus ihr herauszogen, bevor er ihn ganz vorsichtig wieder hineinführte.

Sie packte seinen Hintern und krallte ihre Finger in seine glatte Haut. Sie strich über die Muskeln, die sich unter ihrer Berührung anspannten. Sie hielt sich fest, um ihm zu erlauben, härter zu werden. Schneller.

Die ganze Zeit starrte sie zu ihm hoch, während ein langsames Brodeln der Lust sie dazu trieb, ihm mindestens ebenso viel Vergnügen zu bereiten, wie er ihr geschenkt hatte, wenn nicht sogar mehr.

Marcus stieß immer wieder zu, während der Geschmack von Lusttropfen intensiver wurde und er stöhnte.

»Becki.«

Sie wich zurück, presste die Lippen fest zusammen und sog hart, und er rief wieder ihren Namen, wobei er dieses Mal den Kopf in den Nacken legte, als der Höhepunkt ihn traf. Hitzewellen trafen ihren Rachen, und Sperma füllte ihren Mund. Die Genugtuung, ihn dazu gebracht zu haben, die Kontrolle zu verlieren, erfüllte sie im selben Moment. Er drängte wieder nach vorn, und etwas Flüssigkeit entwich ihren Lippen und rann ihr Gesicht hinunter.

Marcus schauderte und zwang seine Augen auf, um sie lächelnd anzublicken, während sie leckte und saugte und jeden Augenblick genoss.

»Mach mich sauber, süße Becki.«

Sie erfasste seine weich werdende Länge und nahm sie so weit wie möglich in den Mund, leckte ihn sauber und blickte hoch, um seine Zustimmung zu sehen. Er strich mit dem Daumen über ihre Wange, fing das Verschüttete auf und drückte es gegen ihre Lippen. Sie leckte die Fingerkuppe ab und biss leicht hinein, woraufhin Hitze in sein Gesicht schoss.

Er half ihr auf die Beine und zog sie fest an seinen Körper, während sie sich küssten, die Gliedmaßen eng umschlungen, sich immer wieder aneinander reibend.

»Ich kann gar nicht genug davon bekommen, dich zu berühren«, gestand Becki.

»Ich beschwere mich nicht«, erwiderte Marcus, griff unter sie und hob sie in die Luft. Sie schlang ihre Arme um seinen Nacken und hielt sich fest, wobei ihre Hüfte gegen seinen Bauch stieß, während er durch den Raum schritt. »Mach die Tür auf.«

Sie drehte den Knauf und drückte die Glastür auf. Er trug sie zum Rand des Beckens und ließ sie vorsichtig hinunter; ihre Füße glitten in das erhitzte Wasser, während ihre Haut von seinen vorangegangenen Zärtlichkeiten und dem Biss der fast eisigen Abendluft auf ihrem nackten Körper kribbelte.

Er drehte sich um, um die Tür zu schließen, und sie seufzte glücklich.

Ein nackter Mann, ein Whirlpool, eine unglaubliche Aussicht auf die Berge. Sie hatte bereits einen Orgasmus gegeben und empfangen.

Die Nacht war noch jung. Sie konnte es kaum erwarten, zu sehen, was sie sich sonst noch einfallen ließen.

18

———————

Marcus schnappte sich ein paar Wasserflaschen aus einem Karton neben der Tür und reichte sie Becki, bevor er zu ihr ins Wasser stieg. Sie drehte eine auf, gab sie ihm zurück und entspannte sich auf der Bank mit Blick auf die Aussicht.

Sie summte anerkennend. »Da hast du ja einen richtigen Volltreffer gelandet.«

Sein Lachen unterbrach das Trinken. »Habe ich. Danke.«

»Du Spinner. Ich meinte die Terrasse. Wie hast du es geschafft, so einen Ort zu finden? Was für ein Glückspilz.«

»Hat eine Weile gedauert.« Marcus stellte seine Flasche beiseite und drehte sich zu ihr um. Sie hatte sich auf dem Unterwassersitz hingekniet, und der Wasserspiegel, der an ihren Brustwarzen auf und ab schwappte, lenkte ihn ab. »David hat sich immer mal wieder für mich nach einer Bleibe umgesehen. Als ich dann endlich nach Hause kam, hatte er schon etwas bereit.«

»Er ist ein toller Typ.«

Marcus zuckte die Schultern. »Er ist mein Bruder. Er ist abwechselnd großartig *und* ein Arsch.«

Becki nickte. »In meiner Familie ist das auch so. Mit meinen Schwestern verstehe ich mich gut – das ist eher eine Fernbeziehungssache, da die meisten von ihnen mit ihren Familien in den Prärien leben. Aber mein kleiner Bruder? Der ist mir viel zu ähnlich. In einem Moment verstehen wir uns blendend, und im nächsten könnten wir uns gegenseitig umbringen.«

»Ich kann mich nicht mehr erinnern. Große Familie?« Er zog sie näher zu sich, und sie kam bereitwillig, setzte sich rittlings auf seine Beine und ließ sich in seinem Schoß nieder.

»Fünf Kinder. Colin ist der Jüngste; ich bin die Zweitälteste. Eines dieser Sandwichkinder – du weißt schon, der Typ, der immer alles richtig machen will.«

»Ha. In welcher Traumwelt lebst du bitte?«

»So spricht der älteste Sohn, richtig?«

»Der Älteste und Weiseste. Natürlich.«

Sie schnaubte. »Oh bitte.«

Marcus genoss das Geplänkel, aber der Großteil seiner Aufmerksamkeit galt ihren Berührungen. Er strich mit der Hand an ihrer Taille hoch und umschloss nacheinander eine Brust, um ihre Brustwarzen zu harten Punkten zu liebkosen. Es gab Momente, in denen es einen Unterschied machte, keine zwei Hände zu haben, vor allem, weil er gierig war.

Sie nahm gerade einen langen Schluck, wobei sie den Hals weit nach hinten streckte, was ihm ein kurzes Déjà-vu daran bescherte, wie sie ihn vorhin oral verwöhnt hatte, und sein Schwanz wurde augenblicklich vollkommen hart und presste sich fest gegen seinen Bauch. Dann lehnte sie sich gegen ihn, um ihre Wasserflasche neben seine zu stellen, wobei ihre Brüste gegen seine Brust gedrückt wurden und ihre Hüften sich hoben, während sie über seinem Schwanz hin- und herrutschte.

»Hmm, das fühlt sich gut an.« Sie bewegte sich geschmeidig über ihm, wobei ihr Geschlecht gegen die Kante seiner Erektion rieb. Die Bewegung brachte die Spitze seines Schwanzes immer näher daran, zwischen die weichen Falten ihres Körpers zu gleiten. Es fühlte sich verdammt fantastisch an, aber er wollte mehr.

»Meinst du nicht, wir hatten für heute genug heißen Sex im Whirlpool?«

Becki richtete sich auf, bis ihre Brüste auf Höhe seines Mundes waren. »Ich schätze, wir könnten es mit dem Bett versuchen. Es sah ziemlich einsam aus.«

»Du bist keine besonders gute Whirlpool-Sitzerin. Wir sind seit was? ganzen zehn Minuten drin?«

»Es gibt Besseres im Leben zu tun, als nur rumzusitzen.«

Dem konnte er nur zustimmen, besonders bei dieser Fülle an Ablenkung vor ihm. Sie seufzte glücklich, als er eine Brustwarze in den Mund nahm und an der anderen spielte, wobei seine Zunge und seine Finger rhythmisch gegen die winzigen Ringe schnippten. Es machte ihn immer noch fassungslos, dass sie gepierct war.

Sie presste ihre Wölbung fester gegen seinen Oberkörper, rieb und pulsierte vor und zurück, und er lächelte.

»Du bist über die Jahre kein bisschen schüchterner geworden«, stellte er fest.

»Bist du enttäuscht?«

»Teufel, nein. Ich habe es geliebt, wie begierig du damals warst, alles auszuprobieren. Und wie du keine Probleme damit hast, mir jetzt zu sagen, was du brauchst.«

Er ließ seine Finger an ihrem Bauch hinunter und durch ihre Falten gleiten, bis er einen Finger tief in ihr Inneres drücken konnte.

»Oh Gott, ja. Das fühlt sich wundervoll an. Sex macht Spaß – er fühlt sich gut an. Warum sollte ich verschweigen, was ich brauche?« Sie erschauerte, als er ihre Klitoris drückte und mit seinem Daumen das Klitoris-Piercing bewegte, während er weiter rieb.

Er beobachtete ihr Gesicht und achtete darauf, wann sie

mehr brauchte und was sie brauchte. Härter, sanfter. Als er einen zweiten Finger hinzunahm und sie dahinschmolz, nickte er zustimmend.

»Es gibt absolut keinen Grund. Verlange, was immer du willst, aber was ich will, ist, dir das zu geben, was du brauchst, noch bevor du überhaupt die Chance hast, zu fragen.«

Er hob sie mit seiner Hand an, bis er ihre Brust mit den Zähnen fassen konnte. Als er zuschnappte und sie leicht biss, schrie sie auf; ein weiterer Orgasmus erfasste sie, während sie sich über seinen Fingern wand und ihre Hüften stieß, als wollte sie ihn dort festhalten, wo er war.

Er ging nirgendwohin. Zumindest nirgendwohin, wo sie nicht mitkam.

SIE WAR in ihrem ganzen Leben noch nie so oft getragen worden. Da war der Rettungseinsatz neulich gewesen und nun ein paar Mal an diesem Abend, einschließlich jetzt, als Marcus sie aus dem Wasser hob, während sie von ihrem Höhepunkt noch völlig erschlafft war. Becki war es gewohnt, sich überall selbst hinzuschleppen, aber dieser Luxus war, wenn sie ehrlich war, ziemlich nett. Es war so herrlich dekadent, vorsichtig auf das Bett gebettet zu werden, hilflos, nichts anderes tun zu können, als seine Berührung zu akzeptieren, während er daran ging, jeden Zentimeter von ihr zu trocknen.

Sie war im Himmel. Er ließ sich viel Zeit, da er das Streicheln der flauschigen Baumwolle mit Küssen und kleinen, intimen Berührungen verband. Winzige Bisse in die Innenseiten ihrer Oberschenkel, während er das Handtuch über ihre Beine glättete. Er rieb ihre Brüste behutsam und rieb dann weiter, abwechselnd mit sanftem, feuchtem Saugen, bis ihre Brustwarzen kribbelten und hart wurden.

Eine Liebkosung nach der anderen folgte, bis sie sich auf

der Matratze wand, weil sie mehr brauchte. Etwas anderes brauchte als nur dazuliegen und zuzulassen, dass er sie ohne Sicherungsseil immer höher und höher trieb.

Als er sich über sie schob und sein harter, muskulöser Körper einen Käfig um sie bildete, musste sie erst nach Luft schnappen, bevor sie sprechen konnte. »Willst du, dass ich dich jetzt abtrockne?«

Er stieß mit seinen Knien gegen ihre Oberschenkel, sein Gewicht auf seinen Ellbogen gestützt. »Ich will, dass du mich nasser machst.«

Der dicke Kopf seines Schwanzes stieß gegen ihr Geschlecht und glitt durch ihre Falten, während er sein Becken wiegte. Er hielt inne – die Spitze dehnte sie, nackte Haut auf nackter Haut.

Becki zog ihre Beine weiter auseinander, während sie spottete: »Du bist unersättlich.«

»Ja?«

Becki öffnete den Mund, um zu antworten, aber ihr Gesicht musste bereits das Startsignal gegeben haben. Marcus stieß mit einem Mal bis zur Wurzel in sie hinein, und sein Schwanz füllte sie tief aus.

Sie rollte ihre Hüften unter ihm und passte sich seinem Umfang an. »Oh Gott.«

Er bewegte sich nicht, blieb einfach an Ort und Stelle und mit jeder Sekunde, die verstrich, schien er größer zu werden. Dicker. Becki spannte ihre innere Muskulatur an und hob ihre Beine, um sie um seine Taille zu schlingen. Der Haltungswechsel veränderte den Winkel seines Eindringens, und sie stöhnte.

Noch immer bewegte er sich nicht. Er starrte sie nur an, und dieser verruchte Ausdruck ließ allerlei zusätzliche Schauer über ihre Haut jagen.

Sie drückte sich nach oben und versuchte, sich mit ihren Beinen auf seinem Schwanz zu bewegen.

»Frustriert?«, fragte er.

»Ja«, herrschte sie ihn an. »Beweg dich, verdammt noch mal. Ich dachte, du wolltest ahnen, was ich will.«

»Das tue ich.«

Marcus senkte sich ab, bis nicht nur sein Schwanz, der in ihr Geschlecht ragte, sie an Ort und Stelle hielt, sondern auch sein Oberkörper. Sein Körper war nicht schwer genug, um unangenehm zu sein, aber er hinderte sie effektiv daran, irgendetwas zu bewegen.

Außer ihrer inneren Muskulatur, die sie so unbarmherzig wie möglich einsetzte. Sie drückte und klammerte sich fest um seinen Schwanz. Sie tat alles, was sie konnte, um ihn zu einer Reaktion zu bewegen.

Die einzige Antwort schien der aufziehende Sturm in ihrem Inneren zu sein. Gott, sie würde so kommen – ohne dass etwas ihre Klitoris berührte, ohne äußere Stimulation, außer diesem dicken, unbeweglichen Druck und dem sündigen Wissen, dass es sein Schwanz war, der sie ausfüllte.

Worte flüsterten an ihrem Ohr vorbei, schokoladig sanft, dunkel und gleichmäßig. »Halt dich am Kopfteil fest.«

Alles, um ihn dazu zu bringen, sich zu bewegen. Becki griff über ihren Kopf und neigte ihn nach hinten, um nach etwas zum Festhalten zu suchen. Perfekte vertikale Streben warteten auf sie – die massiven Abschnitte von Baumästen, aus denen das Kopfteil bestand, hatten genau die richtige Größe, damit sie ihre Finger darum schließen und sich festkrallen konnte.

Er nutzte ihre leicht gewölbte Position aus, und Nässe umschloss ihre Brust, als er fest an einer Brustwarze saugte. Die empfindliche Spitze brannte, als er daran zog, und elektrische Impulse zuckten bis zu ihrem Geschlecht durch.

»Marcus, bitte«, flehte sie.

»Bitte was?« Er fing ihr Ohrläppchen mit den Zähnen auf und biss leicht hinein, Sekunden bevor er die empfindliche Stelle hinter ihrem Ohr leckte, wobei er seine Position immer noch nicht veränderte, während er seine Lippen an ihre Haut presste.

Sie war sich nicht sicher, was sie wollte. Dass er schnell machte und sie rasch über die Kante trieb, wie er es in der Dusche getan hatte, oder dass er sie weiter quälte. Ihr Verstand war zu Brei geworden, und eine Reizüberflutung vibrierte durch ihre Nerven.

»Lass deine Beine sinken, Becki. Öffne dich mir.«

Als sie ihren Griff lockerte und ihre Knie weiter nach außen zog, wurde sein Schwanz noch deutlicher spürbar. Er zog sich zurück, und sie spürte jeden einzelnen Zentimeter, als wäre ihr Inneres überempfindlich geworden, während es darauf wartete, dass er sich bewegte. Der verdickte Kopf seines Schafts glitt so allmählich aus ihrer Pussy, dass sie reichlich Zeit hatte, das Necken zu genießen.

Die Hände wieder zu Fäusten um das Holz geschlossen, streckte sie sich unter ihm aus und wartete erwartungsvoll.

Langsam füllte er sie wieder aus, exquisit langsam. Er dehnte sie, strich über empfindliche Nerven und trieb sie nach oben. Weniger ein kraftvolles Vorstürmen, eher ein bewusstes Verschmelzen, gefolgt von einem Rückzug. Es gab für sie kein Entkommen; sie konnte nichts tun, außer zu akzeptieren, wie sein Schwanz ihren Körper immer und immer wieder in Besitz nahm.

Sie schloss die Augen, als er innehielt und die Spitze seines Schwanzes sie verspottete. Er wiegte sich hinein und heraus, bis sie nach Luft schnappte, so hochempfindlich, dass sie bereit war, beim nächsten Stoß zu zerbrechen.

»Becki.« Ein flüsterleiser Kuss wurde auf ihre Lippen gepresst. »Ist es gut?«

»Oh, ja.«

»Bist du bereit?«

Sie spannte sich fest an und hielt an der wenigen Kontrolle

fest, die sie noch hatte. Ausgestreckt, nichts als ihn über sich, war sie bereit zu explodieren.

Er stieß zu. Hart. In einer einzigen Bewegung vergrub er sich vollständig in ihr. Ihr Atem entwich in einem Keuchen, aus ihren Lungen gepresst. Sie hatte keine Zeit, einzuatmen, bevor er sich zurückzog und erneut in sie eindrang. Einer nach dem anderen nahmen seine Stöße sie in Besitz. Er drang in sie ein, als würde er sie für sich beanspruchen. Becki klammerte sich um ihr Leben am Kopfteil fest, ihr Körper bebte unter der Wucht seiner Stöße. Er war nicht zimperlich, als er sie an ihre Grenzen brachte. Ein Stoß nach dem anderen. Wieder. Und wieder. Bis sich alles zusammenzog und sie schrie, während ihre Pussy ihn umschloss und versuchte, ihn festzuhalten, während ihr Orgasmus tobte.

Er drückte ihren Oberschenkel zur Seite und änderte den Winkel für drei weitere Stöße, von denen jeder so dringend war wie die vorangegangenen. Er erstarrte tief in ihrem Körper, als er kam. Seine Schultern waren gespannt, die Muskeln verkrampft, während sein Schwanz in ihr zuckte.

Becki lag da und kostete alles aus – das Rauschen des Blutes in ihren Adern, die anhaltenden Nachbeben, während ihr Geschlecht auf die kleinste Veränderung seiner Position reagierte, den Schweißfilm auf ihren beiden Körpern, während er über ihr blieb und sein Atem über ihre Wange strich.

Er küsste sie. »Schlaf. Ich will mich noch nicht bewegen, also sag mir, dass du schlafen wirst und mich für dich sorgen lässt.«

Sein Schwanz dehnte sie immer noch aus, ein seltsam tröstliches Gefühl. Ihn so intim zu spüren, war wie ein Standplatz. Nach ihrer langen sexuellen Auszeit hätte sie sich eigentlich wund fühlen müssen, aber nichts drang zu ihr durch außer einer tiefen Zufriedenheit. Zu all den Orgasmen, die sie an diesem Tag erlebt hatte, kam die Müdigkeit durch die Unruhe der letzten Nacht hinzu; die Erschöpfung lauerte bereits.

»Ich könnte schlafen. Es macht dir doch nichts aus, wenn ich schnarche, oder?« Die Worte tröpfelten wie ein schläfriges Gähnen aus ihr heraus.

Das leise Grollen seines Lachens umhüllte sie so fest wie sein Körper. »Schlaf. Ich hab dich.«

Ich hab dich.

Die Worte hallten in ihrem Kopf wider. Wie oft hatte sie diesen Satz schon gehört? Wie oft hatte sie ihn selbst gesagt? An der Kletterwand. In all den Jahren der Seilarbeit. Ein einfacher Ausdruck, aber einer, der so viel mehr bedeutete, als es oberflächlich schien. Da musste Vertrauen im Spiel sein – absolutes Vertrauen. *Ich hab dich* war nicht nur eine nette Geste, in ihrer Welt bedeutete es Leben oder Tod.

Die Tatsache, dass sie Marcus in vollem Umfang dieser Bedeutung vertraute, ließ etwas in ihrem Inneren ein wenig wärmer leuchten.

19

Eiskalte Finger rannen ihr über den Nacken. Sie öffnete die Augen und sah, wie die Felswand langsam an ihr vorbeirotierte, während sie am Ende eines Seils baumelte. Alles andere blieb hinter einem Wolkenschleier verborgen. Sie streckte eine Hand aus, um das Drehen zu stoppen, die blutigen Knöchel zitterten, als sie versuchte, den Fels zu berühren. Er blieb außer Reichweite. Zu weit entfernt, als dass ihre Arme ihn hätten erreichen können.

Wie lange hing sie schon dort?

Sie klammerte sich an das Seil und spähte unter sich, drehte sich immer noch im Kreis, während der Wind sie erfasste.

Sichtweite gleich null.

Zwei Fuß unter ihr die Sicherheit oder ein tödlicher Sturz?

～

BECKI SCHRECKTE mit einem Japsen auf, das Herz klopfte wild.

Marcus drückte seinen Arm fester um sie, während auch er sich aufrichtete; sein nackter Brustkorb wärmte ihren Rücken. Er hüllte sie ein, machte leise, beruhigende Geräusche und rieb sein Kinn gegen ihre Schulter. »Alles gut. Ich hab dich.«

Sie drehte sich in seinen Armen um, wobei es ihr egal war, dass sie sich wie ein totaler Feigling aufführte. Jeder Zentimeter ihres Körpers war kalt vor Entsetzen, und sie vergrub ihr Gesicht an seinem Hals und versteckte sich in seinen Armen.

Er rutschte nach oben und zog sie auf seinen Schoß, wobei er sie beide gegen das Kopfteil lehnte und ihr über das Haar streichelte. »Ich hab dich«, wiederholte er. »Du bist sicher.«

Sie holte zitternd Atem. »Ein Albtraum.«

»Dachte ich mir schon. Keine Sorge.«

Er berührte sie weiterhin, fuhr ihr mit der Hand durch das Haar, seinen linken Arm so weit wie möglich um sie geschlungen. Sie klebte Haut an Haut an ihm, und doch war es kaum genug. Seine Wärme blieb nur ein schwacher Hauch – sie konnte kaum gegen den eisigen Gestank ihrer Angst ankommen.

Hol dir die Kontrolle zurück. Weigere dich aufzugeben. Ich bin der Herr meiner Seele.

Sie zwang die Worte heraus und kämpfte darum, etwas zu finden, auf das sie sich konzentrieren konnte, außer auf ihren Schrecken. »Wenn ich noch viel doller zittere, kannst du so tun, als wäre das eines dieser Vibrationsbetten, die man in Billighotels in B-Movies sieht.«

Marcus legte seine Finger unter ihr Kinn und legte ihren Kopf weit genug in den Nacken, um ihr einen Kuss auf die Stirn zu drücken. »Gibt es diese Dinger überhaupt noch?«

Er wusste, was sie gerade tat, oder er war zumindest bereit, mitzuspielen. »Ich weiß nicht, wozu. Ich kann mir nicht vorstellen, dass sie mehr zu dem Erlebnis beitragen als du.«

»Mit Schmeicheleien erreichst du bei mir alles«, versprach sie. »Möchtest du was trinken?«

Sie nickte. Im Bett zu bleiben kam nicht infrage. Es juckte sie in den Fingern, loszurennen. Irgendetwas zu tun, um sich so weit auszupowern, bis die Albträume fernblieben.

Sie trennten sich und krochen von der Matratze. Marcus

reichte ihr einen Morgenmantel; sein dunkler Blick traf ihren, bis sie wegsah, zu beschämt darüber, ihre Ängste in ihre Situation hineingetragen zu haben. Es war noch zu früh, um das hier als Beziehung zu betrachten, und sie hatte bereits einen riesigen, gewaltigen Strich durch die Rechnung gemacht.

Klasse gemacht.

Er streifte sich eine Jogginghose über und streckte ihr dann die Hand hin. Es mochte erbärmlich sein, aber sie nahm seine Hand wie eine Rettungsleine an, verschränkte ihre Finger mit seinen und hielt sich fest, während sie durch die dämmrigen Zimmer zurück in die Küche gingen.

»Tee? Oder was Stärkeres?«

Sie schüttelte den Kopf. »Tee reicht.«

Sie setzte sich auf einen der hohen Barhocker an der Küchentheke, während er den Wasserkocher füllte, wobei sie ein Gedanke nicht losließ.

»Er war anders.«

Er drehte sich zu ihr um. »Was denn?«

»Der Traum. Es war nicht derselbe, der mich die ganze Woche über fertiggemacht hat.«

»Das ist gut. Nehme ich mal an. Klingt trotzdem nicht so, als wäre er angenehm gewesen.«

»War er nicht, aber vielleicht hören die lückenhaften Erinnerungen jetzt auf. Vielleicht geht es jetzt voran.« Sie konnte es ertragen, Todesangst zu haben, wenn sie dadurch zur Wahrheit gelangte.

Marcus lehnte sich nach vorne und stützte sich auf die Ellbogen, während er sie ansah. Die Theke trennte sie, aber da er sie so intensiv anstarrte, fühlte sie sich von seiner Präsenz immer noch umhüllt. »Du wirst es schaffen. Es wird alles zurückkommen. In der Zwischenzeit musst du schlafen. Du kannst nicht ewig mit einem leeren Tank weitermachen.«

»Ich will keine Medikamente nehmen.« Sie schauderte und zog den weichen Stoff enger um ihre Schultern. »Ich hatte nach dem Unfall acht Wochen lang eine Behandlung, und ich habe die Nebenwirkungen gehasst.«

Marcus nickte. Er drückte kurz ihre Finger, bevor er sich den Schränken zuwandte und nach etwas suchte. »Verstehe ich. Ich habe meine Therapien abgebrochen, lange bevor man es mir geraten hat. Typisch für unsereins – zu stur, um einfach die traditionellen Behandlungen zu akzeptieren.«

Ihn dabei zu beobachten, wie er sich in der Küche bewegte, war zumindest ablenkend; sein nackter Oberkörper wurde von dem dämmrigen Licht hervorgehoben, das er im Flur eingeschaltet hatte. Die daraus resultierenden Schatten und der schwache Schein betonten nur noch mehr seine Muskeln, während er losen Tee in eine Kanne gab und in die oberen Regale griff, um Tassen herauszuholen. Seine Jogginghose saß tief auf seinen Hüften. Muskelstränge umspannten seine Taille – seine Bauchmuskeln spannten sich bei jeder Bewegung an.

Er benutzte seinen linken Arm genauso oft wie den rechten, hielt Gegenstände bequem an seinem Körper oder klemmte das Teeglas in seiner Armbeuge. Für die Feinarbeit benutzte er seine rechte Hand, aber ansonsten schien er den fehlenden Teil seines Arms gar nicht zu bemerken.

Gestern Abend war sie völlig ahnungslos gewesen. Kein einziges Mal während des Sex war es ihr bewusst geworden.

»Du starrst«, bemerkte er. »Habe ich irgendwas an mir kleben, das ich nicht sehen kann?«

»Ich habe mir deinen Arm angesehen«, gestand sie.

Marcus schob die Teekanne beiseite und kam um die Theke herum. »Hat ja lange genug gedauert.«

Er hob seinen Arm zu ihr hoch, so wie damals, als sie seine Kletterprothese begutachtet hatte. Nur waren da jetzt sein Arm und der Stumpf – nichts war verdeckt. Becki sah zu ihm auf, während sie ihre Hand auf seinen Ellbogen legte und ihn nach unten drückte. »Mir ist nur gerade aufgefallen, dass du dich davon nicht aufhalten lässt.«

»Oh Gott, fang nicht damit an.« Er hob seinen Arm erneut und stupste sie damit an, bis sie zugriff. »Ich habe keine Finger. Ich kann nicht auf die gleiche Weise zugreifen wie früher. Manchmal ist es eine verdammte Qual, aber meistens ist es einfach so. Da gibt es nichts zu bewundern. Mir wäre es lieber, du würdest wegen meiner sexuellen Qualitäten sabbern oder wegen etwas, worüber ich mehr Kontrolle habe.«

Becki berührte ihn und legte ihre Finger um seinen Bizeps, während sie lächelte. »Nun, das tue ich natürlich auch. Ja, auf einer Skala von eins bis zehn bewundere ich deinen Schwanz deutlich mehr als deinen Arm.«

Er lachte.

Sie fuhr mit den Fingern über die etwa zehn Zentimeter, die von seinem Unterarm noch übrig waren. Der Flaum aus Härchen war dunkel auf seiner leichten Bräune – die Haut glatt. Muskeln und Sehnen spannten sich unter ihrer Berührung an, während sie sich weiter nach unten tastete, bis sie das Ende mit der Hand umschloss. Dort war die Haut rauer, an manchen Stellen leicht zerknittert.

Marcus schauderte.

Sie zog ihre Hände weg. »Tut es weh?«

»Du kitzelst mich«, neckte er sie. »Lass mich unseren Tee holen.«

Becki ließ ihn los. Er mochte vielleicht nicht bewundert werden wollen, aber sie tat es trotzdem, denn er hatte das getan, was sie auch tun wollte. Weiterleben. Seine Energien in eine neue Richtung gelenkt.

Marcus drückte ihr eine Tasse in die Hand, bevor er mit dem Kopf in Richtung Wohnzimmer deutete. »Komm schon, kuschel dich aufs Sofa und wir machen es uns gemütlich, bis der Tee wirkt.«

»Gibst du mir irgendein patentiertes Hausmittel?«

»Kräutertee. Ja, es ist eine dieser natürlichen chinesischen Mischungen, die einen beruhigen und schläfrig machen.«

Er setzte sich zuerst und sie kroch ungeniert direkt wieder auf seinen Schoß, wie sie es nach dem Aufwachen getan hatte. Marcus sagte zuerst nichts, nippte nur an seinem Tee und hielt sie fest.

Marcus sprach leise. »Ich glaube, es macht die Leute fertig.«

»Dein Arm?«

Er hielt inne. »Weißt du, es ist eher so, dass sie nicht verstehen können, warum ich keine größere Sache daraus mache. Als müsste ich total emo und sauer sein, dass ich ein Körperteil verloren habe. Scheiß drauf – ich würde mein Leben jederzeit meiner Hand vorziehen und darauf lief es letztlich hinaus. Die Leute sehen aber nicht das große Ganze. Sie sehen, was sie sehen, und dann schleichen sich Erwartungen und Annahmen ein.«

»Wenn man behindert ist, soll man wohl ein Opfer sein, weißt du.«

»Genau«, sagte er gedehnt, »oder man wird dafür bewundert, dass man etwas tut, das eigentlich gar keine große Sache ist. Die Leute müssen mal klarkommen. Wenn wir ehrlich sind, hat doch jeder mit irgendwelchen körperlichen Einschränkungen zu kämpfen, egal ob man zu klein ist, um an die hohen Schränke zu kommen, oder zu unsportlich, um dem Bus hinterherzulaufen. Es sind die psychischen Sachen, die mehr Anstrengung kosten. Das erfordert unglaublichen Mut.«

Sie kämpfte dagegen an, zu wimmern. »Ich fühle mich im Moment nicht besonders mutig.«

»Oh, Becki. Ich weiß.« Er stellte sein Getränk ab und rieb ihr sanft über den Rücken, während sie sich an ihn klammerte. Seine Stimme drang an ihr Ohr, ein leises Flüstern, aber voller Überzeugung. »Hör mir zu. Vertrau mir. Du hast mehr als genug Mut, um dich diesem Tal zu stellen und mit der Zeit auf der anderen Seite wieder herauszuklettern.«

Sie holte tief Luft und ließ seine beruhigenden Worte auf sich wirken.

Bei ihm zu sein, half. Marcus konnte den quälenden Schmerz, gegen den sie kämpfte, wirklich verstehen. Er kämpfte immer noch mit seinen eigenen Dämonen – da war sie sich sicher. Die Tage, an denen er verschwunden war, seine Anfälle, wie er sie nannte, mussten eine Ursache haben. Das Streicheln seiner Hand sagte ihr, dass dies mehr als nur ein gewöhnlicher Beweis für Mitgefühl war.

Irgendwie wusste sie, ohne ein weiteres Wort, dass er ihren Kampf verstand. Und obwohl der Krieg auch in ihm noch tobte, hatte er nicht aufgegeben. Seine Entschlossenheit motivierte sie über alle Maßen.

Die Hitze seines Brustkorbs lullte sie ein, ebenso wie die Wärme des Tees. Sie trank den Becher aus und er nahm ihn ihr aus der Hand, wobei er sich noch enger an sie kuschelte, als sie ihre Arme um seinen Oberkörper schlang. Es war still, bis auf das Geräusch ihres Atems und das leise Pochen seines Herzens unter ihrem Ohr.

Falls die Albträume kämen, würde er sie vertreiben.

Marcus wartete, bis sich ihr Atem zu einem gleichmäßigen Rhythmus beruhigt hatte. Zu viele Emotionen tobten in ihm, als dass es eine einfache Antwort auf seinen derzeitigen Geisteszustand gäbe. Er hatte ihr Tee gegeben, sie unterstützt. Er hatte getan, was er konnte, um ihre Ängste zu lindern, während er sie keinen Blick auf das werfen ließ, was sich in seinem Inneren verbarg.

Als sie geschrien hatte, war er derjenige gewesen, der vor Schreck erstarrt war.

Erinnerungen stürmten auf ihn ein, die unbeantworteten Schreie, die ihn verfolgten. Der unsagbare Schmerz, nicht helfen zu können. Aber Becki war aus Fleisch und Blut, und sein Drang, sie zu beruhigen, hatte seine persönlichen Dämonen in die Flucht geschlagen.

Jetzt kehrten sie zurück, um ihn zu quälen, während er sie hochhob und zurück ins Bett trug. Während er ihr den Morgenmantel auszog und ihre Gliedmaßen auf der Matratze bettete, raste sein Verstand durch unlösbare Szenarien.

Becki rollte sich so süß zusammen; ihre Finger klammerten sich an seinen Arm, als er sie berührte. Er wand sich los, um seine Jogginghose auszuziehen, und legte sich dann wieder zu ihr. Sie drückte ihren Körper gegen seinen und griff nach hinten, um seinen Arm über sich zu ziehen. Ihre Finger verweilten auf seinem Stumpf und strichen leicht über die empfindliche Haut an der Innenseite seines Ellbogens. Dann schlief sie wieder fest ein und überließ ihn seinen gequälten Gedanken.

Sie mit ihren Ängsten kämpfen zu sehen, betonte nur seine eigenen Fehler. Nicht seine Hand – er hatte ihr die Wahrheit gesagt, als er meinte, er könne ohne eine verdammte Hand leben. Es war der Schmerz über das, was er nicht wiedergutmachen konnte, der seine Albträume beherrschte.

Was, wenn er nicht für sie da sein konnte? Was, wenn er sie irgendwann enttäuschte? Er sollte sie in Ruhe lassen, aber er war verdammt noch mal zu egoistisch, um das als Option in Erwägung zu ziehen.

Er war einer Antwort noch kein Stück näher, als sie am nächsten Morgen aufwachten und strömender Regen gegen die Fensterscheibe peitschte.

Sie drehte sich in seinen Armen um und küsste ihn, wand sich dann aber los, bevor er mehr tun konnte, als schläfrig zu blinzeln. »Schlafmütze. Ich bin schon seit einer Stunde wach.«

»Warum hast du mich dann nicht ausgenutzt?« Er stützte sich auf den Ellbogen, während sie nackt zum Fenster schritt und die Hände gegen die Scheibe drückte. Sie rümpfte die Nase und schmollte wegen des Wetters.

»Blöder Regen.« Sie drehte sich wieder um und verschränkte die Arme vor ihrer Brust. »Verführung stand für diesen Morgen nicht auf der Liste.«

»Aber es *steht* auf der Liste. Gut zu wissen.«

Sie grinste und ließ sich wieder auf die Bettkante plumpsen, weit genug entfernt, dass er nach ihr hätte hechten müssen, um sie zu schnappen. »Ich fühle mich wunderbar. Dein Wundertee und der Rest der Nachtruhe haben Wunder gewirkt. Danke.«

»Gern geschehen.« Gut, dass wenigstens einer von ihnen etwas Ruhe gefunden hatte. »Pläne für heute. Hast du irgendwas zu erledigen?«

Sie schüttelte den Kopf. »Ich habe die Woche organisiert; wenn wir also heute Morgen trainieren wollen, bin ich dabei.«

»Erst mal Frühstück?«

»Gott, ja, ich verhungere.« Becki stand auf und ging zu ihrer Tasche, holte Kleidung heraus und wandte sich dann von ihm ab in Richtung Badezimmer. »Ich dusche kurz und dann kannst du mir sagen, was ich machen soll, okay?«

In ihrer Nähe zu sein, war angenehm. Entspannt.

Vielleicht zu entspannt. Marcus legte sich einen Moment zurück und überlegte, ob es klug wäre, mit ihr unter die Dusche zu gehen und alles noch mal von vorne anzufangen. Er hatte bei Weitem noch nicht genug von ihr.

Sie hatte allerdings recht. Es war keine schlechte Idee, mal rauszukommen. Ein bisschen Energie verbrennen, und dann würden sie zurückkommen und sehen, welchen Unfug sie sonst noch anstellen könnten. Also ignorierte er seine Morgenlatte und schlich in die Küche, um zu sehen, was er im Haus hatte. Irgendetwas mit vielen Kalorien, um sicherzugehen, dass sie genug Kraft hatten, um noch lange, lange durchzuhalten.

20

Die erste Stunde des Trainings war ein absoluter und völliger Reinfall. Becki ließ sich neben ihm auf die Matte fallen und fluchte wie ein Rohrspatz.

Marcus wartete, bis sie sich fertig ausgekotzt hatte. Er legte seine Hand auf ihren Oberschenkel und rieb leicht darüber, während sie mit über dem Gesicht verschränkten Armen da lag.

Sie hatte sich aufgewärmt, sich angeseilt und versucht zu klettern. Jedes Mal war sie nicht höher als bis zur Eineinhalbmeter-Marke gekommen, bevor sie »Zu!« rief und er sie in Sicherheit abließ. Er hatte andere Routen vorgeschlagen, andere Dinge, die sie tun könnte, um zu trainieren, aber sie hatte darauf bestanden.

Sie mochte es zwar wollen, aber ihre Angst spielte nicht mit. Sie war wie ein Vogel mit gestutzten Flügeln, gefangen am Boden.

Ihr Brustkorb hob und senkte sich, als sie einen tiefen Atemzug nahm und ihn langsam wieder ausstieß.

»Was soll ich bloß machen, Marcus? Ich kann mir doch keine Augenbinde um den Kopf binden und erwarten, dass du mir überallhin folgst und mich durch die Routen coachst.«

Frustration und Wut – auf sich selbst – schrien aus ihr heraus, egal, wie leise sie gesprochen hatte.

»Warum drängst du so sehr darauf, in die Vertikale zu gehen?«, fragte er. »Du musst erst mal wieder in Form kommen, und es gibt keinen Grund, warum du das nicht tun kannst, während du nah am Boden bleibst.«

Sie schob ihren Ellbogen beiseite, um ihm einen vernichtenden Blick zuzuwerfen. »Immer schön eins nach dem anderen.«

»Ich mache mit«, bot Marcus an. »Komm schon, es macht viel mehr Spaß, jemanden zu haben, den man fordern und auslachen kann, wenn er an einer Stelle abfliegt, die man selbst mit links geschafft hat, als sich über Dinge den Kopf zu zerbrechen, die man gerade nicht ändern kann.«

Becki rollte sich auf den Bauch und kroch auf ihn zu. »Hör auf, so vernünftig zu sein. Ich wollte mich gerade so richtig schön in mein Selbstmitleid suhlen, und du musstest mir das natürlich vermasseln.«

Er packte sie an der Taille und zog sie eng an sich. Becki legte ihre Hände auf seine Schultern, während seine Finger den Hautstreifen am Rand ihrer Shorts neckten. »Tut mir leid, aber sag mir nicht, dass *vernünftig* nicht genau das wäre, was du vorgeschlagen hättest, wenn unsere Rollen vertauscht wären.«

»Hmm, vertauschte Rollen. Jetzt kommen wir der Sache näher.« Sie berührte seine Brust und drückte zu. Das Manöver kam so plötzlich, dass er das Gleichgewicht verlor und auf dem Rücken landete, nur um festzustellen, dass er zu ihr aufblickte. Sie saß rittlings auf ihm, die Wut von eben war einem strahlenden Grinsen gewichen.

»Mach's dir nicht zu bequem«, warnte er. »Ich habe gerade Wandzirkel vorgeschlagen. Ich werde nicht rummachen, bis du mindestens zwei davon absolviert hast.«

»Oh, wirklich?« Becki kreiste mit ihren Hüften, und er verfluchte seinen Schwanz, der sofort darauf reagierte.

Sie beugte sich hinunter, und der Ausschnitt ihres Klettertops war tief genug, um den Ansatz ihrer Brüste zu offenbaren. Er freute sich schon darauf, sie sehr bald erneut ganz genau zu erkunden, aber zuerst? Selbstbeherrschung war gefragt. »Du weißt, dass du eigentlich klettern willst.«

Becki stützte ihre Hände links und rechts von seinem Kopf auf und seufzte lustvoll. »Ich will auf *dich* klettern, aber schön. Erst die Arbeit, dann das Vergnügen.«

Sie küsste ihn. Ihre Lippen waren weich und warm. Ihre begierige Zunge schlüpfte hinein, um sich mit seiner zu verflechten. In dieser Position lag sie in voller Länge auf ihm, und er überlegte ernsthaft, das Training für mindestens eine Stunde sausen zu lassen, als die Tür laut zuschlug und ein Schwall kühlerer Luft den Raum füllte.

Sie schreckte zurück und sprang auf die Füße. Marcus gesellte sich zu ihr, als drei Leute durch die Tür traten, deren lautes Herumalbern in der Kletterhalle widerhallte.

»Ich glaub immer noch nicht, dass du das getan hast.« Tripp stupste Devon vor die Brust. »Alisha wird dich umbringen.«

»Dafür muss sie mich erst mal kriegen.« Devon blieb ein paar Schritte vor ihnen stehen, und sein breites Grinsen strahlte unschuldig. »Hey, Marcus. Becki. Was geht?«

Marcus sah sein Team an. Devon, Tripp, Xavier. »Was macht ihr an eurem freien Tag hier?«

»Interview für die Zeitung. Der Reporter will Fotos zum Artikel haben, und wir dachten, David hätte nichts dagegen, wenn wir die Kletterhalle benutzen.«

Devon schien völlig ahnungslos zu sein, aber Tripp warf Becki und ihm einige vielsagende Blicke zu. Xavier war bereits in Richtung Umkleide verschwunden, zweifellos um sein Geschirr und seine Kletterschuhe zu holen.

»Ähm, du glaubst doch nicht, dass David was dagegen hat,

oder?« Devon nestelte nervös herum, da er nun doch etwas von der Spannung im Raum mitbekam.

Marcus wollte am liebsten Ja sagen, aber er konnte nicht lügen, egal wie sehr er den Verlust ihrer Privatsphäre bedauerte. Natürlich stieg nun die Wahrscheinlichkeit, dass sie ihr Workout tatsächlich durchziehen würden, exponentiell an. »Kein Problem. Wir werden euch nicht im Weg sein.«

Er gesellte sich zu Becki in die Ecke, in die sie sich zurückgezogen hatte. »Tut mir leid. Bist du immer noch bereit für das Ganze?«

Sie sah ihn übertrieben anzüglich an und lachte dann. »Na klar. Warum nicht?«

Er sah sich kurz um und, als er merkte, dass sie für einen Moment allein waren, beugte er sich vor und kesselte sie mit seinem Körper ein. »Du weißt noch, was du vorhin angefangen hast?«

Ein leichtes Wackeln mit der Hüfte reichte aus, um sich intim aneinanderzureiben. »Ja?«

»Das führen wir später zu Ende. Abgemacht?«

»Abgemacht.«

Becki drehte sich langsam um und rieb dabei ihren Hintern gegen ihn, während sie an zwei kleinen Griffen knapp über dem Boden Position bezog.

Er wollte sich am liebsten vorbeugen und sie beißen, aber in diesem Moment stürmten die Jungs aus der Umkleide.

Pläne aufgeschoben – nicht aufgehoben.

Sie fand in einen Rhythmus. Suchte sich einen neuen Griff, setzte die Füße nach oder kreuzte sie über. Während der gesamten Traverse wählte sie nie einen Griff, der höher als eine Armlänge über dem Boden lag.

Sie mochte diese Übung zwar als »eins nach dem anderen« bezeichnet haben, aber es war trotzdem ein wertvolles Aufbautraining, und das wussten beide.

»Hey, hör auf, mir auf den Arsch zu starren, und beweg

dich«, stichelte Becki, zu leise, als dass die Jungs am anderen Ende der Kletterhalle es hören konnten.

»Es ist ein schöner Arsch.«

Sie lachte, und etwas in ihm freute sich darüber, zu sehen, dass sie das Beste daraus machte.

Er wechselte die Aufsätze an seiner Prothese und tauschte die Klaue gegen eine kleine axtförmige Vorrichtung aus. Eine Seite spitz, die andere flach, konnte er sie so ziemlich wie eine Hand benutzen, ohne Angst haben zu müssen, dass sie auseinanderfiel oder irgendwo hängen blieb.

Er ging an Becki vorbei, angeblich, um ihren Stand zu prüfen, aber eigentlich um ihre Position auszunutzen. Er packte ihren Knöchel und korrigierte ihn, wobei er leicht über die Innenseite ihres Oberschenkels strich, bis er mit der Hand über ihrem Geschlecht verharrte. Er hielt seinen Körper zwischen ihr und dem Team und verdeckte so seine Bewegungen.

»Weißt du, was immer du auch tust, das mache ich bei der erstbesten Gelegenheit mit dir auch.« Becki drückte ihre Hüften gegen seine Finger.

Marcus warf einen Blick über die Schulter, um sicherzugehen, dass sein Team anderweitig beschäftigt war. »Du darfst mich jederzeit begrapschen.«

»Die Wette gilt«, flüsterte Becki.

Die Übung hätte eigentlich *Sexuelle Spannung in Dauerschleife* heißen sollen. Sie sprang von der Wand und forderte ihn auf, einen Abschnitt zu versuchen. Während er daran arbeitete, seine Hand, den Haken und die Füße zu platzieren, war sie direkt hinter ihm und berührte ihn unter dem Vorwand, ihn »in Position zu bringen«.

»Da ist eine schöne Stelle, die nur darauf wartet, von dir ausgefüllt zu werden, Marcus. Lass deine Finger ganz langsam hineingleiten. Genau so. Oh ja, und jetzt drück mit den Hüften. Noch ein Stück. Hmmm, komm schon, gib alles, was du hast.«

Er machte kleinere Schritte, als sein Schwanz reagierte. Er ließ sich von der Wand fallen, um ein wenig Erleichterung zu finden. Dann drehte er den Spieß um und neckte sie seinerseits, wobei beide wie verrückt darauf achteten, ihr Lachen und ihre schmutzigen Kommentare so leise zu halten, dass die anderen sie nicht hören konnten.

Als es an der Tür klopfte, hätte Marcus den Reporter fast vergessen. Er überlegte kurz, in die Umkleide abzutauchen, bis der Eindringling und sein Kameramann wieder weg waren. Aber das Team schien alles im Griff zu haben. Becki sah einen Moment lang mit skeptischem Gesichtsausdruck zu, und Marcus neigte sich zu ihr.

»Du siehst ja wahnsinnig begeistert aus, sie zu sehen.«

»Sagen wir einfach, Reporter gehören nicht unbedingt zu meinen Lieblingsmenschen.«

Marcus hielt inne. »Willst du hier weg?«

Becki nickte. »Wenn es dir nichts ausmacht. Wir können uns in den Wohnheimen dehnen oder so.«

Er stupste sie an, um ihre Aufmerksamkeit von den beiden Männern abzulenken, die gerade ihr Kameraequipment aufbauten. »Du versuchst doch nicht etwa, dich davor zu drücken, den Tag mit mir zu verbringen, oder?«

Ihre Augen wirkten müde, aber sie lächelte. »Sorry. Ich war abgelenkt. Nein, wir können zu dir fahren. Das ist mir recht.«

Er wollte das Lächeln zurücksehen, das sie noch vor wenigen Augenblicken gezeigt hatte.

Marcus deutete auf ihre Sporttasche und schnappte sich dann seine eigenen Sachen, wobei er Becki dicht an seiner Seite behielt. Sie hatten es fast geschafft, als er bemerkte, dass der Reporter winkte.

Den Mann ignorieren und so tun, als hätte er ihn nicht gesehen? Sie waren nicht nah genug an der Tür, um hinauszuschlüpfen, ohne dass es offensichtlich wie eine Flucht wirkte.

»Achtung, Becki, Besuch«, warnte er, als der Reporter durch den Raum joggte.

»Hi, Marcus. Schön zu sehen, dass Sie wieder klettern.«

»Ted.« Marcus begrüßte ihn mit einem kurzen Nicken.

»Wollte nur kurz Hallo sagen.« Ted streckte Becki die Hand entgegen. »Ted Martin. Sie sind die neue Trainerin?«

Becki lächelte höflich, als sie ihm die Hand schüttelte. »Ich arbeite mit David und den Trainern zusammen.«

»Klasse. Sie werden nächste Woche bei der Gala dabei sein, nehme ich an?«

Sie nickte. »Ich werde dort sein.«

Ted trat mit einem Lächeln zurück. »Das ist großartig. Ich hoffe, es gefällt Ihnen in Banff. Wir sehen uns.«

Er drehte sich auf dem Absatz um und trottete zurück zum Team. Marcus nutzte den Moment und sie entkamen, ohne anzuhalten, bis sie in seinem Truck saßen.

Becki drehte sich zu ihm um. »Das war…«

»…echt schräg. Ja. Ich frage mich, was er im Schilde führt.« Ted wusste es eigentlich besser, als zu versuchen, Marcus zu einem echten Interview zu bewegen, aber dieses kurze Kennenlernen war seltsam gewesen. Marcus fuhr schweigend weiter, sowohl er als auch Becki waren tief in ihre eigenen Gedanken versunken.

SIE FOLGTE IHM INS HAUS. Nach der Enttäuschung über den misslungenen Start des Trainings hatten sie beim gemeinsamen Kraxeln so viel Spaß dabei gehabt, sich gegenseitig zu necken. Das hatte sie wegen der Ablenkung durch den Reporter völlig aus den Augen verloren.

Verdammt sei ihr Gehirn, das trotzdem ständig Achterbahn fuhr.

Sie ließ ihre Tasche an der Tür fallen. »Hast du Schokolade da?«

Marcus lachte. »Ist das eine Fangfrage?«

»Sie wird von einer frustrierten Frau gestellt. Ich würde sagen, es ist eine extrem wichtige Frage, die schnell beantwortet werden sollte.«

Er packte sie an der Schulter und knetete die verspannten Muskeln. »Was, wenn ich dich auf eine andere Weise entspannen kann?«

»Ich nehme an, das bedeutet, du hast keine Schokolade.«

»Richtig. Junggesellenbude. Ich habe Bier.«

Sie drehte sich zu ihm um, sehnsüchtig nach einer Veränderung. »Mir hat das Training gefallen. Tut mir leid, dass ich am Ende so eine Spaßbremse war. Ich mag Reporter einfach nicht.«

»Hey, ich verstehe das. Glaub mir.« Er nahm ihr Kinn in seine Hand und strich mit dem Daumen über ihre Wange. »Das Angebot steht noch. Willst du, dass ich dir beim Entspannen helfe?«

Was wollte sie? Sie entschied sich für die Wahrheit.

»Ich weiß es nicht. Ich will nichts entscheiden müssen. Ich will nicht nachdenken müssen. Ich will... gerade nicht das Sagen haben.«

Seine Augen blitzten heiß auf, und sie schluckte schwer, als die Begierde in ihr, die kurzzeitig abgeklungen war, mit voller Wucht zurückkehrte.

Er nickte. »Wenn es das ist, was du willst, dann kann ich dir dabei definitiv helfen.«

Er führte sie den Flur entlang, diesmal ins Hauptbadezimmer. Sie war schon kurz dort gewesen, um zu duschen, und hatte sehnsüchtig auf die übergroße Badewanne geblickt.

Jetzt blieb er daneben stehen und streckte die Hand nach ihr aus.

Sie stand reglos da, während er mit der Hand an ihrem

Körper entlangfuhr. Die Berührung belebte ihre Sinne und half der Anspannung, von ihr abzufallen. »Du hast so ein dekadentes Haus. Whirlpool draußen, Jacuzzi hier drin. Eine Dusche, die groß genug für zwei ist.«

»Ich mag es komfortabel. Zieh dich aus.«

Sie entkleidete sich, während er die Hähne aufdrehte und die Wanne füllte. Dann nahm er ihre Hand und half ihr ins Wasser. Becki seufzte, als die Hitze sie einhüllte und sie in sanftes Wohlbefinden bettete. Marcus positionierte sie in der Wanne, legte sie zurück und hob ihre Arme, damit sie auf den Vorsprüngen ruhen konnten.

»Warte genau hier.« Er drückte einen Kuss auf ihre Schläfe und ging dann weg. Sie sah ihm nach, wobei die Bewunderung für seine Fürsorglichkeit sogar das Verlangen nach seinem Arsch übertraf.

Sie schloss die Augen und genoss die Hitze. Manchmal kam es ihr so vor, als wäre ihr immer kalt – ein Frösteln, das seit dem Unfall in ihrem Körper steckte und wie Eiszapfen an ihrer Seele hing. Hier fühlte sie sich sicher, und die Wärme sickerte durch seine Taten und die sexuelle Spannung zwischen ihnen in sie hinein.

Sie wusste nicht alles über Marcus, aber sie vertraute ihm. Vollkommen.

Ein süßer, schwerer Duft erfüllte ihre Nase, und sie blickte auf und sah, dass er zurückgekehrt war. Er streute etwas um sie herum, kniete sich hin, stellte die Dose beiseite und rührte mit den Fingerspitzen die Wasseroberfläche um. Ein blumiger Duft mit fruchtigen Nuancen umgab sie.

»Was ist das?«

Marcus lehnte sich zurück, und seine Hand baumelte noch über ihr. »Tee.«

Sie lachte. »Nicht dein Ernst.«

Er zuckte mit den Schultern. »Der Zauber wirkt von außen

genauso gut, wie wenn man ihn trinkt. Nun schließ die Augen und lass mich mich um dich kümmern.«

Vielleicht war sie egoistisch, aber sie liebte jede Minute von dem, was folgte. Er wusch sie, griff ins Wasser, um sie überall zu berühren und zu liebkosen. Langsame, verführerische Bewegungen. Gründlich und doch kurz. Er verweilte nicht, als er über ihre Brüste strich, nahm sich zum Waschen ihrer Arme ebenso viel Zeit wie für die Falten ihrer Schamlippen. Aber als er fertig war, war sie vor Entspannung völlig erschlafft und bebte gleichzeitig vor Verlangen.

Er half ihr beim Aufstehen und führte sie unter die Dusche, um die kleinen Teestückchen abzuwaschen, die noch an ihrer Haut hafteten.

Er trocknete sie ab und brachte sie zu seinem Bett.

»Eigentlich wäre ich jetzt an der Reihe, mich um dich zu kümmern«, bemerkte sie.

»Du hast gerade nicht das Sagen.« Er rollte sie auf den Bauch und setzte sich rittlings über sie, bedeckte ihre Haut mit Öl, lockerte ihre Muskeln und vertrieb die Müdigkeit. Obwohl es nur eine sanfte Kraxelei gewesen war, fühlte sie sich erstaunlich erschöpft. Seine Finger gruben sich tief ein, zogen und arbeiteten, bis sie vollkommen entspannt und von innen heraus gewärmt war.

»Das ist herrlich«, seufzte sie glücklich. »Danke.«

Marcus küsste ihre Schulter, rutschte von ihr herunter und setzte sich neben ihre Hüfte. »Wir sind noch nicht fertig. Bist du bereit für mehr?«

Mehr? Neugierde stieg in ihr auf. »Du hast das Sagen.«

»Genau.« Er hielt inne. »Becki, wenn ich etwas tue, das dir nicht gefällt, sag mir, dass ich aufhören soll.«

Sie stützte sich auf die Ellbogen ab, um seinen Blick zu treffen. »Hast du Angst, dass mir nicht gefällt, was du vorhast?«

»Oh nein, ich glaube, es wird dir sehr gefallen, aber ich

musste dich vorwarnen. Du hast die totale Kontrolle. Sag *Stopp*,
und ich höre auf.«

»Leg los.« *Stopp* zu sagen, war das Letzte, woran sie dachte.

21

Marcus führte sie in die Mitte des Raumes und ließ sie auf dem weichen Teppich vor dem Kamin stehen. Sie lächelte mit zur Seite geneigtem Kopf. Er konnte nicht widerstehen, ihr einen Kuss auf die Wange zu drücken, bevor er wegtrat, um den Gasregler einzuschalten.

Becki lachte. »Habe ich dekadent gesagt? Nach Strich und Faden verwöhnt trifft es wohl eher.«

»Du darfst das Ergebnis genießen. Beschwerst du dich etwa?«

»Bisher nicht.« Sie streckte ihre Finger in Richtung der Flammen aus. »Ich sollte auf eine tropische Insel ziehen oder so. Warum bin ich hier in den Rockies, wo es im Mai noch schneit?«

Er zog den Fußhocker herbei und platzierte ihn in perfekter Entfernung zur Hitze. »Weil es die Rockies sind.«

»Stimmt.«

Sie sah ihn unter ihren Wimpern hervor an. Marcus wartete lange genug, um sie zappeln zu lassen. »Setz dich.«

Becki bewegte sich langsam und ließ sich mittig auf dem Fußhocker nieder. Sie saß mit leicht gespreizten Beinen da. Sie ließ ihren Nacken langsam kreisen und dehnte die Muskeln träge wie eine Katze.

»Bequem?«, fragte er, während er vortrat, um neben ihr in die Hocke zu gehen. Er strich mit der Hand ihren Rücken hinunter, liebkoste ihren Hintern und glitt dann wieder hinauf, um mit den Fingerspitzen an ihrer Wirbelsäule entlangzufahren.

Ihre Worte schienen dem Schauer, der über sie lief, zu widersprechen. »Das Leder ist weich und warm.«

»Nimm die Arme nach hinten«, befahl er.

Sie verschränkte ihre Finger ineinander. Die Position brachte sie in ein leichtes Hohlkreuz, die festen Brüste stolz hervorgestreckt. Er strich mit dem Zeigefinger an ihrem Körper hinauf und zwischen die glatten Rundungen, hielt kurz inne, um eine davon in seiner Handfläche zu wiegen.

Becki wand sich gegen ihn, offensichtlich auf der Suche nach mehr. Und er war nur zu bereit, es ihr zu geben. Aber zuerst –

Er beugte sich vor und küsste sie erneut. Nur eine Neckerei. Er löste sich von ihr, bevor mehr als ein flüsternder Hauch einer Antwort über ihre Lippen kam. Marcus griff nach seiner Sporttasche und holte das weiche Hanfseil heraus, das er darin aufgerollt hatte.

Als er zum Fußhocker zurückkehrte, beobachtete sie ihn aufmerksam. Ihr Lächeln war verschwunden und durch etwas anderes ersetzt worden.

»Hast du Angst?«

Sie schüttelte den Kopf, sagte aber nichts.

Er ließ das Seil auf den Boden fallen, wo es mit einem dumpfen Schlag aufkam. Becki unterbrach den Blickkontakt nicht. Sie war auf ihn und nur auf ihn fokussiert. Sie hatte schon früher mit Seilen gespielt – das war offensichtlich. Ebenso wie die Art, wie sie darüber dachte. »Ich kann dich wohl nicht überraschen, was?«

»Ich dachte mir schon, dass du dich mit dem einen oder anderen Seil auskennst.« Sie hauchte die Worte heraus. Langsam. Gleichmäßig. Sie begab sich bereits in die Geisteshaltung, völlig eingehüllt und beschützt zu sein.

Marcus bückte sich und griff das Seil etwa dreißig Zentimeter vom Ende entfernt. Er führte es nach oben und legte es über Beckis Schulter. Er zog das Gewicht nach vorne, sodass es über ihre Haut strich.

Becki wand sich unruhig, und ihr Einatmen wurde etwas ruckartiger. Sie fing sich ab, bevor er sie anleiten musste, und atmete ganz bewusst durch die Nase ein und durch den Mund aus – ein Konzentrationstrick von Kletterern. Marcus lächelte.

Sie wusste, was sie brauchte. Sie vertraute darauf, dass er es ihr geben würde.

»Halt das fest«, befahl er und legte das Seilende in ihre Handflächen.

Sie öffnete sie für einen Moment weit, bevor sie ihre Finger um die Kordel schloss. Er drückte ihre Schultern nach unten und brachte sie dazu, eine entspanntere Position einzunehmen, die Hände dicht an ihrem Hintern.

Dann begann er. Er hielt das restliche Seil beiseite, indem er es über seinen linken Ellbogen hängte, während seine rechte Hand den losen Teil kontrollierte. Hoch über ihre rechte Schulter. Quer über ihren Oberkörper und zwischen ihre Brüste. Eine Schlaufe legte sich um ihren Körper. Der Rest direkt darüber. Er fing sie in einem erotischen Spinnennetz ein.

Ihr Atmen hallte leise wider und vermischte sich mit dem Knistern des Kamins. Draußen peitschte der Regen gegen die Fenster, und das Seil machte ein leises Geräusch, während er damit hantierte. Sein eigenes schweres Atmen wurde intensiver, als ihn ihr Anblick immer mehr erregte.

Als er die letzte Schlaufe feststeckte, damit sie sich nicht lösen konnte, war er hart wie Stein. »Noch bei mir?«

»Mhm, ja.«

Ihre Augen waren geschlossen, während er niederkniete; ihr Oberkörper wiegte sich leicht.

»Ich werde dich berühren. Mich um dich kümmern. Lass mich dich dorthin bringen, wo du sein willst.«

Sie nickte.

Er betrachtete sein Werk. Die Seile kreuzten sich oberhalb und unterhalb ihrer nackten Brüste, wobei zwei Stränge dazwischen verliefen, um die zarten Rundungen wie einen Seil-BH einzurahmen und anzuheben. Der Rest war um ihren Unterleib gewickelt und fixierte ihre Arme in ihrer Position. Er beugte sich näher und liebkoste eine Brust, dann die andere. Mit sanften Bewegungen mied er ihre Nippel. Er schenkte all den weichen Stellen Aufmerksamkeit, bevor er sich den harten Spitzen widmete. Er umschloss eine davon mit seinem Mund, befeuchtete sie und saugte an dem winzigen Ring. Er wechselte die Seite, lauschte der Veränderung in ihrer Atmung und spürte, wie sie sich nach vorne drückte, auf der Suche nach mehr.

Sie spreizte ihre Oberschenkel, als er gegen die Innenseite ihrer Beine tippte.

»Gott, du bist so feucht«, lobte er, bevor er mit seinen Fingern an ihren Falten entlangfuhr und das konzentrierte Nervenbündel ganz oben fand. Marcus spielte mit dem Klitoris-Piercing und streichelte es sanft, während er sich wieder dem Geschmack ihrer Brüste widmete. Er konnte nicht genug von ihr bekommen.

Sie erschauderte und kam viel schneller, als er erwartet hatte. Den Kopf zurückgeworfen, entwich ihren Lippen ein Stöhnen des Vergnügens. Er stand auf und positionierte sie um, wobei er sie anleitete, sich bäuchlings über den Fußhocker zu legen. Ihr Hintern ragte über die Kante, die Oberschenkel weit gespreizt.

Er fuhr mit der Hand über ihre feuchte Fotze und tauchte seine Finger hinein. Er genoss den Beweis dafür, wie erregt sie war. Auf dem Boden sitzend, bedeckte er sie mit seinem Mund.

»Oh ja.« Becki wand sich unter seiner Aufmerksamkeit, leise Geräusche entwichen ihr, irgendwo zwischen Stöhnen und Keuchen, während er sie von oben bis unten ableckte und an ihr lallte. Er spielte mit ihrem Kitzler, bevor er die Zunge bis ganz hinunter zu ihrer engen Rosette schweifen ließ. Ihr Geschmack erfüllte ihn. Machte ihn wahnsinnig. Er stieß seine Zunge in sie hinein und fickte sie damit. Er aß gierig, während sie feuchter für ihn wurde. Wegen ihm.

Dann erhob er sich über sie und setzte seinen Schwanz an, rieb die pralle Eichel an ihrer Öffnung auf und ab, bis sie sich so stark wie möglich bog. Sie presste ihren Hintern gegen ihn und versuchte, ihn dazu zu bringen, in sie einzudringen.

Er gab ihr, was sie wollte, und drang im richtigen Winkel ein. Langsam, gefesselt vom Anblick seines Schwanzes, der in ihrer Wärme verschwand, genoss er das Gefühl, wie ihr Körper ihn umschloss, so wie sein Seil um sie gewickelt war.

Enge Hitze. Rutschige Feuchtigkeit. Er griff nach den Seilen und benutzte sie als Halt. Becki rief seinen Namen und ihre Fotze drückte ihn fest zusammen, was ihn wieder einmal überraschte.

»So wunderschön.« So reaktionsschnell. Er stieß bis zum Anschlag hinein und hielt inne, wobei er das Wogen ihres Körpers genoss, während ihr Höhepunkt immer weiter anschwoll. Jedes Mal, wenn das Pulsieren nachließ, zog er sich zurück und drückte sich erneut hinein, wodurch er ihr Vergnügen wie eine hedonistische Folter hinauszögerte.

Als sie schließlich lustvoll seufzte, stieß er zu. Er trieb sie an ihre Grenzen. Er hämmerte in sie hinein – die Vorderseiten seiner Oberschenkel klatschten gegen ihre Beine, seine Eier schlugen bei jedem Stoß gegen ihren Kitzler.

Sein Höhepunkt rückte näher, und er explodierte. Ihr enger Gang entrang ihm das Vergnügen, ließ seinen Samen frei werden und sorgte dafür, dass sein Verstand für einen Moment völlig aussetzte.

Er bedeckte sie mit seinem Körper, umschlang sie, hielt sie fest und strich das Haar beiseite, das auf ihrer verschwitzten Wange lag. Noch immer innig verbunden, die Herzen rasten. Die Anwesenheit des Seils zwischen ihnen nahmen sie kaum wahr, so weich und warm war es von ihrer Haut.

Er zog sich zurück, Feuchtigkeit folgte ihm, als sich ihre Fotze als Reaktion zusammenzog, und Becki stöhnte auf. Er hob sie hoch. Er band sie los. Er ließ das Seil unbeachtet auf den Boden fallen, während er sie unter die Dusche trug und sie in seinen Armen hielt, darauf wartend, dass sie von dort zurückkehrte, wo sie gerade gewesen war.

Seine Umarmung ersetzte das Seil. Die Wärme des Wassers ersetzte das Feuer. Er wartete geduldig und fragte sich, warum die Gedanken, sie zu fesseln und nie wieder gehen zu lassen, so verdammt stark waren.

Wasser traf ihr Gesicht. Beschützt und in Frieden kämpfte Becki nicht gegen die Euphorie an, die sie noch immer gefangen hielt. Sie akzeptierte sie einfach. Gab sich dem Gefühl hin.

Sie wusste, dass Marcus sich um sie kümmerte. Er hatte verstanden, wie er ihren Körper reizen und kontrollieren musste, als er sie zum Höhepunkt geführt hatte. Er war perfekt mit dem Seil umgegangen, das sie so fest gehalten hatte, dass sie sich keine Sorgen darüber machen musste, was als Nächstes kommen würde.

Während sie sich gegen seine Brust lehnte, war ihr ein Teil von ihr gewahr, dass sie mit ihm unter der Dusche stand, aber sie hätte überall sein können, solange es sicher und warm war. Die Realität des Hier und Jetzt verblasste. Das Einzige, was blieb, waren die Emotionen. Sie drangen in sie ein wie sein Herzschlag. Ein Schlag nach dem anderen.

Sicher.

Behütet.

Ich hab dich.

Geliebt.

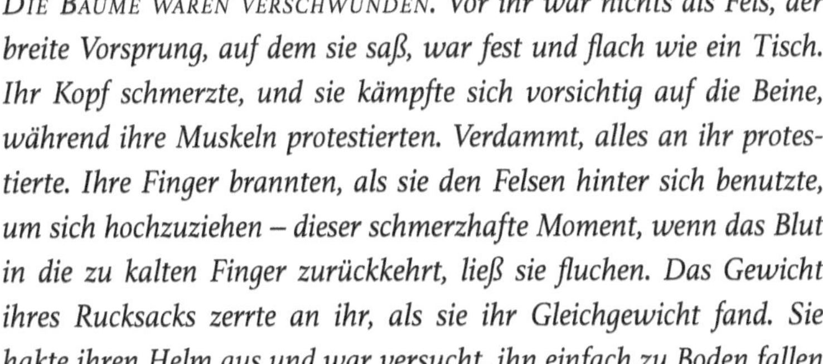

DIE BÄUME WAREN VERSCHWUNDEN. *Vor ihr war nichts als Fels, der breite Vorsprung, auf dem sie saß, war fest und flach wie ein Tisch. Ihr Kopf schmerzte, und sie kämpfte sich vorsichtig auf die Beine, während ihre Muskeln protestierten. Verdammt, alles an ihr protestierte. Ihre Finger brannten, als sie den Felsen hinter sich benutzte, um sich hochzuziehen – dieser schmerzhafte Moment, wenn das Blut in die zu kalten Finger zurückkehrt, ließ sie fluchen. Das Gewicht ihres Rucksacks zerrte an ihr, als sie ihr Gleichgewicht fand. Sie hakte ihren Helm aus und war versucht, ihn einfach zu Boden fallen zu lassen. Die Gewohnheit zwang sie dazu, ihre protestierenden Muskeln zu dehnen, um nach hinten zu greifen und ihn an einem Riemen festzuklipsen, wo er nicht störte.*

Ihre Finger streiften über ihr Geschirr, das –

–Welt verschwamm.

Becki stand regungslos da. Ihr Herz raste, als hätte sie gerade einen Sprint hinter sich. Sie sah sich um und hielt Ausschau nach Anzeichen von Gefahr. Die leisen Geräusche der Wildnis begrüßten sie. Nichts deutete darauf hin, warum sie gegen den plötzlichen Adrenalinstoß der Panik ankämpfte, der ihre Adern flutete. Das Wetter war umgeschlagen, es regnete in Strömen, und ihr Gesicht war nass. Sie rückte ihre Kapuze zurecht, um sich vor dem heftigen Guss zu schützen, während sie das Gelände musterte.

Da war ein deutlich sichtbarer Pfad, der nach rechts wegführte. Nichts, was einem gepflegten Parkweg oder gar einer vielbegangenen Route auch nur im Entferntesten ähnelte. Es war eher ein Tierpfad, aber immerhin war es etwas, dem man folgen konnte.

Das Gehen entlang des schmalen Abgrunds gab ihr etwas, worauf sie sich konzentrieren konnte. Sie musste aufpassen, nicht auszurutschen, da die Steine unter ihren Füßen durch den Regen nass und glitschig wurden. Sie war mindestens ein paar Stunden unterwegs gewesen, hatte Pausen gemacht, um etwas zu trinken, und war ständig bergab gestiegen. Irgendwann musste sie auf einen der stark frequentierten Wege stoßen.

Dass sie um eine Ecke bog und plötzlich zwei sehr bleichgesichtigen Teenagern gegenüberstand, überraschte sie kaum. Was konnte dieser Berg ihr sonst noch entgegenwerfen?

Sie saßen fest, natürlich. Auf einem Vorsprung — eine jener hübsch anzusehenden Seillängen, auf die man leicht hinaufkommt, von denen man aber ohne Training oder eine gesunde Portion Chuzpe verdammt schwer wieder hinunterkommt. Sie trat vor und winkte, und ihre Erleichterungsrufe schallten zurück.

BECKI SCHNAPPTE nach Luft und öffnete die Augen, nur um festzustellen, dass sie Marcus mit einem Todesgriff um den Hals klammerte.

»Hey, *schhh*, es ist alles okay. Ich bin hier. Alles ist gut.« Er küsste ihre Schläfe und drückte sie fest an sich.

Sie wusste nicht, ob sie lachen oder weinen sollte. »Marcus, ich erinnere mich. An den Unfall.«

Er stellte die Dusche ab, seine ganze Aufmerksamkeit fest auf ihr Gesicht gerichtet. »Erzähl.«

»Nicht alles, aber ich erinnere mich daran, wie ich die Mädchen gefunden habe. Der Rettungseinsatz. Und an ein paar Stunden davor.« Sie nahm das Handtuch entgegen, das er ihr um die Schultern legte, während ihr Inneres von einer seltsamen Mischung aus sexuellem Kater und schwindelerregender Begeisterung vibrierte. »Heilige *Scheiße*, ich erinnere mich.«

Irgendwie schaffte Marcus es, sie auf das Bett zu setzen, während er sie zu Ende abtrocknete. »Nun, das ist nicht die normale Reaktion, die ich bekomme, wenn ich eine Frau fessle, aber wenn du glücklich bist, nehme ich das so an.«

Becki warf ihre Arme um seinen Hals und drückte ihn fest. Als sie ihn losließ, nahm sie sein grinsendes Gesicht in ihre Hände und küsste ihn innig, bevor sie sich weit genug zurückzog, um ihre Stirn an seine zu lehnen. »Der Sex war wundervoll. Danke dir.«

Er starrte sie an – das Blau in seinen Augen leuchtete so hell wie ein Sommertag. »Alles okay bei dir? Kannst du dich anziehen? Wir holen uns was zu essen und du erzählst mir davon.«

Sie nickte, während sie vorsichtig sein Gesicht liebkoste. »Ich habe es in vollen Zügen genossen.«

»Hier gibt es auch keinerlei Beschwerden.«

Während sie sich trennten, um Kleidung zu suchen, sortierte Becki all die Bilder in ihrem Kopf, auch die neuen, die sich so lange vor ihr versteckt hatten. Es gab immer noch Dinge, die sie nicht verstand, aber die Tatsache, dass ein Teil der fehlenden Informationen ans Licht gekommen war, ermutigte sie ungemein.

Sie zog sich ein sauberes Shirt über den Kopf und starrte durch den Raum zu Marcus, der sich gerade anzog.

Die Erinnerungen waren großartig und aufregend, aber das Gefühl, so vollkommen und ganz von ihm umsorgt zu werden? Es war nicht so, als könnte man diese Dinge vergleichen, aber sie war so froh, dass sie beides erleben durfte.

Sie gesellte sich zu Marcus, sobald sie angezogen war. Er hatte sich gebückt und das Ende des Seils geschnappt, wobei er das lange Stück mit einer flüssigen Bewegung aufwickelte, indem er es um seinen Arm legte. Was es zu früh für sie gewesen, solche Spiele zu spielen? Nicht, was sie betraf. Sex hatte schon immer Spaß gemacht, aber Marcus hob ihn auf ein Level weit jenseits von bloßem Spaß. Sie konnte den Schauer nicht verbergen, der sie durchlief, als sie ihm dabei zusah, wie er das Seil so fachmännisch handhabte.

Er hatte es auch gesehen. Ihre Reaktion.

»Wenn du nicht aufhörst, so zu grinsen, nenne ich dich Grinsekatze«, warnte sie.

»Miau.«

Sie versetzte ihm einen Schlag auf die Schulter, während sie an ihm vorbei in Richtung Küche schlüpfte. In ihrem Inneren brodelte etwas zwischen geistigem Entzücken und körperlicher Befriedigung.

Sie hatte sich an mehr erinnert. Wahnsinn, so unglaublich.

Marcus kam dazu und übernahm die Regie, während sie Sandwiches und Suppe zubereiteten. Eine einfache Aufgabe – was gut war –, da sie davon abgelenkt war, die Bruchstücke zu teilen, die sie gesehen hatte.

Sie war kaum fertig, als er ihr das Gurkenglas aus den Fingern zog und sich eine stibitzte. »Stimmt alles, was du mir erzählt hast, mit dem Bericht der Crew überein?«

»So ziemlich. Ich glaube aber nicht, dass ich mich an eine Erzählung erinnere. Da waren zu viele Details, die nicht erwähnt wurden. Wie die Farbe der Jacken der Mädchen und wo wir auf das erste Team der Suchtrupps gestoßen sind.«

Marcus nickte. »Das klingt in der Tat vielversprechend.«

Becki trug ihre Teller zum Tisch. »Es verrät mir nur nichts darüber, was mit Dane passiert ist.«

»Gib der Sache Zeit.« Er hielt ihr den Stuhl; dann setzte er sich. Er starrte sie einen Moment lang von gegenüber an.

»Was?«

Marcus räusperte sich. »Sag mir ganz ehrlich: War es zu früh, die Seile rauszuholen?«

Sie konnte ihr Lächeln nicht unterdrücken. »Wir sind Kletterer. Es überrascht mich eher, dass wir nicht mit Seilen angefangen haben.«

»Ich meine es ernst.«

Er sah so ernst und feierlich aus, dass sie ihre Hand auf seinen Arm legte. War es zu früh gewesen? Sie zwang sich zum Innehalten, schob die Euphorie des Danach beiseite und konzentrierte sich stattdessen auf den eigentlichen Sex. Darauf, mit Marcus zusammen zu sein.

Noch vor wenigen Tagen war sie unentschlossen gewesen, ob sie über Dane hinwegkommen würde. Warum fühlte es sich so richtig an, mit Marcus den nächsten Schritt zu machen?

Sie sprach langsam. »Ich denke, wir befinden uns in einer ungewöhnlichen Situation. Jemand von außen mag finden, dass es schnell geht, aber wir haben mit dieser Beziehung nicht bei Null angefangen. Wir haben eine gemeinsame Vergangenheit, auch wenn sie lange her ist. Und vielleicht sorgen einige der Dinge, die wir gemeinsam haben, dafür, dass es einfach passt.«

Marcus streichelte ihren Arm; seine starken Finger drückten ihre Hand kurz. »Gut. Ich frage nicht, weil ich denke, dass es nicht richtig war, aber ich will sichergehen, dass ich nicht völlig danebenlag.«

»Jetzt kommen also die Baseball-Vergleiche. Na gut, du hast den Ball aus dem Stadion befördert.« Sein Mund verzog sich zu diesem Lächeln, das sie dazu brachte, mit dem Reden aufzuhören und sofort wieder mit dem Sex weiterzumachen zu wollen. »Aber danke, dass du nachfragst. Das ist einer der Gründe, warum ich dir vertraue.«

Er lehnte sich in seinem Stuhl zurück, streckte seine Beine in ihre Richtung aus und ihre Gliedmaßen verfingen sich beiläufig ineinander. »Pläne für den Rest des Tages?«

»Willst du spazieren gehen?«

Marcus warf einen Blick aus dem Fenster und verzog das Gesicht. »Im Regen?«

Sie zuckte mit den Schultern. »Wir werden schon nicht schmelzen. Danach sollte ich ohnehin zurück in die Wohnheime.«

Er nickte und beschäftigte sich damit, den Abwasch zu machen. Becki starrte auf die Regenspuren, die am Fenster herabflossen, und fragte sich, wie lange es wohl dauern würde, bis sie alles erfahren würde, was noch fehlte. Sie fragte sich, ob sie, wenn die Erinnerungen erst einmal zurückgekehrt wären, wieder in der Lage sein würde, die Wand ins Auge zu fassen, ohne bei dem Gedanken an einen echten Klettergang Herzrasen zu bekommen.

Marcus packte ihre Tasche in ihr Auto, und sie fuhren in getrennten Fahrzeugen zum Ausgangspunkt des Wanderwegs am Lake Minnewanka.

Erst als sie beide völlig durchnässt waren und sie wieder allein in ihrem Zimmer im Wohnheim war, fiel ihr auf, dass er den ganzen Nachmittag über seltsam schweigsam gewesen war. Sie hatten über örtliche Routen und Ausflüge gesprochen, die ihnen gefallen hatten, aber wahrscheinlich hatte sie den Löwenanteil des Gesprächs bestritten.

Becki holte ein paar Blätter Papier vom Schreibtisch und notierte sich die neuen Dinge, an die sie sich bezüglich des Unfalls erinnert hatte, aber die Details aufzuschreiben, gab ihr nicht so viel Befriedigung, wie sie erwartet hatte.

Frustriert ließ sie sich aufs Bett fallen und starrte an die Decke, wobei sie all die Gründe für das plötzliche Kribbeln unter ihrer Haut durchging. Dann traf es sie. Was sie wollte, war im selben Raum wie Marcus zu sein. Sie mussten nicht einmal reden oder herumtändeln. Einfach nur da sein. Sie wollte ihn ansehen können und sehen, wie er sie anlächelte, bevor er sich wieder irgendeiner Aufgabe widmete, an der er gerade arbeitete.

Die Erkenntnis ärgerte sie und machte sie gleichzeitig nachdenklich.

22

___

In dieser Nacht kehrten die Träume zurück und ließen sie verwirrt und fassungslos zurück. Kleine Ausblicke auf das, was geschehen sein mochte, gepaart mit den neuen, detaillierten Erinnerungen, vermischten sich und rüttelten sie wach, bis sie erneut schweißgebadet auffuhr.

Es gab nicht genug Kaffee auf der Welt, um mit einem Morgen wie diesem fertigzuwerden. Sie rührte immer wieder in der dunklen Flüssigkeit und fragte sich, wo die Grenze verlief zwischen der Freude darüber, dass ihre Erinnerungen zurückkehrten, und der nackten Angst.

Ihr Telefon klingelte – und ihre Reaktion auf den Klingelton, den sie Marcus zugewiesen hatte, unterstrich, wie sehr sie seine tröstende Berührung bei ihrem letzten Albtraum genossen hatte.

Blöde Reaktionen. Sie war eine erwachsene Frau. Er konnte nicht ständig ihre Hand halten. Zeit, sich abzulenken und den Rest des Tages zu retten. »Morgen, Marcus. Welche Grausamkeiten hast du dir heute für dein Team ausgedacht?«, fragte sie.

Er seufzte schwerfällig. »Ich werde so verkannt.«

»Sicher doch.« Sie sah förmlich vor sich, wie er sich in

seinem Sessel zurücklehnte, die langen Beine ausstreckte und sie angrinste. »Ich nehme dir die Aufrichtigkeit gerade nicht ab.«

»Du musst gerade reden. Ich habe deine Trainingspläne für die nächste Woche gelesen. Bis Mittwoch werde ich meinen Titel als Böser Lord an dich verlieren. Hey – du hattest Selbstrettung für heute auf der Liste. Hättest du Lust, die Crew für diese Übung zu den Cliffs of Insanity zu bringen, statt die Wand zu nutzen?«

»Echt jetzt? Das wäre perfekt, allerdings wollte ich ihnen den weiten Fußmarsch ersparen, da sie sowieso schon anderes Aufbautraining machen.«

»Wir machen einen Absetzvorgang. Erin fliegt Platzrunden, und das Schweben in diesem Gebiet ist eine gute Übung für sie.«

Ein plötzlicher Schwall absoluter Panik schnürte Becki die Kehle zu. Er erwartete von ihr, dass sie sich in die Absetzzone abseilte. Sie starrte aus dem Fenster und versuchte, den wenigen Kaffee, den sie getrunken hatte, nicht wieder von sich zu geben.

»Becki? Bist du noch dran?«

»Ich ... ich glaube nicht, dass ich das kann, noch nicht, Marcus. Die Wand wäre besser.«

Seine Verwirrung war deutlich spürbar. »Was kannst du nicht?«

Die Worte kamen nur brüchig hervor, als sie flüsterte: »Mich aus dem Heli abseilen.«

»Oh Gott, nein, Becki. Ich meinte nicht dich.« Seine tiefe Stimme beruhigte sie, auch wenn ihr Herz weiterhin raste. »Erin wird den Heli landen, damit du und ich aussteigen können. Ja, du müsstest dich damit wohlfühlen, in das Biest einzusteigen, aber ich dachte, im Laderaum sollte es okay sein. Falls du bereit dazu bist.«

Becki holte tief Luft. »Okay. Ja, ich denke, das kriege ich hin. Entschuldige die Panikattacke.«

»Ich hätte mich klarer ausdrücken sollen«, entschuldigte er sich. »Ich komme dich in einer Stunde abholen, dann fahren wir zum Stützpunkt. Dort stellen wir die Ausrüstung zusammen.«

Sie versprach, bereit zu sein, und legte auf. Das Telefon baumelte an ihren Fingerspitzen, während sie ihre Stirn gegen das kalte Glas lehnte und auf den grauen Tag hinausblickte. Sie fragte sich, ob dies eine Fehlentscheidung war oder schlicht ein weiterer Schritt auf dem Weg zu ihrer vollständigen Genesung.

Eines war sicher: Mit ihren Hormonen war alles in bester Ordnung. Außer, dass sie immer noch völlig verrückt spielten, sobald Marcus in der Nähe war. Er fuhr am Bordstein vor und sprang heraus, schnappte sich ihre Ausrüstungstasche und warf sie auf die Rückbank. Sie schwankte kurz, bevor sie sich entschied, den Drang nach einem heimlich gestohlenen Kuss zu ignorieren. Stattdessen riss sie die Tür auf und kletterte auf den Beifahrersitz.

Marcus musterte sie langsam, bevor er ihr die Tür schloss. Sie starrte geradeaus, die Finger fest ineinander verschlungen, nervös wegen des bevorstehenden Heliflugs und verwirrt darüber, wie unbeholfen sie sich in seiner Gegenwart fühlte, unsicher, welches Maß an Zuneigung sie zeigen durfte.

Die zehnminütige Fahrt zum Flugfeld verlief weit ruhiger, als sie erwartet hatte.

Die Stille, die sie während der Fahrt umgeben hatte, wirkte umso schockierender im Vergleich zu dem Stimmengewirr und dem Gebrüll, das sie im Lagerraum vorfanden. Becki lehnte sich an die Wand, abseits des Trubels, und beobachtete einfach, wie das Team die Ausrüstung zusammenstellte, die Tripp ausrief.

Es war laut, wild und absolut gutmütig, und ein wenig von der Anspannung in ihrer Seele wich. Vielleicht hatte der

Schlafmangel der letzten Nacht sie doch stärker mitgenommen, als sie gedacht hatte.

Sie ging ihre eigene Ausrüstungstasche durch und überprüfte doppelt, ob sie alle benötigten Dinge dabei hatte. Auch wenn sie nicht klettern konnte, wollte sie sicherstellen, dass sie das Material hatte, um Beispiele zu zeigen. Kurze Stücke leichter Reepschnur, ordentlich aufgeschossen und abgebunden. Zusätzliche Karabiner, Klebeband. Ihr Messer.

Sie trat zur Seite an einen freien Tisch und lächelte Devon zu, der in diesem Bereich arbeitete.

»Hast du Platz für mich?«

»Kein Problem.« Er deutete auf ihre Ausrüstung. »Übrigens, sag Bescheid, wenn du was brauchst – ich schneide heute Nachmittag Seile zu und kann dir neue Längen nach Wunsch fertigen.«

Sie nickte. »Danke, ich sag dir Bescheid.«

Am anderen Ende des Raums schrien sich Xavier und Tripp weiterhin gegenseitig an. Erin kam in voller Montur durch die Tür und winkte Becki zu. Marcus beaufsichtigte alles und griff ein, wo es nötig war.

Die Hektik und Aufregung der Vorbereitungen weckten in ihr die Sehnsucht, wieder im aktiven Dienst zu sein, und rührten das Gefühl des Verlusts erneut auf.

Alisha zog eine Tasche zu und warf sie auf den Haufen der vorbereiteten Ausrüstung. Sie trug einen höchst empörten Gesichtsausdruck zur Schau, während sie sich die Hände sauber klopfte, den Blick fest auf Devon gerichtet. Der Anblick der kleinen Blondine, die wütend stapfend durch den Raum auf sie zukam, musste Ärger bedeuten. Becki stieß Devon in die Seite und gab ihm mit einem Kopfnicken eine stumme Warnung. Devon drehte sich gerade rechtzeitig um, um Alisha zu entdecken, die ihn böse anstarrte.

»Hattest du gestern einen schönen Tag?«, herrschte sie ihn an.

»Ähm, gestern? Ich denke schon.« Devon runzelte die Stirn. »War ziemlich entspannt.«

»Schön zu hören, dass es keine Umstände gemacht hat. Ich dachte schon, es wäre vielleicht zu anspruchsvoll, du weißt schon, den Überblick über Details zu behalten. Kleine Dinge wie zum Beispiel allen deinen Teamkollegen Bescheid zu sagen, wenn du eine Terminänderung vornimmst.«

Devon rümpfte verlegen die Nase. »Oh, das.«

Alisha drängte sich dicht an Devon heran und ging ihm direkt ins Gesicht, was ziemlich beeindruckend war, wenn man bedachte, dass sie gut einen Kopf kleiner war als er. »Ja, genau das. Stell dir meine Überraschung vor, als ich heute Morgen bei der Zeitung angerufen habe, um eine simple Frage zu stellen, und erfahren musste, dass das Interview bereits stattgefunden hat. Wolltest mich nicht dabei haben? Du Mistkerl.«

Oje. Das war es also, worüber die Jungs am Vortag gesprochen hatten. Becki fragte sich, wie Devon sich da wieder herausreden würde.

»Alisha«, Devon tätschelte ihre Schulter. »So war das nicht —«

»Spar dir die Ausreden.« Sie wand sich unter seiner Berührung hervor, verschränkte die Arme und hob trotzig das Kinn. »Ich hatte sowieso kein Interesse daran, teilzunehmen, aber du bist trotzdem ein Mistkerl.«

Alisha wirbelte auf dem Absatz herum und verschwand. Devon starrte ihr mit einem Ausdruck beinahe hoffnungsloser Bewunderung nach. Es war gut möglich, dass Erin recht gehabt hatte und Alisha und Devon sich zueinander hingezogen fühlten – zumindest was Devon betraf.

»Dein Trick ist nach hinten losgegangen?«, fragte Becki und trat näher, um leise sprechen zu können.

Er schüttelte seine Benommenheit ab und blickte in ihre Richtung. »Wie bitte? Oh, ja. Nun, es war nicht wirklich ein Trick.« Devon sah sich im Raum um, aber niemand blickte in ihre Richtung. »Ted hat neulich das Maul darüber aufgerissen, was für einen heißen Körper Alisha hat, und direkt danach kam die Idee auf, einen Kameramann zum Interview mitzubringen.«

Gütiger Himmel. »Woher hast du –?« Nein. Devon zu belehren, gehörte nicht zu ihren Aufgaben. Aber irgendwie doch, jetzt, wo sie mit ihnen arbeitete. »Pläne heimlich zu ändern, um Alisha vor den bösen Wölfen zu schützen, ohne dass sie davon wusste, ist eindeutig nicht der richtige Weg, um Pluspunkte zu sammeln.«

Devon nickte langsam und beobachtete Alisha, wie sie die Vorräte durch die Tür zum Heli trug. »Offensichtlich. Nur hat Ted ja eigentlich nichts falsch gemacht, und ich habe kein Recht, irgendetwas zu sagen.«

Gott, das war ja wie in der Mittelstufe. Sie hätte ihm am liebsten die Haare gewuschelt – er war so verdammt niedlich. »Tja, wenn du das Mädchen erobern willst, wirst du dich jetzt wohl etwas mehr anstrengen müssen, oder?«

Devon blinzelte überrascht. »Das Mädchen erobern? ... Oh.«

Becki schnaubte. »Wenn du versuchst, dein Interesse an Alisha zu verbergen, machst du es falsch.«

Devon ließ sein strahlendes Lächeln aufblitzen, und sie fragte sich, warum Alisha ihn anscheinend zu meiden versuchte. Er hatte etwas fast Einnehmendes, wenn man den sanften Typ mochte.

Marcus trat zurück in das Gebäude, und der Hormonschub, der sie traf, machte deutlich, dass ihr Geschmack eher in Richtung herb und würzig ging. Der dunkle und gefährliche Typ. Er ging nicht, er schlich wie ein Raubtier, und jeder Nerv in ihr kribbelte als Reaktion darauf, was gleichzeitig wunderschön und beängstigend war.

Er blieb an ihrer Seite stehen und musterte sie aufmerksam. »Bist du bereit dafür?«

Ein erneuter Schauer der Unruhe wallte in ihrem Magen auf, und sie kämpfte darum, ihn unter Kontrolle zu halten. Vielleicht hatte ihre aktuelle Nervosität gar nichts mit der sexuellen Spannung zwischen ihnen zu tun. »Ich denke schon.«

Becki wandte sich dem Heli zu und holte tief Luft.

MAN HÄTTE MEINEN KÖNNEN, sie stiege zum Galgen hinauf, so wenig begeistert bewegte sie sich. Marcus blickte über die Passagiersitze, um sicherzugehen, dass das ganze Team bereit war, bevor er mit Becki hinten einstieg.

Sie nahmen auf den kleineren Klappsitzen Platz; der Raum um sie herum war dunkel und fensterlos. Das beruhigte seine eigenen Nerven auch nicht gerade, aber hier ging es nicht um ihn. Es ging um Becki und darum, ihr beim nächsten Schritt zu helfen. Sie schnallte sich an und er legte seine eigenen Gurte an, während beide nach den Headsets griffen, die an der Wand hingen.

Das satte Dröhnen der Rotoren wurde vom Headset, das er sich überstreifte, gedämpft. Er stellte das Funkgerät auf Kanal zwei. Er hielt seine Finger hoch, um Becki die Nummer zu signalisieren. Sie drückte ihre eigene Taste, bevor sie die Brustgurte umklammerte, bis ihre Knöchel weiß hervortraten.

»Der Rest des Teams ist auf Kanal vier. Ich habe ihnen gesagt, sie sollen sich von dieser Leitung fernhalten. Wenn du was brauchst, sag Bescheid.«

Sie nickte hastig, während sie versuchte, ihren Atem durch die Nase zu beruhigen, die Lippen fest aufeinandergepresst.

Marcus verfluchte das Schicksal, das diese Frau so hart getroffen und aus der Bahn geworfen hatte. Die Angst in ihren Augen und die Anspannung in ihrem Körper – sie hatte nichts getan, um diese Qual zu verdienen, und er wollte es so dringend wiedergutmachen. Ihr die Angst nehmen.

Alles, was er tun konnte, war, für sie da zu sein, soweit sie es zuließ, und es brachte ihn um, hinter den Grenzen zu bleiben, die sie im Laufe des letzten Tages errichtet zu haben schien.

»Bereit zum Start?« Marcus legte seine Hand auf ihren Oberschenkel. Er wusste nicht, ob sie es brauchte, aber er brauchte es verdammt noch mal.

Beckis Kopf schreckte hoch, ihr Blick huschte weg von dem Punkt am Boden, auf den sie sich fixiert hatte, und sie nickte zustimmend, immer noch ohne ein Wort zu sagen.

Die Panik stand ihr in den Augen, und beinahe hätte er den ganzen Ausflug abgebrochen. Sie musste gesehen haben, was er vorhatte, oder es gespürt haben. Becki tippte auf ihren Sprechknopf und antwortete ihm mit zittriger Stimme: »Bereit für den Abflug.«

Ihre Stimme mochte unsicher sein, doch ihr Gesichtsausdruck forderte ihn geradezu heraus, sie nicht an dem Versuch zu hindern. Er gab Erin das Zeichen zum Start, den Blick fest auf Becki gerichtet.

Falls nötig, würde er den Start in der nächsten Sekunde abbrechen.

Das Summen der Rotoren schwoll an, selbst durch das schützende Headset. Becki schluckte hart, bewegte sich aber ansonsten nicht, als sich der Druck änderte und der Boden unter ihnen sich leicht neigte, während Erin sie in den Himmel hob.

Beckis Nasenflügel bebten beim Einatmen, und sie hielt die Augen geschlossen. Unter seiner Hand zitterte ihr Bein, und er drückte es leicht.

Sie umgriff seine Finger, und sein Herz machte einen Sprung. Etwa zwanzig Sekunden lang hielt sie ihn fest umklammert, während er im selben Rhythmus wie sie atmete. Im Wunsch, dass sie diesen Flug durchstehen würde. Im Gebet, dass sie die Kontrolle zurückgewinnen konnte, nach der sie sich so sehnte.

Es dauerte fünf Minuten, bis sich etwas änderte. Ihre Augen blieben fest geschlossen, doch ihr eiserner Griff lockerte sich. Marcus atmete leichter auf. Mit jedem Moment, der verstrich, näherten sie sich der Absetzzone. Wenn sie aus dem Heli steigen konnten, ohne dass sie eine Panikattacke bekam, würde es beim nächsten Mal umso reibungsloser verlaufen.

Zumindest war das seine Erfahrung. Erfolg auf Erfolg.

Der Helikopter schüttelte sich kurz, wahrscheinlich durch eine Böe an einer der Bergkanten, und Marcus fluchte, als Becki zu würgen begann. Sie tastete hastig nach dem Beutel, den er diskret neben ihr verstaut hatte, und ihr Frühstück kam ihr wieder hoch.

Die Vorrangschaltung unterbrach die Verbindung in seinem Headset, als Erin sprach. »Sorry, Boss, die Querturbulenzen haben mich überrascht. Wie schlimm war es da hinten?«

Becki war blass im Gesicht und zitterte, während sie sich an den Lehnen ihres Sessels festkrallte, den Beutel zwischen den Beinen. Sie sah elend aus, aber sie schrie nicht vor Panik.

»Geschätzte Ankunftszeit?« verlangte er zu wissen.

»Zehn Minuten bis zur Schwebeposition«, antwortete Erin knapp.

»Setz uns zuerst ab, dann kannst du wieder aufsteigen und das Absetzen der Crew übernehmen.«

»Mist. Bestätigt.« Erin schaltete sich kurz ein. »Sorry.«

Marcus tippte Becki auf den Handrücken und hielt ihr das Taschentuch hin, das er für einen solchen Fall in seine Tasche gesteckt hatte. Sie nahm es und zu seinem Erstaunen lächelte sie leicht. Sie wischte sich den Mund ab und verzog dabei ständig das Gesicht.

Als sie das Bordmikrofon aktivierte, war der Ekel in ihrer Stimme deutlich hörbar. »Hast du Wasser?«

Er deutete neben ihrem Sitz. Sie beugte sich vorsichtig vor, schnappte sich eine Flasche, spülte den Mund aus und spuckte die ersten Schlucke in den Beutel, bevor sie ihn vorsichtig oben einrollte und beiseite schob.

Sie fing seinen Blick auf und schüttelte abschätzig den Kopf.

Marcus hob eine Augenbraue. »Ist jetzt ein guter Zeitpunkt zu erwähnen, dass ich der ersten Krankenschwester, die mich nach meiner Operation mit netten Worten aufheitern wollte, direkt auf die Füße gekotzt habe?«

Sie atmete lang aus und versuchte, ihr Gleichgewicht zu finden. »Sehr stilvoll.«

»Fand ich auch.« Er deutete auf ihre Flasche, und sie nippte gehorsam daran. »Fast geschafft. Du machst das gut.«

Becki sah ihn an und zwang sich zu einem Lächeln. »Ich weiß. Auch wenn ich hoffe, dass du noch mehr Beutel dabei hast, denn ich habe so das Gefühl, dass der Rückflug nicht ganz so glattgehen wird.«

»Du kannst den Funk der Crew mithören, wenn du ein bisschen Ablenkung brauchst.«

Ihre Augen weiteten sich. »Klar. Und das Risiko eingehen, dass einer von ihnen über Essen redet? Nein, danke.«

Sie hatte seine Finger wieder in ihre Hand genommen, und er strich sanft über ihre Knöchel. »Ich habe gar nicht gefragt – ich nehme an, das ist der erste Heliflug seitdem?«

»Der erste Flug überhaupt.«

Wut und Verärgerung über sich selbst wallten in ihm auf. »Was? Ich dachte, du wärst nach Calgary geflogen.«

Jetzt lächelte sie, echter, diesmal. »Ich habe mein Auto dabei, Marcus. Wie, dachtest du, ist es nach Banff gekommen? Felsgnome?«

»Ich habe einfach nicht nachgedacht.« Er verurteilte sich selbst für diesen Umstand. »Es tut mir leid –«

»Vorbereiten zur Landung«, unterbrach Erins Durchsage. »Marcus, alles klar bei euch?«

Er wechselte den Kanal, um mit seiner Pilotin zu sprechen.

»Alles klar. So sanft wie möglich, oder ich lasse dich den ganzen Nachmittag bump and grinds fliegen.«

»Verstanden, Boss.«

Becki zog eine Augenbraue hoch, und er merkte, dass sie mitgehört hatte. Er schaltete zurück auf Kanal zwei. »Was?«

»Du bist so ein Arsch«, neckte sie ihn.

»Was soll ich sagen? Sie lieben mich.«

Sie schloss die Augen, stieß einen weiteren Atemzug aus und hielt sich gut fest. Marcus beobachtete sie voller Bewunderung. Was auch immer sonst auf sie zutreffen mochte – Mut stand ganz sicher ganz oben auf der Liste.

23

Training lief gut, obwohl die ganze Zeit über der Gedanke mitschwebte, dass noch ein Flug bevorstand. Schließlich fand sich Becki einfach mit der Tatsache ab, dass ihr auf dem Rückweg wahrscheinlich wieder schlecht werden würde.

Trotzdem war Prävention keine dumme Idee. Als sie den Müsliriegel ablehnte, den Tripp ihr anbot, sagte Marcus kein Wort.

Er beobachtete sie jedoch. Sein Blick blieb an ihr hängen, während sie sein Team durch die Übung leitete, obwohl sie ihnen rein fachlich nicht mehr viel beibringen konnte.

Sie trat neben Marcus und starrte auf den schmalen Vorsprung, den Alisha ohne Mühe erklommen hatte. »Sie sind gut. Dass ich dabei bin, ist für sie nur eine Auffrischung.«

»Ich stimme dir zu, und doch hat es etwas für sich, wenn man versucht, eine Heldin zu beeindrucken – sie sind viel ehrgeiziger, seit du auf der Bildfläche erschienen bist. Ich sehe nicht mehr so viel Herumgealbere im Training, weil du da bist.«

»Ich glaube, sie sind alle ein Haufen Angeber. Sie genießen

es, ein Publikum zu haben, vor dem sie sich präsentieren können.« Becki zeigte auf die Familie, die für ein Picknick angehalten hatte und dem Team beim Trainieren zusah. Marcus schob beiläufig seine Hand hinter ihren Rücken, während sie sprach, und sie zögerte. »Was machst du da?«

»Hm?« Marcus blickte nach unten. »Was?«

»Wir machen hier Training.« Sie ergriff seine Finger und zog daran, bis er losließ. Dann ignorierte sie Marcus und rief Tripp Anweisungen zu, wobei sie ihre Aufmerksamkeit wieder voll auf das Team richtete.

Sein tiefes Lachen schlich sich über ihre Nervenbahnen wie ein leichter Stromschlag; es kribbelte und machte sie nur noch aufmerksamer für seine Gegenwart.

Sie legten eine Pause ein. Devon und Tripp streckten sich auf dem Gras aus, während Xavier und Alisha im Schatten mit Anders plauderten. Erin saß in der offenen Tür des Cockpits und las ein Buch, und ihre baumelnden Füße wippten wie die eines Kindes.

Marcus streichelte Beckis Arm, und sie zuckte instinktiv zurück, wobei sie die Bewegung kaschierte, indem sie nach ihrer Jacke griff und hineinschlüpfte.

Er runzelte die Stirn. »Was ist los?«

»Du fasst mich ständig an.«

»Und das ist falsch?«

»Ja, während wir im Training sind.« Becki deutete auf die Seile, die von der Felswand hingen. »Ich denke, als Letztes für heute sollten wir...«

»Nein, warte mal kurz.« Marcus drehte sich, bis er direkt zwischen ihr und den Klippen stand, über die sie gerade sprechen wollte. »Ich bin jetzt ein wenig verwirrt. Gibt es einen speziellen Grund, warum es mir nicht erlaubt ist, dich in der Öffentlichkeit zu berühren?«

»Während wir im Training sind«, korrigierte sie ihn. »Du

hast mich schon ein paar Mal in der Öffentlichkeit berührt, wenn ich mich recht entsinne.«

»Aber nie, wenn wir in der Nähe meines Teams waren.« Sein Gesicht verdunkelte sich. »Versuchst du, unsere Beziehung vor ihnen geheim zu halten?«

Becki hielt inne. »Unsere Beziehung?«

»Ist das nicht so ein typischer Männerspruch? Ja, unsere *Beziehung*. Hast du vor, die Tatsache, dass wir uns treffen, aus irgendeinem Grund zu verheimlichen? Denn falls ja, hast du vergessen, mich darüber zu informieren. Und außerdem? Vergiss es.«

»Aber ich habe gar nicht...«

Sie hielt inne und dachte darüber nach. Sie hatte kurz mit Erin darüber gesprochen, dass sie sich auf Marcus einließ, aber versuchte sie wirklich, es geheim zu halten? Eigentlich glaubte sie das nicht, aber ihre Reaktionen hatten das ziemlich deutlich signalisiert.

»Ich weiß nicht, warum ich so nervös bin. Vielleicht liegt es daran, dass ich müde bin. Ich versuche nicht, irgendetwas zu verstecken.« Er zog eine Augenbraue hoch, und sie musste ihm recht geben. Sie war ein einziges Nervenbündel. »Vielleicht macht mich das Übergeben in Kombination mit dem Schlafmangel einfach dumm. Es tut mir leid, wenn mein Verhalten falsch rüberkam. Ich schäme mich nicht dafür, mit dir gesehen zu werden. Ganz im Gegenteil.«

Worauf er sich dann konzentrierte, kam unerwartet. »Warum hast du nicht geschlafen? Wieder Albträume?«

Mist. »Ja, aber es wird schon wieder. Es dauert sicher eine Weile...«

»Verdammt noch mal, Becki.« Marcus senkte die Stimme, aber seine Wut war laut und deutlich zu spüren. »Warum zum Teufel bist du letzte Nacht zurück in die Wohnheime gegangen? Du hättest wissen müssen, dass das passieren könnte.«

»Du hättest auch nichts dagegen tun können. Wenn ich

einen Albtraum bekomme, dann bekomme ich ihn, und es ist ja nicht so, als hättest du sie verhindern können.«

»Ich kann da sein, um dir zu helfen, damit klarzukommen«, knurrte er. Er starrte über die Felswand hinweg, seine Schultern unter dem T-Shirt waren angespannt. »Das war's. Wenn wir zurück in der Stadt sind, holen wir deine Sachen aus dem Wohnheim und du ziehst bei mir ein.«

Etwas völlig Wildes durchzuckte sie stoßweise. Das leise Aufwallen der Freude darüber, dass er sich um sie kümmern wollte, wurde rasch von einem Schwall der Empörung verschluckt. »Ich ziehe bei dir ein?«

»Ja.« Er sah sie fest an. »Du kannst sowieso nicht mehr lange in den Wohnheimen bleiben, also kannst du dich genauso gut dort einrichten, wo ich dich im Auge behalten kann.«

Oh, das hat er jetzt nicht wirklich gesagt. Becki war sicher, dass ihr die Kinnlade herunterfiel. »Mich im Auge behalten?«

Sie schien zu nichts anderem fähig zu sein als seine Worte zu wiederholen, so fassungslos war sie. Für einen intelligenten Mann schien er ihre wenig begeisterte Reaktion ziemlich zu ignorieren. Becki fragte sich, wie lange er noch vorhatte, sich dieses Grab zu schaufeln.

»Es gibt keinen Grund, warum du unter Schlafmangel leiden musst. Ich werde mich um dich kümmern.« Marcus strich ihr mit den Knöcheln über die Wange, und sie wäre fast ausgerastet.

Ihr Gesicht lief heiß an und jede Spur von Erschöpfung verschwand in dem Schwall von Zorn, der sie nun erfüllte. Sie stand auf und starrte ihn wütend an, froh, ihn für einmal überragen zu können, während er sitzen blieb. »Entschuldige mal, hast du mir gerade befohlen, in dein Haus zu ziehen? In welcher Parallelwelt lebst du eigentlich, dass du glaubst, mich herumkommandieren zu können? Vor allem, wenn es um so etwas Wichtiges geht wie meinen Wohnort?«

Er hatte den Anstand, verwirrt dreinzublicken, während er aufstand. »Aber ich dachte, du hättest es genossen, bei mir zu übernachten. Ich dachte, es hätte geholfen, dass ich neulich Nacht da war, als du den...«

»Diese Diskussion findet nicht statt. Nicht jetzt.« Becki warf einen Blick zum Team, das glücklicherweise nicht zu bemerken schien, dass sie kurz davor war, ihren Chef zu drosseln. »Ich schätze viele Dinge an dir. Die Tatsache, dass du nicht durchgedreht bist, als ich mich während des Fluges übergeben musste – das habe ich sehr geschätzt. Das bedeutet aber nicht, dass ich bei dir einziehe.«

»Du magst mehr an mir als nur das.« Marcus packte sie am Arm und drehte sie zurück zu sich. »Wir können uns gut unterhalten – die Liste der Gemeinsamkeiten ist lang, und der Sex ist mehr als spektakulär.«

»Nichts davon ist Grund genug, dass du mir Befehle erteilen darfst. Meine Güte.« Sie riss ihren Arm los.

Er starrte sie giftig an und öffnete den Mund, um zweifellos etwas Dummes zu sagen –

Ein Alarm schrillte vom Heli herüber, und sie alle fuhren zusammen.

Erin war sofort auf den Beinen. Sie verschwand im Cockpit, während das gesamte Team seine Taschen und Ausrüstung vom Boden aufriss und anfing, alles auf Haufen zu stapeln. Marcus war bereits weg und schlug gegen die Seite des Helis, während die Sirene zu einem leisen Echo in ihren Ohren verblasste.

Panikknopf – sie hätte wissen müssen, dass Marcus einen aktiviert hatte, selbst wenn das Team beim Training war. Die Rotoren begannen mit dem langsamen Aufbau zum vollen Abheben, und das Geräusch der Blätter, die durch die Luft schnitten, war noch leise, während sie sich auf das Schlimmste vorbereitete.

Becki rannte los, um Tripp beim Verstauen der Seile zu

helfen, während Alisha und Devon die am Hang verstreuten Leinen einsammelten. »Notruf?«

Tripp hielt nicht inne. »Scheint, als hätten sie die Nachricht nicht bekommen, dass wir diese Woche Training haben. Kommst du mit uns?«

Ihr Herz klopfte heftiger als es sollte, und das lag nicht nur an dem Gedanken, im Heli zu sein. Einen Rettungseinsatz bewältigen – das war unmöglich. Noch nicht.

»Ich wäre nur im Weg.«

»Fünf Kilometer Fußmarsch zurück zum Highway. Es ist aber ziemlich eben. Hast du dein Handy für eine Nummer dabei?« Sie nickte und tippte dann schnell die Kontaktdaten ein, die er ihr zurief. »Du wirst wieder Empfang haben, wenn du in der Nähe des Highways bist. Ruf an, dann kommt mein Mitbewohner und fährt dich zu dir.«

»Alles klar.« Sie schob das Handy in ihre Tasche und zog den Reißverschluss zu. »Ich kenne die Route zurück – bin sie schon etwa eine Million Mal gelaufen.«

Er grinste sie an, und beide schnappten sich die Hände voll Ausrüstung und rannten im Dauerlauf zum Heli.

Marcus brachte das Team in Position. »Wir fliegen nach Norden. Zuerst – Anwesenheitskontrolle. Will jemand aussteigen? Zu erschöpft vom Training? Keine Strafe, kein Problem, aber schätzt eure Fähigkeiten ein und dann legen wir los. Erin kann jeden, der Nein sagt, am Highway absetzen. Anders?«

»Dabei.«

»Alisha?«

»Dabei.« Sie wirbelte herum und kletterte in Position, das volle Geschirr bereits angelegt. Sie und Anders bereiteten alles vor, um sie mit der Winde ablassen zu können, sobald sie am Einsatzort eintrafen.

Marcus ging die Liste zügig weiter durch, aber sein Blick ruhte auf ihr. Becki huschte an ihm vorbei zum Cockpit und schnappte sich zwei Wasserflaschen aus der Kühlbox. Sie steckte sie in ihren Rucksack und überprüfte, ob sie den Rest ihrer Ausrüstung und Kleidung beisammen hatte.

Wenn er jetzt mit ihr stritt, würde er den Rettungseinsatz mit schmerzenden Eiern fliegen.

»Becki – kriech nach hinten und schnall dich an.«

»Negativ. Du willst keine Zivilistin dabei haben. Ich habe einen Rückzugsplan, Wasser und eine Mitfahrgelegenheit. Wenn Tripp noch ein paar Müsliriegel für mich hat, könnt ihr los.«

»Becki.« Marcus' Kiefer war so fest angespannt, dass sie fürchtete, er würde sich verletzen. Dennoch wich sie nicht zurück.

Wie er jetzt reagierte, würde die Richtung für alles vorgeben, was als Nächstes zwischen ihnen geschah. Denn auch wenn es ihr gefallen mochte, wenn er sie beim Sex dominierte, war es der nächste falsche Schritt, sie bei Lebensentscheidungen herumzukommandieren – genau wie dieser Macho-Schwachsinn von wegen *du wirst bei mir einziehen*«, den er gerade versucht hatte.

Vielleicht wusste er das. Sein Blick blieb scharf, aber er nickte kurz angebunden und warf einen Blick auf seine Uhr. »Ich rufe David bei Sonnenuntergang an. Wenn du bis dahin nicht am Highway bist, wird er dich suchen kommen. Hast du alle Nummern? Handy voll geladen?«

Tripp lehnte sich über ihn und warf Becki ein paar Müsliriegel zu. »Sie ist startklar. Wir sind abfahrbereit, Boss.«

Marcus holte tief Luft. »Wenn du dir sicher bist. Sich während eines Fluges zu übergeben, ist nicht das Schlimmste auf der Welt, Becki.«

»Geht schon. Ich stehe zu hundert Prozent dazu, hierzubleiben.«

Er schüttelte den Kopf, aber er bewegte sich, kletterte hinein und nahm auf einem Sitz Platz. Der Heli hob bereits ab, als Becki sich duckte und vor den rotierenden Rotoren weglief.

Sie sah zu, wie er aufstieg und sie zurückließ.

∽

MARCUS FUNKTIONIERTE WIE AUF AUTOPILOT. Sein Team arbeitete effizient und schloss die Rettung reibungslos ab, während sie die Opfer aus der Gletscherspalte zogen. Er hatte sichergestellt, dass sein Fokus darauf blieb, bei Bedarf Anweisungen zu geben, während er die talentierte Gruppe bei der Zusammenarbeit beobachtete. Er hatte wirklich das beste Team weit und breit.

Die ganze Zeit über gab es jedoch einen Teil seines Gehirns, der sich fragte, wo Becki war und wie es ihr ging. Seine Konzentration blieb scharf genug, sodass es keine Gefahr darstellte, aber bis sein Handy summte und die Nachricht kam, dass sie zu Hause war, blieb in seinem Inneren alles vor Sorge angespannt.

Er hatte es vorhin während des Trainings total vermasselt.

Andererseits hatte sie das auch.

Dass sie vor ihm zurückgewichen war, hatte ihn wütender gemacht, als er erwartet hatte. Obwohl ihre Erklärung, sie sei erschöpft, Sinn ergab – unter Schlafmangel wurden nun mal Fehlentscheidungen getroffen –, wollte er dennoch nicht zulassen, dass sie die Sache einfach so abtat.

Nur hatte sie eben auch recht. Sie herumzukommandieren, war nicht gerade sein glanzvollster Moment gewesen. Ihr Feuer und ihre Entschlossenheit waren ein Teil dessen, warum er sie so wahnsinnig bewunderte. Warum sollte er wollen, dass sie klein beigab?

Überzeugen? Überreden? Eines davon wäre angesichts ihrer Persönlichkeiten weitaus besser.

Als sie sich auf den Heimweg machten, hatte er seinen Schlachtplan entworfen. Zuerst die Einsatzbesprechung – eine Formalität, da das Team diesmal wie ein gut geöltes Zahnrad funktioniert hatte. Als Nächstes würde er Becki ganz sachlich anrufen und ihr seine Gesellschaft anbieten.

Ein starker Drink, falls sie ihn abwies. Vielleicht auch zwei.

Erin landete sie wieder auf dem Platz, und die Uhr zeigte fast zweiundzwanzig Uhr an. David trat aus den Hangartoren, um sie zu begrüßen, während eine Gruppe von vier Studenten aus der Gegend herbeieilte, um seinem erschöpften Team die Ausrüstung abzunehmen.

David klopfte ihm auf die Schulter. »Ich dachte mir, ihr könntet beim Ausladen ein wenig Hilfe gebrauchen.«

»Danke.« Marcus zeigte auf die Duschen. »Lifeline, ihr habt fünfzehn Minuten Pause. Weicht eure Gehirne ein, dann sammeln wir uns wieder. Davids Studenten räumen euren Mist auf.«

»Alles klar, David.« Tripp gab ihm im Vorbeigehen ein High-Five.

Alisha blieb stehen und gab David einen Kuss auf die Wange. »Du hast ein Herz aus Gold.«

»Erwarte das nicht jedes Mal«, warnte er. »Ich hatte Mitleid mit euch, weil ihr erst das Training hattet und dann noch Leichen bergen musstet.« David blickte zu Marcus, während um sie herum geschäftiges Treiben herrschte. »Alles okay bei dir?«

Marcus nickte. »Hast du was von Becki gehört?«

»Ihr geht's gut. Sie ist mit der Gruppe von Touristen rausgewandert, die eurem Team beim Training zugesehen hatten, und ist bei denen mitgefahren. Sie hat mich angerufen und meinte, sie würde sich auch bei dir melden.«

»Sie hat geschrieben. Aber ist sie wirklich okay?«

David hielt ihm sein Handy hin. »Ruf sie doch an, wenn du dir solche Sorgen machst.«

Marcus schüttelte den Kopf. Er würde sie nicht vor versammelter Mannschaft anrufen. »Ich sollte ihr ein bisschen Freiraum lassen.«

»Oje.« Sein Bruder lehnte sich näher zu ihm. »Was hast du jetzt wieder angestellt?«

Idiot. Marcus ignorierte ihn und setzte sich auf die Couch, um auf das Team zu warten. »Erinnere mich mal daran, warum ich sie mag?«

David lachte und klopfte ihm auf die Schulter, bevor er sich aufmachte, um die Freiwilligen bei ihren Aufgaben anzuleiten.

Bis sich das ganze Team versammelt hatte und sie die Analyse des Rettungseinsatzes abgeschlossen hatten, schmerzten Marcus' Schultern vor Anspannung. Es schien ewig zu dauern, bis der Personalraum endlich leer war und die Letzten vom Team gähnend zur Tür hinausgingen.

Er drückte auf Kurzwahl, bevor er es sich anders überlegen konnte.

Sie hob beim zweiten Klingeln ab. »Einsatz gut gelaufen?«

»Alle in Sicherheit, Team unversehrt.« All die Dinge, von denen er wusste, dass sie sie wissen wollte. »Alisha hat diesen Dreipunkt-Schlenker gemacht, der die reinste Poesie war. Hat die Rettungsseile befestigt und die Sicherer in Position gebracht, während ihr das Blut in den Kopf schoss. Wie das Mädel die Orientierung behalten kann, ist echt unheimlich.«

Becki lachte. »Wem das Klettern liegt, für den ist es nicht so schwer, zu wissen, wo oben ist, selbst wenn man auf dem Kopf steht.«

Marcus schwieg einen Moment. »Tut mir leid, dass ich dich zurückgelassen habe. Ich –« *Nein.* Ihr zu sagen, dass sie hätte mitkommen sollen, zumindest bis zum Highway, war unangebracht. Sie war in Sicherheit gewesen; sie hatte ihre eigene Entscheidung getroffen. Es war nicht das, was er wollte, aber er musste es schlucken. »Wie geht's dir?«

»Gut.«

Sie würde es ihm nicht leicht machen. »Möchtest du Gesellschaft?«

Becki seufzte, und im Hintergrund war das verräterische

Quietschen des alten Studentenbetts zu hören, als sie sich bewegte. »Marcus, ich muss nachdenken. Und der Fußweg nach draußen war nicht lang genug. Also danke für das Angebot, aber nicht heute Abend.«

Marcus drückte sich die Nasenwurzel und hielt die Worte zurück, die aus ihm herausbrechen wollten. Stattdessen sprach er langsam und versuchte, vernünftig zu klingen, statt wie ein Arschloch zu klingen. »Wenn du deine Meinung änderst, lass es mich wissen.«

»Sicher.« Unverbindlich. Das Wort klang kurz angebunden und gepresst.

Scheiß drauf. Den vernünftigen Ton beizubehalten, fiel ihm plötzlich viel schwerer. »Becki, ich meine es ernst. Ich ziehe mich jetzt zurück, weil du mich darum gebeten hast. Aber du rufst mich an, selbst mitten in der verdammten Nacht, wenn du etwas brauchst. Kapiert?«

»Kein Problem.« Becki schien das Gespräch so schnell wie möglich beenden zu wollen. »Ich lass dich dann mal. Wir sehen uns morgen beim Training.«

Er starrte auf das Telefon und fragte sich, wie sehr es ihn erwischt hatte, da sein erster Impuls gewesen war, rüber zu den Wohnheimen zu gehen und ein Seil an ihr zu benutzen, bis sie wieder zur Vernunft kam.

Wut schoss durch ihn hindurch, loderte aus dem Nichts auf. Sie zurücklassen zu müssen, hätte ihn fast zerrissen. Die Übelkeit und Angst, die ihn zuvor betäubt hatten, schlugen in Rage um, und er brüllte auf, sodass der Ton im leeren Personalraum widerhallte.

Ein stechender Schmerzimpuls traf ihn, und er fluchte, als die Dämonen seiner Erinnerung über ihn herfielen. Es war, als wüssten sie, dass er gerade anfällig war – der Anblick ihrer geweiteten Augen und ihrer Angst löste eine Flut von Schuldgefühlen und Reue aus.

Du kannst ihr nicht helfen. Du kannst dich selbst nicht retten …

du kannst niemanden retten.

Er kämpfte gegen die aufsteigende Gewalt an. Kämpfte gegen den Drang, in seiner Frustration den Raum zu zerlegen. Ignorierte den schmerzhaften Ruf, der darauf folgte und verlangte, dass er sich hinlegte und in dem geistlosen Zustand verschwand, in den ihn so ein Anfall versetzen würde.

Stattdessen konzentrierte er sich auf Becki und klammerte sich an die Hoffnung, die sie ihm gegeben hatte. Er stellte sich ihre grünen Augen vor, nicht voller Angst, sondern voller Leidenschaft und Leben. Die Erinnerung gab ihm Halt, und er griff danach, als hätte sie ihm persönlich ein Sicherungsseil zugeworfen. Sich an ihre lebhaften Gesichtsausdrücke zu erinnern, beruhigte seine blank liegenden Nerven – all ihre Stimmungen, egal ob Leidenschaft, Sturheit oder gerechter Zorn.

Die Vorstellung der Zärtlichkeit ihrer Hand auf seiner Haut hielt ihn vom Abgrund zurück.

Er zwang sich, nach Hause zu gehen, entschlossen, nicht wieder in die Dunkelheit zu stürzen. Um Beckis willen.

Die Nacht war kalt und voller Schatten, und er fragte sich, ob ein Teil des Grundes, warum er so sehr gewollt hatte, dass sie sein Angebot annahm, sein eigenes Wohl gewesen war.

Den Rest der Woche hielt sie diese Barriere zwischen ihnen aufrecht. Er vermied es, in ihrer Nähe zu sein, während sie für Lifeline arbeitete, und tauchte nur zu ihren vereinbarten persönlichen Trainingszeiten auf. Becki ging an die Wand und bekämpfte sie, als würde sie mit ihren eigenen Dämonen ringen statt mit den Griffen. Sie stritt nicht mit ihm, aber sie schaffte auch keinerlei Durchbruch, was die Vertikale anging.

Wenn sie an der Reihe war, den Vorstieg zu übernehmen, war sie auch dort wie von Dämonen besessen und verlangte ihm Workouts ab, die ihn schweißgebadet zurückließen und fast zu müde machten, um sich darüber zu ärgern, dass sich die Dinge in die falsche Richtung entwickelten.

Sein Temperament zu zügeln und den Mund zu halten,

ohne darauf zu bestehen, dass sie ihm zuhörte und sie wieder dahin zurückkehrten, wo sie auf dem Weg dorthin gewesen waren, war verdammt hart. Es schien, als würde es etwas Großes brauchen, um sie zum Zuhören zu bewegen, und die einzige große Sache, die ihm einfiel, löste bei *ihm* Übelkeit aus. Geduldig zu sein, funktionierte nicht mehr – das machten die dunklen Ringe unter ihren beiden Augen deutlich. Es war an der Zeit, dass er aufhörte, sie das Sagen haben zu lassen.

Wenn er sich in einen Smoking werfen und zu einem formellen Anlass erscheinen musste, um sich wieder mit ihr gutzustellen, dann würde er die Zähne zusammenbeißen und es tun.

24

___

»Da könnte ich mich viel zu leicht daran gewöhnen.« Becki strich mit der Hand über den Ledersitz zwischen ihr und Alisha. Im Getränkehalter standen Wasserflaschen, und leise Musik lief über die Lautsprecher der Limousine.

Alisha hob eine Braue. »Es ist nur ein Auto. Mit Champagner und einem Fahrer.«

Sie grinsten einander an.

Becki lehnte sich im Sitz zurück. »Hat David das organisiert? Also, es ist nett und so, aber ich musste nicht mit einer Stretchlimousine zur Veranstaltung gebracht werden, um beeindruckt zu sein.«

»Letztes Jahr hatten wir dasselbe. Ich glaube, das ist Teil des Paketangebots, das sie vom Banff Springs bekommen, wenn sie den Raum buchen. Genieß es einfach.« Alisha knackte eine der Flaschen auf und nahm einen langen Schluck, bevor sie sich nach vorn beugte und aus dem Fenster spähte. »Die Fahrt ist zu kurz. Wir hätten ihn bitten sollen, ein paar Mal durch die Stadt zu kurven.«

»Lang genug, um es zu genießen.« Becki entspannte sich,

als das Fahrzeug in eine Wohnstraße einbog und vor einem gepflegten Haus anhielt. Erin stieg zu und kam zu ihnen, ihr silberner Rock blitzte gegen ihre dunkle Haut, während sie sich bewegte. Becki zog die Beine aus dem Weg, als die dritte Frau sich in den freien Platz setzte.

»Ahh, eine Nacht voller Luxus und Verwöhnprogramm. Wie sollen wir das nur aushalten?« Erin hob ihr Wasser in die Höhe. »Auf die Banff SAR School. Mögen heute Abend viele Portemonnaies weit offen stehen.«

Sie stießen ihre Plastikflaschen an.

Becki wandte sich an Alisha. »David hat erwähnt, dass du heute Abend sprichst?«

»Für ein paar Minuten. Ehemalige in der Gegend bedeuten, dass die Sponsoren immer sehr interessiert sind. David und Marcus haben über die Jahre so viel für mich getan, da finde ich, es ist nur fair, wenn ich ein bisschen was tue, um sie zu unterstützen.« Alishas Augen weiteten sich. »Nicht, dass du sie nicht unterstützen würdest. Ich verstehe total, warum du nicht reden willst. Ich meine—«

»Hör auf, solange du erst einen Fuß im Mund hast«, schlug Erin trocken vor.

»Oh Mist, das ist mir so peinlich«, Alisha presste die Hände an die Wangen. »Sorry, Becki, ich wollte nicht doof sein.«

»Schon okay«, beruhigte Becki sie. »Es ist auch nicht dasselbe. Ja, ich war auf der Schule, aber ich bin erst gerade zurück. Ich finde, es ist viel wichtiger, dass du ihnen erzählst, was du machst. Ich bin nicht mehr aktiv in SAR.«

»Nicht im Moment, aber du kommst dahin«, stellte Erin fest.

Becki ignorierte die errötete Alisha und konzentrierte sich darauf, wie wunderbar sich der Gedanke anfühlte, wieder Vollzeit zu arbeiten. »Ich hoffe es. Aber Unterrichten wird auch keine Strafe. Die Arbeit mit Lifeline in den letzten paar Wochen hat mir gutgetan.«

»Du warst auch gut für uns«, beharrte Alisha. »Mal abgesehen von meiner chronischen Fuß-im-Mund-Krankheit. Und gut für unseren Chef – wenn es dir recht ist, dass ich das erwähne.«

Becki warf der jungen Frau einen Blick zu. »Weil es genau das war, was er gebraucht hat, dass ich regelmäßig seinen Blutdruck teste?«

Alisha lächelte. »Wie auch immer. Ich weiß nur, dass Marcus plant, heute Abend zu kommen, und er kommt nie zu solchen Veranstaltungen. Der einzige Grund, warum er es tut, bist du.«

»Wo hörst du so was?« wollte Erin wissen.

Ein unschuldiges Zucken hob Alishas Schultern. »Wenn man still sitzt und so tut, als wäre man eine Maus, plumpsen einem die interessantesten Informationen in den Schoß.«

Die Limo fuhr über die Brücke, näherte sich dem Hotel, und Erin runzelte die Stirn. »Ich dachte, wir holen Devon ab?«

Alisha schüttelte den Kopf. »Er trifft uns dort.«

Nur wurde sie noch röter als zuvor, und Becki fragte sich, was los war. Besonders, als Alisha plötzlich ein großes Interesse an ihren Nägeln zeigte.

»Oh, du schlimmes Mädchen.« Erin senkte die Stimme zu einem Flüstern und beugte sich über den Abstand zwischen den Sitzen nach vorn. »Hast du Devon gerade sitzen lassen?«

Alisha zog einen Spiegel hervor und checkte ihr Make-up. »Nun, ich habe dem Fahrer vielleicht gesagt, dass wir nur zwei Stopps brauchen.«

»Alisha.«

Blonde Locken schwangen, als Alisha ihr Haar über die Schulter warf. »Rache ist eine miese Schlampe. Er hat mich aus dem Interview und dem Fotoshooting gekickt. Er kann mit dem Fahrrad zur Gala fahren.«

Becki verbarg ihr Grinsen so gut sie konnte. »Ich dachte, du hast gesagt, dir ist das Interview egal.«

»War es auch, besonders nachdem ich die Jungs darüber habe reden hören, was für ein widerlicher Typ der Reporter ist und dass er wohl einfach nur ausnutzen will, dass ich eine hübsch anzusehende Frau bin. Ich habe keine Lust, als Sexsymbol von Lifeline ausgebeutet zu werden.«

Erin runzelte die Stirn. »Warum dann die Rache an Devon?«

Alisha zog eine Braue hoch. »Das hätte meine Entscheidung sein sollen, nicht seine. Wenn er mir gesagt hätte, was er erfahren hat, hätten wir darüber reden können. Sich den Vorteil zu schnappen und mich da rauszutricksen, war ein Arschloch-Move. Deshalb kann er allein zur Spendenveranstaltung finden.«

»Dominante Typen sind scheiße«, stimmte Erin zu. »Darauf, dass wir unsere eigenen Entscheidungen treffen und das Sagen haben.«

Selbst während Becki mit anstieß, gab es einen Teil in ihr, der den Toast relativieren musste. Was ihr Leben anging, wollte sie die Kontrolle. Vielleicht war sie ein bisschen verdreht, aber sie hatte nichts dagegen, wenn Marcus im Schlafzimmer das Sagen haben würde. Zumindest manchmal.

Öfter, als sie zugeben wollte.

Sie starrte auf das Hotel, als es in Sicht kam, und die märchenhaft-schlossartige Silhouette ragte riesig auf, selbst vor der Kulisse der Berge. Sie hatte unzählige Erinnerungen, die mit diesem Ort verknüpft waren. »So wunderschön.«

»Bei all dem Mauerwerk jucken mir die Finger«, gestand Alisha. »Ich kriege direkt den Drang, mir eine Ecke auszusuchen und zu schauen, wie weit ich klettern kann.«

Becki schluckte die Antwort hinunter, *Ziemlich weit*. Falls sie es nicht ohnehin schon gehört hatten, mussten diese beiden nicht auch noch von ihrem Ausflug in illegale Aktionen erfahren. »Weißt du, wo wir drinnen hingehen?«

Erin nickte. »Gleich wie letztes Jahr. Der Ballsaal ist leicht zu finden.«

Die Limotür ging auf, und Alisha stieg weitaus graziöser aus, als Becki es hinbekam. Sie hatte zwar keinen langen Rock im Weg, aber sie hatte nicht erwartet, dass Marcus direkt dort auf sie wartete, und der Anblick von ihm im Smoking ließ sie abrupt innehalten. Ein Bein draußen aus dem Wagen, das andere noch drin, starrte sie überrascht.

Das cremige Weiß seines Hemdkragens hob sein dunkles, markantes Aussehen nur noch hervor, und ein Hauch Bartschatten färbte bereits sein frisch rasiertes Kinn.

»Wow.« Das war das einzige Wort in ihrem Kopf, das sicher schien. Sie dachte nicht, dass *köstlich* so gut ankommen würde.

Sein Blick glitt über sie, während sie es zumindest schaffte, die Füße zusammenzustellen und seine ausgestreckte Hand anzunehmen. »Du siehst selbst verdammt gut aus.«

Er stützte sie, während sie auf ihren ungewohnten High Heels das Gleichgewicht hielt, und sein linker Arm legte sich um ihre Taille, während er den Griff um ihre Hand behielt. Die anderen Frauen warteten auf dem Podest, bis sie hinüber waren; Autos fuhren dahinter vor und setzten weitere Gäste ab.

»Zum Seiteneingang«, wies Marcus Alisha an. »Wir müssen nicht durch die ganze Hotelhalle latschen, um hinzukommen.«

»Hab ich. Komm schon, Erin, Wettrennen zu den Häppchen.«

Erin warf Becki und Marcus ein spitzbübisches Grinsen zu, bevor sie Alishas Hand packte und sie zu den Türen zog. »Du willst mich wieder wahnsinnig machen. Ich esse heute Abend nicht wieder die ganze Zeit Jalapeño-Poppers wie letztes Jahr.«

Becki sah den anderen Frauen nach. »Wie kann Alisha sich so schnell in diesen Absätzen bewegen? Die müssen vier, fünf Inch hoch sein. Ich würde mir glatt das Genick brechen.«

Marcus zuckte die Schultern. »Frag mich nicht, wie sie das macht, aber sie hat ein Talent – das ist sicher. Jemand hat sie mal herausgefordert, in so einem Paar zu klettern, und es hat sie kaum gebremst.«

Unglaublich. »Gib mir jederzeit Klettersohlen. Die zwei Zoll, die ich anhabe, sind Herausforderung genug.«

Marcus drückte sie, und sie merkte, dass sie sich ganz selbstverständlich unter seinen Arm gekuschelt hatte, während er sie nicht zu den Türen führte, durch die Alisha und Erin verschwunden waren, sondern in Richtung Aussichtspunkt. Mount Rundle füllte den Großteil ihres Blickfelds, Tunnel Mountain lag zur Linken. Das enge Tal zwischen den beiden Gipfeln war erfüllt vom Grün des Fichtenwalds und den schimmernden Wassern des Bow Rivers.

Sie atmete tief durch und genoss die Ruhe, bevor der Lärm des Abends begann. »Ich höre den Wind in den Bäumen. Das ist immer ein riesiger Teil dessen, was mich fühlen lässt, dass ich am richtigen Ort bin – die Geräusche.«

»Welches Geräusch verbindest du mit diesem Ort?«, fragte er. »Mit dem Banff Springs?«

Sie drehte sich um und lächelte. »Ganz viel Hecheln, Stöhnen und Keuchen.«

Marcus gluckste und ließ ihre Taille los, lehnte die Hüfte gegen das Steinwerk des Geländers. »Du hast nicht vor, wieder außen hochzuklettern, um zur Gala zu kommen, oder?«

Sie drehte sich um und schaute zur Wand, wo sie es damals bis auf drei Viertel geschafft hatte, bevor sie über einen Balkon kroch. »Das war eine völlig verrückte Aktion von mir.«

»Auf eine Wette hin, oder?«

Becki nickte. »Erstes Jahr an der Schule, und es gab nichts, was ich nicht ausprobiert hätte. Trotzdem, ich bereue es nicht.«

Marcus zog eine Braue hoch. »Du bereust nicht, dass du die Außenseite des Hotels freegeklettert bist? Weil man dich nicht erwischt hat?«

»Aber man hat – *du* hast mich erwischt«, gab Becki zu

bedenken. »Und ich weiß, es ist ewig her, aber ich weiß nicht, ob ich dir je gedankt habe.«

Diesmal lachte er schallend, ein großer, herzhafter Laut, der sie mit Glück füllte. Er hob ihr Kinn mit den Fingern an. »Mir für die drei Tage zu danken, in denen wir uns in einem der Zimmer verkrochen und rumgemacht haben, klingt kinky.«

»Danke, dass du deine Ansichten mit mir geteilt hast. Der Sex war ein Bonus.«

»Bonus ist gut.« Marcus beugte sich langsam vor und gab ihr reichlich Zeit, Nein zu sagen.

Sie wollte nicht, dass er aufhörte. Ihre Lippen trafen sich, und alle Anblicke und Geräusche verschwanden, während ihre Sinne völlig von dem Mann vor ihr eingenommen wurden. Wie er sie so perfekt berührte. Manchmal sanft, manchmal rauer.

Sie wusste nicht, warum, aber jedes Mal, wenn sie in seiner Nähe war, wurde sie zu einem einzigen großen Gefühlsbündel. Er kitzelte das Meiste aus ihr heraus. Ließ sie sich wieder ganz lebendig fühlen.

Sie lösten den Kuss, blieben aber noch einen Moment ineinander verschränkt.

»Ich verbringe gern Zeit mit dir«, gestand sie. »Tut mir leid, wenn es so wirkte, als würde ich mich zurückziehen.«

Marcus starrte sie schweigend an. Musterte sie sorgfältig. »Ich fürchte, ich werde bei Sachen ziemlich zwanghaft, wenn ich mir mal etwas in den Kopf gesetzt habe.«

Das war nichts Schlechtes. »Ich bin es gewohnt, auf mich aufzupassen. Es ist ungewohnt, jemanden zu haben, der mehr für mich tun will, als ich erwarte.«

»Schön. Jetzt werde ich auch noch als seltsam bezeichnet.« Sie lächelten einander an. »Ich versuche, dir Raum zu geben, Becki, aber das gehört zu mir. Du bist mir wichtig geworden, und auch wenn ich dich nicht erdrücken will, heißt, dass du die Dinge nicht allein machen musst.«

»Ich weiß. Also, ich weiß es im Kopf.« Sie drückte ihn. »Ich finde noch raus, wie das praktisch aussieht.«

SICH ZUSAMMENZUREIßEN UND nicht zu sagen, *Du könntest damit anfangen, bei mir einzuziehen*, war verdammt schwer. Selbst nachdem er sich ordentlich die Leviten gelesen hatte, war der Drang, die Kontrolle zu übernehmen, fast stärker, als er beherrschen konnte.

»Wie läuft's in letzter Zeit? Mit dem Schlafen, meine ich.«

Becki blickte über die Aussicht. »Das Schlafen an sich ist okay, es sind die Aufwachmomente, die mich wahnsinnig machen.«

»Immer noch?« Er fluchte leise, als sie es bestätigte. »Neue Sachen?«

Becki drehte sich. »Ich will jetzt nicht drüber reden. Wir sollten reingehen.«

Verdammt, dieses Dagegenankämpfen, das zu tun, was er tun musste. »Später aber?«

Sie nickte langsam. »Das würde ich gern. Bis dahin, lenk mich ab.«

Er küsste sie wieder, weil er es die letzten Tage so verdammt vermisst hatte, und dann hakte er ihre Finger bei sich unter und führte sie ins Gebäude.

Der Raum war voller Schwarz-Weiß-Abendgarderobe und leiser, edler Musik, und der ganze Laden roch nach Geld.

Er musste zugeben, dass David sich mit dem Organisieren einer Spendenveranstaltung auskannte.

Marcus schlenderte mit Becki am Arm hinein, lächelte und nickte, wenn nötig, aber es juckte ihn unterm Halsband, bis der Abend endlich vorbei war. Der einzige Grund, warum er da war, war die Frau an seiner Seite. Seine eigenen Erinnerungen an Black-Tie-Events waren viel zu verdreht, um angenehm zu sein.

David wandte sich von einem Plausch mit einem Paar ab und entdeckte Marcus und Becki. Er entschuldigte sich, und sein Grinsen wurde breiter, während er quer durch den Raum auf sie zusteuerte.

Großartig. Marcus beugte sich vor und schnappte Becki von einem vorbeiziehenden Tablett ein Glas. »Hier, davon willst du einen als Stärkung, bevor es losgeht.«

Sie traf seinen Blick, während sie das schlanke Kelchglas zum Gruß hob. »Auf dominante, durchsetzungsstarke Menschen und auf die, die sich kümmern.«

»Streiten wir jetzt darüber, wer von uns wer ist?«

»Kein Streit. Nicht heute Abend.«

Sie stießen gerade die Gläser an, als David neben sie trat. »Wenn das nicht mein Lieblingsbruder und die talentierteste Ausbilderin der Schule ist.«

»Leg noch 'ne Schippe drauf«, murmelte Marcus. »Die Antwort ist trotzdem nein.«

David riss die Augen auf. »Was glaubst du denn, worum ich dich bitten will? Ich bin schon schockiert, dass du überhaupt aufgetaucht bist.«

Becki schaute sich im Raum um. »Schöner Andrang. So üblich?«

»In etwa. Es sind ein paar neue Leute da, die ich beeindrucken will, aber mach dir keine Sorgen, mit ihnen zu schmooven; Alisha wird schon Eindruck genug machen.«

»Gut, dann reden wir später.« Marcus zog Becki weg, hinüber an die Seite des Raums, wo sie zwar alle sehen konnten, aber ein bisschen Platz hatten.

»Du kommst sonst nicht zu solchen Events, oder?«, fragte Becki, ihre Lippen nah an seinem Ohr, als sie sich zu ihm lehnte.

»Nie.«

Ihre Lippen streiften leicht seine Wange. »Danke, dass du hergekommen bist, um bei mir zu sein.«

»Wer hat gesagt, dass es deinetwegen geht?«, brummte er.

Sie schob die Hand unter sein Jackett und hakte ihre starken Finger in den Bund seiner Anzughose. »Ein Vögelchen hat's mir gezwitschert.«

»Kleine Vögelchen sollten ihren Schnabel halten.« Sie zupfte an seinem Hemd, bis es herausrutschte, und ihre Handfläche lag an seinem nackten Rücken. »Was machst du da?«

Außer dass sein Körper völlig verrückt spielte.

Sie drehte sich, kehrte dem Raum den Rücken und schob sich vor ihn. Ihr hellblaues Kleid war weich unter seinen Fingern, und er wollte nur zu gern jede Stelle von ihr streicheln. Becki ließ ihren Blick über sein Gesicht, seinen Oberkörper wandern. Sie musterte ihn. Die Hitze in ihren Augen machte ihm Hoffnung und trieb ihn zugleich in den Wahnsinn.

Als sie sich über die Lippen leckte, war er geliefert. »Becki?«

»Weißt du, von oben hat man einen großartigen Blick auf diesen Raum. Ich würde zu gern sehen, wie es von dort aussieht.«

Schelmenhaftigkeit und Hitze mischten sich in ihrem Ausdruck, als sie ihn zur Seitenausgangstür zog. Er ging nur zu gern mit. Er war ja nicht dumm.

25

$\mathcal{S}$ie hielt seinen Arm fest, während sie den Hauptkorridor entlangschritten. »Nicht, dass ich deine Pläne ändern will, aber was hast du eigentlich vor?«

Becki blickte den Flur hinauf und hinunter, dann stieß sie eine Tür mit der Aufschrift NUR FÜR PERSONAL auf. »Ich hab's dir doch gesagt. Ich will eine schöne Aussicht auf den Raum.«

»Brillante Frau.« Es war die logischste Erklärung für Hausfriedensbruch, die man sich nur vorstellen konnte.

Sie hatte die richtige Tür gefunden. Das Treppenhaus führte nach oben, und sie lachte leise, während sie in ihren High Heels die Stufen hinaufstürmte – mit deutlich weniger Schwierigkeiten, als sie behauptet hatte.

Sie traten in einen schmalen Korridor hinaus, von dessen rechter Wand Türen abgingen.

»Hast du eine Ahnung, wo wir hinlaufen?«, fragte Marcus.

Becki hielt inne. »Ich dachte schon, aber jetzt ...«

»Gut.« Denn er kannte genau den richtigen Ort. »Folge mir.«

Die dritte Tür enthüllte sein Ziel – etwas, das man überall

sonst wohl als Theaterloge bezeichnen würde, aber hier war es einfach eine verdammt gute Aussicht auf die Tanzfläche und den großen Ballsaal.

Becki schlüpfte neben ihn und legte ihre Hände leicht auf das Geländer, während sie hinabblickte. »Wow, das ist ja klasse.«

Mist. »Kein Problem mit der Höhe?« Denn wenn sie jetzt eine Blockade bekäme, wären all die anderen Pläne, die durch seinen Kopf schwirrten, völlig unmöglich.

Becki sah noch einmal hinunter und schüttelte dann den Kopf. »Ich weiß nicht warum, aber das hier ist okay.«

»Ein fester Boden unter den Füßen macht vielleicht den Unterschied.«

Dann stellte sie sich auf und sah ihn an. Das Puderblau ihres Kleides glänzte durch die feinen Silberfäden, die in den Stoff eingearbeitet waren. Sie hatte ihr Haar zu einer eleganten Hochsteckfrisur hochgesteckt, wobei kleine Strähnen ihr Gesicht umspielten und ihr Lächeln einrahmten. Ein zartes Erröten färbte ihre Wangen, und ihre Augen waren mit einem dünnen blauen Strich betont, der ihre Pupillen größer erscheinen ließ. Oder vielleicht lag das auch an der Art, wie sie ihn musterte – als stünde er auf der Speisekarte.

Er hoffte es verdammt noch mal.

»Hast du noch etwas anderes im Sinn, außer, das schicke Event von hier oben zu beobachten?« Denn wenn sie es nicht hatte, dann er ganz sicher.

Sie lehnte sich zu ihm vor, und die feine Silberkette um ihren Hals schwang nach vorn, wobei das winzige Herzmedaillon aus dem Ausschnitt hüpfte und einen Moment lang im Licht aufblitzte. »Ich habe dich vermisst«, hauchte sie leise.

Er wartete. Verdammt, wenn er nicht am liebsten mehr getan hätte, aber das war ihr Moment, um das Kommando zu übernehmen. Und das tat sie.

Sie presste ihre Hände an ihre Taille und ließ sie tiefer über ihre Hüften gleiten, wobei sie sich leicht nach vorn beugte, bis ihre Finger den unteren Rand ihres Rocks erreichten. Sie musste sich nicht weit vornüberbeugen, da der Saum auf halber Höhe ihrer langen Beine endete, aber es reichte aus, um ihm einen herrlichen Blick auf die Wölbung ihrer Brüste zu bieten, deren cremiges Weiß sich von ihrem Kleid abhob wie zwei Wolken an einem blauen Himmel.

»Wenn du versuchst, mich wahnsinnig zu machen, klappt es. Ich glaube, ich habe gerade ein Gedicht über deine Brüste geschrieben.«

Becki packte den Rand des Stoffes und schob ihn ruckelnd nach oben. »Poesie. Limericks oder Wortspiele?«

»Fuck.« Marcus schlug seine Hand über seinen Schwanz – er musste irgendetwas tun, um zu lindern, wie schnell das verdammte Ding hart geworden war. Sie trug Strümpfe und einen Strapsgürtel. Sonst nichts außer ihrem nackten Geschlecht, das zum Vorschein kam, als sie das Kleid an der Taille hochhielt. »Fuck, fuck, fuck.«

»Ein bisschen repetitiv für ein Gedicht, aber es hat was. Ja. Lass uns«, befahl sie. Er griff nach ihr, doch sie entzog sich ihm. »Nicht langsam. Einfach nur hart und dreckig. Das ist es, was ich will.«

Marcus hatte sie so schnell gegen die Wand gepresst, dass sie nach Luft schnappte. Er fixierte sie mit seinem Körper und herrschte über ihren Mund. Vier Tage war es her, seit sie gestritten hatten. Fünf Tage waren vergangen, seit er sie das letzte Mal gehabt hatte, und er war wie ein Süchtiger, der nach einem Schuss lechzte.

Becki nestelte an seinem Reißverschluss, während er immer wieder ihren Hintern berührte. Hungrig nach ihrer Haut, wollte er mehr als nur ein kurzes Ficken gegen die Wand, aber er brauchte das Schnelle zuerst.

Er schob seine Hand zwischen ihre Beine und verteilte die Feuchtigkeit über ihre Klitoris. Ihr Kopf fiel nach hinten, als er seine Finger in ihre Fotze stieß und mit seinem Daumen am Klitoris-Piercing rieb. Er packte ihren Nacken und saugte daran. Biss in ihren Schultermuskel, während sie unter seiner Berührung feucht wurde.

Sie war jetzt außer sich, ihr Atem ging stoßweise. Es war ihr gelungen, seinen Schwanz zu befreien, und irgendwie, während sie sich küssten und aneinander herumnestelten, stützte sie ein Bein auf dem Stuhl neben ihnen ab und führte ihn in ihre Hitze.

Es war nicht genug. In ihr schmelzend, von ihr umgeben. Marcus stieß mit voller Kraft hinein und sie stöhnte ihr Vergnügen heraus.

BECKI PACKTE sein Gesicht und küsste ihn wild, wobei Zähne und Zunge die Kontrolle übernahmen. Er war so groß in ihr und drang tief ein. Es gab kein Ignorieren seiner Gegenwart, so sehr sie es in den letzten Tagen auch versucht hatte. Mental war er da, selbst wenn er nicht im Raum war, und sie hatte aufgehört, sich darüber den Kopf zu zerbrechen.

Physisch? *Gott.*

Er füllte sie erneut aus und sein Schwanz dehnte sie bis zum Äußersten. Die solide Wand fühlte sich an ihren Schultern kalt an, sein heißer Atem keuchte über ihre Haut. Er war nicht vorsichtig und seine Finger an ihrem Hintern drückten so fest zu, dass es blaue Flecken geben würde. Es war ihr egal, sie bäumte sich seinen Bewegungen entgegen auf und half ihm, noch härter zuzustoßen.

Sie brauchte das. Wollte es. Sie hatte ihn in den letzten Tagen verdammt noch mal zu sehr vermisst, und das Kommando zu übernehmen und ihn wissen zu lassen, was sie wollte, sorgte dafür, dass sich die ganze Anspannung in ihrem Körper endlich löste.

Er stützte seinen linken Ellbogen an der Wand ab und stabilisierte seinen Oberkörper über ihr. »In diesem Kleid siehst du aus wie ein Engel.«

Becki hob ihr Bein höher und ihr stockte der Atem, als er wieder hart zustieß und ihre Leisten aufeinanderprallten. »Dunkler Anzug. Dunkles Haar.« Sie presste ihre Hand gegen seine Wange und seine Stoppeln. »Gefährlich wie ein Dämon.«

»Ich habe das gebraucht. Musste dich um mich herum spüren.« Marcus wurde langsamer und lehnte sich ein Stück zurück, wobei er dorthin blickte, wo sie eins waren. Ihr Kleid war um ihre Taille hochgeschoben, sein Schwanz ragte nass aus dem Hosenstall seines Anzugs, sein Gürtel war noch geschlossen und sein Hemd ordentlich eingesteckt. »Du passt so perfekt zu mir.«

Er wich noch ein Stück weiter zurück und zog seine Hüften weg, bis die breite Eichel seines Schwanzes an ihren Schamlippen klebte. Die purpurne Eichel bildete einen Kontrast zur helleren Farbe ihres Körpers, während sich die weiche Haut um ihn schloss, als er sich langsam wieder vorbewegte und ihr Körper ihn in sich aufnahm.

»Oh Gott, Marcus.« Becki schob ihre Hand nach unten und spreizte ihre Labien, wobei sie gierig zusah, wie er es wieder tat. Überlegt. Gründlich. Der Anblick, wie er sie nahm, ließ ihre Glieder zittern und verband das Visuelle mit einer Empfindung, die so gewaltig war, dass sie sie an den Rand des Zusammenbruchs trieb.

»Ich sehe, wie dein Klitoris-Piercing jedes Mal wackelt, wenn ich in dich hineinficke.« Er bewegte sich erneut und summte zustimmend. »Es ist ganz nass und glänzt von deinem Saft. Das weckt in mir den Wunsch, ihn rauszuziehen und dich lebendig aufzufressen.«

»Nein.« Sie umklammerte seine Schulter mit ihrer linken Hand. »Hör nicht auf.«

»Spiel mit dir selbst, süße Becki. Lass mich sehen, wie du kommst. Lass mich dich auf meinem Schwanz spüren.«

»Wenn ich mich selbst anfasse, ist es sofort vorbei«, warnte sie. »Du hast mich so bereit gemacht. Verdammt, ich bin schon seit Tagen bereit für dich.«

»Hast du mit dir selbst gespielt, als du allein warst?« fragte er.

Als sie nicht antwortete, zog er sich ganz aus ihr zurück. Ein wimmernder Laut der Enttäuschung entwich ihr. »Ja, aber *bitte*. Bring es zu Ende.«

Er stieß gegen ihre Finger, mit denen sie nach ihm gegriffen hatte. »Das hier ist besser mit einer anderen Person, nicht wahr? Anstatt mit kaltem Spielzeug oder deiner Hand. Das ist nichts als physische Erleichterung. Es nimmt den Druck, aber es fehlt etwas.«

Er stieß mit der Eichel gegen ihre Öffnung, und sie kippte ihre Hüften, um ihn wieder hineinzuführen. Ihr Seufzer des Glücks entsprach dem Schauer der Befriedigung, der sie bis in die Zehenspitzen erschütterte. »Fick mich. Bitte, hör nicht auf.«

Er küsste sie und stieß tief hinein, wobei er ihr lustvolles Stöhnen verschluckte. Noch drei- oder viermal, tief und hart, wobei er sich bis zur Wurzel in ihr vergrub und kurz innehielt, bevor er ihn langsam wieder herauszog und ihre bereits bebenden Nerven neckte.

Sie schob ihre Finger höher und schnippte gegen den winzigen Goldstab, so, wie sie wusste, dass es am effektivsten war, und das war das Ende.

»Marcus.«

Er versiegelte ihren Mund mit seinem und verhinderte, dass ihre Schreie von der Decke widerhallten, als ihr Höhepunkt sie förmlich zerriss. Ihre Enge zog sich eng um seinen schweren Schaft zusammen und zwang ihm seine Reaktion ab. Nässe und Hitze umspülten sie, während er ihre Hüften aneinanderpresste, das Klitoris-Piercing bewegte und die Ekstase verlängerte, die ihren Körper flutete.

Sie klammerten sich aneinander, bis das Zittern nachließ, und ihr Atem war ungleichmäßig und stoßweise, während sie nach Fassung rangen. Das anhaltende Stimmengewirr der Party unter ihnen drang zum Balkon herauf. Das Klirren von Gläsern, das tiefe Gemurmel männlicher Stimmen, gelegentlich ein helleres Lachen einer Frau.

Kultivierte und reife Geräusche. Meilenweit entfernt von dem *»Verdammt, ja«*, das über ihre Lippen wisperte.

Marcus nahm ihr Kinn in seine Hand. »Du bist eine unter einer Million.«

Er küsste sie erneut, weniger als ein hungerndes Tier, sondern eher wie ein guter Freund, der sie vermisst hatte. Nässe rann an der Innenseite ihrer Beine herab, als er seinen Schwanz herauszog.

Marcus starrte sie an. Als sie sich gerade sauber wischen wollte, drückte er ihre Arme nach hinten. »Warte. Das ist so verdammt sexy.«

Sein Blick war zwischen ihren Schenkeln geheftet, während er sich hinhockte und mit seinen Fingern durch seinen Samen und ihre Nässe fuhr, wobei er ihre Labien leicht streichelte.

Sie schauderte. »Ich werde nicht mehr laufen können, wenn du mich noch mal anfasst.«

Die Intensität in seinem Gesicht hätte sie eigentlich erschrecken müssen. Sie hatte die letzten Tage damit verbracht, herauszufinden, woran sie in den nächsten Monaten genau arbeiten wollte. Sicherzustellen, dass sie sich über ihre Wünsche und Bedürfnisse im Klaren war. Wer das Sagen in ihrem Leben hatte. All das, nicht nur ihr Sextrieb.

Als er ihr Geschlecht so behutsam umschloss, ein Taschentuch aus seiner Tasche zog und sie sauber wischte –

All ihre geordneten Gedanken verflogen in dem anhaltenden Verlangen, das er aus ihrem bereitwilligen Körper hervorlockte. Dieser Mann konnte ihre besten Pläne mit einem einzigen Blick zunichtemachen.

Er reinigte sie, rückte ihre Strümpfe zurecht und gab ihr Küsse auf die Innenseiten der Schenkel, während er sie glattzog. Er strich mit der Handfläche über ihren Rock, damit er ordentlich über ihrem Hintern lag. Die ganze Zeit über trug er einen Ausdruck tiefer Zufriedenheit im Gesicht.

»Da ich vorhabe, den Rest des Abends an dir festzuhalten und sogar zu tanzen, solltest du vielleicht versuchen, etwas weniger zufrieden auszusehen, bevor wir in den Ballsaal zurückkehren, sonst wird es keinen Zweifel geben, dass wir etwas ausgeheckt haben.«

»Sie können alle eifersüchtig sein, dass ich die schönste Frau im Raum habe.«

Marcus stand auf und presste sie an die Wand und sie ließ sich von ihm halten. Sie strich ihm mit den Fingern das Haar glatt. »Das war wundervoll. Danke dir.«

Er nickte. »Würdest du mich heute Abend nach der Gala nach Hause begleiten?«

Eine Frage, kein Befehl. Sogar höflich formuliert. Sie strahlte ihn an. »Das würde mir sehr gefallen.«

Grinsend wie die Verschwörer, die sie waren, schlichen sie die Treppe wieder hinunter und hielten vor dem Festsaal inne.

Becki hielt ihn fest, während sie sich mit den Händen das Haar glattstrich. »Wie sehe ich aus?«

»Als wärst du von einem Wahnsinnigen gegen eine Wand gepresst und vernascht worden«, flüsterte er.

Ein Lachen entwich ihr, bevor sie es verhindern konnte.

Marcus ließ sie sich einmal im Kreis drehen; sein Blick verweilte auf ihren Beinen, bevor er zu ihren Brüsten und schließlich zu ihrem Gesicht hochwanderte. »Du siehst umwerfend aus. Ich kann es kaum erwarten, dich vorzuführen.«

Sie machte eine wirbelnde Bewegung mit dem Finger und er drehte sich gehorsam für ihre Inspektion. Seine ganze lange, schlanke Gestalt bewegte sich nach ihrem Kommando und als er ihr wieder gegenüberstand, brachte sie kein Wort heraus.

Er hob eine Braue. »So schlimm?«

»So gut. Mir läuft hier gerade das Wasser im Mund zusammen.«

Er hielt ihr die Hand hin und geleitete sie zurück in das festliche Treiben. Smalltalk und Musik. Fröhliche Gesichter und gelegentlich ein fragender Blick. Marcus hatte sich nicht die Mühe gemacht, seine Prothese zu tragen und die Blicke derer, die ihn nicht kannten, blieben an seinem hochgesteckten Jackenärmel hängen.

Becki zog ihn zur Seite der Bühne und ignorierte die Neugierigen. Sie waren hier; die Veranstaltung lief gut. Belanglosigkeiten konnten ignoriert werden. Und heute Abend würde sie mit ihm nach Hause gehen. Dass wenigstens eine Sache geklärt war, war eine Erleichterung.

GLÜCKLICHE ENDORPHINE SUMMTEN NOCH IMMER durch seinen Blutkreislauf und machten es ihm wesentlich leichter, Beckis entschlossenem Zug quer durch den Ballsaal nachzugeben. Marcus wäre froh gewesen, jetzt schon zu gehen, aber wenn er noch ein wenig Präsenz zeigen musste, war es bei seinem Team so gut wie überall sonst.

Die Frauen dominierten das Gespräch beim Lifeline-Team, während Devon Alisha nicht von der Seite wich.

»Hast du schon gesprochen?«, fragte Becki Alisha.

Die Blonde schüttelte ihre langen Locken. »David sagte, ich solle bis zur vollen Stunde warten, also noch etwa fünfzehn Minuten.«

»Marcus, du hast dich ja ganz schön rausgeputzt«, neckte Erin. »Schön, dich zu sehen. Findest du nicht auch, dass es gut ist, ihn zu sehen, Anders?«

»Halt den Mund«, brummte Anders.

Marcus musterte sie alle. Erins Grinsen war viel breiter als gewöhnlich – normalerweise war es Anders, der das Grinsen einer Grinsekatze zur Schau stellte, während seine Pilotin sich mit viel mehr Beherrschung gab. »Was habe ich verpasst?«

»Sag mir mal, wann du das letzte Mal bei so einem Event aufgetaucht bist«, beschwerte sich Anders. »Erin hat gewettet, dass du kommst, aber ich bin auf Nummer sicher gegangen. Du hast mich fünfzig Mäuse gekostet.«

»Tja, tut mir leid, dass ich unberechenbar bin, aber das ist der beste Weg, um euch auf Trab zu halten.« Anders starrte ziemlich demonstrativ auf Becki an seinem Arm, und Marcus lachte. »Außerdem kann ich nichts dafür, wenn du nicht aufmerksamer beobachtest, was um dich herum passiert.«

Rechts von ihnen blitzte es auf. Marcus blinzelte schnell, während er sich zu den Tätern umdrehte. Ted und sein Kumpan mit der Kamera lächelten höflich, aber ihr Fokus lag auf Becki und nicht auf dem Team, und in seinem Inneren schrillten sämtliche Alarmsirenen.

»Da seid ihr ja.« Devon trat vor und positionierte sich strategisch direkt vor Alisha und Erin. »Wir haben gerade über euch gesprochen. Wir dachten, ein Fotoshooting an den Fenstern wäre gut, wenn ihr warten wollt, bis Alisha gesprochen hat.«

»Klingt hervorragend«, stimmte Ted zu. »Zuerst wollte ich aber noch ein paar allgemeine Fragen beantwortet haben.«

Marcus drückte Beckis Finger, die auf seinem Arm lagen. Er wich zurück, tat es Devon gleich und blockierte Teds freie Sicht auf die Damen. »Dann lassen wir euch mal allein mit ihnen.«

Er drehte sich um und legte einen Arm um Becki, wobei er versuchte, ihren Abgang weniger nach Flucht und mehr nach einem beiläufigen Bedürfnis aussehen zu lassen, woanders zu sein.

Ted ließ sie nicht mehr als ein paar Schritte gehen, bevor

er seine Stimme so laut erhob, dass die in der Nähe stehenden Partygäste ihn mitbekommen konnten. »Bevor Sie gehen, Becki, möchten Sie uns noch etwas zu Ihrem Unfall mitteilen?«

Verdammte Reporter. Marcus würde ihm am liebsten den Kopf abreißen. Becki hielt an und tätschelte beruhigend Marcus' Arm. »Keine Sorge, das ist kein Problem.«

Sie lächelte den neugierigen Zuschauern zu, als sie sich umdrehte und Ted mit einem leichten Kopfschütteln entgegentrat. »Nein. Ich denke, Sie finden alles in den Akten, was Sie brauchen. Wenn es Ihnen nichts ausmacht?«

»Ich meinte in Bezug auf die neuen Entwicklungen«, unterbrach Ted sie. »Werden Sie nun zur Beerdigung nach Yellowstone zurückkehren, nachdem die Leiche Ihres Partners gefunden wurde?«

Es war kein Keuchen, das Becki entwich, eher ein totaler und vollständiger Stillstand ihrer Atmung. Marcus legte seinen Arm um sie, als sie ins Wanken geriet. Fragen und Verwirrung kamen auf, als sich die Nachricht wie ein Lauffeuer verbreitete, und diejenigen, denen Beckis Anwesenheit bisher nicht bewusst gewesen war, schnappten das Wort auf und drehten sich um, um zu sehen, was los war.

»Ted, nicht hier –« Marcus' Versuch, den Zug zu bremsen, wurde von dem beharrlichen Mann zunichtegemacht.

»Ich habe den Nachrichtenbericht des Teams, das ihn heute Morgen gefunden hat. Es scheint da einige Unregelmäßigkeiten zu geben. Wurden Sie schon von der Staatspolizei kontaktiert, um herauszufinden, ob Sie bei der Beantwortung ihrer Fragen helfen können?«

»Was für Unregelmäßigkeiten? Woher haben Sie diese Information?« Becki hielt Marcus' Hand fest im Griff, aber sie bewegte sich jetzt und trat quer durch den Raum an Teds Seite. Ein weiterer Blitz ging los, und Becki funkelte den Kameramann wütend an. »Pfeifen Sie Ihren Hund zurück und lassen

Sie uns irgendwohin gehen, wo wir unter uns sind, um das hier zu beenden.«

Marcus zog sie zurück. »Sprich nicht mit ihm. Wir können gehen. Wir können selbst anrufen, um herauszufinden, was dieser Arsch im Schilde führt.«

Sie presste ihre Lippen dicht an sein Ohr und flüsterte schnell: »Aber wenn wir ihn aus dem Raum bringen, kann er Davids Veranstaltung nicht weiter ruinieren.«

Ihm war die Spendenveranstaltung in diesem Moment völlig egal. All seine Energie war in eine Richtung gelenkt – darauf, Ted so schnell wie möglich von Becki wegzubekommen. »Lass uns das draußen klären, Ted.«

Ted hob protestierend die Hände und deutete dann dorthin, wo die Lifeline-Crew geschlossen aufgestanden war und abwartend dastand. »Ich wollte nur auch eine Reaktion vom Team bekommen. Da Becki sie ja einem Training unterzogen hat.« Ted überflog ein Papier, das er aus seiner Tasche gezogen hatte. »Wie fühlen Sie sich bei der Nachricht, dass Danes Sicherungsseil anscheinend durchschnitten wurde?«

26

Sie war innerlich taub. In ihren Ohren dröhnte ein leises Klingeln, aber darüber hinaus war da nichts.

Becki lehnte die Stirn gegen das Fenster von Marcus' Truck und starrte auf die vorbeihuschenden Lichter. Das Wasser auf den Straßen reflektierte die Laternen und erschuf eine Kulisse, die viel zu schön für den Schmerz war, der in ihrem Inneren wütete.

Dane.

Eine sanfte Berührung landete auf ihrer Schulter, als sie an einer Kreuzung hielten. Marcus drückte sie kurz, bevor er wieder das Lenkrad übernahm. »Wir werden ein paar Anrufe tätigen. Herausfinden, was passiert ist.«

Sie nickte. »Ich weiß.«

»Ich hätte diesem verdammten Reporter sein Notizbuch gleich beim ersten Mal rektal einführen sollen«, knurrte Marcus leise, während der Truck anfuhr. Der Wasserfilm, der unter den Reifen hochwirbelte, und das rhythmische Hin und Her der Scheibenwischer verschmolzen zu einem Takt, an den sie sich klammern konnte.

Sie wollte lächeln, wollte zurückfrotzeln, dass Ted nach der

Tracht Prügel, die Marcus ihm verpasst hatte, als er ihn aus dem Raum gezerrt hatte, sicher genug Angst vor ihm hatte.

Aber sie konnte nicht. Sie war vollkommen von Bildern besessen, die sich aufbauten und wieder in sich zusammenfielen, ohne jemals das richtige Bild zu ergeben – sie quälten sie mit ihrer unvollständigen Geschichte.

Sie hatten Danes Leiche gefunden. Das allein hätte schon gereicht, um sie aus der Fassung zu bringen. Vielleicht wäre sie kurz erstarrt, hätte sich dann aber gezwungen, weiterzumachen, weil man das eben so tat. Am Berg starben Menschen, und man machte weiter. Sie hatte um Dane getrauert, aufgehört, nach dem *Warum* zu fragen und im Laufe der letzten Monate langsam akzeptiert, dass sie die Wahrheit vielleicht nie erfahren würde.

Doch zu hören, wie sie ihn gefunden hatten, war unvermittelt erfolgt und voller böser Absicht.

Danes Sicherungsseil war durchgetrennt worden.

Und jetzt standen all die Fragen wieder im Raum. Was war passiert? Warum konnte sie sich nicht erinnern?

Oh Gott, hatte sie das Unvorstellbare getan?

Als sie hielten, blieb sie sitzen, unfähig, sich zu rühren. Marcus führte sie ins Haus und setzte sie in einen Sessel am Kamin; sie bekam nur am Rande mit, was um sie herum geschah. Sie schloss die Augen, um den Schmerz auszusperren, doch er weigerte sich, zu gehen und suchte sie unaufhörlich heim.

»Becki.« Marcus' Stimme drang zu ihr durch, aber sie wollte nicht antworten. Was würde er tun? Was würde er denken? Wenn sie die Augen öffnete, würde sie in seinem Gesicht Mitleid finden oder Misstrauen oder –

Sie war sich nicht sicher, welche Emotion sie von ihm erwartete oder welche die schlimmste wäre.

Danes Seil war durchgeschnitten worden. Das Seil, das sie beide verbunden hatte.

»Becki – du stehst unter Schock. Ich werde dafür sorgen, dass dir warm wird, und dann reden wir.«

Er zog sie aus – *wann waren sie in sein Zimmer gegangen?* – und half ihr in eine Jogginghose und einen seiner übergroßen Pullover. Etwas Süßes, Warmes berührte ihre Lippen, und sie schluckte instinktiv.

Tee. Marcus' magische Mischung.

Dann wurde sie an eine starke Brust gebettet und gehalten. Beschützt. Das Telefon klingelte, aber sie ignorierten es. Marcus strich ihr über das Haar, während sie sich fest an ihn klammerte.

»Sollten wir nicht rangehen?«, fragte sie mit einer Stimme, die vor lauter Enge im Hals fast versagte.

»Morgen ist früh genug. David und das Team wissen, wie sie mich erreichen, wenn es ein echter Notfall ist. Dieser Anruf ist nicht wichtig.«

»Ich werde nicht zusammenbrechen. Das werde ich nicht«, beharrte Becki, obwohl sie schon beim Aussprechen wusste, wie lächerlich das klang.

»Es wird alles gut«, stimmte Marcus zu. »Aber du musst nichts vor mir verbergen. Du musst nicht rund um die Uhr stark sein. Ich verurteile dich nicht.«

»Gott, ich wünschte, ich könnte mich *erinnern*.«

»Das wirst du«, versicherte er ihr. »Wenn du bereit dazu bist. In der Zwischenzeit: Was immer du brauchst, nimm es dir.«

Sie wusste nicht, was sie brauchte. Ihren Frust darüber herauszuschreien, dass sie riesige, lebenswichtige Lücken in ihrer Vergangenheit hatte? Ted zu schlagen und zu treten, weil er sich absichtlich den denkbar schlechtesten Zeitpunkt und Ort ausgesucht hatte? Ein Teil von ihr war sogar versucht, sich zusammenzurollen und so zu tun, als wäre nichts davon passiert. Weder die Nachrichtenmeldung heute Abend noch der Unfall vor acht Monaten. Hätte sie niemals das Klettern gelernt, hätte sie niemals die Farm verlassen.

Die Absurdität dieses letzten Gedankens traf sie, und ein spöttisches Schnauben entwich ihr. Okay, vielleicht nicht ganz so weit zurück.

Eine Welle geistiger Erschöpfung machte sich breit und ließ alles düsterer erscheinen, als es war. Das Einzige, worüber sie sich inmitten all der Zweifel sicher war, war ihr Vertrauen zu Marcus.

Vielleicht mehr, als sie sollte, aber ihm zu vertrauen war das Letzte, was sich noch solide und fest anfühlte.

»Ich will nichts fühlen. Ich will nicht denken«, gestand sie. »Und dass ich so reagiere, macht mich fast noch wütender, als nicht zu wissen, was passiert ist.«

Marcus bewegte sich unter ihr und legte seine starken Finger unter ihr Kinn. »Ich verstehe das. Aber wenn du jetzt ein paar Tabletten nehmen und schlafen willst, wird dich niemand dafür verurteilen. Wir werden morgen telefonieren, wenn du ausgeruht bist.«

Sie suchte in seinem Gesicht, aber da war nichts Anklagendes oder Wertendes. »Ich kann nicht zurück in die Wohnheime.«

»Das habe ich auch nicht erwartet. Du hattest mir sowieso schon versprochen, die Nacht bei mir zu verbringen.«

Ihr leidenschaftliches Zwischenspiel schien eine Ewigkeit entfernt zu sein, neblig und eher wie ein Traum als wie die Realität. »Nun, ich dachte, ich frage lieber nach. Das Spiel hat sich heute Abend geändert.«

Marcus schüttelte den Kopf. »Es wurden neue Karten ausgeteilt, aber wir sind immer noch im selben Spiel. Ich will, dass du hier bei mir bleibst.«

Sie nickte. »Danke.«

Becki griff nach ihrer Tasse und nippte am Tee, wobei sie die Wärme aufsaugte, während ihre Finger eiskalt auf der

Keramik lagen. »Marcus? Hast du etwas, das mir heute beim Einschlafen hilft? Ich hasse es, Zeug zu schlucken, aber ...«

Er stand auf und führte sie ins Bad. »Noch einmal: Es gibt nichts, worum du bitten könntest, das mich an dir zweifeln ließe.« Er hielt ihr die Packung hin, ließ sie aber erst los, als sie ihm in die Augen sah. »Ich kenne das. Das Gefühl, dass man jemanden braucht, der sich um einen kümmert. Lass mich dir helfen.«

Die Tatsache, dass sein Leben nicht perfekt verlaufen war, dass er wusste, wie die Welt sich in einem Augenblick ändern konnte, machte ihn in diesem Moment perfekt für sie. Sie nahm eine Tablette und schluckte sie mit etwas Wasser hinunter, während sie im Spiegel in das Gesicht einer Fremden starrte.

Marcus öffnete ihr Haar und strich mit den Fingern durch die Strähnen. Er reichte ihr ein Waschtuch, damit sie das schicke Make-up abwischen konnte, das sie sich so mühevoll aufgetragen hatte. Währenddessen schwebte Becki wie in Trance. Die Schlaftablette besiegte langsam selbst die betäubende Verwirrung in ihrem Kopf.

Sie zog ihn hinter sich her, als sie in sein Bett kroch, ohne sich darum zu scheren, wie das wirken mochte. Sie krallte sich an seiner Hand fest und weigerte sich, ihn loszulassen.

Der Schlaf würde sie erlösen. Bis dahin musste sie wissen, dass sie nicht allein war.

MARCUS SCHLICH SICH DAVON, als ihr Atem endlich flacher wurde und die heftige Anspannung in ihrem Körper nachließ, während das Medikament seine Wirkung entfaltete und sie zur Ruhe zwang. Er bewegte sich schnell, da er zurück sein wollte, falls sie aufwachte. Er musste einfach da sein.

Verdammt sei Ted und seinesgleichen. Marcus schnappte sich sein Handy und rief seinen Bruder an.

»Ist bei euch alles okay?« fragte David. »Oh, und zuerst einmal: Danke, dass du den Kerl nicht mitten im Raum umgebracht hast.«

»Es war knapp«, gab Marcus zu. »Was hast du herausgefunden?«

»Ted hat jemanden in Yellowstone kontaktiert, nur wenige Tage nachdem ich Beckis Anstellung arrangiert habe. Er stand in ständigem Kontakt – wahrscheinlich hat er nach Dreck gewühlt, um irgendeine Story zu basteln, als die Meldung über den Fund von Danes Leiche hereinkam. Es gibt um Himmels willen noch nicht einmal einen offiziellen Bericht.«

»Verdammte Blutsauger.«

»Ich weiß, das ist nichts Neues, aber trotzdem. Das Timing ist unterirdisch, und ich rechne damit, dass morgen jemand vom Yellowstone SAR Becki kontaktieren wird, aber eigentlich ist das hinfällig. Sie hat bereits eine Untersuchung hinter sich. Der Fall wurde abgeschlossen.«

»Was willst du damit sagen?«

David seufzte. »Ich habe die rechtliche Lage geprüft, Marcus. Das musste ich, als ich sie bat, an der Schule zu unterrichten. Die strafrechtliche Untersuchung war so gründlich wie möglich, und sie wurde von jeder Schuld freigesprochen. Sie werden den Fall nicht wieder aufrollen. Selbst wenn sie sein Seil durchtrennt hätte, würde sie nicht angeklagt werden.«

»Ich habe nie geglaubt, dass sie das würde.«

»Ich wollte nur sichergehen, damit du Becki in diesem Punkt beruhigen kannst. Es wäre Vorsatz oder fahrlässiges Verhalten erforderlich. Beides trifft in diesem Fall nicht zu.«

Marcus fuhr sich mit der Hand durchs Haar. »Du klingst ja furchtbar juristisch, Bruderherz. Aber danke, das ist gut zu wissen. Hat Teds Auftritt den Rest der Veranstaltung versaut?«

Unerwartetes Lachen klang aus dem Telefon. »Machst du

Witze? Dein Team hat absolute Solidarität gezeigt, und ich werde Alisha den größten verdammten Blumenstrauß kaufen, den ich finden kann. Sie ist ein echtes Naturtalent auf dem Podium. So etwas habe ich noch nie gesehen.«

»Alisha?« Marcus schloss das Haus ab und zog alle Vorhänge zu, wobei er leise sprach, als er am Hauptschlafzimmer vorbeiging. »Was hat sie getan?«

»Völlig spontan hat sie ihre gesamte Präsentation angepasst und den Leuten das Geld aus der Tasche gezaubert. Sie hat das Thema Teamgeist und Vertrauen aufgegriffen und wie ihre Zeit beim Banff SAR sie gelehrt hat, dass man als Teil von etwas, das größer ist als man selbst, wissen muss, was in Situationen um Leben und Tod zu tun ist. Dass Leben zu retten keine emotionale Reaktion ist, sondern ein antrainierter Instinkt. Ich hätte mitschreiben sollen, aber ich war zu fasziniert von der Reaktion des Publikums. Wenn das Mädchen irgendwann Lifeline verlässt, hat sie eine glänzende Zukunft in der Politik.«

»Ich werde dafür sorgen, dass sie erfährt, wie beeindruckt du warst.« Er war im Türrahmen stehen geblieben und starrte einen Moment lang auf Beckis unbewegte Gestalt, während David sprach. Die nächsten Tage würden hart werden, egal welche Wahrheiten ans Licht kämen. »Danke, dass du das für mich geklärt hast.«

»Kein Problem. Und Marcus? Eine krasse Sache für deinen ersten Ausflug zurück in die High Society, aber ich muss es sagen: Ich war beeindruckt, dich dort zu sehen.«

»Halt den Mund.«

David hielt inne. »Ich schweige schon. Außer – verdammt noch mal, du kannst mich später ausschimpfen, weil ich ein sich einmischendes Arschloch bin, aber ich muss es sagen. Ihr zwei seid gut zusammen. Du und Becki. Und als ich mir vorher Sorgen gemacht habe, dass du dich auf sie einlässt? Da lag ich falsch.«

Na toll. Das war schräg. »Gibt es einen speziellen Grund, warum du mir das genau jetzt erzählst?«

»Weil es wichtig ist. Du hast dich verändert, sogar in den letzten zwei Wochen, und der einzige Unterschied in deinem Leben ist Becki. Also sage ich es so, wie ich es sehe. Ob sie dich nun zurück ins Leben zieht oder was weiß ich was – ich bin froh, dass ihr zwei zusammengefunden habt.«

Der Drang, eine sarkastische Antwort von sich zu geben, fehlte seltsamerweise, hauptsächlich weil er Davids Einschätzung zu hundert Prozent zustimmte. »Danke dafür.«

»Ruf mich an, wenn du noch etwas brauchst.«

Marcus warf sein Handy auf den Tisch neben der Couch. Er überlegte kurz, ob er sich etwas aus dem Barfach holen sollte, um seine Nerven zu beruhigen, entschied dann aber, dass er eigentlich einen langen, warmen Schluck von etwas anderem brauchte.

Er zog sich aus und legte sich zu Becki ins Bett, wobei er sich wie eine Barriere zwischen ihr und der Welt hüllte. Sie zitterte; ihr Arm, der unter der Decke hervorgeschlüpft war, fühlte sich an seinem Arm kalt an. Er verschränkte ihre Finger miteinander und lag da, darauf wartend, dass seine Gedanken zur Ruhe kamen.

Die Worte – die Anschuldigung –, die Ted Becki an den Kopf geworfen hatte, wiederholten sich in seinem Geist. Hatte Becki das Seil ihres Partners durchtrennt?

Und wenn sie es getan hätte, wäre es ihm wichtig?

Auf eine gewisse Weise war das eine unbeantwortbare Frage, weil es von vornherein keine logische Frage war. Sich an eine andere Person anzuseilen, war ein Zeichen für ultimatives Vertrauen. Man übergab die Kontrolle und vertraute darauf, dass der andere die Entscheidungen treffen würde, die getroffen werden mussten.

Es gab Zeiten bei seinen Rettungseinsätzen, in denen Dinge schiefgegangen waren, aber er hatte nie daran gezweifelt, dass jede Entscheidung, die er und sein Team trafen, darauf basierte, das bestmögliche Ergebnis zu erzielen.

Becki hatte bewiesen, dass sie genau dieser Typ Mensch war.

Vor Jahren war sie leichtsinnig gewesen. Er stellte sich gerne vor, dass es zum Teil sein damaliges Zurechtweisen war, als sie noch Schülerin war, das den Anstoß gegeben hatte, sie auf einen besseren Weg zu führen.

Jetzt war sie, wie David gesagt hatte, der Auslöser, der ihn aus der Dunkelheit zurückgeholt hatte, in der er sich leicht hätte verlieren können. Vom ersten Moment an, als sie in der Stadt ankam, hatte er den Unterschied gespürt, als hätte sie begonnen, ihn allein durch ihre bloße Anwesenheit zu verankern. Und wie viel sie ihm neulich am Abend bedeutet hatte, war ebenfalls unbestreitbar.

Alles, was er mit Sicherheit wusste, war, dass er ihr beim Klettern die Kontrolle über seine Seile überlassen würde – er würde sie die Entscheidung treffen lassen, wenn das Seil durchgetrennt werden müsste. Am Berg hatte er nicht den geringsten Zweifel an ihrer Fähigkeit, augenblicklich Entscheidungen zu treffen.

Doch in ihrer Beziehung war er nicht bereit, diese Art von Vertrauen aufzugeben. Er war nicht bereit, sich von ihr freischneiden zu lassen.

Der Gegensatz in diesen Gedanken reichte aus, um ihn noch stundenlang wachzuhalten.

27

Der Boden unter ihr schwand dahin, und das schwere Gewicht von Danes Körper am anderen Ende des Seils riss sie in die Tiefe. Becki kämpfte um Halt, krabbelte wie eine Krabbe rückwärts. Die Fersen gruben sich ein; sie kämpfte um Halt. Sie verkeilte einen Stiefel gegen einen festen Vorsprung und lehnte sich zurück, um ihren Schwung abzubremsen. Ihr Klettergurt hob ihre Hüften vom Boden, während das Seil sie beharrlich zum Klippenrand zog.

Sie hätte geflucht, hätte um Hilfe gerufen. Hätte gefleht, wenn auch nur die geringste Möglichkeit bestanden hätte, dass jemand sie hörte.

Die Wurzel unter ihrem Fuß wackelte. Der Baumstumpf zerfiel, die Erde um das verfaulende Holz löste sich. Becki stieß ihre andere Ferse in den Hang, versuchte, eine Vertiefung zu bilden, verzweifelt darauf bedacht, eine Stelle auszuhöhlen, um sich stabil zu halten.

Das Seil ächzte und verdrehte sich unter dem Gewicht am anderen Ende. Sie verlor den Kampf. Ein weiterer Stein löste sich, der Wind heulte an ihr vorbei und zwang sie, den Kopf zur Seite zu drehen. Der Geruch von frischer Erde und losem Gesteinsstaub vermischte sich und füllte ihre Nasenlöcher. Sie warf sehnsüchtige

Blicke auf die Bäume hinter ihr, so nah und doch völlig außer Reichweite.

Ihre Sicht verschwamm, während sie darum kämpfte, sich zu konzentrieren. Sie hielt Ausschau nach irgendetwas, das als Standplatz für eine Sicherungsschlaufe dienen könnte.

Nichts. Zentimeter um Zentimeter verlor sie an Boden. Sie hatte ihre Annäherung an den Klippenrand verlangsamt, aber es wirkte unausweichlich. Es war keine Frage des Ob, sondern des Wann.

Sie würde durch das Gewicht ihres Partners über den Rand gezerrt werden.

Becki nestelte an ihrer Beintasche, die geprellten und geschundenen Finger protestierten, als sie den Klettverschluss aufriss und ihr Messer herauszerrte. An der rechten Hand hatte sie sich Teile der Fingernägel abgerissen, und stechende Schmerzen durchfuhren sie, als sie verzweifelt auf den Sicherungsriegel drückte, um die Schutzvorrichtung zu lösen. Das Gehäuse fiel ab und gab die gezackte Messerklinge frei. Becki sehnte sich nach einer ordentlichen feststehenden Klinge, etwas mit größerer Reichweite und einer Klingenfläche von mehr als drei Zoll. Sie schlüpfte mit dem Zeigefinger in die Halteschlaufe und stach in den Boden hinter sich, bemüht, eine Stelle zu finden, die fest genug war, damit sie... einfach... aufhörte... zu rutschen.

Sie stieß immer und immer wieder zu, jedes Mal schlug der Rückprall, wenn die Klinge auf Stein traf, durch ihre Hand und ihren Arm und packte sie mit Schmerzen. Einen Moment lang glaubte sie, es geschafft zu haben. Die Klinge versank tief und sie hielt sich fest, nach Luft schnappend. Ihre Bizepse waren hart angespannt, die Muskeln zitterten, als sich ihr Abstieg verlangsamte. Sie betete um einen Augenblick, um sich wieder in Position zu bringen. Wenn sie nur etwas fände, gegen das sie sich stemmen könnte.

Die Klinge bebte.

»Nein. Nein, nein, nein. Bleib drin, oh bitte bitte, bleib drin«, flehte sie. Sie trat verzweifelt um sich. Die Fingerspitzen ihrer freien Hand krallten sich in den Untergrund, suchten Halt.

Sie war fast an dem Punkt angelangt, an dem sie sich selbst gewarnt hatte, aufgeben zu müssen. Noch einen Meter, bevor sie all dem den Rücken kehren müsste, worauf sie so viele Jahre hingearbeitet hatte. Aber wenn sie diese imaginäre Linie überschritt, wenn sie nicht verhindern konnte, daran vorbeizurutschen, würde sie über die Klippe stürzen, und sie und Dane würden beide sterben.

Diese unsichtbare Grenze war der letzte mögliche Moment, an dem sie sich noch retten konnte.

Und obwohl sich alles in ihr gegen das Sterben sträubte, fragte sie sich, wie sie jemals damit klarkommen sollte, zu wissen, dass sie ihren Partner so gut wie getötet hatte.

IHR INSTINKT, hochzuschrecken, wurde durch etwas Schweres gebremst, das auf ihrem Körper lag. Becki hielt den Atem an und versuchte, sich zu fassen, befahl ihrem Herzen, so weit zur Ruhe zu kommen, dass es nicht mehr kurz davor war, aus ihrer Brust zu springen.

Warme Lippen berührten ihre Wange, heiße Atemluft umschmeichelte sie, während ein fester Griff ihren Arm packte. »Ich bin hier. Du bist nicht allein.«

Becki nickte und rollte sich unter ihm zusammen, schmiegte sich fest an ihn wie ein Kätzchen, das Schutz suchte. Der Geruch seiner Haut beruhigte sie, und sie atmete tief ein, in dem Versuch, das Gleichgewicht wiederzufinden, das ihr in der vergangenen Nacht entrissen worden war.

Träume sollten so etwas nicht bewirken können. »Wie spät ist es?«

Marcus hob leicht den Kopf und warf über sie hinweg einen Blick auf die Uhr auf dem Nachttisch. »Fast acht Uhr morgens.«

»Gute Medikamente. Ich schlafe nie so lange.«

»Du hast es gebraucht. Reg dich nicht auf. Willst du aufstehen, oder soll ich dir die Decken ohne mich überlassen?«

Becki wandte sich weit genug weg, um ihm ins Gesicht zu sehen. »Viel auf dem Programm heute?«

Dunkle Augen starrten zurück und musterten sie aufmerksam. »Nichts außer dir.«

Sie wollte widersprechen, dass er das nicht müsse, aber das wäre das Gegenteil von dem gewesen, was sie wollte. Besonders mit dem Traum, der noch in ihrem Kopf nachhallte. »Ich brauche deine Hilfe, Marcus. Ich brauche jemanden, der mir hilft, die nächsten paar Tage durchzustehen.«

Er strich mit den Fingern über ihre Wange in ihr Haar und hielt ihren Hinterkopf zärtlich in seiner Hand. »Danke, dass du mich fragst.«

Becki lächelte schief. »Na ja, ich dachte mir schon, dass du sowieso planst, das Kommando zu übernehmen, und auf diese Weise kann ich mich nicht beschweren, weil es meine eigene verdammte Schuld ist.«

»Du kennst mich schon viel zu gut.«

»Ich weiß, wie dein Gehirn funktioniert, ja. Ich glaube, ich habe auch ein bisschen von diesem dominanten Gen in mir. Das sorgt dafür, dass wir aneinandergeraten.«

Er grinste. »Streiten ist ätzend, aber der Versöhnungssex ist ziemlich heiß.«

Die Erinnerungen ließen ihren Körper warm werden und kribbeln, trotz allem, was ihren Kopf beanspruchte. Oder vielleicht gerade wegen der Dinge, die schiefgelaufen waren. Auf Sex konnte man sich leichter konzentrieren als auf alles andere. Natürlich, unkompliziert, mit dem zusätzlichen Bonus, dass man am Ende alles außer dem Vergnügen vergaß, zumindest für eine kleine Weile.

Ihr wurde plötzlich sehr bewusst, dass sie beide nackt waren. Becki strich mit einer Hand über seine Brust und beobachtete ihn genau, während sie mit den Konturen seiner

Muskeln spielte. Sie spreizte ihre Finger weit, drückte gegen seine Brust und rollte ihn auf den Rücken.

Es gab keine Chance, dass sie ihn dazu hätte bringen können, wenn er nicht gewollt hätte. Als sie ihr Knie über seine Hüften hob, um rittlings auf ihm zu sitzen, schlug Marcus die Decken zurück und verschränkte die Arme hinter dem Kopf.

»Ich werde nicht einmal so tun, als würde ich mich fragen, was du da machst«, sagte er.

»Ist es falsch?«, fragte Becki und rutschte weit genug zurück, um seine Erektion zu umfassen und vorsichtig zu streicheln. »Ich brauche dich. Auch auf diese Weise.«

Er antwortete nicht, stieß nur gegen ihren Griff; die Haut über seinem Schaft war so weich im Vergleich zur Härte darunter. Sie bewegte ihre Hand ohne Eile, brachte ihn zur vollen Steife, bevor sie sich über ihn hob.

Eine Hand auf seiner Brust, während sie sich abstützte, die andere leitete ihn hinein. Dieses Gefühl von Fülle und Lust lenkte sie ab. Es half ihr, sich auf nichts anderes als das Hier und Jetzt zu konzentrieren. Marcus griff nach oben und streichelte ihre Brüste, erst die eine, dann die andere. Er fuhr mit den Fingern sanft an ihrem Körper hinunter, wie der Schlag von Flügeln, der sie neckte und sie noch empfindsamer machte.

Währenddessen hob und senkte sie sich über ihm, bewegte sich langsam in Wellen und genoss es, wie er sie ausfüllte.

Er berührte sie zwischen den Beinen, holte Feuchtigkeit von dort, wo sie sich trafen, und führte sie zu ihrer Klitoris. Er rieb fest, kippte seine Hüften und fügte jedes Mal, wenn sie sich senkte, einen kleinen Stoß hinzu, und plötzlich war der Sex nicht mehr so ruhig wie noch einen Augenblick zuvor.

Sie schloss die Augen und fühlte einfach nur. Genoss die Empfindungen, die Fürsorge in jeder seiner Berührungen. Den Höhepunkt, der schnell näher rückte.

»Verdammt.« Marcus rollte sie herum und sprang aus dem

Bett, riss die weggeworfene Decke vom Boden und warf sie über sie. Er stürmte zu den Flügeltüren und riss sie auf, splitternackt und immer noch erregt. »Verschwinden Sie verdammt noch mal von meiner Terrasse!«

Becki klammerte sich an das Laken vor ihrer Brust wie eine Romanheldin aus vergangenen Zeiten und starrte zu den Fenstern. »Marcus?«

Eine Bewegung, und die Tür knallte zu. Mit zwei Schritten hatte er die schmale Lücke in den Vorhängen zugezogen. Er drehte sich zu ihr um, Wut in den Augen, der Körper vor Spannung gespannt. »Wir hatten einen Besucher. Ich rufe Ted an, um ihn zu informieren, dass das nächste Mal die Polizei eingeschaltet wird.«

Ihr wurde flau im Magen. »Glaubst du, es waren Reporter?«

Marcus verzog das Gesicht und ging zurück, um sich auf das Bett zu setzen, wobei die Matratze unter seinen Hüften leicht nachgab. »Normalerweise kommen an einem Samstagmorgen keine Nachbarn vorbei, um sich Tassen voll Zucker zu leihen, falls du das andeutest.«

»Nein, ich verstehe, wie sie drauf sind.« Sie hatte nur zu deutliche Erinnerungen daran, wie sie von Reportern gejagt worden war. »Es tut mir leid.«

»Muss es nicht. Es ist nichts, was du getan hast.« Marcus strich ihr unter dem Laken über das Bein und sah sie prüfend an. Sie versuchte, sich nicht anmerken zu lassen, wie sehr sie aus der Fassung war, aber es musste offensichtlich sein, denn er seufzte. Mit einem Klaps auf ihren Oberschenkel wechselte er das Thema. »Komm schon, ich mach uns Frühstück.«

Ihre Nerven kribbelten noch immer von ihrem fast erreichten Orgasmus, aber er hatte recht. Wieder in den Sex einzusteigen, würde nicht funktionieren. »Frustration ist nicht gerade mein Ding. Nur um das klarzustellen.«

Marcus' Lächeln zuckte. »Meins auch nicht, aber wir können das später zu Ende bringen. Geh unter die Dusche.«

Als sie, in ein Handtuch gewickelt, zurück ins Schlafzimmer trat, wartete ihre Sporttasche bereits auf dem Bett auf sie. Sie zog sich schnell an, die bequeme, vertraute Kleidung half ihr, sich wieder etwas mehr zu entspannen.

Was auch immer heute passieren würde, sie würde es überleben. Sie war stark, fähig. Egal wie verwirrt sie war, sie konnte das schaffen. Dass Marcus ihr half ... Vielleicht hätte sie nicht so viel Trost bei dem Gedanken empfinden sollen, dass er versprochen hatte, für sie da zu sein, aber im Moment wollte sie sich nicht fragen, warum das so war.

Er hatte das Frühstück auf den Tisch gedeckt, und die Vorhänge waren geöffnet und gaben den Blick frei. Becki trat ans Glas und blickte hinaus in das Grau und die Kälte.

»Es schneit schon wieder«, beschwerte sie sich. »Haben wir nicht langsam genug?«

Auf der Terrasse führte eine deutliche Spur von Fußabdrücken zu den Fenstern und verschwand dann um die Ecke in Richtung Schlafzimmer.

Marcus trat neben sie und drückte sie kurz. »Unser Spanner. Ich habe ein paar Telefonate geführt.«

Becki nickte und kehrte den Bergen dann bewusst den Rücken. Sie wählte einen Stuhl am Tisch, von dem aus sie nur Marcus sah, der ihr gegenüber saß.

Was, um ehrlich zu sein, keine schlechte Aussicht war.

Gegen die Taubheit in ihrem Inneren ankämpfend, raffte Becki sich auf. Sie war schon einmal an diesem Punkt gewesen, kurz davor zusammenzubrechen, und purer Entschlussgeist hatte sie gerettet. Einen Tag nach dem anderen.

Sie musste diesen Tag überstehen, und das bedeutete, diese Stunde zu überstehen. »Erzähl mir, was du bereits getan hast und was als Nächstes ansteht.«

∽

MARCUS GING die Liste der Leute durch, mit denen er Kontakt aufgenommen hatte, während sie geduscht und sich angezogen hatte. Sie war kurz, machte aber deutlich, dass er keine halben Sachen machte. Die Zeitung und die RCMP standen beide auf der Liste. Bei jedem Punkt, den er erwähnte, nickte sie und aß ihr Frühstück mit mehr Appetit, als er unter denselben Verhältnissen hätte aufbringen können.

Als er am Ende angelangt war, lehnte er sich in seinem Stuhl zurück und musterte sie aufmerksam. »Soweit in Ordnung?«

»Ungefähr so wie ich es auch gemacht hätte, obwohl du hier in Banff all die Kontakte hast, um es schneller zu erledigen. Danke.« Becki zog den Notizblock zu sich herüber, auf dem sie sich Notizen gemacht hatte. »Ich muss Alisha anrufen und dem Team für ihre Unterstützung danken. Die Nachricht muss auch für sie ein schrecklicher Schock gewesen sein – ich bin dankbar, dass sie sich für mich eingesetzt haben.«

»Du hast einen guten Eindruck bei ihnen hinterlassen, Becki«, versicherte ihr Marcus. »Du bist nicht mehr nur Rebecca James, irgendein unbekannter Superstar. Du wirst offensichtlich als Teil des Teams betrachtet.«

Das entlockte ihr das erste richtige Lächeln des Tages. »Danke. Trotzdem möchte ich sie wissen lassen, dass es mir wahnsinnig viel bedeutet.«

»Montag reicht völlig aus – dieses Wochenende gibt es kein Training.« Ihm fiel etwas ein. »Hm, die Tatsache, dass Wochenende ist, könnte es schwieriger machen, jemanden in Yellowstone zu erreichen. Ich nehme an, du hast Kontakte?«

Sie nickte.

»Wenn die Behörden dich erreichen müssen, werden sie das tun, per E-Mail oder Telefon. Wenn du zuerst Kontakt aufnehmen willst, ist das auch okay.« Marcus zögerte, musste aber fragen. »Wolltest du wegen Dane nach Yellowstone zurückkehren? Für eine Trauerfeier oder so etwas?«

Sie umklammerte ihre Gabel ein wenig fester, schüttelte aber den Kopf. »Wir hatten bereits eine Beerdigung, und es gibt niemanden, der das Ganze noch einmal von vorne durchmachen will.«

Und nach mehr als acht Monaten wollte er nicht, dass Becki sich mit der Leiche auseinandersetzen musste. »Familie, die ihn vielleicht an einem bestimmten Ort begraben haben möchte?«

»Nein. Es ist fast schade, dass sie ihn gefunden haben, auf eine gewisse Weise.« Becki hob den Blick zu ihm. »Und ich weiß, dass ich das zu dir sagen kann, weil du es verstehen wirst. Ich rede nicht von den Unannehmlichkeiten, die das für mich bedeutet – dass sie seine Leiche gefunden haben. Es ist nur so – die Dinge waren abgeschlossen, und jetzt sind sie es nicht mehr. Sogar deine Frage nach einer Trauerfeier. Dane stand seinen Adoptiveltern nicht nahe. Er hatte ein paar Monate zuvor zum ersten Mal Kontakt zu seiner leiblichen Mutter aufgenommen, aber daraus schien sich nicht mehr ergeben zu haben. Es ist traurig, dass er weg ist, aber am Berghang begraben zu sein, war das, was er gewollt hätte, wenn er die Wahl gehabt hätte.«

Sie schauderte und ihre Augen weiteten sich.

»Becki?«

»Ich dachte, ich hätte mich an etwas erinnert.« Sie starrte über den Tisch und seufzte. »Es ist weg. Ich bin mir nicht sicher, was es war, aber du musst wissen – letzte Nacht habe ich wieder von dem Unfall geträumt.«

»Das habe ich mir gedacht.«

»Ich erinnerte mich an den nächsten Teil nach der Szene, in der sich alles ständig wiederholte. Dane stürzte ab, und ich wurde nach oben gerissen. Ich legte neue Seile aus, um ihn hochzuziehen, aber sie versagten. Ich wurde fast von der Klippe gezerrt –« Becki schauderte so heftig, dass ihr ganzer Körper bebte. Sie hob ihren müden Blick, um seinem zu begegnen, und Kummer und Angst überwältigten sie. »Und dort endete es. Ich hatte mein Messer bereit, Marcus. Und ich wurde zum Abgrund gezogen.«

Er sprach nicht das Erste aus, was ihm in den Sinn kam, denn wenn er es täte, würde sie seine Zusicherungen wahrscheinlich abtun. Stattdessen hielt er sich zurück. »Nur fürs Protokoll? Ich verstehe, was du meintest, was Dane und sein Grab am Berg betrifft.«

Sie nickte mit kleinen, ruckartigen Bewegungen. »Danke.«

Es klingelte an der Tür, und sie sprang auf.

Marcus bedeutete ihr, sitzen zu bleiben. »Ich geh schon.«

Vorsichtig öffnete er die Tür einen Spalt breit. Was er auf seiner Türschwelle vorfand, ließ seinen Zorn aufflammen. »Du bist hier nicht willkommen, Ted.«

Der andere Mann zuckte mit den Schultern. »Ich musste es versuchen. Ich bin nicht der Einzige, der nach Informationen sucht. Natürlich: Wenn ich eine Story bekomme, halten sich die anderen wahrscheinlich eher zurück. Kein Versprechen, aber es könnte funktionieren. Wenn Ms. James reden möchte?« Der Reporter hob am Ende die Stimme.

Marcus baute sich vor ihm auf. »Verschwinde von meinem Grundstück.«

Der Mann starrte über Marcus' Schulter hinweg. »Sicher. Kein Problem.«

Marcus glaubte das keine Sekunde lang. Dieses Eindringen war nur der erste Versuch. Er wusste es. Ted wusste es.

Als er sich Becki zuwandte, sah er an ihrem Gesichtsausdruck, dass sie es ebenfalls wusste.

»Sie werden nicht weggehen, nur weil du es ihnen gesagt hast«, warnte sie. »Das haben sie damals in Yellowstone auch nie getan.«

Er trat an ihre Seite. »Wir werden tun, was wir können, um zu helfen. Wir alle. Vielleicht gibt es in den nächsten Tagen irgendeinen riesigen politischen Skandal, und sie alle wuseln davon, um jemanden anderen zu belästigen.«

Becki verschränkte die Arme vor der Brust, die Finger umklammerten ihre Oberarme, während sie sich rieb. »Ich hasse das. Ich hasse es, nichts zu wissen. Ich hasse es, bedrängt zu werden.« Sie sah ihm in die Augen, und Besorgnis zeichnete ihr Gesicht. »Wenn sie nach ihrem üblichen Schema vorgehen, werden wir in deinem Haus gefangen sein oder jedes Mal umschwärmt werden, wenn wir es verlassen. Es tut mir leid.«

Marcus legte seine Finger um ihren Nacken und zog sie an seine Brust. »Das war jetzt einer dieser Sprüche nach dem Motto: ,Sei nicht dumm und entschuldige dich für Dinge, die du nicht verursacht hast'.«

»Ich habe darum gebeten, die Nacht bei dir zu verbringen.«

»Und es wäre ja so viel besser für dich gewesen, heute Morgen allein in den Wohnheimzimmern zu sein. Wo Ted und alle anderen uneingeschränkten Zugang zu dir gehabt hätten. Schwachsinn.«

Marcus hatte das schon ein Dutzend Mal durchdacht und seine Schlussfolgerungen beiseitegeschoben, weil sie ihn gebeten hatte, keine Entscheidungen für sie zu treffen, aber die Lösung drängte sich wieder auf. Es war die einzige Entscheidung, die Sinn ergab.

Nur musste er es richtig formulieren. So viel hatte er gelernt.

»Setz dich mit deinen Kontakten in Yellowstone in Verbindung. Sobald du weißt, was sie brauchen, habe ich eine todsichere Lösung, um dir die Medien vom Hals zu schaffen.«

Becki wich zurück und wartete einen Moment, bevor sie ihn ansah. Sie wirkte stark, aber mit diesem Anflug von Verlorenheit in ihren Augen. »Rettest du mich gerade, Marcus?«

»Das ist es, was ein Team tut. Vertraust du mir?«, gab er zurück.

Becki ging zum Fenster und sah hinaus. Es gab eine kleine

Wolkenlücke, die ein wenig Helligkeit auf ihren Blick über die Stadt warf. Sie brachte auch die Fußabdrücke zur Geltung, die auf der Terrasse gerade zu schmelzen begannen.

Sie schauderte.

Sie drehte sich zu ihm um und hob das Kinn. »Ich vertraue dir zu einhundert Prozent.«

Regel drei. Vertraue deinem Team. Die Tatsache, dass sie ihn in diese Rolle versetzt hatte – anerkannte, dass es eine Verbindung zwischen ihnen gab, die über das Unverbindliche hinausging –, reichte aus, um etwas in seinem Inneren sehr zufrieden zu stimmen, trotz der Umstände, die sie dorthin gebracht hatten.

Marcus nickte. »Lass uns an die Arbeit gehen.«

28

Auf dem Sitz hinter ihnen lagen Sporttaschen, die mit Kleidung gepackt waren. Mit Lebensmitteln gefüllte Kisten standen auf der Ladefläche des Pick-ups – David hatte sie an der Autobahnabfahrt getroffen, um eine Ladung zu übergeben. Er hatte Becki kurz umarmt, Marcus auf den Rücken geklopft und sie dann auf den Weg geschickt.

Die anschließende dreistündige Fahrt war mehr als genug Zeit, um sie zur Ruhe kommen zu lassen. Becki hatte sich darauf verlegt, Marcus anzustarren, da der Regen auf den Scheiben und die Wolken um sie herum die Sicht immer wieder trübten.

Er steuerte den Wagen mit beeindruckender Souveränität. Die Hauptautobahn hatten sie vor mehr als einer Stunde hinter sich gelassen. Der weniger befahrene Pfad, dem sie momentan folgten, erforderte Allradantrieb; der Abschnitt war steil genug, um ihr Herz schneller schlagen zu lassen, aber er manövrierte das gewaltige Fahrzeug ohne Zögern über die schmale Schotterstraße. Seine sicheren und kontrollierten Bewegungen faszinierten sie ebenso wie die vollkommene Gelassenheit, die er beim Fahren in diesem miesen Wetter an den Tag legte.

Sein Kiefer blieb angespannt, obwohl sie sich ziemlich sicher war, dass das daran lag, dass er immer noch wütend über die Gründe war, die sie zum Rückzug gezwungen hatten.

Sie war noch nicht über den Berg.

»Wie weit noch?«, fragte sie. Schon wieder.

Seine ernste Miene hellte sich auf. »Ich schwöre, du bist so schlimm wie die Kinder in der Werbung. ›Sind wir bald da? Sind wir?‹ Immer noch dreißig Minuten, falls die Straße nicht von einem weiteren Baum blockiert wird.«

Becki zog ihre Beine unter sich und drehte sich zu ihm um, den Sicherheitsgurt immer noch eng an ihrem Körper. »Mir ist *langweilig*. Es gibt nichts zu tun.«

Sein kurzes Lachen brachte sie zum Lächeln.

»Das beherrschst du viel zu gut«, bemerkte Marcus. »Obwohl mich das nicht überrascht. Adrenalinjunkies sind nicht gerade die besten Reisegefährten.«

»Eigentlich war das gerade mein kleiner Bruder. Er ist acht Jahre jünger als ich, und bei den letzten Urlauben mit der Familie war er in einem Alter, in dem er eine nervtötende Göre war. In seinen Teenagerjahren wurde er viel besser, aber beim Stillsitzen ist er eine Niete.«

Marcus nickte. »Du hast erwähnt, dass ihr euch sehr ähnlich seid. Du hast nicht aufgehört herumzuzappeln, seit du in den Wagen gestiegen bist.«

»Ich fühle mich schuldig, weil ich weglaufe«, gab Becki zu. »Und stinksauer, dass ich zulasse, dass mich dumme Leute aus Banff vertreiben.«

»Betrachte dich als entführt, wenn es dir dann besser geht«, schlug Marcus vor. »Mach dich nicht fertig, weil du das tust, was richtig für dich ist. Wir haben das Satellitenradio, um Kontakt zu den echten Behörden zu halten, falls sie dich wegen irgendetwas brauchen. Der Rest der Leute, die versuchen, dich aufzuspüren, ist es nicht wert, dass man sich um sie sorgt.«

Das wusste sie. Und sie und Marcus hatten bereits besprochen, dass das Team im Moment kein weiteres Training von ihr brauchte – andere Bereiche außer dem Seil würden die letzte Woche des Ausbildungslagers füllen. Jetzt musste sie ihren Kopf umstellen, akzeptieren, dass diese Zeit ihr gehörte, und das Beste daraus machen.

Das Gefühl von Angst, das sich wieder in ihre Seele stahl, machte sie wütend, auch wenn es ihr gleichzeitig Angst einflößte. Sie hatte sich peu à peu von ihren Sorgen befreit, und jetzt schienen sie sie alle wieder zu bedrängen. Depression und Dunkelheit – die Flucht aus Banff war keine Garantie dafür, dass sie der Angst entkommen konnte.

Becki lehnte den Kopf gegen die Rückenlehne und beobachtete einen Wassertropfen, der an Marcus' Fenster vom Wind nach hinten geschoben wurde.

»Glaubst du, ich werde mich weiterhin an Details erinnern?«

Marcus nickte. »Es ist wahrscheinlich. Nach dem, was ich gehört habe, gibt es meistens einen emotionalen Grund für eine Erinnerungslücke wie deine. Jetzt, da mehr von der Geschichte ans Licht gekommen ist, findest du vielleicht heraus, was genau passiert ist.«

Sie fürchtete und ersehnte das gleichermaßen; die widersprüchlichen Gefühle machten sie fast wahnsinnig. »Die Vorstellung lässt mich zwischen heiß und kalt schwanken.«

Er sagte einen Moment lang nichts, sondern korrigierte nur den Griff seiner Finger am Lenkrad. »Du bist stark genug, um mit der Wahrheit fertigzuwerden, egal wie sie aussieht.«

Die absolute Überzeugung in seiner Stimme ließ ihre Kehle eng werden. »Danke.«

Marcus warf ihr einen kurzen Blick zu, nickte und konzentrierte sich dann wieder auf die Straße.

Zeit, das Thema zu wechseln. »Erzähl mir mehr von der Hütte.«

»Luxus pur.« Er wurde langsamer, um an einem umgestürzten Baum vorbeizumanövrieren. »Vier Wände, ein Dach und die beste Aussicht aller Zeiten. Das Anwesen gehört David. Er hat es gekauft, als ich noch in der Weltgeschichte herumzigeunert bin und zu dumm war, halbe-halbe mit ihm zu machen. Jetzt weigert er sich, mich einzukaufen.«

Sie blickte durch die Windschutzscheibe. »Das mit der Privatsphäre hat sie jedenfalls voll drauf.«

Er lachte. »Keine Sorge, es ist wirklich alles da, was wir brauchen. Betrachte das als deinen Urlaub, bevor du mit dem Unterrichten anfängst.«

»Richtig.« Vor ihnen wurde der Weg flacher, die Bäume wichen niedrigem Gestrüpp, während sie den Bergrücken umrundeten. Zur Linken lichteten sich die Wolken und gaben den Blick auf eine Kette von Gipfeln frei, die dick mit Neuschnee bedeckt waren. Sie waren weit genug unten, um unterhalb der Schneegrenze zu bleiben; die Schotterstraße war feucht, aber nicht von frischem Schnee bedeckt. »Sag mir, dass es einen Kamin gibt, und ich bin glücklich.«

»Ein luftdichter Ofen, kein offenes Feuer, aber der Effekt ist derselbe. Das Licht, das durch die Glasscheibe fällt, wird wunderschön auf deiner nackten Haut aussehen.«

Na, bitte sehr. »Das ist mal ein Themenwechsel.«

»Überrascht es dich wirklich, dass ich Sex anspreche? Wir werden ein bisschen Zeit zur Verfügung haben. Ich dachte, du könntest genauso gut von vornherein wissen, wie ich einen Teil davon zu füllen gedenke.«

»Einen Teil?«, stichelte Becki. »Marcus, das letzte Mal, als wir drei Tage lang zusammen eingesperrt waren, haben wir kaum etwas anderes getan als Sex zu haben. Oh, warte. Wenn wir mal eine Atempause brauchten, haben wir gelegentlich etwas gegessen.«

»Wir haben ein bisschen Essen dabei. Nur für Notfälle.«

Das Lachen, das ihr entwich, fühlte sich gut an. Das war es, was sie brauchte. Vielleicht lenkte er sie mit Absicht ab, aber plötzlich schien die Vorstellung, das zu Ende zu bringen, was sie am Morgen begonnen hatten, eine sehr gute Idee zu sein. »Sex vor dem Feuer kriege ich hin. Ich frage mich, ob es einen stabilen Tisch in der Küche gibt. Oder ein großes Bett? David wirkt auf mich wie ein Typ für King-Size.«

Marcus verschluckte sich kurz und starrte wütend in ihre Richtung. »Hör bitte auf, über meinen Bruder und Betten nachzudenken, wenn es dir nichts ausmacht.«

Oh, wirklich? Becki lehnte sich in ihrem Sitz zurück und beschloss, dass das Quälen-und-Ablenken in beide Richtungen gehen konnte. Obwohl die Vorstellung, mit David herumzumachen, sie nicht im Geringsten anmachte. Er war viel zu viele Jahre lang ihr Lehrer gewesen.

»Es war nicht David, mit dem ich mich vergnügen wollte. Ich habe mich nur gefragt, ob er denselben Möbeldesigner hat wie du. Du weißt schon, das Kopfteil mit den praktischen Griffen. Die Couch in perfekter Höhe, sodass du mich von hinten ficken kannst, wenn ich mich über die Lehne beuge.«

Marcus knurrte leise, ein Grollen tief in seiner Kehle. Er veränderte seine Position auf dem Sitz, und tatsächlich war die Vorderseite seiner Jeans nun deutlich ausgefüllter.

Becki rutschte ungeduldig hin und her, öffnete den Knopf ihrer Hose und zog den Reißverschluss auf. »Ich erwarte nicht die Art von Badezimmer, die du in deinem Haus hast – so viel Opulenz wäre wohl übertrieben, aber eine winzige Dusche hat auch ihre Vorteile. Kein Platz, um sich zu bewegen, ohne Haut an Haut zu reiben.«

»Versuchst du gerade, uns von der Straße abzubringen?«, fragte er.

»Du hast dich besser unter Kontrolle als das.« Becki streckte ihre Beine in den Fußraum aus und schob ihre Hand in ihre Hose. »Hmm, wenn ich an all die Dinge denke, die wir in den nächsten Tagen ausprobieren können – es macht dir doch nichts aus, wenn ich schon mal anfange, oder?«

Sie glitt mit den Fingern über ihre Klitoris und keuchte auf, ohne sich darum zu kümmern, leise zu sein. Okay, vielleicht machte sie sogar mehr Lärm, als sie es normalerweise tun würde.

Marcus linste ein-, zweimal zu ihr herüber, aber er schaffte es auf beeindruckende Weise, den Blick nach vorn zu richten. Sie ignorierte ihn einen Moment lang und streichelte sich langsam selbst, während sie plante, was sie tun würde, wenn sie an der Hütte ankamen, um ihn für all das zu belohnen, was sie ihn gerade durchmachen ließ, wobei die sexuelle Neckerei noch das Geringste war.

»Becki. Nimm sofort deine Hand aus der Hose.«

»Warum? *Ohhh*.« Sie stöhnte das Wort leise und zog es in die Länge, um ihn zu reizen. »Fühlt sich so gut an.«

»Du weißt, dass ich mich irgendwann dafür rächen werde. Ich glaube, das, was du gerade tust, nennt man normalerweise, den Bären zu reizen.«

»Ich hoffe, der Bär hat vor, zurückzureizen.« Widerstrebend zog sie ihre Hand zurück. »Aber wenn du darauf bestehst.«

»Lass mich kosten«, verlangte er.

Sie hob ihre Hand an seinen Mund, und er saugte an ihren Fingern und leckte sie sauber. Er umspielte sie mit seiner Zunge, umschloss die Finger leicht mit den Lippen, während sie ihre Hand langsam zurückzog.

Das Prickeln zwischen ihren Beinen hatte nichts mehr damit zu tun, dass sie ihn provozieren wollte.

»Zieh deine Hose aus.« Marcus' Stimme sank eine Oktave tiefer. Dunkler.

Er starrte geradeaus, aber irgendwie wusste sie, dass er sie beobachtete. Becki zögerte nicht. Sie wand sich aus ihrer khaki-farbenen Hose und ließ sie zusammen mit ihren Schuhen auf dem Boden liegen. Das Leder unter ihrem Po war weich und warm; die nackte Haut presste sich gegen das Material, denn viel Stoff war da nicht mehr zwischen ihr und dem Sitz.

»Den String auch?«, fragte sie.

»Ja.«

Sie ließ den Hauch von Stoff an ihren Beinen hinuntergleiten und warf ihn oben auf den Haufen im Fußraum.

»Füße auf den Boden, Knie weit auseinander. Genau so. Ich liebe es, wie beweglich du bist.« Er lehnte sich nach vorn und stellte die Lüftungsdüsen ein. »Jetzt berühr dich selbst. Sag mir, was du tust.«

Ein Schauer lief ihr über den Rücken. Es war eine Sache, wenn sie diejenige war, die die Kontrolle hatte und versuchte, ihn wahnsinnig zu machen. Jetzt, da er den Spieß umdrehte, fühlte sie alles viel intensiver. Becki legte sich ein wenig weiter nach hinten, öffnete ihre Knie und ließ ihre Finger über ihren Bauch wandern. Sie ließ die Erwartung steigen.

»Sprich mit mir«, erinnerte Marcus sie, während er den Wagen über ein holpriges Stück Straße steuerte. Das Schwanken des Fahrzeugs ließ sie leicht in ihrem Sitz erzittern, und sie presste ihre ganze Hand auf ihr Geschlecht, um das auflodernde Feuer ein wenig zu dämpfen.

»Ich will es langsam angehen lassen. Stell dir vor, du bist derjenige, der mich berührt. Da ist ein Verlangen in mir, wie eine geisterhafte Erinnerung daran, heute Morgen von deinem Schwanz ausgefüllt worden zu sein. Ich will das zurückhaben, mich daran erinnern, wie es sich anfühlt, von dir gedehnt zu werden.«

Sie tauchte ihre Finger ein und glitt über die Haut, die feuchter geworden war, als sie darüber nachdachte, was sie da taten. Ihre Berührung fühlte sich gut an, aber es fehlte so viel. »Es ist nicht genug. Meine Hand. Ich kann mich reizen, aber es gibt keinen Vergleich dazu, dich in mir zu spüren.«

»Reib deine Klitoris. Bring dich schnell zum Höhepunkt.« Marcus flüsterte die Worte.

Sie schob ihre Finger höher und Nässe bedeckte ihre Schamlippen. Becki benutzte beide Hände, öffnete sich mit der einen und benutzte die andere, um in winzigen Kreisen über die empfindliche Stelle am Scheitelpunkt ihres Geschlechts zu reiben.

Marcus legte einen Schalter am Armaturenbrett um. Ein Rauschen erfüllte ihre Ohren, als der starke Luftstrom aus der Heizung herausschoss und genau ihr Geschlecht traf.

»Oh Gott.« Sie steigerte das Tempo, drückte fester, als die prickelnden Pulse zunahmen und nach ihrem Höhepunkt riefen, während das seltsame Gefühl des Windes, der über ihren feuchten Körper blies, die Spannung noch erhöhte. Es war nicht so gut wie ein Vibrator, aber es reichte aus, um sie am Abgrund zittern zu lassen.

»Komm für mich, Becki. Lass mich hören, wie du die Kontrolle verlierst. Lass es mich hören.«

Seine Worte liebkosten sie so intensiv wie ihre Finger, und zusammen reichten sie aus, um die Lust in ihr aufblühen zu lassen. Ihr Körper zog sich zusammen, ein weiches, kaum spürbares Kommen.

Sie wollte, dass er, nicht ihre Hand, die Macht über sie übernahm.

Sie drehte den Kopf, um ihn anzusehen, und bemerkte schließlich, dass sie das Ziel ihrer Reise erreicht hatten. Vor ihnen lag eine kleine Hütte, die sich ordentlich in die Bäume schmiegte. Als sie sich gerade aufsetzen und ordentlich anziehen wollte, unterbrach Marcus sie jedoch.

»Das Einzige, was du tun musst, ist, dich bereit zu machen, mit mir fertigzuwerden.«

Oh weh. Becki presste ihre Beine zusammen und richtete sich in ihrem Sitz auf, als die Lust in seiner Stimme sie wie eine vokale Verführung einhüllte.

Sie hielten vor der Hütte an, aber sie hätten überall sein können, so wenig Aufmerksamkeit schenkte sie ihrer Umgebung. Es ging nur um ihn, um Marcus, wie er den Gang einlegte und das Lenkrad aus dem Weg klappte. Eine weitere

Bewegung schob den Sitz ein Stück zurück – dann konzentrierte er seine ganze Aufmerksamkeit auf sie, und Becki blieb fast der Atem weg.

Er lächelte. Dieses sündige Lächeln, nach dem sie süchtig war. »Hol meinen Schwanz raus, süße Becki. Hol ihn raus und mach mich nass.«

Lust rieselte über sie hinweg, und sie bewegte sich, öffnete seinen Knopf und zog vorsichtig seinen Reißverschluss auf. Sein Schwanz spannte sich gegen den Stoff, und die dicke Wölbung machte sie begierig darauf, ihm zu gehorchen und ihm das zu geben, worum er gebeten hatte. Sie griff durch den Eingriff seines Slips, und sein Schwanz sprang ihr in die Handfläche, heiß und schwer, während sie ihn umschloss.

Sie hatte kaum Zeit gehabt, ihn zweimal zu streicheln, bevor er sie anknurrte. »Benutz deinen Mund. Umschließ mich und nimm mich tief.«

Becki kniete auf dem Sitz, schob mit einer Hand ihr Haar aus dem Weg und hielt ihn mit der anderen aufrecht. Sie leckte die Spitze ab, wo sich ein Tropfen cremiger Flüssigkeit gesammelt hatte; sein männlicher Geschmack raste durch ihr System. Dann hörte sie auf zu necken, bewegte sich bereitwillig vor, öffnete sich weit und senkte ihren Kopf, bis sein Schwanz gegen ihre Kehle stieß.

Sie schloss die Augen und wiederholte die Bewegung, schloss ihre Lippen fest um ihn, während sie sich hob, und neigte den Kopf zur Seite, damit er sehen konnte, was sie tat.

Er summte vor Vergnügen, und seine Finger glitten durch ihr Haar. Dann verstärkte er seinen Griff und zog daran. Eine ruckartige Bewegung, kurz und kontrollierend, und das Rauschen der Leidenschaft in ihren Venen verstärkte sich.

»Das gefällt dir, was? Interessant.« Marcus strich mit den Fingern über ihre Wange. Sie bewegte sich langsamer. Ließ die Schlüpfrigkeit ihres Speichels die Bewegung erleichtern; sein

Schwanz glänzte im Licht. Er strich mit den Fingerspitzen an ihrem Mundwinkel entlang, und sie schauderte.

Marcus ließ seine Hand ihren Rücken hinuntergleiten, dorthin, wo ihr Po hochgereckt war, während sie über ihm kniete. Seine Finger glitten über ihren Arsch, dann wieder hinauf, während sie seinen Schwanz weiter bearbeitete.

»Ich werde mich um dich kümmern, Becki. Auf jede Weise, die du brauchst.«

Becki lächelte und saugte fest zu, während sie ihn losließ und ihn wie eine Belohnung senkrecht hielt. »Wer kümmert sich hier um wen?«

Er lächelte. »Ich bin klug genug zu wissen, dass die Antwort darauf komplizierter ist, als es aussieht. Komm herüber und reite mich. Bring zu Ende, was wir heute Morgen angefangen haben. Ich will dich auf meinem Schwanz spüren. Ich will dich nass und bedürftig spüren, wenn du kommst.«

Becki unterdrückte das Wimmern, das ihr entweichen wollte. Sie mochte eine starke Frau sein, sie mochte zu ihrer Sexualität stehen, aber im Moment war sie so verdammt gierig nach ihm, dass sie kaum noch klar denken konnte. Sie kniete rittlings über seinen Hüften und wiegte sich über seinem nassen Schwanz, ließ die harte Länge durch ihre Falten gleiten, ohne ihn hereinzulassen.

Er ließ sie die Bewegung ein halbes Dutzend Mal wiederholen, bevor er sie am Hintern packte und an Ort und Stelle hielt. »Jetzt, Becki. Fuck mich. Fuck mich, bis du es nicht mehr aushältst.«

Diesem Befehl wollte sie sich nicht widersetzen. Sie kippte ihr Becken, und die breite Eichel drang in sie ein. Bevor sie sich selbst senken konnte, drückte Marcus ihre Hüften nach unten, stieß nach oben und vergrub sich bis zur Wurzel in ihr.

»So, *so* gut.« Becki ließ den Kopf in den Nacken fallen, stützte ihre Hände auf Marcus' Schultern und begann ein entschlossenes Auf und Ab über ihm. Jede Bewegung trieb ihn tief in sie hinein, ihr Inneres umschloss seinen Schaft, während er sie ausfüllte, während ihre Bewegungen all ihre empfindlichen Nervenenden immer und immer wieder stimulierten.

Er drehte seine Hüften und hielt ihren Hintern fester. Jede Berührung von ihm steigerte ihr Vergnügen, machte ihr seine Besitznahme bewusster. Ihr schwerer Atem, während sie dem Höhepunkt entgegenstrebten, und sein Griff um ihren Körper erweckten den Anschein, als würde er sich weigern, sie jemals wieder loszulassen.

Leidenschaft und Lust stiegen schnell an, und alles andere war vergessen. Nur die kraftvolle Verbindung zwischen ihnen zählte – seine Bereitschaft zu geben, ihr Bedürfnis, sich lebendig zu fühlen.

»Berühr dich selbst«, befahl Marcus. »Bring dich auf meinem Schwanz zum Kommen.«

Seine Worte pressten sich durch kaum geöffnete Lippen, als kämpfte er darum, sich zurückzuhalten. Er wollte den Höhepunkt hinauszögern, bis sie sich ihm anschloss. Becki beeilte sich, seinen Anweisungen zu folgen. Sie ließ ihre Finger über ihre Klitoris gleiten, rieb genau dort, wo sie miteinander verbunden waren, und er stöhnte zustimmend auf.

Seine Schulter war unter ihrer anderen Hand angespannt, und sein ganzer Körper war bereit für den Ausbruch. Sie erhöhte ihr Tempo und spürte die Welle heranrollen.

»Jetzt, oh jetzt. Oh ja.« Sie starrte in sein Gesicht, während sie kam. Eine Sekunde später sah sie das Flackern in seinen Augen, das Zusammenpressen seiner Lippen, während sein Schwanz in ihr zuckte. Lust durchströmte ihren Körper mit völliger Hingabe.

Vor ihren Augen tanzten Punkte, und ihr Kopf drehte sich, während der Höhepunkt ihren Körper flutete. Langsam entspannten sich ihre Glieder; Becki lehnte sich nach vorn und legte ihren Oberkörper an seinen, während sie darauf wartete, dass ihr Herzschlag sich beruhigte.

Marcus strich ihr über den Rücken, die dicke Länge seines Schwanzes immer noch tief in ihrem Inneren vergraben. »Willkommen im Jugendfreizeitheim. Möchtest du den Parkservice?«

»Ich antworte, wenn ich mich wieder bewegen kann.« Sie drehte den Kopf, um ihn auf die Wange zu küssen.

Er lächelte nachsichtig. »Lass dir Zeit. Es gibt keinen Ort, an dem ich lieber wäre.«

Becki wartete einen Moment und genoss die letzten Wellen des Vergnügens nach ihrem Abenteuer. Als Ablenkungsmanöver beherrschte Marcus definitiv alle Kniffe.

29

Ein winziges Aufblitzen von etwas, das am Fenster vorbeihuschte, ließ sie hochschrecken und angewidert hinausstarren. »Schnee? Soll es jetzt wirklich schneien?«

Marcus nickte. »Willkommen zurück in Kanada im Mai. Sieh es positiv. Wir könnten eine Woche lang eingeschneit sein.«

»Das soll positiv sein?« Sie rutschte von seinem Schoß zurück auf ihren Sitz und grinste über seinen Gesichtsausdruck. »Na ja, ja, es könnte lustig werden, also hör auf, so gierig zu gucken. Ein weiteres Plus – ich bezweifle, dass wir Besuch kriegen, wenn der Schnee liegen bleibt.«

Sie zog ihre Kleider wieder an, während er seine zurechtrückte und den Reißverschluss schloss, und beide öffneten gleichzeitig die Türen. Der Schwall frischer Luft und der Duft der Fichten trafen sie mit voller Wucht, und die Erinnerungen an die Jahre, die sie in diesen Bergketten verbracht hatte, ließen ihre Seele zur Ruhe kommen.

»Das hier ist ein guter Ort«, entschied Becki und blickte sich entzückt in der prachtvollen Umgebung um. Der Frieden festigte sich ein wenig mehr – sie konnte sich ihm unmöglich entziehen. Die Rocky Mountains waren für sie so nah am Himmel auf Erden, wie es nur ging. Das war schon immer so gewesen. Ein Paradies mit gelegentlichen Berührungen der Hölle, aber meistens ein heilender Balsam für ihren Geist.

Sie arbeiteten Hand in Hand und trugen die Vorräte hinein. Marcus hielt sie mitten in einem Gang auf, um seinen Arm um sie zu legen und sie ausgiebig zu küssen.

Sie berührte mit den Fingern ihre Lippen, die von dem Überfall noch immer kribbelten. »Nun, das kam unerwartet. Schön, aber völlig aus heiterem Himmel.«

»Wir haben keinen Plan, Becki«, gab er zu bedenken. »Keine Eile. Wir müssen uns nicht in unter fünf Minuten häuslich eingerichtet haben. Mach langsam und lass dir Zeit.«

»Mich in Geduld üben? Willst du mir das damit sagen?«, neckte sie ihn.

»Natürlich.« Marcus kniff sie in die Nase und wirbelte sie dann in Richtung Küche. »Wirf mal einen Blick hinein und schau nach dem Rechten. Ich drehe das Propan auf und schalte die Pumpen ein.«

Er verschwand durch die Vordertür, und sie ertappte sich dabei, wie sie seinem Hintern hinterherstarrte. Ungezählte Tage allein mit ihm, und sie konnte es kaum erwarten. Von wegen langsam machen – das war die unerwartete Gelegenheit ihres Lebens.

Das Wochenende, das sie vor so vielen Jahren geteilt hatten, hatte ihr Leben verändert. Sie war eigensinnig gewesen. Impulsiv. Vermutlich wäre sie früh im Grab gelandet, wenn er ihr ihre wilden Impulse nicht ausgeredet und ihr bewiesen hätte, dass man auch Spaß haben kann, ohne sein Leben zu riskieren.

Ihre Zukunft war ihr damals grenzenlos erschienen, und er hatte ihr geholfen, die wirklichen Möglichkeiten zu sehen. Jetzt schlossen sich ihre Optionen, aber von allen Menschen war er sicher derjenige, der ihr helfen konnte, ihren Weg zu finden.

Ihre Erinnerung würde zurückkehren. Marcus hatte recht.

Sie rechnete fest damit, irgendwann in den nächsten Tagen von dem überwältigt zu werden, was noch verborgen lag. Das Erinnern würde wehtun und könnte potenziell all die Pläne zerstören, die sie geschmiedet hatte.

Aber es würde nicht *sie* zerstören. Das schwor sie sich.

Sie schnappte sich den Besen, der in der Ecke lehnte, und benutzte ihn wie eine Waffe, wobei sie ihren Frust an den kleinen Wollmäusen und Blättern ausließ, die zur Tür herein geweht waren und nun an den Rändern der Dielen kauerten.

Wenn sie für Dane das Seil durchtrennt hatte, gab es keine Möglichkeit, dass sie jemals wieder in einem Rettungstrupp arbeiten konnte. Selbst wenn es keine Alternative gegeben hätte. Es mochte ihre letzte Wahl gewesen sein, aber diese Wahrheit bedeutete auch, dass viele Jobs von ihrer Liste gestrichen werden mussten.

Zum Beispiel das Unterrichten. Das Team war zwar nicht durchgedreht, aber für jeden, der sich die Zeit nahm, sie kennenzulernen, würde es jene geben, die sie strikt nach der vergangenen Situation beurteilten. Das konnte sie David und der Banff SAR School nicht antun.

Sie fegte den Schmutz auf das Kehrblech und trug ihn nach draußen. Wen wollte sie hier eigentlich belügen? Dass sie das Unterrichten von der Liste strich, hatte nichts mit Mitgefühl für David zu tun. Sie wollte nicht durchs Leben gehen und jedes Semester mit Argwohn beginnen, den Schmerz und die Zweifel immer wieder neu durchleben, und genau darauf würde das Unterrichten hinauslaufen.

Nur ein Masochist würde nach dieser Art von Bestrafung verlangen. Sie mochte ihren Sex vielleicht ab und zu etwas härter, aber das tägliche Leben sollte keinen Schmerz beinhalten.

Becki trat wieder hinein und sah sich genauer um, wobei sie sich von ihren düsteren Gedanken distanzierte. Da war ein stabiler Tisch mit vier Stühlen und gegenüber eine kleine

Küchentheke mit Kochinsel, die den Kochbereich vom Wohnzimmer trennte. Eine Couch mit Holzrahmen und zwei Sessel, beide mit dicken Polstern.

Der berüchtigte Holzofen stand in der Ecke des Zimmers, mit einem dicken Teppich davor.

Gemütlich, aber nicht erdrückend, eher kompakt und ordentlich. Ein weiterer Ort des Friedens.

Die erste der beiden Türen in der Rückwand führte in ein winziges Badezimmer, und sie grinste. Fließendes Wasser im Haus – ein klarer Punktgewinn. Rustikal war gut, Plumpsklos eher weniger.

»Du siehst, deine Vorhersage über viel Hautkontakt unter der Dusche ist zu einhundert Prozent korrekt.« Marcus sprach leise direkt über ihre Schulter, und sein Arm hielt sie fest, bevor sie sich umdrehen konnte. Seine rechte Hand glitt um ihren Bauch und er zog sie fest gegen seinen Oberkörper. »Ich habe die Pumpe und den Durchlauferhitzer eingeschaltet. Wir können in dem Ding duschen, bis der Bach austrocknet, und das heiße Wasser wird uns nie ausgehen.«

Warme Lippen trafen ihre Wange und Becki streckte sich und lehnte sich an ihn. Sie genoss seine Liebkosung. »Habe ich schon Danke gesagt, dass du mich hierher gebracht hast?«

»Hast du. Schon ein paar Mal. Du kannst aufhören. Ich will hier bei dir sein.«

Seine Aufrichtigkeit war unverkennbar.

Sie drehte sich um und sah ihm ins Gesicht, auf der Suche nach Verständnis. »Warum? Warum tust du das? Ich weiß, was ich will. Ich weiß, warum ich hier bin –«

»Oder du glaubst es zu wissen«, unterbrach er sie.

Becki pikste ihn mit ausgestrecktem Zeigefinger in den Bauch. Er stöhnte schmerzhaft auf, während er sie losließ. »Hör auf mit den Vermutungen. Ich bin dankbar, dass du mich vor den Geiern weggebracht hast, und ich habe gesagt, dass ich dir vertraue. Das heißt nicht, dass ich will, dass du mir Worte in den Mund legst und meinen Taten eine Bedeutung gibst, bevor du gehört hast, was ich zu sagen habe.«

Marcus lehnte sich an die Wand neben ihr und kesselte sie im Badezimmer ein. »Oder vielleicht solltest du akzeptieren, dass du laut und deutlich sagst, was in deinem Kopf vorgeht, ohne den Mund aufmachen zu müssen.«

Ach, tatsächlich. »Bist du jetzt also Gedankenleser?«

»Wenn du es so nennen willst.« Marcus fing ihre Hand in seiner auf und zog sie hinter sich her. Er bewegte sich langsam, als wäre sie ein scheues Tier. Vielleicht war sie das... Becki bewahrte sicheren Tritt, während Marcus mit den Knöcheln über ihre Wange strich und sein prüfender Blick über ihr Gesicht huschte. »Ich werde dich nicht drängen. Noch nicht. Aber ich bin für dich da – zu einhundert Prozent, genau wie du es verlangt hast.«

Sie seufzte und ließ ihre Anspannung los. »Tut mir leid, dass ich dich so angefahren habe.«

»Es ist verständlich. Komm, lass uns ein wenig von deiner Aggressivität abbauen, bevor wir nachsehen, was David uns an Vorräten mitgegeben hat.«

Sie zog sich warm an, mit festen Wanderschuhen und dünnen, aber bequemen Handschuhen. Eine Gore-Tex-Jacke und eine Strickmütze in der Tasche, nur für den Fall. Ein schöner langer Spaziergang nach dem langen Sitzen würde guttun.

Sie waren draußen und schritten locker einen Wildpfad entlang, bevor ihr klar wurde, dass er ihrer Frage ausgewichen war – der Frage nach seinen Gründen. Trotz seiner Neckereien wusste sie, warum sie sich in der Wildnis versteckte.

Was hatte ihn dazu bewogen, alles stehen und liegen zu lassen?

~

MARCUS RÜHRTE das Chili ein letztes Mal um und drehte sich dann um, um Becki dabei zuzusehen, wie sie in der Hütte auf und ab ging.

Obwohl sie nicht im strengsten Sinne des Wortes hin und her marschierte. Es war, als würde all die ungenutzte Energie, die sie während der Fahrt im Zaum halten müssen hatte, immer noch aus ihr herausströmen, selbst nach ihrem Spaziergang und dem spontanen Workout, zu dem sie ihn gezwungen hatte – mit Hampelmännern und quälenden Bauchmuskelübungen.

In der Vorratskiste hatte sie eine Schachtel Kerzen gefunden und alle auffindbaren Kerzenständer aus dem ganzen Raum zusammengesucht, eine eklektische Sammlung von alten Flaschen bis hin zu antikem Messing. Sie hatte sie nacheinander bestückt und jeden an einen ausgewählten Platz getragen. Nun zündete sie systematisch eine nach der anderen an und hinterließ winzige Perlen aus leuchtendem Gelb in ihrem Kielwasser.

Er dimmte die Propanlaterne an der Wand hinter sich, damit ihr Werk heller strahlen konnte.

Becki drehte sich langsam um, zog ihren Pullover aus und hängte ihn über die Rückenlehne der Couch. »Diese Hütte ist wunderschön. Obwohl dieser Ofen mich hier noch rauskochen wird, wenn wir nicht aufpassen.«

»Ich habe die Ofenklappe bereits zugedreht«, sagte Marcus. »Da stimme ich dir zu – wenn der erst mal in Fahrt kommt, ist es hier drin wie im Hochsommer.«

Sie stand da und starrte in die Flammen; das tanzende Flackern des Ofens vermischte sich mit den kleineren Fackeln, die sie geschaffen hatte, um den Raum mit luxuriöser Wärme zu füllen. Das sanfte Licht umschmeichelte ihre Haut und verlieh dem ganzen Raum etwas Unwirkliches.

Er brachte kaum ein Wort heraus. Es kam ihm fast wie ein Frevel vor, diese Stille zu stören.

Sie reckte die Hände zur Decke, während sie sich streckte, ließ die Arme sinken und drehte sich mit einem zufriedenen Lächeln zu ihm um. »Ist das Abendessen fast fertig? Ich verhungere fast.«

»Ich liebe Frauen mit gesundem Appetit.«

Sie trat an seine Seite und half beim Decken des Tisches. »Was hoffentlich bedeutet, dass du genug für uns beide gekocht hast. Es gibt nichts Schlimmeres als erste Dates, bei denen die Töpfe leergekratzt sind und mir immer noch der Magen knurrt.«

Marcus führte sie zu einem Stuhl und lehnte sich nah an sie heran, um ihren Duft tief einzuatmen. »Ich verspreche dir, dich gut zu füttern. Ich glaube, David hat für drei gepackt; wir sind also auf der sicheren Seite.«

Sie schöpfte Chili in beide Schalen und leckte einen Tropfen von ihrem Finger, während sie ihm seine Portion reichte. »David war ein kleiner Wunderheiler; er hat das alles so schnell zusammengestellt.«

»Typisch David«, gab Marcus zu. »Ich vermute fast, er hat schon vor uns gemerkt, dass wir uns in die Berge absetzen würden. Er hat ein Händchen für so was. Das ist einer der Gründe, warum er die Schule so erfolgreich leitet. Er weiß, wann er eingreifen muss und wann er die Dinge laufen lassen kann, wer die richtige Person für den richtigen Job ist, wann er mir in den Hintern treten muss und wann er mich besser in Ruhe lässt.«

Sie nickte langsam und starrte auf ihre Schüssel. »Ich hoffe, ich muss ihn nicht enttäuschen.«

Ein wahres Wunder. Würde sie tatsächlich über das sprechen, wovor sie wirklich weglief, ohne dass er es ihr aus der Nase ziehen musste? »Inwiefern?«

Sie tauchte ihren Löffel ins Chili, hob ihn an und leckte ihn ab, während sie sichtlich darüber nachdachte, was sie sagen sollte. »Ich habe nur laut gedacht. Das ist lecker, Marcus.«

Sie begann zu essen, als wäre sie am Verhungern, und er ließ die Bemerkung auf sich beruhen. Er hatte gesagt, er würde ihr Raum geben, und genau das würde er tun. So viel Raum, wie eine Hütte von vier mal vier Metern eben bot.

Aber selbst wenn sie im Moment nicht bereit war, mit ihm zu teilen, wovor sie Angst hatte, würde er sie nicht allein damit fertigwerden lassen. Er würde nicht warten, bis sie um Hilfe rief, bevor er etwas unternahm, um ihr durch den Schmerz zu helfen.

Smalltalk. Abwasch. Sie wechselten aufs Sofa und sie kuschelte sich ganz von selbst an seine Seite. Es war natürlich und angenehm, was bedeutete, dass es höchste Zeit war, die Sache ein wenig aufzumischen.

Zeit, entschlossen zu handeln.

»Ich finde, wir sollten ein Spiel spielen«, schlug er vor.

Becki schnaubte leise und hielt mit dem Finger inne, mit dem sie Kreise auf seinem Unterarm gezeichnet hatte. »Wenn du Wahrheit oder Pflicht vorschlägst, lasse ich dich auf der Couch schlafen.«

Marcus schob sie zur Seite, damit er ihr Gesicht besser sehen konnte. »Hasst du das Spiel etwa?«

»Hallo? Was glaubst du wohl, was damals diesen dämlichen Anschlag auf die Fassade vom Banff Springs ausgelöst hat? Wobei da auch reichlich Tequila im Spiel war.«

»Ich war mir sicher, dass da irgendwie Alkohol involviert war«, frotzelte Marcus. »Nein, nichts so Kindisches wie Wahrheit oder Pflicht.«

»Strip-Poker?«

»Ich schummle.«

Becki lächelte. »Risiko? Monopoly?«

Marcus schüttelte den Kopf. »Als ob du für ein ganzes Brettspiel stillsitzen könntest. Du hättest es mit deinem Herumgezappel schon umgestoßen, bevor ich dich in den Bankrott treiben könnte.«

Ein Holzscheit knackte, und beide blickten kurz auf das kleine Feuer, das er entfacht hatte. »Was ist mit 20 Fragen? Danach klingt es nämlich irgendwie.«

»Nein. Ich helfe dir auf die Sprünge. Es ist wie Simon sagt, aber einfacher. Es geht nur darum, dass du alles tust, was ich dir sage.«

Er hörte, wie sie kurz die Luft anhielt. »Das könnte Spaß machen.«

»Nun, du hast ja erwähnt, dass du in den nächsten Tagen viel Sex erwartest. Ich möchte dich ungern enttäuschen.«

»Ohooo«, dehnte sie das Wort. »Es läuft also auf *diese* Art von Herumkommandieren hinaus. Und ich dachte schon, du lässt mich Stepptanz aufführen oder so was, um dich zu unterhalten.«

»Glaub mir. Ich habe vor, mich köstlich zu amüsieren.« Marcus wartete und sah ihr fest in die Augen. Er suchte nach einem Hinweis darauf, was sie jetzt brauchte, um die kommende Verwirrung zu überstehen.

Ihr Lächeln zuckte, aber sie setzte sich aufrechter hin und lehnte sich zu ihm. Sie legte eine Hand auf seine Brust und vereinte dann ihre Lippen zu einem langsamen, süßen Kuss. Träge Zungen und sanfter Druck. Sie genossen einander einfach, als hätten sie alle Zeit der Welt. Keine Fristen, nichts, was schwer auf ihnen lastete.

Gott, er wünschte sich so sehr, dass das ihre Realität wäre.

Als sie sich voneinander lösten, hätte er fast beschlossen, die Spiele sausen zu lassen und sie direkt ins Bett zu bringen. Nichts weiter nötig als das langsame, stetige Nähren der Leidenschaft zwischen ihnen. Nur ihr Gesichtsausdruck, als sie vor ihm aufstand, verriet Sehnsucht und doch auch Angst. Nicht vor ihm, da war er sich sicher. Vor der Zukunft. Vor dem, was das Schließen ihrer Augen offenbaren könnte.

Marcus streckte seine Beine aus und ließ sich demonstrativ Zeit, eine bequeme Position zu finden. Er machte es zu seiner

Sache und seinen Bedürfnissen. Er nahm den Fokus von ihr weg. Sie war stark genug, um ihn zurechtzuweisen, wenn er falsch gelegen hätte, aber er glaubte nicht, dass er das tat.

»Bist du bereit dafür?«, fragte er.

Sie trat leicht von einem Fuß auf den anderen, um ihr Gleichgewicht zu finden. Gleichmäßige Atmung. Durch die Nase ein, durch den Mund aus. Jeder Trick aus dem Lehrbuch, um ihre Mitte zu finden.

»Das Spiel läuft«, flüsterte sie. Den Blick direkt auf ihn gerichtet. Ihre Augen auf ihn fokussiert.

Wie konnte eine Frau, die so stark war, so bereitwillig alles hingeben? Marcus riss sich zusammen und schwor sich, zu tun, was immer nötig war. Was immer es ihn kostete.

Denn es würde ihn etwas kosten – so viel wusste er mit Sicherheit.

Er musterte ihren Körper in seiner ganzen Länge. Abschätzend, abwägend. Als er ihren Blick wieder traf, sprach er leise. »Mach deine Haare auf.«

Becki löste vorsichtig das Gummi, mit dem sie ihr Haar zu einem praktischen Pferdeschwanz zusammengebunden hatte. Sie steckte das Band in ihre Tasche, hob dann erneut die Hände, strich sich mit den Fingern durch die Strähnen und schüttelte sie über ihre Schultern. Die langen Haare ruhten leicht zerzaust auf ihren Schultern; eine Locke fiel ihr in die Stirn und in die Augen.

»Dein Oberteil. Zieh es aus. Ganz langsam.«

Ihr Lachen hallte durch den Raum. »Ich bin keine besonders gute Tänzerin, Marcus. Wenn du willst, dass ich mit den Hüften schwinge und dir eine Show biete, wirst du maßlos enttäuscht sein.«

»Oh, das bezweifle ich doch sehr«, sagte er. »Kein Tanzen erforderlich. Öffne deine Knöpfe, süße Becki. Einen nach dem anderen. Genau so.« Er folgte ihren Fingern mit dem Blick, während sie die winzigen perlweißen Kreise durch die Schlitze gleiten ließ. »Jeder, den du öffnest, enthüllt ein Stück mehr deiner Haut. Das ganze Kerzenlicht im Raum spiegelt sich auf dir und lässt dich leuchten. Ich kann jetzt die Ränder deiner BH-Körbchen sehen. Deine Brüste. Es ist wie ein Geschenk, das vor meinen Augen ausgepackt wird.«

Sie schwieg, während sie die letzten Knöpfe öffnete. Die Vorderseite ihres Hemdes klaffte weit auf, sodass das Licht auf ihren festen Bauch schien.

Ihr Atem ging nicht mehr so gleichmäßig wie noch vor ein paar Augenblicken.

Becki zuckte mit den Schultern und der Spalt wurde breiter. Als sich der Stoff schließlich ganz löste, ließ sie ihn vor ihren Füßen auf den Boden fallen.

Marcus starrte sie hungrig an, sicher, dass sich sein inneres Verlangen in seinem Gesicht widerspiegelte. Er hoffte es zumindest. Das war mehr als bloße vorübergehende Lust; das war ein Verlangen nach ihr, das sein ganzes Leben lang anhalten würde.

»Du bist wunderschön. So stark, so kraftvoll.« Becki öffnete den Knopf ihrer Hose und lächelte als Reaktion auf seine Worte. Er hielt sie mit einem einzigen Wort auf. »Warte.«

Eine Braue hob sich. »Ich dachte, du willst mich nackt sehen.«

»Nicht denken.« Er stand auf und trat so nah an sie heran, dass sie ihn berühren konnte, ohne ihren Platz auf dem Boden verlassen zu müssen. »Ich bin dran. Zieh mir mein T-Shirt aus.«

Sie hatte ihn schon einmal ausgezogen, vor einigen Tagen. Damals waren ihr die Augen verbunden gewesen, und er hatte ihre Finger zittern sehen, während sie sich bewegte. Während sie ihn berührte.

Jetzt liebkoste sie ihn sowohl mit ihrem Blick als auch mit ihren Berührungen, und er war nicht darauf vorbereitet gewesen, wie mächtig diese Wirkung sein würde. Becki öffnete seinen Gürtel, ließ den Knopf aufspringen. Zog den Reißverschluss ein Stück herunter. Das schaffte Platz, damit sie ihre Hände unter sein T-Shirt schieben konnte; ihre Fingerspitzen fühlten sich kühl auf seiner erhitzten Haut an. Sie sah ihm fest in die Augen, während sie über seine Brust strich und ihre Daumen seine Brustwarzen streiften. Als sie sich enger an ihn drängte, um hinter seinen Rücken greifen zu können, holte er tief Luft; der verführerische Duft ihrer Bodylotion berauschte seine Sinne.

Dieses Spielchen mochte darum gehen, was sie brauchte, aber verdammt noch mal, er würde es ganz sicher auch genießen.

30

Es war, als stünde sie unter Drogen. Die Grenze zwischen Realität und Fantasie verschwamm, und Becki gab sich dem Gefühl voll und ganz hin, fest entschlossen, jede Sekunde auszukosten.

Sie packte den unteren Saum seines Shirts am Rücken und zog es nach oben. »Beug dich vor«, befahl sie, und er fügte sich bereitwillig, bückte sich und streckte die Arme über den Kopf, damit sie den Stoff ganz abstreifen konnte.

Als er sich wieder aufrichtete, wusste sie im ersten Moment nicht, wo sie hinsehen sollte. Er hatte das Kerzenlicht erwähnt, und wow – er hatte nicht übertrieben, wie sehr der flackernde Schein ihre Sinne berauschte. Es war besser, als griechische Statuen in einem Museum zu betrachten. Jeder Muskel zeichnete sich scharf ab. Die harten Konturen seiner Brust; die straffen Linien, die seinen Unterbauch in perfekt geformte Quadrate unterteilten.

Becki spähte nach oben und stellte fest, dass sein Blick noch immer auf sie fixiert war. Diese ungeteilte Aufmerksamkeit ließ ihre Wangen heiß werden, während gleichzeitig ein tiefes Verlangen in ihrem Inneren pochte. Zwischen ihren

Beinen wurde sie feucht und sehnte sich nach mehr als nur Blicken und einer langsamen Verführung.

Sie hob sein Shirt auf und beobachtete ihn dabei, um zu sehen, ob er seinen Fokus ändern würde. Das Shirt entglitt ihren Fingern und landete auf ihren eigenen abgelegten Kleidern.

Sein Blick wich keine Sekunde von ihrem Gesicht, und das berauschende Gefühl, völlig von ihm eingenommen zu sein, verstärkte sich. Becki ließ sich auf ihre Fersen zurücksinken und ließ ihre Hände an den Seiten herabhängen. Was auch immer heute Nacht geschah, sie würde es voll und ganz annehmen. Wenn er wollte, dass sie sich bewegte, ging sie davon aus, dass er es ihr sagen würde.

Marcus nahm ihr Kinn in seine Finger und nickte. »Ja. Oh ja, jetzt hast du es verstanden. Zieh deine Hose aus, und wenn du fertig bist, sage ich dir, was du als Nächstes tun sollst.«

Seine Ankündigung strich über sie wie eine körperliche Berührung. Sie wollte sich beeilen, dem Drang nachgeben, alles abzustreifen und sich der nächsten Aufgabe zu widmen, aber seine Stimme betörte sie. Beruhigte sie. Sie öffnete den Knopf und den Reißverschluss ihrer Hose und schob sie über ihre Hüften. Der Stoff bauschte sich um ihre Knöchel auf, und sie war überrascht, als er ihr seinen Arm hinhielt. Sie klammerte sich fest an seinen Ellbogen und, anstatt sich zu bücken, um sich zu befreien, trat sie einfach nach vorne aus dem Stoff heraus.

Durch diesen Schritt standen sie nun Haut an Haut; nur der dünne Stoff ihres BHs bildete noch eine Barriere zwischen ihnen.

»Jetzt meine Jeans und alles andere. Zieh mich aus, süße Becki.«

Dieser Kosename ließ einen Schauer über ihren Rücken laufen. »Ich liebe es, wie du meinen Namen sagst. Als wäre ich köstlich und du könntest nicht genug von mir bekommen.«

Sie legte ihre Hände an seinen Reißverschluss und zog ihn ganz auf. Das leise Klicken der sich trennenden Zähnchen hallte laut in dem stillen Raum wider. Während sie ihre Hände über seine Hüften gleiten ließ und den Stoff nach unten schob, kniete sie sich hin, wobei sie den ständigen Kontakt zu seinem Körper hielt. Es wäre ein Leichtes gewesen, seine Socken zusammen mit der Jeans auszuziehen, aber sie zögerte. Sie dehnte die Bewegung aus. Ließ ihn erst auf dem einen, dann auf dem anderen Fuß balancieren, wobei ihr die Schulter als Standplatz diente, während sie ihn bis auf den letzten Faden entkleidete.

Sie blieb bewusst auf den Knien, als sie ihm den Slip auszog; seine Erektion schnellte zwischen ihnen nach oben, sobald er aus dem beengenden Stoff befreit war. Die harte Länge ragte aus den dunklen Locken an seinem Schritt empor, und sie wollte ihn berühren, ihn schmecken, aber zuerst wartete sie ab.

Die Hitze des luftdichten Ofens hüllte sie ein wie eine Decke, und der weiche Teppich polsterte sie gegen die harten Holzdielen ab. Sie ruhte auf ihren Fersen und starrte auf seine nackte Pracht.

Sie wartete.

Marcus hatte nicht ein einziges Mal weggesehen. Jedes Mal, wenn sie den Blick gesenkt hatte, um sich auf ihre Aufgabe zu konzentrieren, und dann wieder in sein Gesicht schaute, stellte sie fest, dass er sie beobachtete. Mit Zärtlichkeit im Blick. Und Hunger.

Sein Einsatz. Sein Befehl. Heute Nacht war es sein Spiel, und sie brannte darauf, es zu spielen. Alle Sorgen, Bedenken und Ängste waren verflogen und machten einer aufsteigenden Leidenschaft und der vollen Konzentration auf diesen Mann Platz.

»Fass mich an.« Die Worte waren rau und kaum hörbar.

»Berühr mich überall. Ganz wie es dir gefällt. Wie du es willst. Keine Forderungen, kein Plan.«

Sein Befehl war nicht das, was sie erwartet hatte. Sie saß einen Moment lang wie vor den Kopf geschlagen da und musste sich erst einmal sammeln.

Er lächelte, und sein Mundwinkel zuckte neckisch nach oben. Dieser vertraute Ausdruck gab ihr etwas, an dem sie sich festhalten konnte, während sie sich auf die neue Situation einstellte. Er verlagerte leicht sein Gewicht, wobei seine Muskeln bei der Bewegung spielten, und Becki starrte ihn wie gebannt an.

Nun gut. Alles, was sie wollte – seine Aufforderung mochte unerwartet sein, aber war es nicht genau das, was sie sich gewünscht hatte?

Sie richtete sich auf ein Knie auf und legte ihre Handflächen gegen die Außenseiten seiner Oberschenkel. Sie erkundete ihn, streichelte ihn. Sie strich über das drahtige Haar auf seinen kräftigen Schenkeln und glitt an seinen Hüften vorbei. Sie brachte sich in Position, um einen Kuss auf jenes Muskelband zu hauchen, das sich an den Seiten seines Torsos entlangzog – den Adonisgürtel. Ein perfekter Ort, um ihre Lippen aufzupressen und ihn mit ihrer Zunge zu necken. Kleine Kreise auf seiner Haut, während sie tief einatmete, um seinen Duft in sich aufzunehmen – maskulin, süchtigmachend.

Sie sparte seinen Schwanz aus. Nicht um ihn absichtlich zu quälen, sondern weil er gesagt hatte, sie solle ihn überall berühren. Wenn sie jetzt schon ihrem Wunsch nachgäbe, seinen Schwanz zu verwöhnen, würde sie aufhören, bevor sie all die anderen Stellen genossen hätte, denen sie sich widmen wollte. Seine Brust lockte sie, und sie richtete sich weiter auf, um über die feste Haut zu streichen, wobei sein leichter Haarwuchs in ihren Handflächen kribbelte.

Becki blickte in sein Gesicht; ihre Hände rahmten kurz

seine Wangen ein, bevor sie ihre Finger durch sein Haar gleiten ließ. Er lächelte, sagte aber nichts.

»Ich mag dieses Spiel«, flüsterte sie.

Seine Augen blitzten auf, aber er rührte sich nicht von der Stelle und überließ ihr die Kontrolle. Sie ging hinter ihn, ungeduldig darauf, noch mehr Muskeln zu liebkosen und seine festen Pobacken mit ihren Fingerspitzen zu bewundern. Es überraschte sie, dass ihre gründliche Untersuchung ihn nicht um den Verstand brachte, während sie jeden Zentimeter wie Blindenschrift las.

Kein Plan – das war es, was er gesagt hatte – aber plötzlich gab es doch einen.

Sie wollte ihm etwas geben. Musste das, was sie fühlte, mit ihm teilen. Es dauerte nur einen Sekundenbruchteil, bis sie ihren Slip und ihren BH ausgezogen und hinter sich geworfen hatte. Sie drängte sich an seinen Körper und seufzte, als die Wärme seines Rückens auf ihren Oberkörper traf. Mit fest an ihn gepressten Brüsten schlang sie ihre Finger um seine Taille und streichelte erneut dieses wunderbare Muskelband, diesmal von hinten.

Als sie ihre Hand um seine Erektion legte, war das das erste Mal seit Beginn ihrer Erkundung, dass sie eine Reaktion spürte. Nur weil sie so eng beieinanderstanden, merkte sie, dass ihre Berührung ihn dazu brachte, zitternd und tief einzuatmen.

Sie umschloss ihn fest und pumpte langsam, bewegte sich behutsam. Sie legte ihre Hand über die Eichel, um die Feuchtigkeit aufzunehmen, die sich dort gesammelt hatte, und verteilte sie auf ihrer Handfläche. Sein Samen diente als Gleitmittel, aber es reichte nicht aus. Sie leckte über ihre Finger, ihr Speichel benetzte sie im Austausch für den plötzlichen Geschmack von ihm, der sie traf, als ihre Zunge ihn berührte.

Dann kehrte sie zu ihrer eigentlichen Aufgabe zurück. Langsame, gleichmäßige Stöße, eine Pause, um mit den

Fingern über seinen Hodensack zu fahren und seine Hoden behutsam zu rollen. Als sie ihn das nächste Mal fest umschloss, hielt er dagegen, drückte sich in ihre Hand und erhöhte ihr Tempo. Becki legte ihre Wange gegen seinen Rücken und arbeitete wie angewiesen weiter, bis er in ihrer Umarmung bebte, sein Oberkörper bei seinem Samenerguss erzitterte und die Flüssigkeit über ihre Finger spritzte, wobei sie auffing, was sie konnte.

Sie fühlte sich seltsam befriedigt. Ohne einen Höhepunkt, ohne eine Berührung, aber dennoch schwebten Endorphine durch ihre Adern.

Marcus kniete sich kurz hin, griff nach seinem Shirt und benutzte den Stoff, um ihre Hand trocken zu wischen. Dann drehte er sich um.

Sie war sich nicht sicher, was ihr Gesichtsausdruck verriet. Zufriedenheit? Hoffentlich kein *Triumphieren*, aber sie war viel zu befriedigt von dem, was sie erreicht hatte, um es einfach erklären zu können. Marcus schob ihre Haare zurück, sein Blick huschte über ihr Gesicht. Dann nickte er. Einmal.

Während er langsam atmete, glitt sein Blick schließlich an ihrem Körper hinunter. Das Feuer war fast erloschen, und die Kerzen im Raum flackerten ein letztes Mal auf. Dennoch reichte das blassgelbe Licht aus, um ihre Nacktheit zu betonen.

»Ich bin dran«, erklärte er. »Ich bin dran, dich überall zu berühren. Mit meinen Fingern, meiner Zunge. Meinem Schwanz. Bis ich dich immer und immer wieder über den Abgrund getrieben habe.«

Ihr Körper erzitterte als Reaktion darauf. War es wegen seiner Worte oder wegen des Gedankens an das, was gleich geschehen würde?

Er bot ihr seine Hand an, und sie nahm sie, erneut überrascht, als er sie durch den Raum führte und sie gemeinsam die Kerzen nacheinander löschten. Als er sie durch die Schlafzimmertür geleitete, war das einzige Licht, das noch blieb, das schwache rote und goldene Flackern durch das Glas des Ofens.

Dunkelheit füllte den Raum. Sie hätte genauso gut eine Augenbinde tragen können, so wenig sah sie. Marcus schien jedoch keine Mühe zu haben, sie zum Fußende des Bettes zu führen und sie sanft nach hinten zu drücken, bis sie saß.

»Bleib hier«, befahl er.

In diesem Zimmer war es nicht so warm wie im Wohnbereich; die Hitze des Feuers blieb im äußeren Raum zurück und ließ die Luft hier kühl werden. Ein Streichholz flammte auf, der plötzliche Lichtblitz warf Schatten an die Hüttenwand, als Marcus das Hölzchen an den Docht hielt. Der schwache Geruch nach Schwefel wehte zu ihr herüber, während Becki wartete und es sich auf dem weichen Quilt auf der Matratze gemütlich machte.

Zwei Kerzen – drei. Sobald an jeder Wand eine Lichtquelle brannte, wandte er sich wieder zu ihr um, und ihr Herz setzte einen Schlag aus.

So wunderschön. Seine raue Männlichkeit wurde von den Schatten, die über ihn tanzten, perfekt in Szene gesetzt. Er verharrte einen Moment in einer lässigen Haltung, während er sie musterte, und gab ihr Zeit, ihn zu bewundern.

Zeit, sich danach zu verzehren, dass er sich bewegte und tat, was er im anderen Raum versprochen hatte.

Sie rutschte auf die Knie und strich mit den Händen an ihrem Körper hoch, wobei sie ihre Brüste in die Hände nahm, während sie ihn anstarrte. Sein Schwanz zuckte – die halberregte Länge wurde wieder hart.

»Ich habe dir nicht gesagt, dass du dich selbst anfassen sollst«, warnte Marcus.

»Ich bin innovativ und versuche, vorausschauend zu handeln.« Sie drehte an den winzigen Ringen und stöhnte lustvoll auf. »Natürlich – gibt es etwas anderes, das du mich gern tun lassen würdest?«

Marcus trat ans Bett heran, und plötzlich lag sie auf dem Rücken und er lag über ihr, hielt sie mit seinem Gewicht fest, während sein Mund den ihren verschlang. Sie schlang ihre Arme um seinen Hals und ließ sich mitreißen; sie liebte die fast schon verzweifelten Stöße seiner Zunge, die Art, wie sein Atem stockte, als er ihre Münder voneinander löste, um Küsse ihren Hals entlang zu setzen.

Als er mit seiner rechten Hand ihre Brust umschloss, seufzte Becki und öffnete ihre Beine, damit seine Hüften tiefer in die Matratze sinken konnten. Er leckte und saugte, spielte mit dem Ring und setzte seine Zähne gerade so weit ein, dass es fast schmerzte. Erst auf der einen Seite, dann auf der anderen, mit einem verzweifelten Hunger in seinen Bewegungen.

Dass er ihretwegen so von Leidenschaft überwältigt war – unbezahlbar. Sie konnte nur staunen und es in sich aufsaugen. Die Art, wie er jeden Zentimeter ihres Körpers zum Kribbeln brachte, heftige Luststöße, die von seinem Mund über ihre Brustwarzen bis in ihr Innerstes zogen. Sie war so feucht zwischen den Beinen, so begierig darauf, dass er sie berührte.

Doch als er tiefer glitt, bedauerte sie, dass er sie oben verlassen hatte. »Nein.«

Marcus lachte leise. »Hör auf zu jammern. Fass deine Brüste so an, wie du es magst – ich muss mich gerade um etwas anderes kümmern.«

Oh Gott. Sie hatte gedacht, sie wäre vorher schon feucht gewesen? Marcus schob ihre Schenkel auseinander und bedeckte sie mit seinem Mund. Kein langsames Herantasten. Keine weitere Vorwarnung außer dem Verändern seiner Position, und schon trieb er sie in den Wahnsinn. Seine Zunge traf auf ihren Kitzler, drang tief in sie ein, während er einen Oberschenkel hoch- und zur Seite schob, um sich mehr Platz für seine Arbeit zu verschaffen.

Sie war schon vorher bereit gewesen. In voller Erwartung durch das Necken und sein Vorspiel an ihrer Brust. Der erste

Höhepunkt traf sie plötzlich. Heftig. Erschütternd. Er ließ sie zittern und nach Luft schnappen. Als er nicht langsamer wurde, ignorierte sie ihre kribbelnden Brüste und vergrub ihre Finger in seinem Haar.

Ob sie ihn festzuhalten versuchte oder wegziehen wollte, weil sie immer empfindlicher wurde, wusste sie selbst nicht so genau.

Er dachte gar nicht daran aufzuhören. Er hob ihre Hüften an und presste seinen Mund noch fester gegen sie, hörte erst auf, als sich das langsame Begehren erneut aufbaute. Als seine Finger in ihren Körper eindrangen, schrie sie auf.

So gut. Genau das, was sie brauchte. Irgendwie schaffte sie es, ihre Füße auf der Matratze aufzustellen, um Halt zu finden, und presste ihre Hüften stoßweise gegen ihn, forderte ein, was er so bereitwillig gab. Ihr Innerstes dehnte sich um einen dritten Finger, während er langsamer wurde und den Eingang ihrer Scheide genau richtig streifte; vor ihren Augen flogen Funken, als ein weiterer Höhepunkt sie förmlich zerriss.

Sein Name war noch auf ihren Lippen, als er sie herumrollte, ihre Hüften in die Luft zog und seinen Schwanz von hinten in sie stieß.

Sie war noch nie so ausgefüllt gewesen. So besessen. Er drang tief ein, sein Oberkörper beugte sich über sie, während sein Schwanz in sie hämmerte. Er pulsierte über empfindliche Nerven und verweigerte ihr jede Bewegung. Zwischen ihnen bildete sich ein Schweißfilm, und das laute Klatschen seiner Schenkel gegen ihre Schenkel drang an ihre Ohren. Keuchende Atemzüge erfüllten die Luft – ihre? Seine? Nichts als Lust rollte durch ihren Körper, und das alles nur wegen ihm.

Dann hielt er inne. Völlig. Sie schnappte nach Luft, ihr Körper zitterte am Abgrund der Lust, fragend und bittend.

Er löste sich von ihr, und die kalte Luft strich über den Schweiß auf ihrem Oberkörper.

»Alles«, knurrte Marcus. Gefährlich leise. »Gib mir alles.«

Becki holte zitternd Atem und fragte sich, was sie noch zu geben hatte.

Er strich mit den Fingern an ihrer Hüfte entlang und spielte ganz sanft mit ihrer Haut. Was für ein Kontrast zwischen dieser Zärtlichkeit und dem wilden Ritt von eben. Sie versuchte immer noch zu Atem zu kommen, als er sie erneut herumrollte und ihre Handflächen an seine Brust presste.

»Lass sie dort. Und behalte mich im Auge.«

Er ließ seine Hand ihren Arm hinuntergleiten, ihre Seite entlang. Er liebkoste die nackte Haut an ihrer Hüfte, während er seinen Schwanz mit einer fließenden Bewegung zwischen ihre Schamlippen schob.

Dann hielt er inne.

Ausgefüllt von seinem Schwanz, war sie von seinem Blick gefangen. Der Puls des Blutes in ihren Adern würde sie fast schon in einen Orgasmus treiben, ohne dass er etwas anderes tun musste als sie zu besitzen.

Sie hatte zu allem Ja gesagt. Sie wollte, sie *brauchte* ihn. Anstelle von Worten ließ sie Taten sprechen, drückte ihre Schultern in die Matratze und hob ihre Hüften höher gegen ihn. Sie bettelte ihn an, weiterzumachen.

»Becki.« Er wiegte sich zurück, bis sie sich kaum noch berührten, sein Oberkörper bebte, als wäre seine Beherrschung fast am Ende. Sie umschloss seinen Schwanz mit ihrem Schoß, und er hielt wieder inne. »*Nein*. Nimm nur, was ich dir gebe. Gib mir alles von dir.«

Seine Worte verhallten, aber die Bedeutung schien klar genug. Er hatte das Sagen.

Ein Zittern lief durch sie hindurch. Verlangen, wie die Schneide eines Messers, das nur darauf wartete zuzustechen, rieb an ihren Nerven. Die Kälte im Raum war vergessen – ihre Haut stand in Flammen. All die Empfindungen, die sich zu einem angenehmen Kribbeln beruhigt hatten, flammten wieder auf, als er sich bewegte und seinen Schwanz in einem so langsamen Tempo tiefer in sie schob, dass sie nur noch keuchen konnte, kurz vor der Explosion.

Becki biss sich auf die Lippe. Es war nicht genug. Nichts davon war mehr genug, und instinktiv bäumte sie sich erneut auf, um ihn zur Eile anzutreiben.

Marcus packte sie an der Hüfte und stoppte sie – die breite Eichel seines Schwanzes verharrte direkt am Eingang ihres Schoßes. »Meine Geschwindigkeit. *Mein* Tempo.«

»Oh Gott, *bitte*. Mehr. Gib mir deinen Schwanz. Fick mich jetzt.« Sie war sicher, dass sie weitersprach, aber sie wusste nicht mehr, was sie sagte, denn herrlicherweise hörte er auf sie und drang ganz in sie ein. Das Gefühl durchströmte ihren ganzen Körper. Immer noch langsam zog er sich zurück. Aber es war nicht nur sein Schwanz in ihr; er war in ihrem ganzen Körper. Er brachte sie dazu, sich zu winden, und erfüllte ihr Bedürfnis. Seine Augen brannten vor Leidenschaft, während sie sich gegenseitig anstarrten.

Da war nichts als Lust, als er tief eindrang und dort verharrte. Er verweilte über ihr, ihre Körper so innig verbunden. Sie wollte ihr Entzücken herausschreien, aber verdammt, sie brachte kein Wort heraus.

Als er sich vorbeugte, um mit seinen Lippen über die ihren zu streichen, war sie bereit für den letzten Schritt. Bereit für ihn, richtig zuzupacken und das Tempo zu erhöhen.

Er stieß hart ein und zog sich ebenso kräftig wieder zurück, ihre Körper fest zusammengepresst. Als er zwischen ihre Beine griff und ihre Klitoris berührte, schrie sie auf. Ihre Mitte zog sich krampfhaft zusammen, als ihr Orgasmus über sie hereinbrach und sie in Fetzen aus purem Vergnügen zerriss. Ihre Muskeln pulsierten, ihre Brüste kribbelten – ihr ganzer Körper wurde mitgerissen.

»Becki.« Er vergrub sich so tief wie möglich in ihr, eine Sekunde bevor sein Schwanz zuckte und eine Flut von Wärme sie erfüllte, als sein Samen herausschoss.

Ihre Hände lagen auf seinem Herzen, ihr Blick war auf sein Gesicht gerichtet. Seine Gefühle leuchteten aus seinen Augen, mit einer ebenso klaren Botschaft wie das Pochen unter ihren Fingern.

Sie sanken zusammen – sein Schwanz war noch immer ein Teil von ihr, ihre Beine ineinander verschlungen, beide verschwitzt und nach Atem ringend.

Sie hatte sich noch nie in ihrem Leben so lebendig gefühlt.

31

Ihre Wange ruhte auf etwas Kaltem, Festem; Schmutzflocken und Sand klebten unter ihren Handflächen, die auf den Boden gepresst waren. Becki drückte sich in eine sitzende Position hoch, mit jener Vorsicht, die aus tausend Klettertouren geboren war – jeden Griff prüfend, bevor sie ihm ihr Leben anvertraute.

Sie hatte den Fichtenwald erwartet, doch er war verschwunden und hatte nichts als das Grau von Wolken und Granit zurückgelassen. Der Fels, auf dem sie saß, war bombenfest. Flach, solide. Der perfekte Ort für ein Nickerchen.

Klar – als ob.

Aufzustehen kostete mehr Energie, als ihr lieb war; jeder Muskel stand kurz davor, vor Qual zu zittern. Beine, Kopf, Oberkörper – alles ein einziger großer Schmerz. Kalt war ihr auch, als hätte sie lange Zeit reglos dazugelegen. Sie schwankte unter dem Gewicht des Rucksacks, zog ihren Helm ab und rieb sich die schmerzenden Schläfen. Was auch immer geschehen war, sie stand noch. Sie atmete noch. Es war nicht das Ende der Welt. Sie streckte einen Arm nach hinten und clippte ihren Helm fest, eine Bewegung, die eher instinktiv als geplant war.

Sogar ihre Fingerspitzen taten weh. Sie schüttelte behutsam ihre Hände aus, um sie warm zu bekommen, und streifte dabei ihr Geschirr. Ein weiterer vertrauter Handgriff setzte ein, und sie griff nach vorn zum Achterknoten, den sie fest verankert vorfand. Sie ließ ihre Finger nach oben gleiten, um ihr Seil zu fassen und es ordentlich aufzuwickeln. Als ihre Hand viel zu früh ins Leere glitt, schoss ein Adrenalinschub durch sie hindurch. Übelkeit stieg in ihr auf, als ihr Verstand begriff, was nicht stimmte.

Das Seil endete kaum eine Handbreit von ihrem Geschirr entfernt.

Sie starrte auf das durchtrennte Seil hinab, dessen verzwirnte Enden sich bereits aufzulösen begannen. Die Feuchtigkeit in ihrem Gesicht – sie wusste nicht, ob es der Regen war, der genau in diesem Moment beschlossen hatte, richtig loszulegen, oder ob es Tränen waren.

Was hatte sie getan?

BECKI WACHTE ALS ERSTE AUF, und Traurigkeit senkte sich wie eine schwere Decke auf ihr Gemüt, während ihr Traum aus der fernen Welt der Nacht in das Hier und Jetzt glitt. Das Begreifen brachte so viel Kummer mit sich. Sie rollte sich langsam zur Seite und befreite sich unter Marcus' linkem Arm hervor, der über ihrem Bauch lag.

Die Rückkehr der Erinnerung war seltsam unspektakulär.

Vielleicht war sie bereit dafür gewesen. Vielleicht pochte ihr Herz deshalb nicht wie verrückt. Obwohl die Wahrheit weh tat und dieses endgültige Wissen alles veränderte, konnte sie wenigstens von hier aus weitermachen. Tun, was getan werden musste.

Das war zumindest ein Grund zur Dankbarkeit.

Sie hielt neben dem Bett inne, und ihr Blick blieb an Marcus hängen. Die Decken um ihn herum waren durcheinander, seine nackte Brust lag frei, sein Kopf war zur Seite geneigt, die rechte Hand nahe der Schläfe. Sein linker Arm, derjenige, mit dem er sie an sich gedrückt hatte, lag über seiner Brust; der verkürzte Unterarm endete abrupt. Vielleicht hätte es sie schockieren sollen, wie selten ihr seine fehlende Hand auffiel.

Es fehlte ihm jedoch an nichts. In keiner Weise. Er war stark und entschlossen. Gütig und kraftvoll. Von dem Moment an, als sie ihn vor so vielen Jahren getroffen hatte, bis heute gab es nur ein Wort für ihn: *außergewöhnlich.*

Nun würde sie ihn verlassen müssen, und diese Erkenntnis schmerzte weit mehr, als sie erwartet hatte. Der Schmerz, von dem sie annahm, er würde die Kontrolle übernehmen, nachdem ihr Gedächtnis zurückgekehrt war, stellte sich schließlich ein. Aber nur, weil der Abschied von Banff bedeutete, Marcus erneut verlassen zu müssen.

Beim ersten Mal, nach ihrer Affäre, hatte sie ihn vermisst, aber mit der Leichtigkeit der Jugend war sie darüber hinweggekommen.

Sie war sich nicht sicher, ob ihr das dieses Mal gelingen würde.

Und letzte Nacht? *Gott.* Letzte Nacht war genau das gewesen, was sie gebraucht hatte. Dass dieser Mann die Kontrolle übernahm und sie zu neuen Höhen der Leidenschaft trieb.

Marcus runzelte die Stirn, und sein Gesicht verzog sich zu einer Grimasse. Er zuckte im Schlaf. Sein Kopf ruckte, als würde etwas durch seinen Körper fahren. Becki trat näher, und die Sorge wusch ihren eigenen Kummer fort.

»Marcus?« flüsterte sie. »Du träumst. Es ist alles okay. Wach auf.«

Er bewegte sich unruhig, Schweißperlen bildeten sich auf seiner Stirn. Stöhnen entrang sich seinen Lippen, Worte formten sich. »Nein, nein ... Gib nicht auf.«

Oh nein. Welche Albträume er auch bekämpfte, das konnte schnell hässlich werden.

»Halte durch. Ich komme. Ich bin gleich da.«

»Marcus. Wach auf«, drängte sie lauter. Becki setzte ein Knie auf das Bett und griff nach seinem Bein. Er schoss kerzengerade hoch, die Arme fuchtelten umher, und sie wich zurück, um nicht getroffen zu werden. »Alles gut, du bist in Sicherheit. Ich bin's, Becki, und wir sind in Davids Hütte. Es ist nichts passiert.«

Sein Körper bebte noch einen Moment lang weiter, bevor seine Augen langsam fokussierten und er zurücksank. »Gott, tut mir leid. Es tut mir so leid.«

Sie kroch neben ihn, und ihre Finger lagen leicht auf seiner Schulter. »Du musst dich für nichts entschuldigen. Bist du okay? Kann ich dir irgendetwas bringen?«

Er starrte an die Decke und schüttelte den Kopf. »Ich bin froh, dass ich nicht um mich schlagend aufgewacht bin und dich verletzt habe.«

Becki legte ihren Kopf auf seine Brust und streichelte ihn sanft. Sie versuchte, seine Panik zu lindern. Sein Herz hämmerte wie verrückt, und sie atmete absichtlich langsamer. Sie wollte, dass er zur Ruhe fand. Sie wollte nicht, dass er litt.

Gott, die Liste der Dinge, die sie nicht wollte, wuchs von Minute zu Minute.

Marcus rollte sich zur Seite und schlang die Arme um sie, wobei er sie vorsichtig an sich drückte. Er hauchte einen Kuss auf ihr Haar. »Wie lange war ich weg?«, fragte er.

»Nicht lange. Du schienst einen schlimmen Traum zu haben.«

Er seufzte. »Na ja, wenigstens war es nur eine kurze Episode. Danke, dass du da warst, um mich da rauszuholen.«

Sie wollte ihm sagen, dass es kein Problem war. Wollte sagen, dass sie es hasste, dass er Albträume hatte – wollte fragen, ob sie wegen seines Unfalls kamen und ob sie irgendetwas tun konnte, um zu helfen.

Aber das waren Fragen, die sie stellen würde, wenn sie

bliebe. Wenn ihre Beziehung zu etwas mehr werden würde, als sie derzeit hatten. Und sie konnte ihn nicht zwingen, bei ihr zu bleiben, wenn sie gerade im Begriff war, ihre Verbindung und das gesamte SAR-Team zu sprengen. Wenn sie zurückkehren und ihr Leben endgültig ändern musste.

Stattdessen antwortete sie mit einer Halbwahrheit: »Gern geschehen.«

Keiner von ihnen sprach viel, während sie aus dem Bett stiegen und Müsli aus der Packung holten. Marcus brühte einen Kaffee auf, der so stark war wie keiner, den Becki je getrunken hatte, und der bittere Geschmack drang kaum zu ihrer Zunge durch. Nur die Hitze. Die Bitterkeit schien nur allzu passend für diesen Tag.

Sie kuschelten sich in ihre dicksten Mäntel und setzten sich in die Sessel vor der Hüttentür, von wo aus sie über die Bergkette des Bow Valley blicken konnten. Becki überlegte, wie lange sie schweigen wollte, aber es war unvermeidlich. Sie waren gekommen, um sich vor den Medien zu verstecken. Da ihre Erinnerungen nun zurück waren – oder zumindest die wichtigste –, gab es keinen Grund mehr, verborgen zu bleiben.

Der Duft der Brise, nachdem sie über frischen Schnee gestrichen war, traf ihr Gesicht – und fügte dem Tag eine weitere säuerliche, scharfe Nuance hinzu. Die Wahrheit würde noch lange brennen. Warum den Schmerz hinauszögern?

»Marcus?« Sie starrte weiter über das wunderschöne Panorama, doch selbst das spendete keine Hoffnung. »Ich ... ich habe das Seil durchgetrennt.«

Er war augenblicklich neben ihrem Sessel und kniete sich an ihre Seite. »Woran erinnerst du dich?«

Ihm ins Gesicht zu sehen, war womöglich herzzerreißender, als zu wissen, was sie getan hatte. Denn jetzt? Jetzt würde sie das Seil zwischen ihnen kappen und alle Hoffnungen auf eine Beziehung zerstören. Auf ein gemeinsames Für-immer.

Sie hatte das Schlimmste getan, was möglich war. Sie hatte

sich verliebt, gerade noch rechtzeitig, um ihn losschneiden zu müssen.

Seine Augen waren dunkel – fokussiert. Vollkommen und ganz allein auf sie konzentriert.

Sein Vertrauen in sie zu verlieren, würde der zweitschlimmste Teil sein.

»Ich war es, Marcus. Ich war mir die ganze Zeit so sicher, dass ich einem Partner das niemals antun würde, aber ich habe es gesehen. Das Seil an meinem Geschirr war durchtrennt, genau in dem Abstand, der entstanden wäre, wenn ich ein Messer angesetzt hätte. Ich habe mich gerettet, und Dane ist gestorben. Wir können zurückgehen. Eine Erklärung abgeben. Ich sollte David Bescheid geben –«

»Schwachsinn.«

Sein Griff um ihren Oberschenkel hatte sich während ihrer Worte gefestigt, doch die schiere Heftigkeit in seinem Tonfall schockierte sie. Sie blickte ihn verwirrt an. »Wovon redest du? Es ist die Wahrheit. Ich kann es nicht leugnen. Wir sind hierhergekommen, um den Reportern aus dem Weg zu gehen, aber jetzt, wo ich es weiß –«

»Hör auf damit. Du ziehst voreilige Schlüsse. Hör auf, dich so hineinzusteigern, und erzähl mir genau, woran du dich erinnerst.«

Becki unterdrückte ein Schluchzen. »Warum tust du das? Es ist schon schwer genug, es einmal aussprechen zu müssen, aber das hier ist grausam. Ich habe ihn getötet, okay? Ich habe meinen Kletterpartner getötet, um mich selbst zu retten.«

Marcus fing sie auf und zog sie zu sich heran, und sie ließ seine Umarmung zu; ihr Körper war noch steif, aber ihr Gesicht war in seine Halsbeuge gepresst. Tränen flossen, egal wie sehr sie versuchte, sie zurückzuhalten.

Er hielt sie fest und schaffte es, ihre Position so zu verändern, dass sie in seinem Schoß lag; seine Finger strichen durch ihr Haar, während er sie beruhigte. Als es ihr gelang, das heftige Zittern zu stoppen und ihre Atemzüge weniger stoßweise kamen, ließ er sie ein Stück weit los, weit genug, dass seine Liebkosung zu ihrer Wange wandern konnte.

»Ich weiß, dass das, woran du dich erinnerst, schockierend wirkt, und du bist zu Recht aufgewühlt. Aber ich möchte, dass du mir jedes Detail erzählst, okay? Stell keine Vermutungen an.«

Ein Blitz von Wut flammte auf. »Glaubst du, ich bin zu dumm, um zu wissen, was ich gesehen habe?«

»Ich glaube, du bist zu aufgewühlt, um rational zu denken. Erzähl es mir, lass mich dir helfen. Ich bin für dich da.«

Becki atmete ihre Ängste und Frustrationen aus. Das würde sich nicht in einer Minute oder an einem Tag klären lassen. Das war etwas, das sie ewig verfolgen würde. Sie konnte die Tortur ebenso gut bei jemandem beginnen, den sie liebte und der zumindest ehrlich und nicht bösartig reagieren würde. Denn diese Reaktionen würden später zweifellos folgen.

»Ich habe das Seil gesehen, Marcus. Ich stand auf und sammelte meine Ausrüstung ein, nachdem ich an einer Felswand abgestiegen war. Es muss gewesen sein, nachdem ich Dane losgeschnitten hatte, und ich muss wohl ausgerutscht sein und mich kurzzeitig kopfüber gelandet haben. Ich hatte ein durchtrenntes Seil an meinem Geschirr. Direkt danach habe ich den Abstiegspfad gefunden, dem ich gefolgt bin und der mich an der Stelle vorbeiführte, wo die Mädchen feststeckten – die Erinnerung, die schon früher zurückgekommen ist.«

Becki seufzte und starrte in die Berge. »Die beiden Erinnerungen passen zusammen. Ich habe das kurze Stück Seil abgenommen und es für das Halfter benutzt, das ich geknotet habe, um den Mädchen vom Vorsprung zu helfen. Deshalb habe ich es vorher nicht gesehen, deshalb ist es niemandem aufgefallen.«

Marcus strich ihr weiterhin mit dem Daumen über die

Wange. »Du erinnerst dich also daran, das durchtrennte Seil gefunden und dann die Mädchen entdeckt zu haben?«

»Der gesamte Rettungseinsatz der Mädchen – alles ist wieder da.« Sie drehte sich zu ihm um. »Wann immer du bereit bist, können wir nach Banff zurückkehren.«

Er schüttelte den Kopf. »Ich bin noch nicht fertig mit meinen Fragen. Du erinnerst dich nicht an den eigentlichen Moment, oder?«

Schmerz durchfuhr sie, und sie wand sich los, drückte sich hoch, um allein zu stehen. »Ehrlich gesagt will ich gar nicht, dass diese Erinnerung zurückkommt. Glaubst du nicht, dass das, womit ich klarkommen muss, schon reicht?«

»Ich glaube, du ziehst voreilige Schlüsse«, stellte Marcus fest. »Ich glaube, du hattest einen Schock, und du musst jetzt einen Gang runterschalten und geduldig sein.«

»Scheiß auf die Geduld!« schrie sie. Die aufwallende Wut schien unangebracht, doch der Kloß in ihrer Brust war mehr, als sie ertragen konnte. »Das hier ist keine Trainingseinheit, Marcus. Hier geht es nicht um ein Wochenende, an dem wir uns miteinander vergnügen. Jemand ist gestorben, und es war meine Schuld.«

Sie stampfte in die Hütte und schlug die Tür hinter sich zu. Sie fühlte sich kindisch, selbst als der Rausch ihres Zorns einen Teil des Schmerzes überdeckte. Die wenigen Kleidungsstücke, die sie ausgepackt hatte, wieder in ihre Sporttasche zu stopfen, gab ihr eine Aufgabe, auf die sie sich für einen Moment konzentrieren konnte. Etwas anderes als die Tatsache, dass ihre Welt zusammenbrach.

Sie hatte gewusst, dass er sie nicht allein grübeln lassen würde. Sein warmer Körper drückte sich gegen ihren Rücken, bevor er sie nach einer Sekunde zu sich umdrehte; seine starke Umarmung umschlang sie wie einen Kokon.

»Es tut mir leid.« Seine Brust hob sich, als er tief einatmete.

»Es tut mir leid, wie sehr dich das schmerzt. Falls es dir etwas bedeutet: Ich vertraue dir immer noch. Voll und ganz.«

Ein weiteres Schluchzen entwich ihr, als sie die Überzeugung in seinen Worten hörte.

Oh Gott. Von allem, was er hätte sagen können – ihr zu sagen, dass es wieder gut werden würde? Dass sie es durchstehen würde? Damit wäre sie klargekommen.

Aber sein Vertrauen zerriss sie förmlich.

Ihre Finger ballten sich zu einer Faust, und sie trommelte vor schierer Verzweiflung gegen seine Brust. »Du bist unmöglich, Marcus. Ich hasse es zu weinen, und deinetwegen werde ich gleich wie ein Baby losheulen.«

»Du hast die Wahrheit verdient«, sagte er. Einfache Worte. Kraftvolle Worte.

Becki legte den Kopf schief, um ihn anzusehen. Vielleicht war es nicht vernünftig, aber zu wissen, dass er ihr immer noch vertraute, oder es zumindest behauptete ...

Sie würde sich daran festklammern wie an einer Rettungsleine, selbst während ihr Herz brach und sie sich darauf zubewegte, Lebewohl zu sagen.

32

S ture, dickköpfige, fantastische Frau. Marcus war hin- und hergerissen, ob er sie in den Arm nehmen oder Vernunft in sie hineinschütteln sollte.

Becki wand sich los und verschwand im Badezimmer, während das Geräusch von fließendem Wasser durch die leicht geöffnete Tür drang. Er spähte hinein und sah, wie sie sich einen Waschlappen ins Gesicht drückte und ihre Tränen abwusch.

Nun war er an der Reihe, im Zimmer auf und ab zu gehen und die Wände anzustarren, während er verzweifelt versuchte, herauszufinden, was er als Nächstes tun und was er sagen sollte, bevor sie zurückkehrte.

Sie schien entschlossen zu sein, jede Vernunft zu ignorieren. Ihre Ängste waren verständlich, aber sie hatte sich an einen winzigen Fetzen einer Erinnerung geklammert, ein paar Vermutungen daraus abgeleitet und das Worst-Case-Szenario als Tatsache akzeptiert.

Er verstand es – den Wunsch, nach vorne zu blicken. Zu akzeptieren, was man für wahr hielt, weil die Alternative darin bestand, an einem Ort erstarrt zu bleiben. Aber er hatte auf die harte Tour gelernt, dass Situationen, sogar Erinnerungen, nicht immer das waren, was sie zu sein schienen.

Alisha hatte ihm erzählt, dass Becki zurück nach Yellowstone wollte. Wenn sie die Freigabe erhalten hätte, zu ihrem Rettungstrupp zurückzukehren, hätte er Lebewohl sagen müssen. Und das hätte er auch getan. Er hätte gelogen, dass sich die Balken biegen, so getan, als würde er sich für sie freuen, und sie enthusiastisch verabschiedet.

Er konnte kein Teil ihrer Welt sein – zumindest nicht auf dem hohen Risikoniveau, zu dem sie fähig war. Nicht mit seinem Arm oder den Albträumen, die immer noch über ihm schwebten. Er mochte einen SAR leiten, aber er war kein Teil davon.

Und er liebte sie zu sehr, um sie aufzuhalten.

Verdammt. Anscheinend hatte er doch noch ein Herz. Er hatte es verschenkt, obwohl er versucht hatte, es zu verhindern.

Er war ihr verfallen. Und zwar heftig.

In Zeiten wie diesen kämpfte seine Maxime *entschlossen handeln* gegen *geduldig sein*. Becki hatte ihn vor Jahren gefragt, wie man wisse, nach welcher dieser beiden Regeln man handeln solle.

Alles, was er sicher wusste, war, dass er sie nicht verlieren wollte und ihr keinen weiteren Schmerz zufügen wollte. Darüber hinaus gab es keine einfachen Antworten, außer der einen: Er konnte unmöglich zulassen, dass sie die nächsten Schritte alleine ging.

Sie kam aus dem Badezimmer, das Kinn hoch erhoben, ihr Gesicht wirkte viel frischer, wenn auch nur wegen der kräftigen Abreibung.

Wenn man sich nicht sicher war, was zu tun war, fing man am Anfang an und ging Schritt für Schritt vor. Er deutete auf die Küchenstühle hinter ihnen. »Komm schon. Lass uns eine Liste machen. Überlegen wir, was getan werden muss. Es gibt keinen Zeitplan für deinen Umzug. Die Behörden haben monatelang gewartet. Sie können noch ein paar Tage länger warten, wenn du das brauchst, um dich vorzubereiten. Verstanden?«

Becki nickte.

Bevor er sich bewegen konnte, drückte sie sich an ihn und umarmte ihn fest. »Marcus – danke.«

Der Gedanke, sie zu verlieren, würde ihn in zwei Teile zerreißen. »Nicht der Rede wert. Komm schon.«

Sie richtete sich auf, zog die Schultern zurück und legte diese Stärke, die er schon immer bewundert hatte, wie einen schützenden Mantel an. Das ließ ihn sie nur noch mehr bewundern.

Er fand einen Notizblock und setzte sich an den Tisch. »Wen musst du in Yellowstone kontaktieren?«

Becki zog den Stuhl neben ihm heraus und starrte ins Leere, bevor sie ihm Namen nannte. »Wenn du mir das Satellitentelefon gibst, kann ich sie anrufen.«

Marcus ignorierte das. »Wer noch?«

»David. Ich muss ihn das wissen lassen.« Sie räusperte sich. »Dir ist klar, dass ich die Stelle an der Banff SAR School jetzt nicht antreten werde.«

Ihre Finger zitterten, und er griff nach ihnen, um sie zu drücken. »Ich finde, du solltest mit ihm sprechen, bevor du zurücktrittst, aber lass es uns für den Moment erst einmal aufschreiben.«

Als sie nicht widersprach, atmete er erleichtert auf. Was ihn betraf, wäre David verrückt, sie gehen zu lassen, aber er musste diese Entscheidung seinem Bruder überlassen. Er würde so tun, als stimme er ihr in diesem Punkt zu, damit sie im Gespräch blieben. »Was kommt als Nächstes? Was hast du denn vor, beruflich zu machen?«

»Ich bin mir nicht sicher.« Sie nestelte an einer Scharte in der Tischplatte herum. »Nichts im Bereich SAR – das steht fest. Ich werde wohl für eine Weile nach Hause auf die Farm gehen. Ich bezweifle, dass die Medien den Weg ins ländliche Saskatchewan auf sich nehmen wollen, und falls doch, hat mein Vater *Betreten verboten*-Schilder so weit draußen aufgestellt, dass ich zumindest nützlich sein und bei der Stallarbeit helfen kann, bis das Interesse nachlässt.«

Verdammt. Ihre Bereitschaft aufzugeben und so schnell weiterzuziehen, machte ihn wütend. Vielleicht war Sanftheit nicht der richtige Weg. Ehrlich. Er hatte versprochen, ehrlich zu sein, und hier war seine Chance.

»Das könntest du tun. Oder wir könnten uns mit den Medien auseinandersetzen, darauf bauen, dass sie nach kurzer Zeit wieder verschwinden, und falls David meint, dass es nicht funktioniert, wenn du bei Banff SAR bleibst, kannst du kommen und für mich arbeiten.«

Ihr plötzliches Nach-Luft-Schnappen und ihr weißes Gesicht ließen ihn nach ihr greifen, um sie zu stützen, aus Angst, sie würde zu Boden sinken.

Worte schossen aus ihr heraus wie ein Peitschenknall. »Bist du *übergeschnappt*?«

»Nein.«

»Das *bist* du.« Sie sprang auf und lief davon, fuhr sich mit den Händen durch das Haar, bevor sie zu ihm herumwirbelte. »Wenn ich nicht an der Schule arbeiten kann, wie zum Teufel könnte es dann eine gute Idee sein, deinem Team beizutreten? Niemand wird mich bei Rettungseinsätzen dabei haben wollen. Niemand wird mir vertrauen.«

»Du ziehst eine Menge voreiliger Schlüsse, aber um die kümmern wir uns, wenn es so weit ist. Willst du denn gar nicht mehr in der Bergsteigerwelt arbeiten?«

»Hör auf damit.« Sie schlang die Arme um sich. »Hör auf, mich mit Möglichkeiten zu quälen, die nicht mehr in meiner Reichweite liegen.«

Es kostete ihn alles, nicht aufzustehen und sie wieder in

den Arm zu nehmen. Aber sie musste akzeptieren, was er sagte. Musste ihm glauben.

»Beantworte verdammt noch mal die Frage, Becki.«

»Ja!«, schrie sie, blanke Verzweiflung im Gesicht. »Ja, ich will in den Bergen arbeiten. Ich will klettern und Rettungseinsätze fliegen. Ich will den Nervenkitzel und den Adrenalinrausch spüren. Ich will etwas bewirken, aber ich kann nicht. Siehst du das nicht? Ich kann all das nicht mehr tun, weil es –«

Ihre Stimme brach und ihre Knie gaben nach. Er war gerade noch rechtzeitig zur Stelle, um sie aufzufangen, und stützte sie mit seinem Körper, während er sie zum Sofa führte.

Becki versuchte, seine Hilfe abzuwehren, aber er hielt sie fest. »Hör auf, gegen mich zu kämpfen«, herrschte er sie an. »Hör zu. Ein einziges verdammtes Mal in deinem Leben, hör zuerst zu. Wenn ich dich fesseln muss, damit du sitzen bleibst, schwöre ich dir, ich werde es tun.«

Er setzte sie ab und kniete sich wieder vor sie, wobei er ihr Kinn mit seinen Fingern umfasste. Er zwang sie, ihn anzusehen. Sie sah das große Ganze nicht, also würde er sie in die richtige Richtung drängen, bis sie wieder zur Besinnung kam. »Das ist nicht das Ende deiner Karriere in den Bergen, und du bist albern, wenn du das glaubst. Ja, manche Leute werden dich meiden. Ja, manche werden grausame und verletzende Dinge sagen. Scheiß auf sie. Scheiß auf sie alle.«

Elend blickte sie ihn immer noch an, aber zumindest hörte sie zu.

»Wäre das nicht auch dein Kommentar gewesen, wenn vor Jahren jemand gesagt hätte, du könntest nicht in einem Trupp sein, weil du eine Frau bist? Wenn du mitbekommen hättest, wie jemand spottet, dass eine zierliche Frau wie Alisha unmöglich Einsatzleiterin in einem Elite-Rettungsteam sein könnte? Du hast immer das getan, was du für richtig hieltest. Du hast durch deine Taten gezeigt, wozu du fähig bist – deine Fähigkeiten haben bewiesen, dass du kompetent und stark bist. Seit wann interessiert es dich, was andere Leute denken, wenn das, was *du* weißt –«

Sie hob eine Hand, um ihn zu unterbrechen, und schüttelte leicht den Kopf, während sie Tränen wegblinzelte. »Aber Marcus ... was ich *weiß*, ist, dass ich es getan habe. Das ist es, was mich umbringt. Das ist es, was es unmöglich macht, einem Team beizutreten. Denn wenn früher jemand an mir gezweifelt hat, ja, dann habe ich seine Meinung ignoriert. Ich wusste, dass ich qualifiziert war. Wenn mich jetzt jemand ansieht und an mir zweifelt? Ich kann es nicht abschütteln. Ich kann nicht sagen: *Scheiß auf sie*, weil ... sie recht haben könnten.«

Ihre Worte waren zu einem Flüstern herabgesunken, aber sie sprach weiter. Sie hielt den Blickkontakt, als wollte sie ihn zwingen, es zu verstehen.

Selbst inmitten ihrer Verwirrung und Traurigkeit hatte sie keine Ahnung, wie stark sie war. Etwas in Marcus kam zur Ruhe. Sie würde darüber hinwegkommen, und er würde alles tun, um sicherzustellen, dass sie diese Chance bekam.

»Dann nimm dir eine Auszeit, bis du das Gefühl hast, wieder auf der Höhe zu sein. Trainiere. Arbeite in Positionen, die dieses Vertrauen wieder aufbauen. Ich bin bereit, dich einzustellen, Becki. Ich weiß, es ist keine so glamouröse Position in der Einsatzzentrale, aber deine Fähigkeiten wären dort nützlich. Gib nicht alles auf, wenn du nicht musst.«

BECKI ZWANG sich wegzusehen und starrte die Wand hinter seiner Schulter an, während sie ihren Atem beruhigte. Sein Vorschlag tat ihr im Herzen weh. Sie wollte es so sehr, aber es wäre nicht richtig.

Wie konnte sie mutwillig zulassen, dass ihr nun befleckter Ruf das zerstörte, was er so hart aufgebaut hatte? Sie würde im Traum nicht daran denken, selbst einem flüchtigen Kollegen

Ärger zu bereiten, geschweige denn einem Gefährten, den sie respektierte.

Und ganz sicher konnte sie es dem Mann, den sie liebte, nicht antun.

»Ich will nicht gehen, aber ich kann nicht bleiben. Ich kann nicht verlangen, dass du und Lifeline diese Art von Opfer für mich bringen.«

Marcus ergriff ihre Hand. »Du hast mir in den letzten Wochen vertraut. Du hast dich an der Wand und in meinem Bett in meine Hände begeben. Hat das aufgehört? Glaubst du nicht mehr, dass du dich auf mich verlassen kannst?«

Ein neuer Schock durchfuhr sie, während sie verneinend den Kopf schüttelte. »Ich vertraue dir, aber ich sehe nicht, was das für eine Rolle spielt. Dass ich Vertrauen in dich habe, ändert nichts an den Fakten.«

»Es spielt eine Rolle, weil ich nicht glaube, dass du gehen musst, und wenn du mir vertraust, wirst du mich einen Weg finden lassen, dir durch diese vorübergehende Krise zu helfen.«

Sie sank ein wenig tiefer in die Kissen. Es war zwecklos. Er gab den Kampf nicht auf, und sie verstand nicht, warum er so starrsinnig war. »Und hier fangen wir wieder an zu streiten, denn ich bezweifle, dass das, was ich habe, ein kurzfristiges Problem ist.«

»Du bist gerade blind vor Emotionen. Die Situation wird sich ändern. Geh nicht von mir weg, wenn ein wenig Zeit –«

Er brach abrupt ab.

Das Dröhnen in ihren Ohren ließ sie zweifeln, ob sie ihn richtig verstanden hatte, aber sein schockierter Gesichtsausdruck war ein eindeutiges Zeichen. War das der Grund, warum er überhaupt mit ihr weggegangen war – der Grund, warum er sich geweigert hatte, ihn zu nennen?

War es möglich, dass sie ihm ebenfalls ans Herz gewachsen war?

»Marcus?«

Er holte tief Luft, während er ihre Knöchel an seine Lippen hob. »Verlass *mich* nicht.«

Ihre Kehle schnürte sich zu und ihr Herz raste, dieses Mal vor einer seltsamen Mischung aus Hoffnung und anhaltender Traurigkeit. »Ich will auch nicht gehen«, gestand sie.

»Dann tu es nicht.« Er ließ es so einfach klingen. »Ich will dich um mich haben. Ich will dich in meinem Haus und unten in der Kletterhalle, wo du mich anschreist, damit ich härter trainiere. Ich will, dass du mit meinem Team arbeitest, in welcher Form auch immer du und sie euch wohlfühlt, denn ich bin mir zu einhundert Prozent sicher, dass es einen Platz für dich gibt.«

Dass sich ihre Umstände so grundlegend ändern könnten, schien unmöglich. Becki starrte in seine Augen. Sie verankerte sich in dem, was sie dort sah. Es war das Beste aus beiden Welten, wenn sie bereit war, das Risiko einzugehen.

Ein lautes Klingeln riss sie beide aus dem Moment, und das metallische Geräusch hallte seltsam in der rustikalen Umgebung wider.

»Das Satellitentelefon.« Er eilte zu dem Koffer, in dem es lag, schnappte den Deckel auf und holte es heraus. Er hob es ans Ohr.

»Marcus Youth.« Er runzelte die Stirn, und ihr rutschte das Herz in die Hose.

Sie war noch nicht bereit, sich mit Reportern auseinanderzusetzen. Becki wünschte, sie könnte zurück ins Bett kriechen und sich eine Weile verstecken. Das Einzige, was sie davon abhielt, in Panik davonzulaufen, war das Wissen, dass Marcus sie nicht zwingen würde, das alleine durchzustehen.

Aber er knallte den Hörer auch nicht auf, was sie erwartet hätte, wenn es etwas gewesen wäre, das sie ignorieren konnte. Sie trat näher, und eine vertraute männliche Stimme drang durch die Leitung.

Es folgte ein weiterer kurzer Wortschwall. Selbst aus der Entfernung hörte sie die Angst. Marcus antwortete beruhigend. »Warte mal. Sie ist direkt hier. Es wird alles gut. Sprich einfach mit Becki, und wir kommen so schnell, wie wir können.« Marcus hielt ihr das Telefon hin. »Es ist dein Bruder. Er steckt in Schwierigkeiten.«

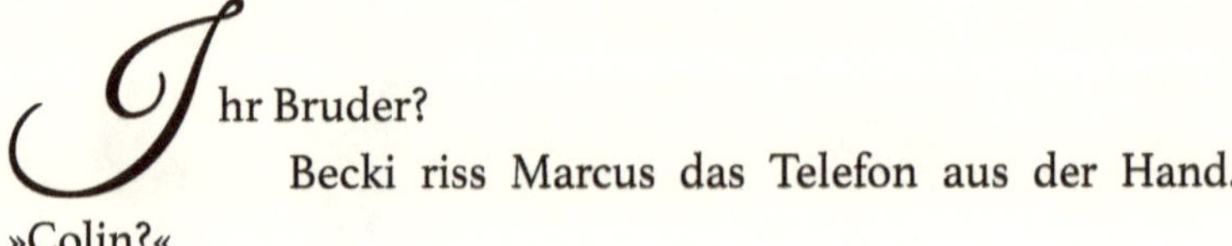

hr Bruder?

Becki riss Marcus das Telefon aus der Hand. »Colin?«

Ein leichtes statisches Rauschen hallte durch die Leitung. »Bec. Ich brauche Hilfe. Ich habe Mr. Youth in der Schule angerufen und er hat mich zu dir durchgestellt. Er schickt ein Team, um dich abzuholen. Wir sitzen fest, und Rob ist verletzt.«

Verwirrung überkam sie. Soweit sie wusste, war ihr Bruder zurück in Saskatchewan. »Wo bist du? Warum rufst du mich an?«

»Es war eine Überraschung – ich komme diesen Sommer zu SAR. Mein Kumpel und ich dachten, wir gehen noch mal klettern, bevor wir uns in den Wohnheimen einquartieren. Es sollte keine große Sache sein, nur ein Riesenspaß, aber dann sind die Wolken abgesackt und der Himmel ist so dicht, dass ich nichts mehr sehen kann. Rob ist ausgerutscht und gestürzt – ich glaube, sein Bein ist gebrochen.«

Die Verwirrung war immer noch da, aber Becki zwang sich zurück in die Routine. Irgendwo im Hintergrund war Marcus in Bewegung, aber ihre ganze Konzentration galt dem Telefonat und dem, was sie hier und jetzt brauchten. »Colin, ich brauche kurze Antworten von dir. Bist du verletzt?«

»Nein. Aber Rob.«

»Wo seid ihr?« Wie er sie ausfindig gemacht hatte, spielte zu diesem Zeitpunkt keine Rolle.

»In den Needles. Das habe ich Mr. Youth gesagt und ihm unsere GPS-Koordinaten gegeben. Du hast mich mal hierher gebracht, weißt du noch? In dem Sommer nach deinem Abschluss?«

Oh Gott. Die Gegend war an einem klaren Tag fabelhaft, aber ein höllisches Labyrinth, wenn das Wetter umschlug. Sogar GPS war meist nutzlos, da sich die Slotcanyons wie ein Knäuel verknoteter Fäden umschlangen. Becki schluckte ihre Ängste hinunter, schritt zur Tür und riss sie auf. Hier in der Hütte befanden sie sich über den Wolken, die Gipfel gegenüber waren deutlich zu sehen, aber alles unter ihnen war in eine dichte Wolkendecke gehüllt. Sie musste in der letzten Stunde herangekrochen sein.

»Geht es Rob gut?«

»Ich habe es ihm so bequem wie möglich gemacht, aber ich will ihn nicht zu viel bewegen. Wir stehen auf einem schmalen Vorsprung, Bec. Er war gerade im Nachstieg unterwegs und ist abgerutscht, bevor er seine erste Zwischensicherung setzen konnte.«

»Genug. Ist euer Standplatz sicher?«

Er zögerte, und ihr zog sich das Herz zusammen. »Ich denke schon.«

Wenn David den Heli schickte, konnte er frühestens in dreißig Minuten an der Hütte sein. Rechnete man die Flugzeit zur Absetzzone und den Zustieg hinzu? »Colin, ihr müsst mindestens zwei Stunden warten, bis wir bei euch sind.«

Sie erwähnte gar nicht erst die Schwierigkeiten, die sie

haben könnten, die Jungs überhaupt zu finden. In der Ferne peitschte der Wind die Wolken auf wie ein Hexengebräu, und sie schauderte, während ihr der Terror den Rücken hochkroch.

»Wir warten. Soll ich sonst noch was tun?«

Becki wollte ihm etwas zur Beruhigung sagen, aber sie verlor allmählich die Beherrschung. Standardreaktionen bei einem Rettungseinsatz – das beherrschte sie. Aber der Gedanke, dass dies ihr kleiner Bruder war, der irgendwo im Nebel an einer Bergflanke festsaß? Das reichte aus, dass ihr übel wurde.

Konzentrier dich auf die Fakten. »Setz ein paar Standplätze. Seilt euch beide, dich und Rob, fest an.«

»Ich kann versuchen, ihn abzulassen...«

»Nein!«, schrie sie. *Oh mein Gott, nein.* Sie zwang sich, ihre Panik eine Stufe herunterzufahren. »Versuch nicht, hoch- oder runterzuklettern, sondern binde dich genau dort, wo du bist, an der Wand an. Verstanden?«

»Okay.«

»Versprich es mir.«

»Ich verspreche es. Becki? Danke.« All seine übliche groß-spurige Arroganz war verflogen.

Reine Panik drohte, sie zu übermannen, aber sie ließ nichts davon in ihrer Stimme durchklingen. »Du machst nur Schere-reien, Kleiner. Jetzt gib mir deine Nummer und bleib dann aus der Leitung. Wir rufen dich an, wenn wir nah genug dran sind, damit du uns einweisen kannst.«

Sie legte auf und wirbelte zu Marcus herum. »Wie viel hast du mitbekommen?«

»Dein Bruder ist irgendwo in der Palliser Range verschollen und David hat mein Team kontaktiert. Sie sind auf dem Weg hierher.«

Becki schluckte schwer. »Erin wird sie nicht direkt am Einsatzort absetzen können, nicht bei diesen Verhältnissen. Wie gut kennt das Team die Needles?«

»Scheiße.« Er kannte offensichtlich die Probleme der Gegend, denn seine Züge verhärteten sich vor Sorge. »Ein bisschen. Nicht besonders gut.«

Wenn Familienmitglieder Familienmitglieder retten, war das selbst in den besten Zeiten ein Rezept für eine Katastrophe, und das hier war weit entfernt von einer idealen Situation. »Dann werde ich sie hineinführen müssen.«

IN DEM MOMENT, als das Telefon geklingelt hatte, war Marcus in den Vorbereitungsmodus gewechselt. Niemand, der so dringend versuchte, sie zu erreichen, konnte einen guten Grund haben. Von allen potenziellen Personen, die hätten anrufen können, war ihr Bruder jedoch nicht einmal auf dem Radar gewesen. Jetzt hatten sie eine Situation, die sich rasend schnell von schlecht zu noch schlimmer entwickelte.

Denn sie hatte recht. Wenn sie das Klettergebiet kannte, musste sie mitkommen – mit einer Bergführerin an ihrer Seite würde sein Team so schnell wie möglich ans Ziel kommen. Sie könnten den Rettungseinsatz zwar auch ohne sie durchführen, aber wenn einer der Kletterer verletzt war, zählte jede Sekunde.

Er hielt sie jedoch für einen Moment fest und legte ihr die Hand auf die Schulter. »Du schaffst das. Ich weiß, dass du es kannst.«

Ihr Gesicht war immer noch viel blasser, als es sein sollte, aber sie nickte. »Ich habe keine Wahl.«

»Zieh dich an. Ich kontaktiere das Team und prüfe ihre Ankunftszeit. Hast du deinen Klettergurt dabei?«

»Volle Ausrüstung. Wir wollten trainieren, weißt du noch?« Becki warf einen Blick aus dem Fenster, und ihr ganzer Körper bebte. »Was, wenn...«

»Kein ›Was, wenn‹. Du wirst das tun. Du bist fähig«, beharrte Marcus.

Sie schüttelte den Kopf. »Es ist mir egal, ob mir im Heli schlecht wird. Aber was, wenn ich erstarre? Was, wenn ich das Bewusstsein verliere und am Ende etwas tue, das meinen Bruder oder dein Team gefährdet?« Becki packte ihn an den Armen; ihre Finger wurden weiß, so fest klammerte sie sich an ihn. »Bitte. Komm mit mir. Ich... ich brauche dich.«

Als ob er jemals etwas anderes beabsichtigt hätte. Marcus zog sie an sich und drückte sie fest. »Ich werde da sein.«

Sie tauschten einen kurzen, verzweifelten Kuss aus, bevor sie sich trennten und jeder seine eigenen Vorbereitungen traf. Marcus legte seine Prothese an und entschied sich für die Klaue. Die Chancen standen gut, dass ihre erste Aktion darin bestehen würde, sich abzuseilen, nicht aufzusteigen.

Fünfzehn Minuten später war er fertig angezogen und rief sein Team an.

Erin hob ab. »Verstanden, Stützpunkt. Seid ihr bereit für einen splash and dash?«

»So bereit wie möglich. Wer ist an Bord?«

»Fast die gesamte Crew. Nur Tripp fehlt.«

Anders an der Winde und Xavier als Sanitäter. Mit Alisha und Devon als Kletterer stand das nötige Talent zur Verfügung, sodass man sich um vieles weniger Sorgen machen musste. »Wie sieht es auf den Satellitenbildern aus?«

Erin antwortete sofort. »Die Landemöglichkeiten sind entweder ein Kilometer über unserem Zielzugangspunkt oder drei Kilometer weiter weg, dafür aber ebener. Wir machen einen Überflug, aber das sind meine besten Vermutungen.«

Becki war wieder an seiner Seite und zog ihre Jacke über ihr Langarmshirt. Marcus schaltete das Telefon auf Lautsprecher. »Becki und ich sind in der Leitung – wir warten auf die Abholung und besprechen den Rest beim Anflug. Gibt es momentan Fragen?«

»Hier spricht Devon.« Seine Stimme in der Leitung klang fest und zuversichtlich. »Keine Fragen, aber hey, Becki? Es wird alles gut. Ich habe deinen Bruder vor ein paar Tagen kennengelernt. Er ist ein toller Junge. Er hat was im Kopf. Wir holen ihn da raus.«

Sie hielt sich die Hand vor den Mund und nickte langsam, während sie sie wieder wegnahm. »Danke dafür. Ende.«

Das Funkgerät verstummte und sie blinzelte heftig, während sie nach ihrem Rucksack griff, der auf dem Boden lag. Wortlos, als ein Team, sammelten sie den Rest ihrer Sachen aus dem Truck ein, bevor sie ein paar Meter die Straße hinunter zur Lichtung zwischen den Bäumen gingen. Sie drehten sich zu den Bergen um.

Marcus nahm ihre Hand in seine. Sie änderte ihren Fokus nicht, aber sie hielt sich fest und schlang ihre Finger fest um die seinen.

»Gib mir den Überblick«, stieß Becki langsam aus. »Ich werde am Boden die Führung übernehmen müssen, sobald wir das Labyrinth erreichen, aber bis dahin lass dein Team so arbeiten wie gewohnt.«

»Ich bin nur als Begleitung dabei. Ich werde nicht das Sagen haben. Anders gibt im Laderaum die Kommandos.« Ein leises Grollen in der Luft kündigte an, dass sich der Heli näherte. »Wir werden sehen, wer am Boden das Sagen hat, wenn wir dort ankommen. Normalerweise macht das Tripp, aber da er nicht da ist, ist es Zufall. Sie sind alle qualifiziert.«

»Sie sind die Besten«, stellte sie fest.

»Das sind sie, und du bist es auch.«

Sie nickte, die Konzentration nach vorn gerichtet.

Die Zeit glitt in diese unheimliche Mischung aus viel zu schnell und viel zu langsam ab, die bei einem Rettungseinsatz so üblich war.

Der Heli setzte auf, der Wind peitschte ihnen entgegen, während sie mit gesenkten Köpfen über das Feld zur Tür rannten. Hände streckten sich aus, um sie hineinzuziehen, Becki zuerst, Marcus direkt hinterher. Beide ließen sich auf den nächstgelegenen Sitzen nieder. Sie hatten sich noch nicht einmal angeschnallt, als Erin bereits abhob.

Becki kämpfte mit dem oberen Verschluss, ihre ganze Konzentration galt dem Gurtband. Sie ignorierte, wie die Luft an den Fenstern vorbeizog, während der Helikopter kippte; Erin drehte hart ab, um über die Kananaskis Range hinweg zum zweiten Gebirgszug und ihrem Ziel zu fliegen.

Marcus sah nach seinem Team. Wachsame Gesichter blickten zurück und warteten erwartungsvoll. Er setzte sein Headset auf und wartete, bis Becki dasselbe getan hatte.

»Gute Arbeit. Seid ihr bereit dafür?«

Vier Köpfe nickten. Beckis Kiefer war fest zusammengepresst, während sie auf den Boden starrte. Er ignorierte sie im Moment. Die Bewältigungsstrategien waren bei jedem anders, und er würde ihr sicher nicht vorschlagen, etwas Neues auszuprobieren. Nicht jetzt, wo sie mühsam an ihrer Beherrschung festhielt.

Devon schaltete sich ein. »Erin sagte, sie würde die Needles überfliegen, aber bei der Wolkendecke stehen die Chancen gut, dass wir von Norden oder Osten kommen. Ich stimme für den Norden – der Anmarsch am Boden ist kürzer, erfordert aber ein langes Abseilen zu den Pfaden. Becki, eine Idee, wo im Labyrinth sie sein könnten?«

»Wenn sie dorthin gegangen sind, wo ich Colin schon mal hingebracht habe, ja. Etwa zwanzig Minuten vom Eingang des Canyons entfernt. Drei kurze Kletterpassagen – keine technisch anspruchsvoller als eine 5,7 – bringen uns zur Hauptwand.«

»Die machen wir im Schlaf«, warf Xavier ein. »Ich will wissen, wie wir wieder rauskommen. Gibt es eine Möglichkeit, jemanden hochklettern zu lassen und ein Ablassseil von Erin zu bekommen, um den langen Transport mit einer Trage zu vermeiden?«

Becki schüttelte den Kopf und kniff dann die Augen fest zusammen, als der Heli in den wechselnden Luftströmungen wackelte. Marcus hielt für sie den Atem an, aber sie schaffte es, sich wieder unter Kontrolle zu bringen. »Rein und raus ist die einzige Möglichkeit, es sei denn, die Wolken verziehen sich.«

Marcus schaltete sich ein. »Colin hat ein Satellitentelefon. Wir können ihn anrufen, wenn wir im Canyon sind, damit er Lärm macht. Er wird auch eine Pfeife oder so was dabei haben, oder, Becki?«

»Wenn er keine hat, werde ich ihm gehörig den Hintern versohlen, sobald wir ihn gefunden haben.«

Ein Grinsen erschien auf den Gesichtern, und die Spannung stieg in den Spitzenbereich für eine Operation. Zu viel Adrenalin und alles ging schnell den Bach runter. Es war unmöglich, über Stunden hinweg ein Hoch zu halten, besonders wenn sie die eigentliche Knochenarbeit leisten mussten, um hinein- und wieder herauszukommen.

Marcus musterte sein Team nacheinander, während das Gemurmel über das Headset wieder in lockeres Geplauder überging, einfach um locker zu bleiben, während sie sich dem Absetzpunkt näherten. Er hob sich Becki bis zum Schluss auf, obwohl er sie die ganze Zeit über vollkommen wahrnahm.

Sie starrte an ihm vorbei, mit einem Ausdruck, der besagte: Alles oder nichts. Ihre Lippen bewegten sich, aber ihm entgingen die Worte. Er schaltete auf Kanal zwei um, und ihre Stimme drang zu ihm durch.

»...Vertraue deinem Team. Gib hundert Prozent. Sei geduldig, bis es Zeit ist, sich zu bewegen, dann handle entschlossen. Vertraue deinem Team...«

Sie wiederholte es immer wieder wie ein Mantra.

Er nickte und schaltete seinen Lautsprecher ein. »Hundert Prozent. Gib alles, was du hast, und sogar noch ein bisschen mehr.«

Ihr Fokus wechselte von der Wand auf sein Gesicht, und ein zaghaftes Lächeln erschien. Ihr Ausdruck war immer noch ernst, immer noch verängstigt, aber da war etwas Zusätzliches, das sie nur ihm schenkte. »Danke. Für alles.«

Sie waren umgeben von seinem Team, auf dem Weg zu einem Rettungseinsatz, und alles, woran er denken konnte, war sie. »Gemeinsam. Wir schaffen das gemeinsam.«

Was er eigentlich sagen wollte, war, dass er niemals vorhatte, sie wieder gehen zu lassen.

34

Ein Rinnsal Schweißes lief zwischen ihren Brüsten hinab, während Becki hinter Devon herstapfte. Das Gewicht der Notfallvorräte auf ihrem Rücken war ihr vertraut, ebenso wie das Brennen der Milchsäure in ihren Oberschenkeln. Sie waren bereits in die Wolken eingetaucht, und der Pfad war vielleicht sechs Meter weit zu sehen, bevor das dicke Grau alles vor ihnen verschluckte.

Hinter ihr klapperte Ausrüstung – wahrscheinlich Xavier und Anders mit der tragbaren Trage. Seile und Karabiner klickten leise, unterbrochen vom gelegentlichen schweren Schnappen nach Luft. Niemand verschwendete gerade Energie für Gespräche. Obwohl sie völlig eingenebelt waren, blieb der Weg vor ihnen erstaunlich deutlich. Er war gut ausgetreten, auch wenn die meisten Leute, die diesen Abschnitt begingen, auf dem Weg nach oben waren, bevor sie in einer Runde zu ihren Standplätzen zurückkehrten.

Becki konzentrierte sich auf ihre Füße und versuchte, die nassesten Stellen zu vermeiden. Sie stieg über herabgefallene Äste und gelegentlich liegen gebliebene Schneewehen. Sie befanden sich auf einer so geringen Höhe, dass der Pfad nur noch aus Schlamm und verrottendem Laub bestand, statt aus dem hüfthohen, gefrorenen Chaos, durch das sie sich anderswo hätten quälen müssen.

Was hatte Colin sich nur dabei gedacht, so früh in der Saison zum Klettern zu gehen? Leichtfertiger, impulsiver, dummer Narre.

Fast wie du in dem Alter, spottete ihre innere Stimme.

Trotzdem war der Plan, ihrem Bruder die Hölle heißzumachen, eine gute Ablenkung von der nächsten Herausforderung auf dem Weg dorthin. Das letzte Mal, als sie an einem Seil gehangen hatte, ohne durchzudrehen, trug sie eine Augenbinde und ließ sich von Marcus durch die Wand führen. Das würde dieses Mal nicht passieren. Dieses Mal war sie auf sich allein gestellt.

Nur dass sie es nicht war.

Marcus ging hinter ihr. Weit genug entfernt, um den Zweigen auszuweichen, die zurückschnellten, wenn sie an ihnen vorbeistreifte, aber nah genug, dass sie wusste, dass er da war. Sie spürte seine Anwesenheit. Es tröstete sie auf eine Weise, die sie vielleicht beunruhigt hätte, wenn sie nicht wüsste, dass er nur das Beste für sie wollte.

Er hatte gesagt, sie sei stark, und das war sie. Sie würde die Kraft finden, die nötig war, um Colin zu retten. Wenn sie diesen verkorksten Tag hinter sich gebracht hatten, würde sie für sich selbst stark sein und sich den Medien und all dem stellen, was noch vor ihnen lag.

Und dann würde sie stark genug sein, Marcus beim Wort zu nehmen und zu sehen, was sie gemeinsam aufbauen konnten. Türen mochten sich geschlossen haben, aber die, die sich geöffnet hatte, schien besser zu sein als das, was sie vorher gehabt hatte.

Devon hob die Hand, um einen Halt zu signalisieren, streifte seinen Rucksack ab und griff nach einem Seil. »Hier rüsten wir uns aus. Anders, errichte deinen Standplatz. Wir lassen uns nacheinander ab.«

Das Team versammelte sich; jeder bewegte sich in der Routine vertrauter Erfahrung. Becki vermied es, zum Rand der Klippe zu schauen, die nur wenige Schritte rechts von ihnen lag. Stattdessen konzentrierte sie sich auf die Seile, die an den Basen der beiden nächsten Bäume zu einer Triangulation geschlungen wurden.

Eine Hand berührte ihren Arm, und sie blickte ruckartig auf, nur um Devon zu entdecken, der ihre Ausrüstung sorgfältig überprüfte.

Er räusperte sich. »Ich bin vielleicht nicht der Eloquenteste im Team, also wenn ich das falsch ausdrücke, nimm es so positiv auf, wie ich es meine. Wir brauchen dich für den Vorstieg, sobald wir The Needles erreichen. Es besteht die Gefahr, dass du bei diesem Abstieg erstarrst, und das möchte ich vermeiden. Du musst am Canyon bei hundert Prozent sein. Es gibt keinen Grund für dich, diesen Abstieg allein zu machen. Tatsächlich ist es besser, wenn du es nicht tust, also möchte ich dich in ein Geschirr mit Anders hängen. Auf diese Weise musst du nicht hinsehen und brauchst dir keine Sorgen zu machen. Spar dir deine Kraft für den Moment auf, in dem wir dich im nächsten Abschnitt brauchen.«

Sie hatte damit gerechnet, dass dieser Vorschlag kommen würde, aber es war schön, wie er sich mehr darauf konzentrierte, was sie für das Team tun konnte, statt auf die Tatsache, dass gerade jemand auf sie aufpassen musste. »Verdammt, du bist gut.«

Devon schenkte ihr ein Grinsen.

Becki nickte. »Ich verstehe. Ein guter Rat. Nur darf ich um eine Änderung bitten?« Devon wandte sich bereits ab, und sie hasste es, Forderungen wie ein Neuling zu stellen, aber schon der Anblick der Seile, die vorbereitet wurden, ließ ihre Haut kribbeln.

Devon hielt inne. »Was gibt's?«

»Ich habe so etwas Ähnliches schon mal mit Marcus gemacht.« Marcus blickte auf, als er seinen Namen hörte, und sie neigte den Kopf in seine Richtung. »Ich weiß, dass ich den Abstieg schaffe, wenn er mein Bergführer ist. Ich beantrage einen Partnerwechsel.«

»Daran hätte ich denken sollen.« Devon rief Marcus zu sich und wartete, bis er bei ihnen war, bevor er fortfuhr. »Deine Entscheidung, Marcus. Entweder du oder Anders führt Becki. Wer auch immer es ist, sie geht als Dritte runter. Macht euch bereit.«

Sie drehte sich um und fand ihn dort stehen. Seine große, muskulöse Gestalt, sein einnehmendes Lächeln und der ganze Rest. »Soll ich dich sichern?« fragte er.

»Ich will dich.«

Das war alles, was sie sagte, und doch war es alles.

Es war wie eine Rückblende in die Hütte, bevor das alles angefangen hatte; Marcus' Gesichtsausdruck war ein Ebenbild desjenigen, der ihr die Hoffnung zurückgegeben hatte. Verbindung, Gefährtenschaft. Verständnis.

Vielleicht mehr.

Überall herrschte geschäftiges Treiben. Seile. Karabiner wurden eingeklinkt und verriegelt, Rucksäcke in Position gebracht. Alisha verschwand über die Kante, gefolgt von Devon.

Dann waren sie an der Reihe, sie und Marcus, während Xavier ihre Sicherung hielt.

Marcus lehnte sich zurück und ging, das Seil als Gegengewicht nutzend, über den Rand hinaus. Becki trat näher und versuchte verzweifelt, in der Vertikalen zu bleiben, aber es war ein vergeblicher Versuch. Stattdessen ließ sie sich auf die Knie sinken und drehte sich, bis ihr Hintern den Boden berührte. Erst dann konnte sie sich zwingen, rückwärts von der flachen

Oberfläche des Berggipfels zu krabbeln, bis sie sich in seine Arme schmiegte.

Der dichte Nebel verdeckte, wie weit es nach unten ging, aber die Erinnerungen an den Aufstieg auf den Grat vor Jahren sagten ihr alles, was sie wissen musste. Es war tief.

Es war tief genug, um sie zu töten, wenn etwas schief ging.

»Wie geht es dir?«, fragte Marcus.

Sprechen und Atmen zur gleichen Zeit sollte nicht so schwierig sein. »Mir wird's gut gehen.«

»Bereit?«

»Abwärts.«

Marcus legte seinen linken Arm um sie, die rechte Hand blieb am Hauptseil. Sie hatte ihr eigenes Seil, an das sie sich klammern konnte, und als die gedrehten Fasern durch ihre behandschuhten Fingerspitzen glitten, war die Härte ein Segen. Die raue Textur gab ihr etwas anderes, auf das sie sich konzentrieren konnte, während sie die Felswand hinabstiegen.

»Alles noch okay?« Sein Atem strich an ihrer Wange vorbei, und sie nickte. Sie war von ihm umschlossen, aber die Seilführung erlaubte es ihr, sich selbst zu kontrollieren. Oder zumindest vermittelte sie die Illusion von Kontrolle.

Verdammt sei ihr Atem. Sie schaffte es einfach nicht, ihn zu beruhigen. »Ich will nicht lügen. Wenn sich der Winkel ändert und wir mitten in der Luft hängen, liege ich dir wirklich auf dem Schoß.«

Marcus lachte leise. »Als ob mir das was ausmachen würde.«

So normal, all ihre Reaktionen. Das Necken wegen ihrer gegenseitigen Anziehung, Lachen und Keuchen vor Anstrengung. Ihr Bruder war immer noch da draußen, aber wenn sie diesen Punkt hinter sich lassen konnte, das Herz bis zum Hals, dann konnte sie bereit sein, das Team zu ihm zu führen.

Sie musste darauf vertrauen, dass Colin unversehrt sein würde, wenn sie ankamen.

Ein Fuß verfing sich an einem Stein. Becki stolperte und unterdrückte einen Schrei.

»Keine Eile«, warnte Marcus. »Wir sind früh genug unten. Sobald wir wieder auf dem Pfad sind, kannst du so schnell laufen, wie du willst. Nun ja, so schnell, wie wir eben mithalten können.«

»Meine Nerven liegen blank. Er wird doch okay sein, oder?«

»Er wird vollkommen okay sein«, versicherte Marcus ihr. »Bonus? Er wird den ganzen Sommer lang damit aufgezogen werden, dass er der Erste aus dem Jahrgang war, der einen Rettungseinsatz brauchte. Ich dachte, der Ärger geht erst los, wenn sie offiziell eingecheckt haben.«

»Colin war schon immer frühreif.«

»Er eifert seiner Schwester nach«, neckte Marcus. Er drückte sie kurz. »Ich meine es ernst, ich bin sicher, ihm geht's gut. Du hast ihn gewarnt, dass er an Ort und Stelle bleiben soll. Wir brauchen dich, um ihn für uns zu finden. Ich rufe ihn an, sobald wir die Canyonöffnung erreichen. Das wird schon alles klappen.«

Ablenkung. Das ganze Gespräch war nichts als Ablenkung, aber der Umschwung zum Geplänkel funktionierte. Die Felswand vor ihnen zog stetig an ihnen vorbei, während sie sich nach unten tasteten. Die Seile von oben liefen reibungslos durch. Marcus' Wärme hüllte sie ein. »Ich komme mir blöd vor, wenn ich so oft danke sage, aber es muss sein. Du warst wie ein Fels für mich.«

»Das ist nicht immer was Gutes«, wandte er ein. »Aber ich verstehe schon. Gern geschehen. Noch ein kleines Stück und wir sind fertig. Das war doch gar nicht so schlimm, oder?«

»Ich habe viel zu viel Angst um Colin, um mir Sorgen um mich selbst zu machen«, gab Becki zu. »Obwohl ich diese Situation nicht unbedingt als Heilmittel für die Höhenangst empfehlen würde.«

Schließlich erreichten sie den Boden, und Beckis Magen entkrampfte sich aus dem harten Knoten, den er während des Abstiegs gebildet hatte. Sie traten aus dem Weg, doch als Becki sich aufmachen wollte, um den nächsten Teil der Rettung vorzubereiten, hielt Marcus sie auf, zog sie an sich und presste seine Lippen auf ihre.

Sie küsste ihn leidenschaftlich zurück. Sie fühlte sich lebendig, fühlte alles, was in diesem Moment zwischen ihnen war. Sie vertraute ihm ihr Leben an. Das Leben ihres Bruders. All die gestohlenen Momente bis zu diesem Augenblick ließen ihre Ängste verblassen.

Sie brauchte ihn einfach.

Jemand stieß einen bewundernden Pfiff aus, und sie lösten sich widerstrebend voneinander; Marcus nahm ihr Gesicht noch einmal kurz in seine Hände, bevor er sie losließ. »Du hast das toll gemacht. Du bist eine wunderbare Frau.«

Becki grinste zurück. »Du hilfst. Du hilfst sogar sehr.«

»Ich verstehe langsam, warum es keine gute Idee ist, jemanden aus dem eigenen Team zu daten. Genug mit der Knutscherei.« Alisha schob Becki von Marcus weg. »Und du« – sie warf ihm einen strengen Blick zu – »du solltest es besser wissen. Konzentrier dich.«

»Ich war konzentriert«, stellte Marcus klar. »Aber ja, volle Kraft voraus.«

Alisha lächelte Becki zu, als sie ihr einen Rucksack reichte. »Komm schon, lass uns deinen Bruder holen.«

Der Eingang zum Canyon ragte wie zwei Wächter vor ihr auf. Das verschlungene Geflecht aus Pfaden hinter dem Durchgang streckte knorrige Finger nach den schroffen Klippen aus, die in der nicht allzu fernen Ferne eigentlich hätten sichtbar sein müssen. Becki hielt nicht inne, um die gewaltigen Pfeiler zu bewundern, deren Spitzen im Nebel verborgen lagen, sondern stürmte direkt hinein, fest entschlossen, Colin so schnell wie möglich zu finden.

Es waren Wege, die sie seit Jahren nicht mehr gesehen hatte, doch die Vertrautheit war sofort wieder da. Über Abschnitte zu klettern, in denen Sturzfluten oder neuer Bewuchs den Verlauf verändert hatten, war weitaus einfacher, als sie erwartet hatte. Grau und verwaschen bot die Szenerie nichts zum Bewundern, während sie die Gruppe vorantrieb. Nach zehn Minuten erreichten sie eine weitere Abzweigung und sie wählte ohne Zögern den linken Pfad.

»Becki, dieser Pfad führt zurück«, wandte Devon ein.

»Es ist die richtige Route«, beharrte sie. »Vertrau mir.«

Diese Worte auszusprechen, ließ ihr Herz beben. Was, wenn sie sich irrte? Was, wenn sie einen Fehler machte und ihr Bruder diesmal derjenige war, der den Preis dafür zahlte?

Das Bild des durchtrennten Seils in ihren Fingern tanzte vor ihren Augen, die Fasern, die sich rasend schnell auflösten, kein Lebensretter mehr, sondern ein Werkzeug, das Leben raubte.

Sie beschleunigte ihre Schritte – die Oberschenkel brannten –, als sie trotz des Gewichts auf ihrem Rücken in den Laufschritt überging. Noch zehn Minuten. Fünf. Es hatte keinen Sinn anzuhalten, bevor sie nah genug an der The Rock-Wand waren, um eine Antwort zu hören.

Als sie schließlich glaubte, in der Nähe der Klippen sein zu müssen, obwohl der Himmel nicht sichtbarer war als zuvor, hielt Becki an und wartete, bis das Team aufgeschlossen hatte.

Devon lehnte sich an einen Baum. Alisha ging mit den Händen in den Hüften langsam auf und ab, während sich ihr Brustkorb schnell hob und senkte. Anders ließ sich auf ein Knie sinken und schüttelte den Kopf, während er nach Luft rang. »Heilige. Scheiße. Willst du beim nächsten Mal vielleicht noch ein bisschen schneller rennen, Becki? Ich brauche meine Lungen eigentlich nicht.«

»Mörderisches. Tempo. Wahnsinn«, schaffte Alisha keuchend hervorzubringen.

Marcus holte das Satellitentelefon heraus und setzte den Anruf ab.

»Colin. Alles noch im grünen Bereich?« Marcus suchte Augenkontakt mit ihr und nickte. »Klasse. Okay, wir sind bereit für dein Signal. Ein einzelner Ton zum Start.«

Im selben Moment, in dem er das Telefon vom Ohr wegnahm, schrillte ein gellender Pfiff von weit oben links zu ihnen herab.

Becki musste in die Hocke gehen und den Kopf zwischen die Knie stecken, damit die schwindelerregende Erleichterung sie nicht völlig umwarf. *Gott sei Dank.*

»Wir sind nah dran«, sagte Alisha und starrte in die Wolken.

Devon nickte. »In einer Linie ausschwärmen. Marcus, lass ihn nochmal signalisieren. Alle strecken den Arm hoch und zeigen in die Richtung. Mal sehen, ob wir mit Triangulation die Auswahl eingrenzen können.«

Das Team begab sich reibungslos in Position, ohne Fragen, ohne Zögern.

»Colin, wir haben dich gehört.« Die Ruhe in Marcus' Stimme, als er mit ihrem Bruder sprach, legte sich wie Balsam über Becki. Sie kamen näher und alles würde gut werden. Das war es, was seine Art ausstrahlte, und daran wollte sie glauben. Sie schloss die Augen, um Ablenkungen auszublenden, und als auf Marcus' Anweisung der nächste schrille Pfiff ertönte, zeigte sie in die Richtung.

Während sie wartete, konzentrierte sie sich auf ihre Hand und brachte das Zittern in ihren Fingern unter Kontrolle. Sie waren fast da. Fast da.

Der Gedanke hallte wie ein Trommelschlag in ihr wider.

Devon rief: »Halt. Eine Minute ... und hab's. Kompasspeilung steht erst mal. Marcus, er soll alle sechzig Sekunden signalisieren, wenn er kann.« Devon wandte sich an den Rest des Teams und deutete nach vorne. »Alisha, Xavier. Ihr werdet klettern, wenn wir da sind. Haltet euch ein wenig zurück, wenn ihr wollt, und beruhigt euren Puls. Wir bereiten die Ausrüstung für euch vor. Verliert uns nur nicht im Nebel aus den Augen, verstanden?«

Die beiden nickten. Alisha nahm einen Schluck aus ihrer Wasserflasche. Xavier stand vornübergebeugt da, die Hände auf den Knien, während er zu Atem kam.

Becki lockerte ihre Beine und machte sich bereit für den letzten Sprint. Marcus trat neben sie und sie musterte ihn mit einem kurzen Blick, um sicherzugehen, dass es ihm gut ging.

Sie lachte, als ihr klar wurde, dass er genau dasselbe tat.

Sein Blick traf den ihren. »Bereit für die nächste Runde?«

Becki nickte.

Das war der Moment, in dem das Team auf dem schmalen Grat zwischen Höchstform und dem Punkt wanderte, an dem zu viel Adrenalin zum Zusammenbruch führte. Die harte körperliche Anstrengung des Rennens half, als Becki diesmal Devon folgte. Er hatte den Kompass in der Hand, und alle lauschten der stetigen Folge von Pfiffen, die sie näher an die Wand führten.

Plötzlich waren sie da; der Stützpunkt der Klippen tauchte aus dem Grau auf wie ein Vorhang, der im Theater zur Seite gezogen wird.

»Colin!«, rief Becki.

Die Antwort kam prompt. »Ja! Gott, Leute, ihr seid schnell.«

Devon und Marcus hatten ihre Rucksäcke bereits ausgezogen, Seile wurden in Schlaufen gelegt, Helme festgeklickt.

»Du hast die Besten bestellt«, antwortete Becki. Mehr brachte sie nicht heraus, bevor ihr die Kehle zuschnürte.

Fast da. Fast in Sicherheit. Sie legte ihren Rucksack ab und stellte ihn zu den anderen; der Schweiß auf ihrem Rücken kühlte bei den niedrigeren Temperaturen schnell ab.

»Colin, ich schicke gleich jemanden hoch. Wie geht's Rob?«, fragte Devon.

»Stabil.«

»Ich hoffe, ihr habt Bier dabei. Ich habe Durst«, schaltete sich eine zweite Stimme ein, weitaus leiser als Colins kräftige Rufe.

»Bier ist was für Weicheier. Xavier hat viel besseres Zeug, sobald wir euch in Position haben.« Devon winkte Alisha nach vorne. Sie war in weniger als einer Minute in ihrem Geschirr und fertig ausgerüstet. »Erzähl uns von eurem Vorsprung. Platz für mehr Leute da oben oder eher kuschelig?«

»Kuschelig. Ich muss Platz machen, damit überhaupt jemand zu Rob kann.«

»Verstanden. Bleib vorerst, wo du bist, okay?«, ordnete Devon an. »Alisha. Du sicherst dich dort oben und schickst Colin dann runter.«

»Alles klar.«

Becki legte den Kopf in den Nacken, konnte aber immer noch nichts sehen, was viel höher als ihre Reichweite lag. Marcus gesellte sich zu ihr, und sie schob ihre Finger in seine Hand. Es war ihr egal, wer die Geste sah. »Wie weit oben sind sie?«, fragte sie.

»Weit genug, schätze ich. Nach der Lautstärke zu urteilen, etwa fünfzehn Meter.«

Sie nickte. »Das ist in etwa die richtige Höhe für den Beginn eines Nachstiegs.«

Marcus drehte sie zu sich, bis er ihr ins Gesicht sehen konnte. »Du warst da hinten unglaublich. Keine Sekunde gezögert. Du warst der Grund, warum wir so schnell hier waren.«

»Ich bin einfach froh, wenn es vorbei ist. Ich will Colin auf seinen eigenen Beinen sehen, damit ich ihn drücken kann.«

»Reiche ich dir fürs Erste?«, fragte Marcus, und sie schmiegte sich in seine Umarmung, während sie sich wieder der Wand zuwandte.

Sie lehnte sich gegen ihn und nahm seine Stütze dankbar an. »Ich bin allerdings sehr froh, dass ich diesmal nicht hochgehen muss.« Alisha trat an die Felsen und begann mit dem Aufstieg. Es dauerte nur eine unglaublich kurze Zeit, bis die junge Frau im Nebel verschwunden war, während Devon ihr Sicherungsseil bediente. »Verdammt, sie ist gut.«

»Ich sehe das Team selten so in Aktion«, sagte Marcus. »Normalerweise bin ich am Stützpunkt oder im Heli. Ich bin stolz auf sie – das mit der Teamarbeit haben sie verdammt gut drauf.«

»Und den Rest deiner Regeln auch.«

Xavier wartete, bis er an der Reihe war, stellte Vorräte zusammen und arbeitete effizient mit Anders zusammen. Zwischen Devon und Alisha herrschte ein ständiger Schlagabtausch; der Dialog war überlebenswichtig, da sie nun für sie unsichtbar war.

Becki bettete ihren Kopf an Marcus' Brust und bemühte sich, ihren Atem zu beruhigen. Es gab in diesem Moment nichts weiter zu tun als zu warten.

Warten. Die Geschichte ihres Lebens in letzter Zeit.

»Zu!«, befahl Alisha von oben.

Devon reagierte sofort und sicherte das Seil, als Alisha irgendwo über ihnen im unsichtbaren Grau den Vorsprung erreichte.

»Versuch, nicht die Luft anzuhalten«, warnte Marcus. »Du willst deinen Bruder doch drücken können, wenn er runterkommt, und nicht mit dem Kopf zwischen den Knien auf dem Hintern sitzen.«

»Mistkerl«, murmelte Becki.

Marcus lachte leise und rückte sie zurecht, wobei er seinen Arm so fest um sie schlang, dass sein Mund direkt an ihrem

Ohr war. »Das hier ist deine Bestimmung. Nichts wird dich aufhalten, verstanden? Du wirst den Rettungseinsatz nicht aufgeben müssen. Vertrau mir.«

Seine tiefe, unerschütterliche Überzeugung hüllte sie ein und gab ihr die Kraft auszuharren, während sie nach oben spähte und darauf wartete, dass Colin auftauchte.

35

Es war etwas, von dem Marcus dachte, er würde sich nie daran gewöhnen – dass plötzlich jemand wie aus dem Nichts auftauchte und die Wolken teilte. Colin drehte sich ins Blickfeld, herabgelassen an einem Fixseil. Marcus hatte vor, beiseite zu bleiben, um seinem Team und dem bevorstehenden Wiedersehen nicht im Weg zu sein. Becki hatte andere Pläne; sie zerrte ihn mit sich, als sie nach vorne eilte, und ließ seine Hand erst los, als die Füße ihres Bruders den Boden berührten.

»Du dämliche, dämliche, dämliche Nase.« Becki sprang Colin fast an, in ihrem Bedürfnis, sich zu vergewissern, dass es ihm gut ging. »Ich habe keine Ahnung, warum du dachtest, dass Klettern außerhalb der Saison eine gute Idee war.«

Marcus grinste, als Colin verlegen umherblickte und die Umklammerung sowie die Standpauke seiner Schwester über sich ergehen ließ. »Na ja. Der Berg war nun mal da. Er musste bestiegen werden, weißt du?«

»Tut mir leid, dass ich störe, aber ich brauche dein Seil, Kumpel.« Xavier drängte sich ohne Umschweife zwischen die Geschwister, um den Sicherungsknoten von Colins Gurt zu lösen. »Und – bis alles schiefging – war es eine gute Tour?«

»Genial.« Colin grinste, Schmutz- und Blutstreifen im Gesicht, die Stunden des Wartens in der Kälte vergessen. »Ich kann es kaum erwarten, wiederzukommen und es noch mal zu machen. Also, ohne den Teil, in dem Rob sich verletzt.«

Xavier nickte. »Klingt nach einem Plan. Lass dich mal kurz von Becki durchchecken, okay? Ich denke aber, du bist in Ordnung.«

Marcus hieß das alles gut, während sein Team um ihn herum routiniert in Aktion trat. Alisha hatte ein weiteres Seil vom Standplatz herabgelassen, den sie auf dem Vorsprung eingerichtet hatte. Anders arbeitete daran, die Trage und den medizinischen Bedarf zu befestigen. Devon war bereits dabei, Xavier beim Sichern zu unterstützen, während dieser sich aufmachte, seine Magie bei dem verletzten Kletterer wirken zu lassen.

Becki hatte ihren Bruder beiseite genommen und untersuchte ihn, wobei ihr Training in jeder Bewegung überdeutlich wurde. Das war es, wofür sie bestimmt war, und wenn sie bereit war, mit Marcus' Team zusammenzuarbeiten, würde er sich privilegiert fühlen.

Er wollte auch nicht lügen und so tun, als wären ihre Fähigkeiten der einzige Grund, warum er sie wollte.

Becki winkte ihn herüber, und er reagierte schnell. »Was gibt's?«

»Ihm geht es gut, soweit ich das beurteilen kann. Habt ihr irgendwelche Wärmekissen auf Vorrat, bevor ich anfange, alles zu durchwühlen?«

»Ich muss nicht bemuttert werden«, beschwerte sich Colin und funkelte seine Schwester an. Er warf Marcus einen Blick zu. »Sag ihr, dass ich keine Wärmekissen brauche.«

»Du erwartest von mir, dass ich mich mit deiner Schwester anlege? Eher nicht«, sagte Marcus und trat beiseite, um das Gewünschte aus der Sanitätstasche zu holen.

»So gruselig ist sie gar nicht«, beharrte Colin. »Und sie ist ein totaler Feigling, wenn es ums Gratlaufen geht.«

Ja, es würde interessant werden, diesen Jungen zu beobachten. Marcus fing Beckis Blick auf und unterzog sie einer eigenen Prüfung, nun, da ihr Bruder sicher am Boden war. Dunkle Schatten unter ihren Augen, eine erschöpfte Körperhaltung. Sie steuerte auf einen Zusammenbruch zu; der Adrenalinrausch ließ nach und machte Platz für alles andere, mit dem sie sich hatte befassen müssen. »Becki, nimm dir was zu essen und zu trinken. Du musst dich erst mal setzen, bevor wir aufbrechen. Ich übernehme das Durchchecken von Colin.«

»Ich brauche nicht—« Sie presste die Lippen zusammen und schluckte die fast identische Beschwerde hinunter, die ihr Bruder gerade geäußert hatte. Nachdem sie Colin noch ein letztes Mal durchs Haar gewuschelt hatte, rappelte sie sich auf und marschierte an Marcus vorbei, wobei sie ihn mit der Schulter anrempelte und ihm im Vorbeigehen etwas zuflüsterte. »Bastard. Dafür werde ich mich revanchieren.«

Er lachte leise. »Ich hoffe doch.«

Sie hielt unerwartet inne, nahm sein Gesicht zärtlich in ihre Hände, bevor sie sich daran machte, seinen Anweisungen zu folgen.

Marcus wollte sie packen und fest an sich drücken. Sie hochheben und im Kreis wirbeln, um all die Erfolge zu feiern, die sie an diesem Tag errungen hatte. Die stille Würde, die sie an den Tag legte, war jedoch genau richtig. Ganz Becki.

Wie das Leben in den kommenden Tagen auch sein mochte, langweilig würde es sicher nie werden.

BECKI FAND ein Plätzchen an der Seite, wo sie sich an einen Fels lehnen, alles überblicken und nicht im Weg sein konnte. Der

Energieriegel und das Getränk, das sie sich gegriffen hatte, halfen tatsächlich – Marcus hatte recht gehabt.

Die Umgebung wirkte weiterhin unwirklich; Menschen am Rand des Arbeitsbereichs tauchten in ihrem Sichtfeld auf und verschwanden wieder, während die Wolken vorbeizogen. Mal höher, mal tiefer. Eine dicke Schicht Kondenswasser überzog alles.

Sie zog ihre Jacke enger gegen die Kälte zusammen. Colin bewegte sich ein paar Schritte nach rechts und verschwand und ihr Herz machte einen Satz, bis ihr klar wurde, dass es ihm gut ging und er nur im Nebel verborgen war.

Die Trage kam in Sicht und sie erhob sich, als Marcus nach vorne eilte, um Devon dabei zu helfen, die stabile Plattform zu führen. Das müde und schmerzerfüllte Gesicht eines jungen Mannes, der kaum den Kinderschuhen entwachsen war, erschien, als die flache Konstruktion auf den Boden abgesenkt wurde.

»Hast du deine Achterbahnfahrt genossen?«, fragte Marcus. Rob nickte. »Ihr Leute seid wie Engel.«

Ein Schnauben entfuhr Marcus. »Nun, das ist mal was Neues. Normalerweise nennt man mich das Gegenteil.«

»Entspann dich, Rob. Wir haben noch ein Stück vor uns, aber du solltest die Nacht nicht am Berg verbringen müssen.« Devon hockte neben der Trage und passte die Gurte an.

»Dank Colin. Er war spitze.« Robs Worte waren lallend, als er die Augen schloss. »Ich dachte, ich wäre im Arsch. Natürlich wären die Berge kein schlechter Ort zum Sterben. Es würde mir nichts ausmachen, weißt du, hier begraben zu sein, aber erst in achtzig Jahren oder so.«

Xavier landete neben ihnen, löste die Knoten und begab sich wieder in Position, um Rob zu untersuchen. »Du bist nicht tot und du stirbst auch nicht. Bitte, meine Kunstfertigkeit wird so unterschätzt.«

Er sah zu Becki und zwinkerte ihr zu, wobei er seine

Stimme senkte. »Er wird entweder in ein paar Minuten weggetreten sein oder den Waldelfen Lieder singen. Ich habe ihm ein Schmerzmittel gegeben, um die Spitzen abzuflachen.«

Becki nickte und trat zurück, während Anders und Xavier die Trage an den Rand der Lichtung brachten, um ein Tragesystem zu montieren. Sie schwankte; die Euphorie, es so weit geschafft zu haben, machte sie schwindelig.

Marcus strich ihr mit den Fingern über die Wange. »Ich werde mit Alisha und Devon die Ausrüstung einsammeln. Wir brechen in weniger als zehn Minuten auf. Ruh dich aus. Du warst großartig.«

Sie lächelte und nickte, aber mit ihren Beinen stimmte etwas nicht ganz, als sie zu ihrem Platz an die Wand zurückkehrte. Die aufgeschürften Stellen an ihren Handflächen brannten, und ihre Fingerspitzen waren kalt, also setzte sie sich und schob ihre Hände unter die Arme.

...wäre kein schlechter Ort zum Sterben.

Robs Worte hallten in ihrem Kopf wider. Beckis Herz tat einen gewaltigen Schlag, und sie schreckte auf, wobei sie die Szene hektisch absuchte. Anders und Xavier waren kaum noch zu sehen, verdeckt von den Bäumen. Das Einzige, was in dieser Richtung sichtbar war, sah aus wie ein Körper, der flach auf dem Rücken lag.

Die Berge wären kein schlechter Ort zum Sterben.

Ihr Atem beschleunigte sich. Das Blut rauschte in ihrem Kopf. Becki presste sich gegen den Fels und kämpfte darum, bei Bewusstsein zu bleiben, doch eine Welle der Schwärze überrollte sie und alles wurde dunkel.

~

Sie näherte sich dem Abgrund. Dem Punkt, an dem es kein Zurück mehr gab. Becki klammerte sich an ihre Messerklinge, während sie verzweifelt versuchte, einen Weg zu finden, um nicht weiter in Richtung der Klippe zu rutschen.

So plötzlich, wie es begonnen hatte, hörte alles auf. Das schwere Gewicht von Danes Körper am anderen Ende ihres Seils zerrte nicht mehr an ihr.

Sie wollte vor Freude schreien. Weinen und lachen und feiern, dass sie überlebt hatte. Nur gab es keine Möglichkeit, genau zu wissen, warum sie sich nicht mehr bewegten. Wenn Dane an einem instabilen Felsen festhinge, könnte ihre Atempause von kurzer Dauer sein.

Sie beeilte sich, einen richtigen Standplatz einzurichten, und hämmerte mit ihrem Hammer eine lange Eisschraube ein. Sie fixierte ein provisorisches Notseil, bevor sie sich die Zeit nahm, eines bombenfest zu verankern. Erst dann hielt sie inne, um durchzuatmen und ein klein wenig zu jubeln.

»Dane«, rief sie. »Kannst du mich hören? Alles wird gut. Wir haben es geschafft. Ich komme und hole dich.«

Ein kurzer Schluck Wasser, ein Bissen von einem Energieriegel, um etwas Kraft in ihre zitternden Glieder zu bekommen. Sie drückte sich ein Energiegel hinein, legte ein Abseilseil an und begab sich bereitwillig über die Kante, die sie fast umgebracht hätte.

Sie war stark. Es war die bisher beängstigendste Erfahrung ihrer Kletterkarriere gewesen, aber sie hatten dem Schicksal ein Schnippchen geschlagen. Sie würden es schaffen.

Die Wolken waren immer noch da. Der Wind, die Feuchtigkeit. Ein paar Regentropfen fielen und der Gedanke an einen Wolkenbruch machte sie glücklich. Es würde erbärmlich kalt werden, aber die Wolkenformationen würden sich verändern.

Sie würden es schaffen.

Über ihre rechte Schulter entdeckte sie ihn. »Dane, ich komme.«

Er bewegte sich nicht; sein Körper lag wie ein langer Strich am Rande des Vorsprungs. Das Plateau war breit genug, um sicher zu sein, und er war an ihrem Sicherungsseil festgebunden, sodass sie keine Sorge hatte, dass er wegrollen könnte, bevor sie ihn erreichte. Becki klet-

terte vorsichtig ab, wobei ihre Finger und Arme protestierten. Es war ihr völlig egal, wie sehr sie Schmerzen hatte. Sie waren beide am Leben.

Ein paar Wehwehchen konnte sie ertragen.

Noch ein Stützpunkt. Noch ein Standplatz. Becki überließ nichts dem Zufall. Sie ordnete die Seile neu, um sicherzustellen, dass sie an der Wand gesichert war und Dane immer noch an ihr hing, bevor sie sich überhaupt an seine Seite begab.

Sie strich Dane die Haare aus dem Gesicht. »Hey, wach auf. Schlafen kannst du später – du bist dran mit Tragen.«

Seine Augen flatterten auf und er stöhnte. Er stützte sich auf einen Ellbogen hoch. »Mist, ich dachte, ich wäre tot.«

»Steinschlag.« Sie würde ihm jetzt nicht auf die Nase binden, was sonst noch fast passiert wäre. Das war eine Geschichte, die man bei einem Bier in einer warmen Bar erzählte, wenn sie erst einmal komplett vom Berg herunter waren. »Wie geht es dir? Irgendwelche Verletzungen?«

Er schüttelte den Kopf. »Mir geht's gut. Verdammt. Wie konnte das passieren?«

Sie half ihm auf und stützte ihn, bis er nicht mehr auf den Beinen schwankte. »Das ist alles nur passiert, weil du eigentlich hättest vorgehen sollen. Da bin ich mir sicher. Hey, wo willst du hin?«

Er war an den Rand getreten, um hinunterzuspähen. Sie gesellte sich zu ihm, und ein Anflug von Übelkeit überkam sie bei dem Gedanken, wie knapp es gewesen war. Wenn der einen Meter breite Vorsprung nicht da gewesen wäre, wäre die steile Tiefe zu ihren Füßen ihr Grab geworden.

»Es ist so ungerecht«, flüsterte Dane, wandte sich wieder zu ihr um und starrte auf die Wand hinter ihr, als würde er gar nichts sehen. »Die Leute kommen ständig hierher. In die Berge. Sie fahren in ihren Autos vorbei, zeigen nach oben und sagen: ›Schau mal, wie schön. Ich bin so froh, dass wir gekommen sind.‹«

Becki packte Dane am Arm und zog ihn weiter von der Klippe weg. Er klang ... verwirrt. »Wir haben von hier oben einen besseren

Ausblick, nicht wahr? Obwohl ihre Autos selten von Klippen stürzen.«

»Es wäre kein schlechter Ort zum Sterben.« Dane hauchte die Worte langsam, und Beckis Magen krampfte sich zusammen.

»Dane? Was ist los?«

Er riss sich den Helm vom Kopf und warf ihn beiseite; der Dreck auf seinen Wangen und sein zerzaustes Haar ließen ihn ein wenig wahnsinnig wirken. »Nichts. Alles.«

Scheiße, er erlitt einen Schock. »Komm schon, Dane, ich mache uns was Warmes zu trinken. Dann können wir —«

»Ich sterbe, Becki«, platzte Dane heraus. »Irgendeine seltsame Form von Muskeldystrophie. Eine dämliche genetische Sache, für die ich nichts kann, aber sie wird mich von hier wegholen. Mich in ein Auto setzen, bis ich nur noch nach oben schauen und sagen kann: ›Oh, sind sie nicht schön‹ von dort unten aus. Ich werde nie wieder klettern.«

Nichts ergab einen Sinn. »Du stirbst?«

»Hab es herausgefunden, als ich meine leibliche Mutter getroffen habe. Hab ein paar Tests machen lassen.« Er schüttelte frustriert den Kopf. »Meine ganzen Muskeln werden verkümmern, bis ich nicht mehr selbstständig atmen kann. Und es wird so langsam passieren, dass ich genau weiß, was ich gerade verliere.«

»Oh Gott, Dane, das tut mir leid.« Becki drückte ihn an sich. Die Zeit, das alles durchzusprechen, war gekommen, sobald sie vom Berg weg waren, aber jetzt verstand sie, warum er sich so seltsam verhalten hatte.

Dane hielt sie fest, so fest, als würde er sie nie wieder loslassen wollen. Als er sie schließlich freigab, hob er seine Finger, um ihr sanft über die Wange zu streichen. »Es ist beschissen. Nicht deine Schuld. Du warst großartig.«

»Lass uns gehen. Raus aus den kalten, nassen Sachen. Wir reden, okay?« Etwas ruckte an ihrem Hüftgurt, und sie blickte nach unten, nur um festzustellen, dass er sein Messer genommen und das Seil

zwischen ihnen durchgetrennt hatte. »Dane? Lass mich dich losbinden. Du brauchst es nicht durchzuschneiden.«

Er schüttelte den Kopf. »Ich will nicht, dass du mich rettest. Ich werde selbst entscheiden, wo ich sterbe. Und es wird nicht in irgendeinem Krankenhausbett sein, nach Monaten oder Jahren, in denen ich nicht wirklich gelebt habe.«

Oh mein Gott. Ein Geistesblitz traf sie zu spät. Becki griff nach ihm, um ihn in Sicherheit zu ziehen, aber er stieß sie gewaltsam zurück. Sie taumelte weg und kämpfte darum, das Gleichgewicht zu halten.

Dane drehte sich um und trat über den Rand der Klippe.

Becki schrie.

Die Welt wurde dunkel.

36

---

*M*arcus hatte ein Seil zur Hälfte aufgeschossen, als er innehielt und kurz das Team musterte, auf der Suche nach dem, was ihm Warnsignale sendete. Er drehte sich gerade noch rechtzeitig zu Becki um, um zu sehen, wie sie sich schwer gegen den Felsen hinter ihr lehnte, während ihr Körper zitterte.

»Scheiße. Alisha – übernimm du. Becki steckt in Schwierigkeiten.«

Seine Vorstiegsleiterin schnappte ihm das Seil weg. »Schock?«

»Vielleicht.« Er überquerte den Absatz zur Wand und kauerte sich augenblicklich an Beckis Seite, wobei er ihre kalten Finger mit seinen ergriff. »Becki. Komm schon, was ist los?«

Ihre Augen waren weit aufgerissen, aber ungläubig starr, als würde sie einen Film sehen, den er nicht sehen konnte.

Zum Teufel mit dem Protokoll. Marcus ließ sich neben ihr auf den Boden sinken und nahm sie in seine Arme, wiegte sie, um sie vor der Kälte zu bewahren und vor dem Felsen zu schützen. »Komm schon, Becki. Komm zurück zu mir. Alles ist gut, die Rettung läuft hervorragend. Du hast es bis hierher geschafft. Du wirst es den ganzen Weg schaffen.«

Sie holte zitternd Atem und riss ihre Hände los, wobei ihre Arme nach außen zuckten, als würde sie nach etwas greifen.

»Ganz ruhig, komm schon.« Marcus verfluchte sich innerlich. Er hätte auf diese Möglichkeit vorbereitet sein müssen. Hätte da sein müssen, um zu verhindern, dass sie das allein durchmachte. Er legte seine Lippen an ihr Ohr und sprach leise, während er sie behutsam wiegte. »Du bist die stärkste Frau, die ich kenne. Mutig, engagiert. Talentiert. Verdammt, ich habe keine Ahnung, warum du bereit warst, dich mit einem Arsch wie mir abzugeben, aber ich bin so froh, dass du es getan hast. Jetzt musst du zu mir zurückkommen, süße Becki. Du musst mir noch ein paar Mal die Hölle heiß machen.«

Ihre Hände bewegten sich, bis ihre Finger sich in den Stoff seiner Jacke krallten. Sie schnappte nach Luft und vergrub dann ihr Gesicht an seiner Brust. »Oh Gott, nein –«

Das nackte Elend in ihrem Schrei zerriss ihn innerlich.

Eine Hand berührte seine Schulter; Xavier beugte sich dicht zu ihm. »Chef, brauchen Sie Hilfe?«

Als wäre die fremde Stimme ein Auslöser gewesen, schoss Beckis Kopf hoch; ihre grünen Augen glänzten hell von den Tränen, die sie füllten. »Marcus – oh Gott, Marcus, ich weiß es. Ich weiß jetzt alles.«

»Was weißt du, süße Becki?« Und wichtiger noch: War sie sich bewusst, was vor sich ging, oder brauchte sie selbst medizinische Versorgung? »Bist du wieder hier bei mir? Sag mir, wo wir sind.«

Sie sog einen gewaltigen Atemzug Luft ein und ließ ihn zitternd entweichen, während eine Träne über ihre Wange rann. »Wir sind in den Needles. Wir haben Colin und Rob gerettet. Wir müssen sie zur medizinischen Versorgung hier rausbringen. Ich weiß, wo wir sind.«

Marcus sah zu Xavier. »Macht euch bereit. Es geht uns gut.«

»Drei Minuten bis zum Abmarsch, falls ihr so weit seid«, warnte Xavier.

Becki antwortete, bevor Marcus es konnte. »Mir geht's gut. Tut mir leid, dass ich Umstände mache. Wir werden bereit sein.«

»Ach was, du machst keine Umstände«, betonte Xavier. »Nur zur Info, die Wolken lockern ein wenig auf.«

Der Sanitäter verließ sie, und Marcus hob ihr Kinn an, damit er ihr in die Augen sehen konnte. »Was ist passiert?«

»Ich glaube, der Rettungseinsatz hat es ausgelöst. Das letzte fehlende Puzzleteil.« Sie seufzte und schüttelte den Kopf. »Aber wir haben nur zwei Minuten und einen Rettungseinsatz zu beenden. Den Rest erzähle ich dir zu Hause.«

Verdammt noch mal. »Becki.«

»Gib hundert Prozent, Marcus. Wir sind noch nicht fertig.« Sie fuhr mit ihren Händen seine Arme hinauf, bis sie seine Schultern umschlingen und ihn mit ihrem festen Griff drücken konnte. »Es sieht wohl so aus, als hättest du mich babysitten müssen.«

»Ich mache es in einer Minute gleich wieder.« Er würde auf dem Rückweg wahnsinnig werden, weil er die Details nicht kannte, aber sie hatte recht. Sie waren noch nicht aus den Bergen raus. Trotzdem gab es etwas, das er ihr sagen musste, bevor sie irgendwohin gingen. Bevor sie ihm irgendetwas erzählte – denn was auch immer sie sagen würde –, hatte er eine Entscheidung getroffen.

Die vergangenen Stunden hatten seinen Entschluss nur noch gefestigt. Es ging nicht mehr nur darum, das Beste für sie zu wollen. Das war eine Priorität, aber nicht das Einzige. Ganz gleich, was nötig war, er würde nicht zulassen, dass sie ihn verließ.

Er zog sie beide hoch, hielt sie noch einen Moment in seinen Armen, während seine Finger über ihre Wange strichen, bis seine Handfläche ihren Hinterkopf stützte. Er presste ihre Lippen zusammen und küsste sie. Sanft im Druck, aber so besitzergreifend wie er nur konnte. Ein Zeichen des Besitzanspruchs – nur umgekehrt.

Eine Erklärung, dass er ganz der Ihre war.

In ihren Augen stand eine Frage, als er sich zurückzog, und er hielt inne, um mit dem Daumen leicht über ihre Unterlippe zu streichen. »Ich halte dir den Rücken frei«, versprach er.

Becki legte den Kopf schief, das Staunen stand ihr noch immer ins Gesicht geschrieben. »Noch eine Minute, um sich bereitzumachen«, warnte sie.

»Wir sind bereit.« Für alles. Sie davon zu überzeugen, war nun sein oberstes Ziel. Egal, was ihre Erinnerungen ans Licht gebracht hatten, sie würden den Weg gemeinsam weitergehen.

DER RÜCKWEG VERGING wie im Rausch. Der Pfad, die Headwall. Marcus war nie mehr als einen Schritt von ihr entfernt, seine Anwesenheit tröstlich und beruhigend.

Auf dem Rückweg gab es nicht so viel, was sie ablenken konnte. Colin ging vorne mit Devon oder Alisha und lauschte ihren Schulgeschichten. Xavier und Anders trugen die Trage, wobei sich das ganze Team an den steileren Abschnitten reibungslos bewegte, um das sperrige Objekt vorsichtig vorwärts zu hieven.

Sogar an der Headwall gab es kein Zögern. Alisha und Devon schwärmten die Wand hinauf und ließen die Trage binnen Momenten in die wolkenverhangene Luft aufsteigen.

Marcus umarmte sie von hinten, während sie warteten, bis sie an der Reihe waren. Sein Atem war warm an ihrem Ohr, seine Hand schmiegte sich besitzergreifend um ihre Hüfte, während er sie zwischen seinen Oberschenkeln hielt. Er hatte nicht nachgebohrt, was sie gesehen hatte, und das wusste sie zu schätzen. Es war zu groß, um es mal eben auszusprechen, zu gewaltig, um es einfach in einem Satz herauszuplatzen.

Erst die Wahrheit änderte alles. Becki drehte den Kopf, um ihre Lippen auf seine Wange zu drücken, da sie ihm zumindest zeigen musste, dass sich an dem, was zwischen ihnen war, nichts geändert hatte.

Was sie als Nächstes tun würde, stand noch in den Sternen.

Ein Schauder überlief sie, als das erste Fixseil für ihren Aufstieg auf dem Boden aufschlug. »Ich bin so was von nicht bereit dafür«, gestand sie.

Marcus klopfte ihr auf den Hintern und schob sie vorwärts. »Sei nicht so hart zu dir selbst. Du kannst nicht erwarten, die Vergangenheit so schnell hinter dir zu lassen.«

Anders hielt ihr Seil, bis sie es fest umklammerte, sich einband, geradeaus starrte und sich konzentrierte, bis Marcus hinter sie trat.

Wenn sie die meiste Zeit, die sie in der Luft hingen, die Augen schloss, würde Marcus ihr das sicher nicht verübeln.

Das letzte Stück des Pfades verschwand unter ihren Füßen, der Heli lag direkt vor ihnen. Erin lehnte aus der Tür, um beim Einladen der Trage zu helfen, bevor sie Devon mit der Faust grüßte und wieder im Cockpit verschwand.

Marcus half ihr in den Heli und nahm den Platz neben ihr ein, wobei er sofort ihre Finger ergriff, sobald sie beide angeschnallt waren.

Sie bettete ihre Schläfe an seine Schulter und machte sich nicht die Mühe, das Headset aufzusetzen. Sie war offiziell fertig für heute – die Entscheidungen konnten ab jetzt andere treffen.

Doch der Steigflug und die Flugzeit gaben den Bildern von Dane Raum, sich zu wiederholen. Sie kämpfte gegen sie an und entschied sich stattdessen dafür, zu den früheren Tagen zurückzukehren, während sie versuchte, sich an die Momente zu erinnern, die sie bei ihm für untypisch gehalten hatte.

Die Erschöpfung forderte ihren Tribut, und schließlich

verblassten sogar die Erinnerungen; ihre Augenlider wurden schwer und der Schlaf zog sie in die Tiefe.

37

Ein Streicheln über ihre Wange weckte sie.

Alles war still geworden. Erschreckend still, ohne Hubschrauber oder Stimmen. Etwas Weiches bettete ihren Kopf, und sie blickte sich um, nur um die vertrauten Wände von Marcus' Schlafzimmer zu entdecken. Er saß neben ihr und streckte die Hand aus, um ihr das Haar hinter das Ohr und über die Schulter zu streichen. »Dornröschen wacht auf.«

Die Vorhänge waren geschlossen, kein Hinweis auf die Tageszeit. »Bin ich ohnmächtig geworden?«

Er schüttelte den Kopf. »Eingeschlafen. Wie ein Stein. Es gab keinen Grund, dich zu wecken, und Schlaf war das Beste, was du tun konntest.«

Sie rollte sich leicht zur Seite und streckte sich, die Arme über dem Kopf, den Rücken durchgedrückt. Das Ziehen und Stechen in ihren Muskeln schrien ihr förmlich entgegen, dass sie viel zu schnell von Vollgas auf Null abgebremst hatte. »Ich werde mich nicht einmal schämen. Zumindest nicht sehr. Wie geht es Colin und Rob?«

»Rob trägt einen Gips und Colin hat die Nacht bei Devon verbracht. Ich glaube, die beiden verstehen sich gut.«

»Es ist Morgen? Wow.« Obwohl es nach dem Zusammenbruch nicht unerwartet war, einmal rund um die Uhr zu schlafen. Sie starrte zu ihm auf und überlegte, was sie sagen sollte. »Dein Truck steht bei der Hütte.«

Er lächelte. »Anders und ein Freund holen ihn für mich ab.« Marcus erhob sich und reichte ihr die Hand. »Geh duschen. Zieh dich an. Ich mache dir was zu essen und dann können wir reden.«

Das heiße Wasser spülte die restliche Benebelung fort, half ihr aber nicht dabei, einer Entscheidung näherzukommen. Becki schlich auf Zehenspitzen ins Wohnzimmer und sah, wie er sich geschmeidig in der Küche bewegte. Ein kräftiger Körper; die Arme spannten sich bei der Arbeit an, und etwas in ihrem Inneren erhitzte sich.

Sie wollte ihn nicht aufgeben. Das war alles, was sie wusste.

Sie schlüpfte an seine Seite, duckte sich unter seinen Arm und drückte sich fest an seinen Körper, schlang ihre Arme um seine Taille und drückte ihn fest, während ihr Ohr auf seiner Brust ruhte.

Der stetige Schlag seines Herzens beruhigte sie.

»Du solltest essen«, schalt Marcus sie, aber er drückte sie trotz seines Protests an sich.

»Ich muss dir erzählen, was passiert ist – das ist wichtiger als Essen.«

Sie war wieder so weit bei Kräften, dass sie ihm, hätte er widersprochen, auf die Zehen getreten wäre, bevor sie ihn ins Wohnzimmer geschleift hätte.

»Ich will es wissen«, gestand Marcus. Er schaltete die Herdplatte aus, hob sie dann hoch, als wäre sie eine Feder, und blieb am Sofa stehen.

Als er sich setzte und sich weigerte, sie von seinem Schoß zu lassen, lächelte Becki. »Ich kann auch alleine sitzen.«

»Ich muss dich halten.«

Ihr Herz setzte einen Schlag aus. Die Betonung in diesem Satz hatte ganz klar auf *muss* gelegen.

Sie nahm sein Gesicht in ihre Hände. »Du hattest recht. Ich habe nichts getan, was den Unfall verursacht hat. Wir hätten es in einem Stück vom Berg hinunter schaffen können, aber Dane entschied sich ...«

Sie atmete tief durch die Nase ein und kämpfte um Fassung.

Er wartete darauf, dass sie weitersprach; seine eigene Erschöpfung und Verwirrung spiegelten sich in seinem Gesicht wider, seine Sorge um sie in seiner Berührung, als er ihren Arm streichelte.

»Dane entschied sich zu sterben. Er erzählte mir, dass er monatelang Tests gemacht hatte, nachdem er seine leibliche Mutter kennengelernt hatte. Er fand heraus, dass er Muskeldystrophie hatte. Wenn ich die Behörden anrufe, werden wir sie bitten, nach bereits bestehenden Vorerkrankungen zu suchen und seine leibliche Mutter zu kontaktieren.«

»Wer hat das Seil durchgeschnitten?«, fragte Marcus.

»Dane.« Becki schüttelte den Kopf. »Es ergibt für mich keinen Sinn. Ich verstehe nicht, warum sich jemand entscheidet, zu sterben, bevor er muss.«

»Willst du damit sagen, er hat Selbstmord begangen?«

Sie nickte, während sie gegen die Tränen ankämpfte, die sie vorhin auf dem Pfad nicht hatte weinen wollen. »Er war so jung. Und klug. Ich verstehe es einfach nicht.«

Stille war die Antwort. Marcus veränderte seine Position, sodass sie sich zwar immer noch hielten, aber genug Abstand herrschte, damit sie ihm direkt ins Gesicht sehen konnte. Er musterte sie vorsichtig, als wollte er sicherstellen, dass sie noch mehr ertragen konnte.

Sie verliebte sich ein kleines bisschen mehr in ihn.

Er räusperte sich und sprach leise. »Als ich verletzt wurde – der Unfall. Er hätte nie passieren dürfen.«

»Du warst im Ausland?« Er hatte ihr nie wirklich erzählt, was er damals beruflich gemacht hatte.

Er hielt inne, nur einen Moment lang, dann erzählte er ihr alles. »Ich arbeitete für jeden, der mich anheuerte. Ich erledigte ein paar militärische Aufträge, aber die waren eher selten. Die haben lieber ihre eigenen Leute in Position, aber in gewissen Kreisen sprach es sich herum, dass ich alles erklimmen konnte. Also bekam ich Einsätze. Eher die stillen Sachen. Meistens paramilitärisch.«

Das war nicht das, was sie erwartet hatte. »Du warst beim Militär?«

»Nein. Ich war … nun ja, ich war alles, was sie brauchten, nur dass ich nie eine Waffe trug. Ich führte tatsächliche Rettungsaktionen durch. Ich schlich mich in Schlafzimmer. Manchmal mussten sie einen bestimmten Gegenstand sicherstellen. Manchmal musste eine Tür geöffnet und Zugang zu einem Sperrbereich eines Gebäudes verschafft werden. Ich kletterte auf alles, worauf sie zeigten.«

»Gegenstände sicherstellen. Das klingt alles sehr nach James Bond.«

Marcus nickte. »Es gab ein paar Mal, da bin ich im Smoking geklettert, nachdem ich eine schicke Party verlassen hatte. Auch an dem Tag, als alles den Bach runterging.«

Spannung ergriff ihn, und sie veränderte ihre Position, um seine Schultern zu massieren. Sie verstand es zwar nicht ganz, aber sie wollte nicht, dass er aufhörte. »Warum erzählst du mir das jetzt?«

»Weil Menschen Entscheidungen treffen, Becki. Nicht immer die, die wir in der gleichen Situation treffen würden. Ich schlich mich von der Party weg, auf die man mich eingeschleust hatte, und kletterte am Gebäude hoch, bis ich durch ein offenes Fenster reinkam. Einer aus dem Team wartete, und nachdem ich die Alarmanlage ausgeschaltet hatte, kam er zu mir.

»Nur wurde der Ort bombardiert. Eigenbeschuss – oder zumindest von der Seite, die uns wohlgesonnen war. In den Militärberichten hatte gestanden, dass vor dem nächsten Tag keine Angriffe geplant waren, und deshalb waren wir dort drin und sammelten Informationen, bevor alles in die Luft gejagt werden sollte.«

Becki schauderte. »Das Gebäude ist über euch explodiert?«

»Teile stürzten ein. Die meisten Partygäste überlebten – die Büros befanden sich in einem anderen Teil des Gebäudes. Nur wir wurden erwischt, mein Teamkollege und ich. Eingeschlossen unter den Trümmern.« Marcus starrte die Wand an. »Meine Hand wurde zertrümmert. Er wurde unter Beton eingeklemmt, seine Beine unter dem ganzen Schlamassel zermalmt.«

»Oh Gott, Marcus.« Ihr gefiel nicht, worauf das hinauslief. »Wie lange wart ihr dort?«

»Vier Tage, aber das reichte schon. Wir versuchten alles, um freizukommen, aber nichts funktionierte. Wir verloren vor Schmerz immer wieder das Bewusstsein. Und dann –« Seine Nasenflügel bebten, als er schwer schluckte. »Er traf eine Entscheidung, Becki. Eine, die ich nicht treffen wollte. Er bot mir an, mich zu erschießen.«

Sie fuhr erschrocken hoch. »Warum zum Teufel sollte er das anbieten?«

»Weil er dachte, wir würden sowieso sterben, und er wollte zu seinen eigenen Bedingungen sterben. Er gab mir die gleiche Wahl.«

Ihr Magen zog sich zusammen, und sie war plötzlich froh, vor diesem Gespräch nichts gegessen zu haben.

»Ich habe es versucht. Ich habe verdammt noch mal alles versucht, um es ihm auszureden. Ihn zu überreden, durchzuhalten, weil es noch Möglichkeiten gab.« Marcus schloss die Augen, sein Gesicht gezeichnet von Kummer. »Am Ende konnte ich ihn nicht retten.«

»Es war falsch. Es war die falsche Entscheidung.«

Marcus nickte, legte seine Hand in ihren Nacken und zog ihre Stirn an seine. »Für mich wäre es die falsche Entscheidung gewesen. Ich entschied mich zu kämpfen. Abzuwarten, was sonst noch passieren würde, und mich mit den Konsequenzen abzufinden. Ich wusste, dass mein Arm wahrscheinlich weg sein würde, aber ich glaubte nicht, dass der Verlust meiner Hand bedeutete, dass ich mein Leben aufgeben sollte.«

Die Vorstellung, dass er nicht mehr da sein könnte, zerriss ihr die Seele. »Marcus, oh Gott. Deine Hand spielt keine Rolle. Kein bisschen.«

»Es zerreißt mich immer noch, dass ich ihn nicht aufhalten konnte. Das ist mein Albtraum – das ist es, was mich quält.«

Sie legte ihre Lippen auf seine und küsste ihn. Sie brauchte seine Berührung und diese wunderschöne Verbindung, die zwischen ihnen gewachsen war, um die Bilder in ihrem Kopf zu verscheuchen.

MARCUS HIELT SIE ZÄRTLICH, weigerte sich aber, die Umarmung weiterzuführen. Er löste sich von ihr und beschränkte sich darauf, ihren Rücken zu streicheln, in der Hoffnung, sie abzulenken. Vielleicht war es nicht der richtige Zeitpunkt gewesen, seine Geschichte zu teilen, aber wann wäre er schon der richtige gewesen?

»Letztendlich treffen wir alle unsere eigenen Entscheidungen, Becki. Dane hat seine getroffen. Ob richtig oder falsch, wir können nur nach vorne blicken.« Marcus unterdrückte den Drang, Dane zu verfluchen, weil dieser seine eigenen Interessen in den Vordergrund gestellt und nicht daran gedacht hatte, was seine Entscheidung Becki antun würde.

Wenn er Dane für etwas hasste, dann dafür, dass er egoistisch gewesen war und jemanden verletzt hatte, den er angeblich geliebt hatte.

Becki nickte. Sie ließ ihre Finger über seine Schulter gleiten und hielt schließlich seinen Unterarm fest. Ihr Griff wurde von Moment zu Moment fester. »Also. Wie geht es von hier aus weiter?«

Marcus wollte die Antwort herausschreien – dass sie zusammenbleiben würden –, aber sie musste ihre eigenen Entscheidungen treffen. Nur würde er verdammt noch mal nicht ohne Kampf aufgeben.

»Dir stehen wieder alle Türen offen, Becki. Sobald die medizinischen Berichte bestätigen, woran du dich erinnert hast, kannst du alles tun. Hier unterrichten oder für den Herbst sogar zurück zu SAR im Yellowstone gehen.« Sie versteifte sich, noch während er sprach. Ihr Mund öffnete sich, aber es kamen keine Worte heraus. Was auch immer nicht stimmte, brachte ihn um. »Becki?«

Sie starrte ihn wütend an, und all die Sanftheit des vorangegangenen Moments war verflogen. »Versuchst du, mich loszuwerden?«

Warte mal. »Was?«

»Du hast mir gerade gesagt, ich soll zurück in den Yellowstone gehen. Schön.« Becki ließ ihn so schnell los, dass er dachte, sie würde rückwärts vom Sofa fallen, und er streckte die Hand aus, um sie zu stützen. »Was ist aus dem Angebot geworden, für Lifeline zu arbeiten?« schnauzte sie ihn an.

»Das steht immer noch im Raum, aber –«

»So klang das aber nicht. Es klang eher so, als hättest du gesagt, ich gehe in die eine Richtung und du in die andere. Bullshit.«

Vielleicht hatte er letzte Nacht auch nicht genug Schlaf bekommen. »Wovon zum Teufel redest du überhaupt?«

Becki packte ihn vorne am Hemd. »Draußen in der Hütte hast du gesagt, dass du mich brauchst. Wie soll das funktionieren, wenn ich zurück in den Yellowstone gehe, Marcus? Was für eine Art von Beziehung stellst du dir vor, wenn wir meilenweit voneinander entfernt sind?«

Ein Lachen brach ungehemmt aus ihm heraus, und ihre Augen weiteten sich vor Überraschung. Er beeilte sich, sie zu beruhigen. »Du, Frau, bist einer der faszinierendsten Menschen, denen ich in meinem ganzen Leben begegnet bin. Die Art, wie du voreilige Schlüsse ziehst, ist rekordverdächtig. Hör mir zu. Ich habe dir nicht gesagt, was ich tun werde. Ich habe gefragt, was *du* tun willst.«

»Aber –« Sie presste die Lippen zusammen und nickte einmal, und ihr Zorn war verraucht. »Ich stecke wohl noch zu tief in der Sache drin, um mit etwas anderem als knallharten Fakten umgehen zu können.«

»Was willst du, meine süße Becki?« beruhigte er sie und zog ihren Körper an seinen, während die Hitze zwischen ihnen stieg. Ihr Oberkörper entspannte sich an ihm, während er ihren Rücken streichelte. »Denn wenn du hier in Banff an der Schule arbeiten willst oder für Lifeline, dann kannst du das tun. Wenn du zurück in den Yellowstone willst, wie du es Alisha gesagt hast, dann kannst du gehen. Aber was auch immer du entscheidest, ich werde dich nicht verlassen.«

Sie lockerte den festen Griff um sein Hemd und presste stattdessen ihre Handflächen gegen seine Brust. »Du würdest in den Yellowstone kommen? Aber das Team ... Lifeline.«

»Ich muss nicht hier sein, damit das Team weitermachen kann«, gab Marcus zu bedenken. »Das Team ist mir wichtig, aber es definiert mich nicht. Nicht mehr. Andere Dinge sind weitaus wichtiger. Es ist es wert, mein Leben dafür zu ändern.«

»Oh, Marcus.« Ihre Hände glitten nach oben, um seinen Nacken zu umschließen.

Er senkte seine Stimme, flüsterte die Worte und versuchte sie davon zu überzeugen, wie ernst es ihm war. »Ich werde dir nicht von der Seite weichen, bis du aufgibst und entscheidest, dass du mich die ganze Zeit um dich haben willst. Das Gute und das Schlechte. Ich will alles.« Marcus lächelte; er liebte es, wie sie an seinen Körper passte. Die Art, wie sie gekämpft hatte, als sie dachte, er würde sie verlassen. »Ich habe dir gesagt, dass mich das verfolgt hat, was ich nicht tun konnte. Seit du wieder in mein Leben getreten bist, verblasst die Dunkelheit.«

»Es war nicht deine Schuld.« Becki nickte langsam. »Genauso wenig wie es meine war.«

»Unsere Leben, unsere Entscheidungen. Meine Entscheidung ist, dass ich bei dir sein will. Ich liebe dich, Ms. James, und egal, wo wir leben, das wird sich nicht ändern.«

BECKI STARRTE IHN FASSUNGSLOS AN. Obwohl leise ausgesprochen, waren die Worte regelrecht aus ihm herausgebrochen, und sie konnte ihren Ohren kaum trauen. »Du ... liebst mich?«

»Ja. Klingt das so schrecklich?«

Sie schüttelte den Kopf. »Ich dachte, ich müsste dich erst an einen Stuhl fesseln und dir furchtbare Dinge androhen, bevor du es zugibst.«

»Nun, ich bin nicht so stur, wie du dachtest.« Er hauchte ihr einen Kuss auf die Lippen. Kurz – die Münder berührten sich kaum –, dann löste er sich wieder. »Ich warte.«

Freude sprudelte in ihr auf. *Er liebte sie* – es gab nichts, das diese turbulenten Tage zu einem passenderen Abschluss hätte bringen können. Außer ihn ein wenig zu necken, weil es sich einfach richtig anfühlte.

»Worauf wartest du?« Sie klimperte mit den Wimpern.

Er belohnte sie mit einem Lächeln, jenem Lächeln, das ihr Innerstes zum Schmelzen brachte. »Willst du, dass ich dich an einen Stuhl fessele? Wäre für mich keine allzu große Belastung.«

Diesmal küsste Becki ihn. Verlangende, wundervolle Hitze ging zwischen ihnen über, während sie ihre Arme besitzergreifend um ihn schlang. Verdammt, sie schlang sich ganz um ihn. Als sie schließlich wieder auftauchten, um Luft zu holen, strahlte sie eine tiefe Zufriedenheit aus. »Ich liebe dich auch. Und du bist das, was ich will – es ist mir egal, wo wir leben.«

»Du hast gesagt, der Yellowstone sei dein Zuhause«, erinnerte Marcus sie.

»*Du* bist mein Zuhause«, beharrte sie.

Es war ein weiter Weg gewesen von ihrem Anfang bis zu dem Punkt, an dem sie jetzt standen. Ein impulsives Mädchen und eine Abenteuerlustige, jetzt erwachsen und verstrickt in etwas Größerem, als sie es je für möglich gehalten hätte.

Als er sie unter sich auf das Sofa rollte und sie aufs Neue davon überzeugte, dass sie zusammengehörten, wusste Becki, dass sie recht hatte.

Das hier war ihr Zuhause.

❧

Von New-York-Times-Bestsellerautorin Vivian Arend. Eine Reihe adrenalingeladener Bergrettungsabenteuer und brandheißer Romanzen – drinnen wie draußen!

LIFELINE: ein Elite-Rettungsteam, stationiert in Banff, Alberta. Spezialisiert auf Hochrisiko-Rettungseinsätze, geht dieses Team dorthin, wo auch immer der Einsatz sie hinführt...

Hochrisiko– Search & Rescue

Hochrisiko: Auf der Spur

Hochrisiko: Rettungseinsatz

Hochrisiko: Das Wagnis

Hochrisiko: Nervenkitzel

❧

Vivian lässt derzeit ihre vielen Serien übersetzen. Bitte besuchen Sie deren Website für alle aktuellen Informationen.

www.vivianarend.com/de

ÜBER DIE AUTORIN

Die New-York-Times- und USA-Today-Bestsellerautorin Vivian Arend teilt mit Begeisterung die Kreationen ihrer blühenden Fantasie mit ihren Lesern. Sie schreibt zeitgenössische Western-Romane und heitere, paranormale Liebesgeschichten. Ihre Geschichten sind humorvoll und zugleich gefühlvoll, meist mit einem großen Ensemble aus Familie und Freunden, und enden garantiert mit einem Happy End. Vivian lebt mit ihrem langjährigen Ehemann in British Columbia, Kanada – ihrer Inspiration für jeden Helden und einem treuen Begleiter für allerlei Abenteuer.

www.vivianarend.com/de

9 781998 508709